L'INCONNU DE LA FORÊT

DU MÊME AUTEUR

Ne le dis à personne..., Belfond, 2002 et 2006 ; Pocket, 2003
Disparu à jamais, Belfond, 2003 ; Pocket, 2004
Innocent, Belfond, 2006 ; Pocket, 2007
Promets-moi, Belfond, 2007 ; Pocket, 2008
Dans les bois, Belfond, 2008 ; Pocket, 2009
Sans un mot, Belfond, 2009 ; Pocket, 2010
Sans laisser d'adresse, Belfond, 2010 ; Pocket, 2011
Sans un adieu, Belfond, 2010 ; Pocket, 2011
Faute de preuves, Belfond, 2011 ; Pocket, 2012
Remède mortel, Belfond, 2011 ; Pocket, 2012
Sous haute tension, Belfond, 2012 ; Pocket, 2013
Ne t'éloigne pas, Belfond, 2013 ; Pocket, 2014
Six ans déjà, Belfond, 2014 ; Pocket, 2015
Tu me manques, Belfond, 2015 ; Pocket, 2016
Une chance de trop, Belfond, 2004 et 2015 ; Pocket, 2005
Intimidation, Belfond, 2016 ; Pocket, 2017
Juste un regard, Belfond, 2005 et 2017 ; Pocket, 2006
Double piège, Belfond, 2017 ; Pocket, 2018
Sans défense, Belfond, 2018 ; Pocket, 2019
Par accident, Belfond, 2018 ; Pocket, 2019
Ne t'enfuis plus, Belfond, 2019 ; Pocket, 2020

Vous pouvez consulter le site de l'auteur à l'adresse suivante :
www.harlancoben.com

HARLAN COBEN

L'INCONNU
DE LA FORÊT

*Traduit de l'anglais (États-Unis)
par Roxane Azimi*

belfond

Titre original :
THE BOY FROM THE WOODS
publié par Grand Central Publishing,
une division de Hachette Book Group, Inc., New York

Ce livre est une œuvre de fiction. Les noms, les personnages, les lieux et les événements sont le fruit de l'imagination de l'auteur ou utilisés fictivement, et toute ressemblance avec des personnes réelles, vivantes ou mortes, des établissements d'affaires, des événements ou des lieux serait pure coïncidence.

Retrouvez-nous sur www.belfond.fr
ou www.facebook.com/belfond

Éditions Belfond,
92, avenue de France, 75013 Paris.
Pour le Canada,
Interforum Canada, Inc.,
1055, bd René-Lévesque-Est,
Bureau 1100,
Montréal, Québec, H2L 4S5

ISBN : 978-2-7144-8086-6
Dépôt légal : octobre 2020

© Harlan Coben, 2020. Tous droits réservés.
© Belfond, 2020, pour la traduction française.

*À Ben Sevier,
éditeur et ami.
Douze livres plus tous ceux à venir.*

Extrait de la *North Jersey Gazette*
18 avril 1986

UN « ENFANT SAUVAGE » À L'ABANDON
TROUVÉ DANS LA FORÊT
Immense mystère autour de la découverte
d'un « Mowgli vivant »

Westville, New Jersey. Voici l'une des affaires les plus étranges de l'histoire récente de notre petite ville : un jeune garçon dépenaillé, d'environ six à huit ans, a été découvert vivant seul dans la forêt domaniale des monts Ramapo, près de l'agglomération de Westville. Plus étrange encore, les autorités ignorent qui est ce garçon et depuis combien de temps il vivait ici.

« On dirait Mowgli du *Livre de la jungle* », a déclaré Oren Carmichael, chef adjoint de la police de Westville.

L'enfant – qui comprend et parle notre langue, même s'il ne connaît pas son nom – a d'abord été aperçu par Don et Leslie Katz, deux randonneurs de Clifton, New Jersey. « On était en train de ranger notre pique-nique quand on a entendu un bruissement dans les fourrés, raconte M. Katz. J'ai eu peur que ce ne soit un ours, puis nous l'avons vu détaler, aussi clairement que je vous vois. »

Les gardes forestiers accompagnés de la police municipale ont retrouvé le garçon, maigre et vêtu de guenilles, dans un abri improvisé trois heures plus tard. « Pour l'instant, nous ne savons pas combien de temps il a passé dans la forêt ni même comment il est arrivé là, explique le chef du district forestier de New Jersey, Tony Aurigemma. Il ne se souvient ni de ses parents ni d'aucune figure adulte. Nous avons contacté d'autres représentants des forces de l'ordre mais, jusqu'ici, il n'y a eu aucune disparition d'enfant correspondant à son âge et à son signalement. »

Dans le courant de l'année, des randonneurs avaient déclaré avoir entrevu un « sauvageon » ou un « petit Tarzan » ; leur description ressemblait à celle de l'enfant, mais la plupart des gens ont classé leur récit au chapitre des légendes urbaines.

D'après James Mignone, un randonneur de Morristown, New Jersey, « c'est comme si quelqu'un l'avait mis au monde pour l'abandonner dans la nature ».

« C'est le plus extraordinaire cas de survie que nous ayons jamais vu, ajoute le chef de district Aurigemma. Nous ignorons si cet enfant était là depuis des jours, des semaines, des mois, voire des années. »

Quiconque aurait des informations sur le jeune garçon est prié de contacter la police de Westville.

« Il y a bien quelqu'un qui doit savoir quelque chose, dit le chef adjoint de la police. Ce garçon n'est pas apparu dans la forêt par magie. »

PREMIÈRE PARTIE

1

23 avril 2020

COMMENT FAIT-ELLE pour survivre ? Comment arrive-t-elle à supporter ce calvaire quotidien ? Jour après jour. Semaine après semaine. Année après année. Elle se tient au milieu des autres élèves, l'œil fixe, vitreux, dénué d'expression. Son visage est de marbre, un masque. Elle ne tourne pas la tête, ne bouge pas du tout. Elle regarde droit devant elle.

Elle est entourée de ses camarades de classe, dont Matthew, mais elle ne se préoccupe pas d'eux. Elle ne leur parle pas… pourtant cela ne les empêche pas de s'en prendre à elle. Les garçons – Ryan, Crash (c'est son vrai prénom), Trevor, Carter – l'abreuvent d'insultes, lui murmurent des horreurs, se moquent d'elle, ricanent avec mépris. Ils la bombardent de trombones, d'élastiques. De crottes de nez. Ils fourrent des bouts de papier dans leur bouche et les transforment en boulettes humides qu'ils projettent dans sa direction.

Quand elles s'accrochent à ses cheveux, ils rient encore plus fort.

La fille – qui se prénomme Naomi – ne bronche pas. Ne cherche pas à retirer les boulettes de ses cheveux. Elle continue à fixer le vide. Ses yeux sont secs. Matthew se souvient d'un temps, deux ou trois ans plus tôt, où les yeux de la fille s'embuaient pendant qu'elle se faisait chambrer impitoyablement.

Mais plus maintenant.

Matthew observe. Et ne fait rien.

Les professeurs, blasés, y prêtent à peine attention. L'un d'eux lâche avec lassitude :

— C'est bon, Crash, ça suffit.

Mais Crash, comme les autres, s'en fiche royalement.

Entre-temps, Naomi continue à encaisser.

Matthew devrait faire quelque chose pour mettre fin à ce harcèlement. Mais il ne bouge pas. Il a essayé une fois.

Et ça a mal tourné.

Matthew cherche à se rappeler le moment où les choses ont commencé à se gâter pour Naomi. Elle avait été heureuse à l'école élémentaire. Toujours souriante, pour autant qu'il s'en souvienne. Certes, elle s'habillait dans des friperies, et ses cheveux n'étaient pas toujours très propres. Quelques filles se moquaient vaguement d'elle à cause de ça. Mais tout allait bien, jusqu'au jour où, prise d'un violent malaise, elle avait vomi dans la classe de Mme Walsh, en CM1 : le vomi a ricoché sur le lino, éclaboussant Kim Rogers et Taylor Russel. L'odeur était si âcre, si nauséabonde, que Mme Walsh a dû évacuer la salle et envoyer les gamins, dont Matthew, dehors sur le terrain de foot. Ils sont sortis en se pinçant le nez et en reniflant avec dégoût.

Depuis, tout a changé pour Naomi.

Matthew repensait souvent à cette journée. S'était-elle sentie mal le matin même ? Son père – sa mère ne faisait déjà plus partie de sa vie à l'époque – l'avait-il envoyée à l'école de force ? Les choses seraient-elles différentes si Naomi était restée chez elle ce jour-là ? Cet épisode du vomi a-t-il été son point de bascule ou aurait-elle suivi inévitablement cette voie obscure et tortueuse ?

Une autre boulette atterrit dans ses cheveux. Accompagnée de noms d'oiseaux et de ricanements cruels.

Naomi attend que ça cesse.

Même si ça ne sera que pour un moment. Elle doit se douter que ça ne cessera jamais vraiment. Ni aujourd'hui ni demain. Le harcèlement l'accompagne où qu'elle aille.

Comment fait-elle pour survivre ?

Certains jours comme aujourd'hui, Matthew a envie de réagir.

Le reste du temps, non. Ce harcèlement permanent, c'est comme un bruit de fond. Matthew a découvert l'atroce vérité. On finit par s'immuniser contre la cruauté. Elle devient la norme. On l'accepte. On ferme les yeux. La vie suit son cours.

Naomi l'aurait-elle acceptée, elle aussi ? S'est-elle immunisée ?

Il n'en sait rien. Mais elle est là, chaque jour, assise au fond de la classe, au premier rang lors des réunions, seule à une table dans un coin de la cafétéria.

Jusqu'au jour où – une semaine après cette réunion – Naomi disparaît.

Et Matthew veut savoir pourquoi.

2

— Y A PAS PHOTO, ce type-là devrait être en prison, décréta le bobo branché.

Sur le plateau, Hester Crimstein s'apprêtait à contre-attaquer lorsque, du coin de l'œil, elle aperçut quelqu'un qui ressemblait à son petit-fils. Les lumières du studio l'empêchaient d'y voir clair mais, franchement, on aurait dit Matthew.

— Comme vous y allez.

Le présentateur de l'émission, ex-beau gosse au look sport chic qui animait les débats en plaquant une expression perplexe sur son visage, comme si ses invités étaient tous des demeurés, demanda :

— Une réaction, Hester ?

L'apparition de Matthew – ce ne pouvait être que lui – l'avait déboussolée.

— Hester ?

Ils étaient à l'antenne ; ce n'était pas le moment de se laisser distraire.

— Je vous trouve indécent, dit-elle.

— Pardon ?

— Vous m'avez parfaitement entendue.

Elle darda son fameux regard qui tue sur Bobo Branché.
— Indécent.
Que vient faire Matthew ici ?
Son petit-fils n'avait encore jamais débarqué sur son lieu de travail à l'improviste... ni au cabinet, ni au tribunal, ni sur le plateau de télévision.
— Vous voulez bien préciser votre pensée ? s'enquit l'animateur Sport Chic.
— Volontiers.
Le regard revolver était toujours braqué sur Bobo Branché.
— Vous haïssez l'Amérique.
— Quoi ?
— Sérieusement, poursuivit Hester en levant les mains, à quoi nous sert un appareil judiciaire, hein ? Qui a besoin de ça quand on a l'opinion publique ? Pas de procès, pas de jury, pas de juge... c'est aux adeptes de Twitter de décider.
Bobo Branché se redressa légèrement.
— Je n'ai pas dit ça.
— C'est exactement ce que vous avez dit.
— Il y a des preuves, Hester. Une vidéo parfaitement nette.
— Ah oui, une vidéo.
Elle remua les doigts comme si elle était en train de parler d'un fantôme.
— Donc, encore une fois : pas besoin d'un juge ni d'un jury. À vous, le leader autoproclamé des adeptes de Twitter...
— Je ne suis pas...
— Taisez-vous quand je parle. Désolée, j'ai oublié votre nom. Comme je vous ai surnommé Bobo Branché dans ma tête, je vous appellerai Chad, OK ?

Il ouvrit la bouche, mais Hester enchaîna :
— Parfait. Dites-moi, Chad, quel serait le châtiment approprié pour mon client, d'après vous ? Puisque vous vous arrogez le droit de le déclarer innocent ou coupable, autant prononcer la sentence, non ?
— Mon nom...
Il remonta ses lunettes design sur son nez.
— ... est Rick. Et nous avons tous vu cette vidéo. Votre client a frappé un homme au visage.
— Merci pour cette analyse. Vous savez ce qui m'arrangerait, Chad ?
— C'est Rick.
— Rick, Chad... peu importe. Ce qui m'arrangerait, mais vraiment, c'est que vous et votre bande preniez les décisions à notre place. Pensez au temps que vous nous feriez gagner. On posterait une vidéo sur les réseaux sociaux et on prononcerait le verdict selon les réponses obtenues. Pouce levé ou pouce baissé. Plus besoin de témoins, de dépositions ni de preuves. Le juge Rick Chad suffira.
Le teint de Bobo Branché commençait à virer à l'écarlate.
— Tout le monde a vu ce que votre client friqué a fait à ce pauvre gars.
L'animateur Sport Chic intervint :
— Avant de continuer, revoyons cette vidéo pour les téléspectateurs qui nous auraient rejoints en cours de route.
Hester allait protester, mais ils avaient déjà diffusé ces images un nombre incalculable de fois, et ce n'était pas fini. Ses objections seraient non seulement inefficaces, mais se retourneraient contre son client, un florissant conseiller en patrimoine du nom de Simon Greene.
Qui plus est, Hester profiterait de ces quelques secondes hors caméra pour aller voir Matthew.

La vidéo virale – plus de quatre millions de vues – avait été filmée par un touriste sur son iPhone à Central Park. À l'écran, le client d'Hester, Simon Greene, costume impeccablement coupé et cravate Hermès impeccablement nouée, envoyait son poing dans la figure d'un jeune homme échevelé et pauvrement vêtu. Il s'agissait, Hester le savait, d'un toxicomane nommé Aaron Corval.
Le sang giclait du nez de Corval.
Le spectacle était digne d'un roman de Dickens : un nanti frappait sans raison apparente un misérable vagabond.
Hester se contorsionna pour essayer, à travers le brouillard lumineux, de capter le regard de Matthew. Elle intervenait souvent en tant qu'expert juridique sur les chaînes du câble et, deux soirs par semaine, la « célèbre avocate pénaliste » Hester Crimstein animait sa propre émission intitulée *Le Crime selon Crimstein*. C'était un peu téléphoné comme titre, mais ça passait bien et la chaîne l'avait conservé.
Son petit-fils se tenait dans l'obscurité. Il se tordait les mains, un tic hérité de son père, et, l'espace d'un instant, son cœur se serra si douloureusement qu'elle en eut le souffle coupé. Elle faillit traverser le plateau pour demander à Matthew ce qu'il faisait là, mais la vidéo coup de poing était déjà terminée et l'écume débordait de la bouche de Rick Chad, le bobo branché.
— Vous avez vu ?
Un postillon trouva refuge dans sa barbe.
— C'est clair comme de l'eau de roche. Votre riche client a agressé un SDF sans aucune raison.
— Vous ne savez pas ce qui s'est passé avant cette scène-là.
— Ça ne change rien.
— Bien sûr que si. C'est pour éviter que des justiciers dans votre genre ne déclenchent la violence

de la foule contre un innocent que nous avons un système judiciaire.

— Holà, personne n'a parlé de violence.

— Bien sûr que si. Vous ne faites que ça. Vous voulez que mon client, un père de famille sans aucun antécédent judiciaire, aille en prison. Sans procès. Allons, Rick Chad, laissez sortir le fasciste qui est en vous.

Hester tapa sur le bureau, faisant sursauter l'animateur, et se mit à scander :

— Au cachot, au cachot.

— Arrêtez !

— Au cachot !

Il s'empourpra, agacé.

— Ce n'est pas ce que je voulais dire. Vous déformez volontairement mes propos.

— Au cachot !

— Assez. Personne ne réclame ça.

Hester possédait un certain talent d'imitatrice. Elle s'en servait au prétoire pour déstabiliser de manière subtile, sinon puérile, la partie adverse. Prenant la voix de Rick Chad, elle répéta sa phrase mot pour mot :

— « Y a pas photo, ce type-là devrait être en prison. »

— C'est au tribunal d'en juger, répondit Bobo Branché, mais un homme qui se conduit ainsi, qui frappe les gens au visage en plein jour, mérite d'être déchu de ses droits et de perdre son boulot.

— Pourquoi ? Parce que vous et Déplorable-Hygiéniste-Dentaire et Aspirateur-à-Belettes-69 en avez décidé ainsi sur Twitter ? Vous ne connaissez pas le contexte. Vous ne savez même pas si cette vidéo est authentique.

Là-dessus, l'animateur haussa un sourcil.

— Vous insinuez qu'elle serait truquée ?

— Et pourquoi pas ? J'ai eu une cliente dont on avait photoshopé la photographie à côté d'une girafe morte, en légende elle se vantait d'avoir tué cet animal au cours d'un safari. La vengeance d'un ex-mari. Vous imaginez le tir à boulets rouges qu'elle a essuyé après cette publication ? Cette histoire, Hester venait de l'inventer mais elle était plausible et quelquefois il n'en fallait pas davantage pour renverser l'opinion en votre faveur.

— Où est votre client, Simon Greene, aujourd'hui ? questionna Rick Chad.

— Qu'est-ce que ça peut vous faire ?

— Il est chez lui, n'est-ce pas ? En liberté sous caution ?

— C'est un homme innocent, un homme bon, un homme dévoué...

— Et un homme riche.

— Maintenant vous vous en prenez au système de mise en liberté sous caution ?

— Un *Blanc* riche.

— Écoutez, Rick Chad, vous avez beau être *woke* et tout le reste, avec votre barbe et votre bonnet de hipster – c'est un Kangol, non ? –, le fait de parler de la race et vos réponses toutes prêtes ne valent pas mieux que celles du camp d'en face.

— C'est une façon de détourner le débat.

— Pas du tout, fiston. Vous ne voyez pas que vos méthodes et celles de ces gens que vous détestez, c'est pratiquement du pareil au même ?

— Prenons l'inverse, répondit Rick Chad. Si Simon Greene avait été noir et pauvre et l'autre gars blanc et riche...

— Ils sont blancs tous les deux. Ce n'est pas une question de race.

— Tout est une question de race, mais soit. Si un type en guenilles frappe un Blanc riche en costume-cravate, Hester Crimstein ne le défendrait pas. Il serait déjà en taule.

Ça ennuyait Hester, mais elle était bien obligée d'admettre que Rick Chad venait de marquer un point.
— Hester ? fit l'animateur.
L'émission tirait à sa fin. Elle leva les mains.
— Si Rick Chad prétend que je suis une avocate d'exception, qui suis-je pour le contredire ?
Il y eut des rires autour d'eux.
— Nous allons conclure notre émission là-dessus. Notre prochain sujet sera la controverse autour de l'ambitieux candidat à la présidence Rusty Eggers. Est-il pragmatique ou sans scrupule ? Représente-t-il un réel danger pour l'Amérique ? Restez avec nous.
Hester retira l'oreillette et déclipsa le micro du revers de sa veste de tailleur. C'était la pause publicitaire et elle en profita pour traverser le plateau afin de rejoindre Matthew. Il était si grand à présent, grand comme son père. À nouveau, son cœur se serra.
— Ta mère... ? dit Hester.
— Ça va. Tout le monde va bien.
Malgré son mètre cinquante-cinq et le fait que Matthew la dépassait d'une bonne tête, Hester ne put s'empêcher d'étreindre de toutes ses forces l'ado probablement gêné. De plus en plus, le fils lui rappelait le père. Petit, Matthew ne ressemblait pas beaucoup à David, mais maintenant... la posture, la démarche, cette façon de se tordre les mains, de plisser le front, ça la rendait malade. Retrouver chez ce garçon les traits et la morphologie de son fils disparu, comme si une petite part de David avait survécu à l'accident, était censé la réconforter, mais ces résurgences fantomatiques ne faisaient que raviver la blessure, même après toutes ces années. Hester se demandait s'il valait mieux souffrir que de ne rien ressentir ou si « tourner la page » n'était pas la pire des trahisons.

Elle ferma les yeux. Le garçon lui tapota le dos, presque comme s'il ne voulait pas la contrarier.
— Mamita ?
C'est ainsi qu'il l'appelait : mamita.
— Tu es sûre que ça va ?
— Très bien.
Matthew avait la peau plus foncée que son père. Sa mère, Laila, était noire, ce qui faisait de lui un Noir également, un homme de couleur, un métisse et ainsi de suite. L'âge n'était pas une excuse, mais la septuagénaire Hester, qui affirmait avoir arrêté de compter à soixante-neuf ans – ne gardez pas pour vous votre petite blague, elle les a toutes entendues –, peinait à retenir la bonne terminologie en termes d'appartenance raciale.
— Où est ta mère ? demanda-t-elle.
— Au boulot, je suppose.
— Qu'est-ce qui t'arrive ?
— Il y a une fille au lycée, dit Matthew.
— Oui, eh bien ?
— Elle a disparu, mamita. J'ai besoin de ton aide.

3

— ELLE S'APPELLE Naomi Prine.

Hester et Matthew étaient assis à l'arrière de son Cadillac Escalade. Matthew était venu en train en changeant à Secaucus, mais Hester avait jugé plus raisonnable de le ramener à Westville en voiture. Voilà un mois qu'elle n'y avait pas mis les pieds. Un mois, c'était beaucoup trop long, et si elle pouvait aider son petit-fils et passer du temps avec lui et sa mère, ce serait faire d'une pierre deux coups… même si, à la réflexion, c'était plutôt violent comme image. Deux coups contre qui ?

Regardez-moi en train de lancer ma pierre. Pourquoi ? Qui je veux toucher ? Et, au lieu d'un seul, j'en tue deux… je dois être une psychopathe, youpi !

— Mamita ?

— Cette Naomi, fit Hester en coupant court à ce stupide bavardage mental, c'est une amie à toi ?

Matthew haussa les épaules comme seul un ado sait le faire.

— Je la connais depuis genre mes six ans.

Ce n'était pas une réponse directe, mais elle l'accepta.

— Et ça fait combien de temps qu'elle a disparu ?

— Genre une semaine.

Genre six ans. Genre une semaine. Cela la rendait folle – les « genre », les « enfin voilà » –, mais ce n'était guère le moment de pinailler.

— Tu as essayé de la joindre ?
— Je n'ai pas son numéro de téléphone.
— La police a été alertée ?

Nouveau haussement d'épaules.

— Tu as parlé à ses parents ?
— Elle vit avec son père.
— Tu as parlé à son père ?

Il grimaça comme si cette simple idée était d'une absurdité inqualifiable.

— Alors comment sais-tu qu'elle n'est pas malade ? Ou en voyage, par exemple ?

Pas de réponse.

— Qu'est-ce qui te fait croire qu'elle a disparu ?

Matthew se borna à regarder par la vitre. Tim, le chauffeur d'Hester, quitta la route 17 à la sortie Westville, à moins de cinquante kilomètres de Manhattan. Les monts Ramapo, qui font partie du massif des Appalaches, se dressèrent devant eux, faisant surgir un flot de souvenirs.

Un jour, quelqu'un avait dit à Hester que les souvenirs faisaient mal, surtout les bons souvenirs. En vieillissant, elle se rendait compte à quel point c'était vrai.

Hester et son mari Ira – décédé depuis sept ans maintenant – avaient élevé trois garçons dans la « banlieue montagneuse » (c'est ainsi qu'on l'appelait) de Westville, New Jersey. Jeffrey, leur aîné, était aujourd'hui chirurgien-dentiste à Los Angeles. Il en était à sa quatrième épouse, Sandy, qui travaillait dans l'immobilier. Sandy était la première de ses femmes à ne pas faire partie des assistantes dentaires ridiculement jeunes employées dans son cabinet. C'était déjà un progrès, du moins Hester l'espérait. Leur cadet, Eric, travaillait comme son père dans le monde nébuleux de la finance : Hester n'avait jamais compris en quoi consistait leur métier. Apparemment, à déplacer des sommes d'argent de A en B pour favoriser C. Eric et sa femme Stacey avaient trois fils, et chacun d'eux avait deux ans d'écart avec le suivant, tout comme Hester et Ira. Ils avaient récemment déménagé à Raleigh, en Caroline du Nord, le dernier endroit à la mode, semblait-il.

Leur plus jeune fils – le préféré d'Hester, qui ne s'en cachait pas – avait été le père de Matthew, David.

Elle demanda à Matthew :

— Ta mère rentre à quelle heure ?

Laila, comme Hester, travaillait dans un grand cabinet d'avocats, même si elle s'était spécialisée dans le droit de la famille. Elle avait commencé sa carrière en tant que salariée dans le cabinet d'Hester durant l'été tout en poursuivant ses études de droit à Columbia. C'est ainsi qu'elle avait rencontré son fils.

Ce fut un véritable coup de foudre. Ils s'étaient mariés. Puis Matthew était né.

— Je ne sais pas, répondit-il. Tu veux que je lui envoie un texto ?

— Je veux bien.

— Mamita ?

— Oui, chéri ?

— Ne lui parle pas de ça.

— De… ?

— Naomi.

— Pourquoi ?

— S'il te plaît !

— OK.

— Tu me le promets ?

— C'est bon, répliqua-t-elle, légèrement agacée.

Puis, plus gentiment :
— Bien sûr que je te le promets.

Pendant que Matthew pianotait sur son téléphone, Tim prit le tournant familier à droite, puis à gauche, puis encore deux fois à droite. L'impasse pittoresque portait aujourd'hui le nom de Downing Lane. Devant eux se dressait la maison style chalet en bois qu'Ira et Hester avaient construite quarante-deux ans plus tôt. C'est ici qu'ils avaient élevé Jeffrey, Eric et David, mais leurs fils avaient grandi et, il y a quinze ans, Hester et Ira avaient décidé qu'il était temps de quitter Westville. Ils avaient adoré leur foyer niché au pied des monts Ramapo, Ira encore plus qu'Hester car, Dieu ait son âme, il aimait les activités de plein air, la marche, la pêche… bref, des choses qu'on n'est pas censé aimer quand on s'appelle Ira Crimstein. Mais un endroit comme Westville, c'est bien quand on a une famille. On se marie, on quitte la grande ville, on fait des enfants, on assiste aux matchs de foot et spectacles de danse, on verse une larme à la remise des diplômes, ils partent étudier à l'université, reviennent pendant les vacances, dorment tard, puis ne viennent plus du tout et on se retrouve seul. Du coup, comme dans chaque cycle de la vie, vient le temps de tourner la page et de vendre la maison à un autre jeune couple qui quitte la ville pour faire des enfants et prendre un nouveau départ.

Un endroit comme Westville n'est pas fait pour les vieux et il n'y a rien de grave à cela.

Hester et Ira avaient trouvé un appartement sur Riverside Drive dans l'Upper West Side face à l'Hudson. Ils étaient aux anges. Pendant près de trente ans, ils avaient pris le même train que Matthew aujourd'hui, sauf que, à l'époque, il fallait changer à Hoboken et maintenant qu'ils n'étaient plus tout jeunes, pouvoir aller travailler à pied ou en métro, c'était le paradis.

Hester et Ira étaient ravis de vivre à New York.

Quant à la maison de Downing Lane, ils avaient fini par la vendre à leur fils David et sa merveilleuse femme Laila, qui venait juste d'accoucher de leur premier enfant, Matthew. Hester aurait cru que David trouverait bizarre d'habiter la maison où il avait grandi, mais il avait juré que c'était l'endroit idéal pour fonder sa propre famille. Laila et lui avaient tout refait selon leurs goûts, si bien qu'Hester et Ira ne reconnaissaient presque plus leur intérieur quand ils venaient en visite.

Matthew avait l'œil rivé sur son téléphone. Elle lui toucha le genou. Il la regarda.

— As-tu fait quelque chose ? demanda-t-elle.

— Quoi ?

— Avec Naomi ?

Il secoua la tête.

— Je n'ai rien fait. C'est ça, le problème.

Tim s'arrêta dans l'allée devant l'ancienne maison d'Hester. Les souvenirs n'affluaient plus au compte-gouttes ; ils s'abattirent sur elle avec la force d'une déferlante. Tim mit la position parking et se tourna vers elle. Il était à son service depuis une vingtaine d'années, depuis son arrivée des Balkans. Donc il savait. Leurs regards se croisèrent. Elle hocha imperceptiblement la tête pour lui signifier que ça allait.

Matthew avait déjà remercié Tim et était descendu. Hester posa la main sur la poignée de la portière, mais Tim l'arrêta en se raclant la gorge. Elle leva les yeux au ciel et attendit qu'il déplie sa carcasse de grand costaud pour venir lui ouvrir. C'était un geste totalement inutile, mais Tim se sentait offensé chaque fois qu'Hester ouvrait la portière toute seule et, franchement, elle avait d'autres chats à fouetter dans la vie.

— Je ne sais pas pour combien de temps j'en aurai, lui dit-elle.
— Je serai là, répondit-il avec son accent à couper au couteau.
Matthew avait déjà ouvert la porte d'entrée avec sa clé en la laissant entrebâillée. Hester échangea un dernier coup d'œil avec Tim avant d'emprunter le sentier pavé – les pavés qu'Ira et elle avaient posés eux-mêmes trente-trois ans plus tôt au cours d'un week-end – et de s'engouffrer dans la maison.
— Matthew ?
— Dans la cuisine.
Elle se dirigea vers l'arrière de la maison. La porte de l'immense réfrigérateur Sub-Zero – qui n'était pas là de son temps – était grande ouverte et, à nouveau, elle pensa au père de Matthew au même âge, à leurs trois garçons qui, durant leurs années de lycée, avaient toujours la tête dans le frigo. Il n'y avait jamais assez de provisions dans la maison. On aurait dit des pelleteuses sur pattes. Dès qu'elle achetait de la nourriture, le lendemain il n'en restait rien.
— Tu as faim, mamita ?
— Non, ça va.
— Tu es sûre ?
— Oui, Matthew. Explique-moi ce qui se passe.
Sa tête réapparut.
— Ça ne t'ennuie pas si je me fais un petit casse-croûte ?
— Je t'emmène dîner, si tu veux.
— J'ai trop de boulot pour demain.
— Comme tu voudras.
Hester passa au salon. Ça sentait le bois brûlé ; récemment, quelqu'un avait fait du feu dans la cheminée. Bizarre. Ou peut-être pas. Elle regarda la table basse.
Tout était bien rangé. *Trop* bien rangé.

Les magazines et les dessous-de-verre rigoureusement empilés. Chaque chose à sa place.

Hester fronça les sourcils.

Pendant que Matthew mangeait son sandwich, elle monta à l'étage sur la pointe des pieds. Cela ne la regardait pas, bien sûr. La mort de David remontait à dix ans. Laila méritait d'être heureuse. Hester ne lui voulait pas de mal, mais c'était plus fort qu'elle.

Elle pénétra dans la suite parentale.

Laila, elle le savait, dormait côté porte. David avait dormi du côté opposé. Le lit king size avait été fait. Impeccablement.

Trop, pensa-t-elle à nouveau.

La gorge nouée, elle traversa la pièce pour aller jeter un œil dans la salle de bains. Là aussi, tout était impeccable. Elle ne put s'empêcher d'inspecter l'oreiller du côté de David.

Le côté de David ? Ça fait dix ans que ton fils est parti, Hester. Lâche l'affaire.

Elle mit quelques secondes à localiser un cheveu châtain clair sur l'oreiller.

Un long cheveu châtain clair.

Lâche l'affaire, Hester.

La fenêtre de la chambre donnait sur le jardin et la montagne au-delà. La pelouse se fondait dans la pente pour disparaître sous les arbres : d'abord quelques arbres, puis de plus en plus nombreux et finalement une véritable forêt. Ses garçons avaient joué là, bien sûr. Ira les avait aidés à construire une cabane suspendue, un fort et Dieu sait quoi encore. Ils transformaient des bâtons en fusils et en couteaux. Ils jouaient à cache-cache.

Un jour, alors que David avait six ans et qu'il était censé être seul, Hester l'avait entendu parler à quelqu'un

dans ce bois. Lorsqu'elle lui avait posé la question, le petit David s'était raidi.
« Je jouais avec moi-même.
— Mais je t'ai entendu parler à quelqu'un.
— Oh, avait dit son petit garçon. C'était mon ami invisible. »
C'était la seule fois, à sa connaissance, où David lui avait menti.
D'en bas lui parvint le bruit de la porte d'entrée. La voix de Matthew :
— Salut, m'man.
— Où est ta grand-mère ?
— Par là quelque part. Mamita ?
— J'arrive !
À la fois paniquée et se sentant parfaitement idiote, Hester se glissa vivement hors de la chambre et dans la salle d'eau sur le palier. Elle ferma la porte, tira la chasse et fit même couler de l'eau pour plus de sécurité. Quand elle sortit, Laila se tenait au pied de l'escalier, le regard fixé sur elle.
— Bonsoir, fit Hester.
— Bonsoir.
Laila était magnifique. Son tailleur gris ajusté la moulait là où il fallait, en l'occurrence partout. Son chemisier était d'un blanc éclatant, surtout par contraste avec la couleur de sa peau.
— Vous allez bien ? demanda Laila.
— Très bien.
Hester redescendit l'escalier. Les deux femmes s'étreignirent brièvement.
— Alors, quel bon vent vous amène, Hester ?
Matthew entra dans la pièce.
— Mamita m'a aidé pour un exposé.
— Ah bon ? Sur quoi ?

— Le droit, répondit-il.
Laila esquissa une moue.
— Et tu ne pouvais pas me le demander ?
— Et aussi... la télé, ajouta Matthew gauchement.
Il ne savait pas mentir, pensa Hester. Comme son père.
— Genre – ne te vexe pas, maman – le fait d'être une célèbre avocate.
— C'est vrai ?
Laila se tourna vers Hester, qui haussa les épaules.
— OK, très bien.
Hester repensa à l'enterrement de David. Laila était là, tenant le petit Matthew par la main. Ses yeux étaient secs. Elle n'avait pas versé une seule larme. Ni devant Hester ni devant qui que ce soit d'autre. Le soir, Hester et Ira avaient emmené Matthew manger un hamburger à Allendale. Hester était rentrée plus tôt. Elle était allée dans le jardin, dans la clairière où David avait coutume de disparaître pour aller voir Wilde et même à cette distance, malgré le vent qui hurlait, elle avait entendu les cris gutturaux de Laila seule dans sa chambre. Des cris si primaires, si douloureux, si déchirants qu'elle avait eu peur que Laila ne se brise au-delà du réparable.
Laila ne s'était pas remariée. S'il y avait eu d'autres hommes ces dix dernières années – forcément, elle avait dû être très sollicitée –, elle n'en avait pas parlé à Hester.
Mais, à présent, il y avait cette maison trop bien rangée et ce long cheveu châtain.
Lâche l'affaire, Hester.
Sans crier gare, Hester tendit les bras et serra Laila contre elle.
Surprise, Laila dit :
— Hester ?
Lâche l'affaire.
— Je t'aime, murmura Hester.

— Moi aussi, je vous aime.

Hester ferma les yeux, mais ne put retenir ses larmes.

— Ça va ? demanda Laila.

Hester se reprit, fit un pas sur le côté, lissa ses vêtements.

— Tout va bien.

Elle fouilla dans son sac à la recherche d'un mouchoir.

— C'est juste que...

Laila hocha la tête. Sa voix était douce.

— Je sais.

Par-dessus l'épaule de sa mère, Hester vit Matthew secouer la tête pour lui rappeler sa promesse.

— Je vais y aller.

Elle les embrassa tous les deux et se dépêcha de sortir. Tim l'attendait la portière ouverte. Il portait un costume noir et une casquette de chauffeur par tous les temps et en toute saison, même si Hester avait tenté de l'en dissuader et que ni le costume ni la casquette n'étaient très seyants. Peut-être à cause de son gabarit. Ou parce qu'il portait une arme.

En tout cas, cela expliquait le costume mal ajusté. Quant à la casquette...

Tandis qu'elle prenait place sur la banquette arrière, Hester se tourna une dernière fois vers la maison. Matthew se tenait sur le pas de la porte. Soudain une pensée la frappa : son petit-fils lui demandait son aide.

C'était bien la première fois. Il ne lui avait pas tout dit. Pas encore. Mais pendant qu'elle s'apitoyait sur son sort, son malheur, ce vide terrible dans sa propre vie, c'était bien pire pour Matthew qui avait grandi sans son père, surtout un père comme celui-là, un homme bon et généreux, qui avait hérité le meilleur d'Hester et surtout d'Ira. Ira mort d'une crise cardiaque car, elle en était convaincue, il ne s'était jamais remis de la perte de son fils.

Tim s'installa au volant.

— Vous avez entendu Matthew ? lui demanda-t-elle.
— Oui.
— Qu'en pensez-vous ?
Tim haussa les épaules.
— Il cache quelque chose.
Hester garda le silence.
— On rentre ? s'enquit Tim.
— Pas tout de suite. On va d'abord passer au poste de police de Westville.

4

— ÇA ALORS, Hester Crimstein dans mon modeste bureau.

Elle était assise en face du chef de police Oren Carmichael qui, malgré ses soixante-dix ans et une retraite toute proche, avait gardé ses tablettes de chocolat et sa carrure de Musclor.

— Moi aussi, je suis contente de vous voir, Oren.
— Vous avez l'air en forme.
— Je vous retourne le compliment.

Les cheveux gris allaient si bien aux hommes, pensa-t-elle. Encore une fichue injustice.

— Comment va Cheryl ?
— Elle m'a quitté.
— Sérieux ?
— Ouais.
— Je l'ai toujours trouvée un peu bécasse.
— Ah bon ?
— Sans vouloir vous offenser.
— Pas de problème.
— Elle était belle, ajouta Hester. Mais bête. Vous trouvez ça indélicat ?
— Cheryl aurait probablement pensé que oui.

— Je me fiche de ce qu'elle pense.
— Moi aussi.
Oren Carmichael avait un sourire craquant.
— C'est rigolo, cette partie de ping-pong.
— N'est-ce pas ?
— Mais je doute que vous soyez là pour mon esprit de repartie.
— Allez savoir.
Hester se redressa.
— Comment les jeunes appellent ça, quand on fait plusieurs choses à la fois ?
— *Multitasking.*
— C'est ça.
Elle croisa les jambes.
— C'est peut-être mon cas.
Hester aurait reconnu son penchant pour les hommes en uniforme, si cela n'avait pas été aussi banal. N'empêche, avec le sien, Oren Carmichael vous en mettait plein la vue.
— Vous vous souvenez de la dernière fois où vous êtes venue ici ? demanda-t-il.
Hester sourit.
— Jeffrey.
— Il lançait des œufs sur les voitures depuis le pont.
— C'était le bon temps, opina Hester. Pourquoi avez-vous appelé Ira plutôt que moi pour venir le chercher ?
— Parce qu'Ira ne me faisait pas peur.
— Je vous faisais peur ?
— Si vous tenez à employer le passé, certainement.
Oren Carmichael se renversa sur sa chaise.
— Vous voulez bien me dire pourquoi vous êtes là ou on reste sur le badinage ?
— Vous croyez qu'on va s'améliorer sur ce point ?

— Sur le badinage ? Ça ne pourra pas être pire.

Trente-quatre ans plus tôt, Oren avait fait partie de l'équipe qui avait retrouvé le petit garçon dans la forêt. Tout le monde, Hester y compris, avait cru que le mystère serait rapidement résolu, mais personne n'était venu réclamer Wilde[1]. On n'avait jamais su qui l'avait abandonné ni comment il était arrivé là. Personne n'était capable de dire combien de temps l'enfant avait vécu seul ni même comment il avait survécu.

Personne – même après toutes ces années – ne sait qui est Wilde réellement.

Elle hésita à demander de ses nouvelles à Oren, histoire de ménager une transition vers le sujet qui la préoccupait.

Mais ce n'était plus son affaire. Elle en vint donc à l'objet de sa visite :

— Naomi Prine. Vous voyez qui c'est ?

Oren Carmichael joignit les mains sur son ventre plat.

— Vous croyez que je connais toutes les ados de la ville ?

— Comment savez-vous que c'est une ado ?

— On ne peut rien vous cacher. Disons que je la connais.

Hester ne savait pas trop comment formuler sa requête mais, une fois de plus, elle préféra aller droit au but.

— D'après une de mes sources, elle a disparu.

— Une de vos sources ?

OK, pas si droit que ça. Dieu qu'Oren était séduisant.

— Oui.

— Hmm, votre petit-fils a l'âge de Naomi, non ?

— Disons que c'est une coïncidence.

— C'est un bon petit gars, soit dit en passant. Matthew.

Elle ne répondit pas.

---

1. De *wild* : « sauvage » en anglais. (N.d.l.T.)

— Je continue à entraîner l'équipe de basket des quatrièmes, poursuivit-il. Matthew est aussi bosseur et teigneux que...

Il s'interrompit avant d'avoir prononcé le nom de David. Aucun des deux ne bougea. L'espace de quelques instants, le silence draina l'air de la pièce.

— Désolé, fit Oren.

— Il n'y a pas de quoi.

— Dois-je à nouveau faire semblant ?

— Non, dit Hester d'une voix douce. Jamais quand il s'agit de David.

En sa qualité de chef de police, Oren s'était rendu sur le lieu de l'accident cette nuit-là.

— Pour répondre à votre question, dit-il, je ne suis pas au courant de la disparition de Naomi.

— Personne n'est venu la signaler ?

— Non, pourquoi ?

— On ne l'a pas vue au lycée depuis une semaine.

— Et alors ?

— Ça vous ennuie de téléphoner ?

— Vous êtes inquiète ?

— C'est beaucoup dire. Mais un coup de fil me rassurerait.

Oren se gratta le menton.

— Vous n'avez rien de plus à me communiquer ?

— Autre que mon numéro de téléphone ?

— Hester.

— Non, rien. C'est un service que je rends.

Oren fronça les sourcils. Puis :

— Je vais me renseigner.

— Super.

Il la regarda. Elle le regarda.

— J'imagine que vous ne voulez pas attendre de connaître le résultat ? demanda-t-il.

— Pourquoi ? Vous êtes occupé, là ?

Il soupira. Oren commença par téléphoner chez Naomi. Pas de réponse. Puis il appela le lycée. La surveillante qui décrocha le mit en attente. Lorsqu'elle reprit la communication, elle déclara :

— Jusqu'ici, les absences de l'élève ont été justifiées.

— Vous avez parlé à un de ses parents ?

— Pas moi, mais quelqu'un du secrétariat.

— Et qu'a dit le parent ?

— On a juste un mot d'excuse.

— C'est tout ?

— Pourquoi ? Vous voulez qu'on aille voir à son domicile ?

Oren regarda Hester par-dessus le téléphone. Elle secoua la tête.

— Non, je cherche simplement à parer à toute éventualité. Autre chose ?

— Seulement que cette jeune fille devrait soit redoubler, soit rattraper son retard pendant l'été. Elle a été souvent absente ce dernier semestre.

— Je vous remercie.

Oren raccrocha.

— Merci, lui dit Hester.

— Pas de problème.

— Je sais d'où vous connaissez Matthew, fit-elle en réfléchissant. Par moi. Par David. Par l'équipe de basket.

Il garda le silence.

— Je sais aussi que vous êtes très actif sur le plan social, ce qui est tout à votre honneur.

— Mais vous vous demandez d'où je connais Naomi.

— C'est ça.

— J'aurais peut-être dû commencer par le commencement.

— Je vous écoute.

— Vous vous rappelez le film *Breakfast Club* ?
— Non.
Oren eut l'air surpris.
— Vous ne l'avez jamais vu ?
— Non.
— Bon sang, mes gosses le visionnaient en boucle, même si ce n'était pas franchement de leur âge.
— Où voulez-vous en venir ?
— Vous vous souvenez de l'actrice Ally Sheedy ?
Elle ravala un soupir.
— Non.
— Peu importe. Dans le film, Ally Sheedy joue la tête de Turc du lycée, qui me fait penser à Naomi. Dans une scène de confidences, son personnage baisse la garde et avoue : « Ma vie familiale est insatisfaisante. »
— Et c'est le cas de Naomi ?
Oren hocha la tête.
— Ce ne serait pas la première fois qu'elle fugue. Son père – que ça reste entre nous – a écopé de trois PV pour conduite en état d'ivresse.
— Des signes de maltraitance ?
— Non, je ne crois pas que ce soit ça. Plutôt de la négligence. La mère de Naomi est partie il y a cinq ou dix ans, je ne sais plus. Le père travaille tard à Manhattan. À mon avis, il est tout simplement incapable d'élever sa fille tout seul.
— OK, fit Hester. Merci pour toutes ces informations.
— Je vous raccompagne.
Arrivés à la porte, ils se firent face. Hester se sentit rougir. Il n'y avait donc pas d'âge pour ça ?
— Vous pouvez me répéter ce que Matthew vous a raconté au sujet de Naomi ? questionna Oren.
— Rien.

— Allons, Hester, faites comme si j'étais un officier de police expérimenté, qui a quarante ans de carrière derrière lui. Vous passez à mon bureau pour me parler d'une fille à problèmes qui se trouve être dans la classe de votre petit-fils. Le limier que je suis se demande pourquoi et en déduit que Matthew a dû vous dire quelque chose.

Hester allait démentir, mais cela ne servirait à rien.

— Entre nous, oui, Matthew m'a demandé de me renseigner.

— Pourquoi ?

— Je n'en sais rien.

Il attendit.

— Sérieusement.

— OK.

— Il a l'air inquiet pour elle.

— Inquiet comment ?

— Encore une fois, je ne sais pas. Mais si ça ne vous dérange pas, je vais y jeter un œil.

Oren plissa le front.

— Comment ça ?

— Je crois que je vais faire un saut chez elle. Parler au papa. Ça vous va ?

— Ça change quelque chose si je vous dis non ?

— Non. Et non, je ne pense pas qu'il y ait anguille sous roche.

— Mais ?

— Matthew ne m'a jamais rien demandé jusqu'ici. Vous comprenez ?

— Je crois. Et si vous apprenez quelque chose...

— Je vous appellerai immédiatement, promis.

Hester sortit sa carte professionnelle et la lui tendit.

— Voici mon numéro de portable.

— Vous voulez le mien ?

— Ce ne sera pas nécessaire.

Il avait les yeux fixés sur la carte.

— Vous n'avez pas dit que vous m'appelleriez ?

Elle sentait son cœur battre dans sa poitrine. C'était drôle, cette histoire d'âge. Quand votre cœur se mettait à battre de la sorte, c'est comme si les portes du lycée venaient de se refermer derrière vous.

— Oren ?

— Oui ?

— Je sais bien qu'on est censés être modernes, branchés et tout, mais je persiste à penser que c'est au garçon d'appeler la fille.

Il brandit sa carte de visite.

— Et comme par hasard, j'ai votre numéro de portable.

— Le monde est petit.

— Prenez soin de vous, Hester.

— C'est juste le début, dit Tim en tendant les feuilles à Hester. Le reste arrive.

Ils gardaient dans le coffre une imprimante reliée à un ordinateur portable dans la boîte à gants. Parfois, les assistants d'Hester lui envoyaient des informations sur son smartphone, mais elle préférait la sensation tactile de la lecture sur papier. Elle aimait griffonner des notes avec un stylo ou souligner des phrases importantes.

Vieille école. Ou tout simplement vieille.

— Vous avez l'adresse de Naomi Prine ? lui demanda-t-elle.

— Oui.

— C'est loin ?

Tim jeta un œil sur le GPS.

— Quatre kilomètres, huit minutes.

— Allons-y.

En chemin, elle consulta les notes. Naomi Prine, seize ans. Parents divorcés. Bernard, le père. Pia, la mère.

Le père avait obtenu la garde exclusive, ce qui était intéressant en soi. La mère, en fait, avait renoncé à tous ses droits parentaux. Un cas de figure peu banal, pour le moins.

La maison était vieille et délabrée. La peinture, autrefois blanche, tirait sur un crème brunâtre. Chaque fenêtre était occultée soit par un store, soit par un volet cassé.

— Qu'en dites-vous ? demanda Hester à Tim.

Il grimaça.

— Ça ressemble à une planque comme il y en avait au pays. Ou alors un lieu où on torture les dissidents.

— Attendez-moi ici.

Une Audi A6 rutilante, qui devait valoir plus que la maison, était garée dans l'allée. En s'approchant, Hester constata qu'il s'agissait d'une ancienne demeure victorienne, flanquée d'une terrasse aux moulures ouvragées malgré l'usure. C'était ce qu'on nommait dans le temps une « *Painted Lady* », même si la peinture s'était effacée et les charmes féminins dont elle aurait été parée s'étaient depuis longtemps évanouis.

Hester frappa à la porte. Pas de réponse. Elle frappa à nouveau.

Une voix masculine répondit :

— Vous n'avez qu'à laisser le colis devant la porte.

— Monsieur Prine ?

— Je suis occupé. Si je dois signer quelque chose...

— Monsieur Prine, je ne suis pas venue pour une livraison.

— Qui êtes-vous ?

La voix était légèrement pâteuse. Il n'avait toujours pas ouvert.

— Mon nom est Hester Crimstein.

— Comment ?

— Hester...

La porte finit par s'ouvrir.
— Monsieur Prine ?
— Je vous ai déjà vue quelque part, dit-il.
— Je ne crois pas.
— Si, à la télé, il me semble.
— C'est possible. Je suis Hester Crimstein.
— Ça alors !
Bernard Prine fit claquer ses doigts et pointa son index sur elle.
— Vous êtes l'avocate pénaliste qu'on voit aux infos, hein ?
— C'est ça.
— Je le savais.
Méfiant, il fit un pas en arrière.
— Attendez, qu'est-ce que vous me voulez ?
— C'est au sujet de votre fille.
Ses yeux s'agrandirent.
— Naomi, ajouta Hester.
— Je connais le prénom de ma fille, siffla-t-il. Qu'est-ce que vous voulez ?
— Elle n'est pas allée en classe.
— Et alors ? Vous avez été mandatée par le lycée ou quoi ?
— Non.
— Eh bien, qu'avez-vous à voir avec ma fille ? Qu'est-ce que vous me voulez ?
Il avait la tête d'un homme qui venait de rentrer chez lui après une longue journée de travail. Il avait retiré son veston, roulé les manches de sa chemise, desserré sa cravate. Deux stylos identiques sortaient de sa poche de poitrine. Sa barbe de cinq heures frisait plutôt les sept heures. Les paupières rougies, il dégageait une impression de total épuisement. Hester était sûre qu'il s'était déjà servi un remontant.

— Puis-je parler à Naomi ?
— Pourquoi ?
— Je suis...
Elle lui adressa son sourire le plus désarmant.
— Écoutez, je ne vous veux aucun mal. Ma démarche n'a rien d'officiel.
— Alors, pourquoi vous êtes venue ?
— Je sais que c'est assez inhabituel, mais est-ce que Naomi va bien ?
— Je ne comprends pas... Qu'avez-vous à voir avec ma fille ?
— Rien. Je ne cherche pas à me mêler de vos affaires.
Hester envisagea toutes les approches possibles et finit par opter pour l'explication la plus personnelle et la plus véridique.
— Naomi est dans la même classe que mon petit-fils, Matthew. Peut-être vous a-t-elle déjà parlé de lui ?
Prine pinça les lèvres.
— Que venez-vous faire ici ?
— Je... Matthew et moi tenions juste à nous assurer qu'elle allait bien.
— Elle va très bien.
Il voulut refermer la porte.
— Je peux la voir ?
— Vous êtes sérieuse ?
— Je sais qu'elle a manqué l'école.
— Et alors ?
Le sourire désarmant n'a servi à rien. Une note métallique se glissa dans la voix d'Hester.
— Où est Naomi, monsieur Prine ?
— De quel droit vous...
— Aucun, rétorqua Hester. Aucun droit. Zéro, *walou*. Mais un ami de Naomi se fait du souci pour elle.
— Un ami ? renifla-t-il. C'est votre petit-fils, son ami ?

45

Hester ne sut interpréter le ton qu'il employait.
— J'aimerais la voir, c'est tout.
— Elle n'est pas là.
— Et où est-elle ?
— Ça ne vous regarde pas.
Davantage de métal dans la voix :
— Vous dites m'avoir vue à la télévision.
— Oui et alors ?
— Vous devez donc savoir qu'il est déconseillé de me prendre à rebrousse-poil.
Elle le fusilla du regard. Il recula.
— Naomi est partie voir sa mère.
Sa main se crispa sur la poignée.
— Madame Crimstein, ma fille n'a rien à voir avec vous ni avec votre petit-fils. Allez-vous-en maintenant.
Il ferma la porte. Puis, histoire d'enfoncer le clou, il poussa bruyamment le verrou.
Tim, qui attendait dehors, ouvrit la portière de la voiture.
— Espèce d'abruti, marmonna Hester.
Il se faisait tard. La nuit était tombée. L'éclairage ici, surtout au pied des montagnes, était quasi inexistant. Il n'y avait plus rien à faire pour Naomi Prine ce soir.
Tim s'installa au volant et mit le moteur en marche.
— On ferait mieux de rentrer, fit-il. Votre émission commence dans deux heures.
Il croisa son regard dans le rétroviseur.
— Ça fait combien de temps qu'on n'est pas allés chez Wilde ? demanda Hester.
— Ça fera six ans en septembre.
Elle aurait dû être surprise. Par la vitesse à laquelle le temps passait. Par la facilité avec laquelle Tim s'était rappelé le mois et l'année.
Elle aurait dû. Mais elle ne l'était pas.
— Vous croyez pouvoir retrouver le chemin de chez lui ?

— Dans le noir ?
Tim réfléchit.
— C'est possible.
— On va tenter notre chance.
— Vous ne pouvez pas l'appeler ?
— Je doute qu'il ait un téléphone.
— Il aurait pu déménager.
— Non, répondit Hester.
— Ou il n'est pas chez lui.
— Tim ?
Il passa la marche avant.
— C'est parti.

5

TIM REMARQUA LE TOURNANT en repassant pour la troisième fois dans Halifax Road. L'étroit chemin était presque invisible : on avait l'impression de rouler à travers un buisson géant. La végétation raclait le toit de la voiture façon rouleau de lavage automatique. Quelques centaines de mètres plus au sud se trouvait le camp de prière de Split Rock peuplé de... quel nom se donnaient-ils maintenant ? La nation Ramapough Lenape, les Hommes des monts Ramapough, les Indiens des monts Ramapough ou simplement les Ramapoughs, avec leur généalogie trouble qui, d'après certains, remontait aux peuplades autochtones ou à des tribus indigènes mélangées aux Hessois qui avaient combattu lors de la guerre d'Indépendance, voire à des esclaves marrons qui s'étaient cachés parmi les anciennes tribus Lenape avant la guerre civile. Quoi qu'il en soit, les Ramapoughs – Hester s'en tenait à la version la plus simple – formaient aujourd'hui une communauté en déclin, coupée du reste du monde.

Trente-quatre ans plus tôt, quand le petit garçon qu'on baptisa Wilde avait été découvert à huit cents mètres de là, beaucoup avaient supposé – et supposaient encore – qu'il était plus ou moins lié aux Ramapoughs. Rien ne permettait d'étayer cette théorie, mais la différence, la pauvreté et l'isolement font le terreau des légendes. Peut-être qu'une femme de la tribu avait abandonné un enfant né hors mariage, ou alors l'enfant avait été envoyé dans la forêt au cours de quelque cérémonie loufoque ; il s'était perdu et la tribu avait maintenant peur de reconnaître sa responsabilité. Ce n'étaient que des sottises, bien sûr.

Dans l'obscurité, les arbres se refermaient sur le chemin, entrelaçant leurs cimes inclinées tels des enfants jouant à *London Bridge Is Falling Down*[1]. Hester supposait qu'ils avaient déclenché un capteur au moment de tourner et peut-être deux ou trois autres en roulant. Arrivé au fond du cul-de-sac, Tim dut manœuvrer pour faire demi-tour.

La forêt demeurait immobile, silencieuse. Seuls les phares de la voiture trouaient la nuit.

— Et maintenant ? s'enquit Tim.
— Restez dans la voiture.
— Vous ne pouvez pas y aller toute seule.
— Ah bon ?

Tous deux posèrent la main sur la poignée de la portière, mais Hester l'arrêta d'un autoritaire : « Ne bougez pas. »

Elle sortit dans la nuit paisible, referma la portière derrière elle.

Les pédiatres qui avaient examiné Wilde après qu'il avait été découvert avaient estimé son âge entre six et huit ans. Il savait parler. Il avait appris, disait-il, grâce à son amitié « secrète » avec le fils d'Hester, David, et plus directement en pénétrant dans des maisons et en regardant la télévision des heures durant. Tout en vivant dehors à la belle saison, c'est ainsi que Wilde s'était nourri, en fouillant dans les poubelles, mais surtout en s'introduisant

---

1. Comptine traditionnelle anglaise pointant l'état délabré du pont de Londres. (*N.d.T.*)

(par effraction) dans des résidences secondaires où il faisait main basse sur le contenu des placards et des frigos.

L'enfant ne se souvenait pas d'avoir vécu autrement.

Pas de parents. Pas de famille. Aucun contact avec les humains en dehors de David.

Si, un seul souvenir revenait le hanter et le tourmentait encore aujourd'hui, l'empêchant de dormir la nuit, le réveillant en sursaut, le corps couvert de sueurs froides. Il se manifestait sous forme de flashs, sans ligne directrice apparente : une maison obscure, un parquet en acajou, une rampe d'escalier rouge, un portrait d'un homme avec une moustache et des hurlements.

— *Quel genre de hurlements ? avait demandé Hester au petit garçon.*

— *Des hurlements terribles.*

— *Oui, j'ai bien compris. Mais était-ce un homme ? Une femme ? Qui hurle, dans ton souvenir ?*

Wilde avait paru réfléchir.

— *Moi, avait-il répondu. C'est moi qui hurle.*

Croisant les bras, Hester s'adossa à la voiture. Elle n'attendit pas longtemps.

— Hester ?

En le voyant, elle sentit son cœur exploser. Elle n'aurait su dire pourquoi. C'était peut-être dû à ce jour-ci et revoir le meilleur ami de son fils – le dernier à avoir vu David vivant – était au-dessus de ses forces.

— Salut, Wilde.

Wilde était un génie. Allez savoir pourquoi. Un enfant vient au monde avec un programme qui lui est propre. C'est ce qu'on apprend en tant que parent… votre rejeton, il est comme il est et vous, son parent, surestimez grandement votre rôle dans son développement. Un ami très cher lui avait dit un jour qu'un parent, c'était comme un mécanicien auto : on peut réparer la voiture, l'entretenir,

la faire rouler, mais on ne peut pas la changer. Quand une voiture de sport arrive dans votre garage pour réparation, elle n'en ressort pas en SUV.
Pareil pour les enfants.
Wilde était donc génétiquement programmé pour être un génie.
Mais, par ailleurs, les spécialistes soulignent l'importance du développement dans les premières années de la vie. Quatre-vingt-dix pour cent du cerveau d'un enfant se développe, dit-on, avant l'âge de cinq ans. Songez un peu à Wilde à cet âge-là. Imaginez la stimulation, les expériences, les défis, si, tout petit déjà, il avait dû prendre soin de lui, se nourrir, s'abriter, se réconforter, se défendre.
Quel effet cela aurait-il sur le développement de son intelligence ?
Wilde s'avança dans le faisceau des phares pour qu'elle puisse le voir. Il lui sourit. C'était un bel homme, la peau mate tannée par le soleil, les muscles saillants, les avant-bras tels des câbles à haute tension jaillissant des manches roulées de sa chemise en flanelle, le jean délavé, les chaussures de randonnée éraflées, les cheveux longs.
Très longs, d'un châtain clair.
Comme le cheveu qu'elle avait trouvé sur l'oreiller.
Hester n'y alla pas par quatre chemins :
— Qu'y a-t-il entre toi et Laila ?
Il ne répondit pas.
— Pas la peine de nier.
— Je ne nie pas.
— Alors ?
— Elle a des besoins, dit Wilde.
— Sérieux ? fit Hester. Elle a des besoins ? Et toi, Wilde, tu es quoi… le bon Samaritain ?
Il fit un pas vers elle.

— Hester ?
— Quoi ?
— Elle est incapable d'aimer à nouveau.

Juste quand elle pensait ne plus souffrir, ces paroles mirent le feu à un nouvel engin explosif dans son cœur.

— Un jour, peut-être, elle y arrivera, dit Wilde. Mais, pour le moment, David lui manque trop.

Hester le regarda et l'émotion qui montait en elle – faite de colère, de douleur, d'impulsivité, de nostalgie – retomba.

— Avec moi, elle ne risque rien, ajouta Wilde.
— De ton côté rien de nouveau ?
— Rien.

Elle ne savait pas trop qu'en penser. Au début, tout le monde avait cru qu'on découvrirait rapidement l'identité de l'enfant. Du coup, Wilde – le surnom était resté – avait été hébergé par les Crimstein. Finalement, les services sociaux l'avaient placé chez les Brewer, une famille d'accueil aimante qui habitait également Westville. On l'inscrivit à l'école. Il excellait pratiquement dans tout ce qu'il entreprenait. Mais Wilde restait un marginal. Il était attaché à sa famille d'accueil – les Brewer l'avaient même adopté officiellement –, mais, au fond, il ne se sentait bien que seul. À l'exception de son amitié avec David, Wilde était incapable de se lier avec quiconque, les adultes en particulier. Prenez n'importe quelle blessure provoquée par l'abandon qu'une personne normale pourrait ressentir et élevez-la à la puissance dix.

Il y avait eu des femmes dans sa vie, beaucoup de femmes, mais elles ne restaient pas longtemps.

— C'est pour ça que vous êtes là ? demanda Wilde. Pour me parler de Laila ?
— En partie.

— Et l'autre partie ?
— C'est ton filleul.
Voilà qui éveilla son attention.
— Qu'est-ce qu'il a ?
— Matthew m'a demandé de l'aider à retrouver une amie à lui.
— Qui ça ?
— Une fille qui s'appelle Naomi Prine.
— Et pourquoi vous ?
— Je ne sais pas. Mais je pense que Matthew pourrait avoir des ennuis.
Wilde s'approcha de la voiture.
— C'est toujours Tim qui conduit votre voiture ?
— Oui.
— J'allais faire du stop pour aller chez eux. Déposez-moi et on en parlera en chemin.

Sur la banquette arrière, Hester dit à Wilde :
— Alors c'est une passade ?
— Laila ne pourra jamais être une passade. Vous le savez bien.
En effet.
— Et tu restes dormir la nuit ?
— Non. Jamais.
Il n'a vraiment pas changé, pensa-t-elle.
— Et Laila, ça lui va ?
Wilde répondit par une autre question :
— Comment avez-vous su ?
— Pour Laila et toi ?
— Oui.
— La maison était trop bien rangée.
Il ne dit rien.
— Tu es un maniaque de l'ordre.

C'était peu dire. Hester ignorait quel était le diagnostic officiel, mais Wilde souffrait de ce qu'on appelait communément un TOC.

— Et Laila est tout sauf ça.

— Ah.

— J'ai aussi trouvé un long cheveu châtain sur l'oreiller de David.

— Ce n'est pas l'oreiller de David.

— Je sais.

— Vous avez fouiné dans sa chambre ?

— Je n'aurais pas dû.

— Oui.

— Je suis désolée. Ça me fait juste bizarre, tu comprends ?

Il hocha la tête.

— Je veux le bonheur de Laila. Et le tien.

Elle eut envie d'ajouter que David l'aurait voulu aussi, mais n'y parvint pas. Wilde, qui avait dû percevoir sa gêne, changea de conversation :

— Racontez-moi ce qui se passe avec Matthew.

Elle lui expliqua l'histoire de Naomi Prine. Il l'observait de ses yeux bleus perçants pailletés d'or. Il ne bougea presque pas pendant qu'elle parlait. Certains l'avaient surnommé – et le surnommaient encore – Tarzan et ce sobriquet lui allait trop bien, comme si Wilde avait choisi de coller à son personnage avec sa carrure, sa peau foncée et ses cheveux longs.

Lorsqu'elle eut terminé, il demanda :

— Laila est au courant ?

Elle secoua la tête.

— Matthew ne veut pas que je lui en parle.

— Pourtant, vous m'en avez parlé à moi.

— Il n'a rien dit à ton sujet.

Wilde réprima un sourire.

— Jolie échappatoire que vous avez trouvée là.
— Ça fait partie de mon métier. On m'aime pour mes défauts.

Il regarda ailleurs.

— Quoi ?
— Ils sont très proches, répondit-il. Laila et Matthew. Pourquoi ne veut-il pas qu'elle sache ?
— Je me pose la même question.

Ils se turent.

À dix-huit ans, Wilde était entré à l'académie militaire de West Point, qu'il avait terminée avec toutes sortes d'honneurs. La tribu Crimstein en entier – Hester, Ira, les trois garçons – s'était rendue à la cérémonie de remise des diplômes. Wilde avait ensuite servi à l'étranger, essentiellement dans les forces spéciales… Hester ne se rappelait jamais le nom exact. C'était classé secret-défense et, à ce jour, Wilde ne pouvait ou ne voulait pas en parler. Mais la chanson était bien connue et quoi qu'il ait vu là-bas, quoi qu'il ait vécu ou perdu, la guerre l'avait profondément marqué ou, dans son cas, avait peut-être réveillé les fantômes du passé. Allez savoir.

Son engagement dans l'armée terminé, Wilde était rentré à Westville, abandonnant toute prétention de s'intégrer dans la société dite « normale ». Il avait travaillé comme détective privé dans une agence appelée CREW avec sa sœur adoptive Rola, mais cela n'avait pas vraiment marché. Il avait acheté une sorte de caravane au minimalisme ramené à sa plus simple expression et s'était installé sur les contreforts montagneux loin de l'agitation du monde. De temps en temps, il déplaçait son habitation, tout en s'assurant de pouvoir entendre les allées et venues. Hester ne comprenait pas les astuces technologiques du dispositif qui avertissait Wilde quand il avait de la visite. C'était une histoire de détecteurs de mouvement, de capteurs et de caméras à vision nocturne.

— Alors pourquoi me racontez-vous tout ça ? demanda-t-il.

— Je ne peux pas être ici tout le temps. J'ai mes plaidoiries, mes interventions à la télé... bref, des obligations en tout genre.

— OK.

— Et tu es le mieux placé pour rechercher une personne disparue.

— Exact.

— En plus, il y a ce cheveu sur l'oreiller.

— J'ai compris.

— Je ne me suis pas assez occupée de Matthew, dit Hester.

— Il s'en sort bien.

— Sauf qu'il pense qu'une fille de sa classe court un sérieux danger.

— Sauf ça, acquiesça Wilde.

Lorsque Tim tourna dans la rue, ils virent Matthew qui s'éloignait de la maison. Sa démarche était typique d'un ado : tête baissée, épaules rentrées comme pour mieux se protéger, pieds raclant le sol, mains enfouies avec défi dans les poches de son jean. Il avait des AirPods blancs dans les oreilles et ne les vit que lorsque Tim lui coupa pratiquement la route. Matthew retira l'un des écouteurs.

Hester descendit la première.

— Tu as trouvé Naomi ? fit-il.

En apercevant Wilde, il fronça les sourcils.

— Qu'est-ce qui... ?

— Il est au courant, répondit Hester. Il ne dira rien.

Matthew reporta son attention sur sa grand-mère.

— Tu as retrouvé Naomi ?

— J'ai parlé à son père. Il dit qu'elle va bien, qu'elle est partie voir sa mère.
— Mais elle, tu lui as parlé ?
— À la mère ?
— À Naomi.
— Non, pas encore.
— Peut-être que son père ment, dit Matthew.
Hester jeta un coup d'œil en direction de Wilde. Il les rejoignit.
— Qu'est-ce qui te fait croire ça, Matthew ?
Son regard les fuyait soigneusement.
— Pouvez-vous juste... vous assurer qu'elle va bien ?
Distançant Hester, Wilde se rapprocha du garçon.
— Matthew, regarde-moi.
— Je te regarde.
Ce qui n'était pas vrai.
— Tu as des ennuis ? demanda Wilde.
— Hein ? Non.
— Alors parle-moi.

Hester resta à l'écart. Voilà pourquoi cette nouvelle relation entre Laila et Wilde la préoccupait autant. Ce n'était pas à cause de David et du vide abyssal de l'absence... du moins, pas seulement. Wilde était le parrain de Matthew. Il avait été là à la mort de David. Il avait répondu à l'appel en venant remplir son rôle auprès de Matthew. Pas en tant que père de substitution ni beau-père, non. Plus comme un oncle aimant ; Hester et Laila lui en étaient très reconnaissantes, croyant – même si cela peut paraître sexiste – que Matthew avait besoin d'un homme dans sa vie.

Comment une liaison amoureuse entre Laila et Wilde l'affecterait-elle ?

Ce garçon n'était pas bête. S'il avait fallu quelques minutes à Hester pour relever les indices, il devait être au courant également. Comment vivait-il ces retrouvailles nocturnes entre son parrain et sa mère ? Que deviendrait-il si leur histoire tournait court ? Laila et Wilde étaient-ils suffisamment mûrs pour veiller à ce qu'il ne subisse pas les conséquences d'une rupture... ou trop naïfs pour y songer ?

Matthew était plus grand que Wilde maintenant. Bon sang, quand était-ce arrivé ? Wilde posa la main sur l'épaule du garçon.

— Parle-moi, Matthew.
— Je vais à une soirée.
— OK.
— Chez Crash. Ryan, Trevor, Darla, Trish... tout le monde sera là.

Wilde ne pipa pas.

— Ils l'ont toujours chambrée. Naomi. Mais ces derniers temps, c'était pire.

Matthew ferma les yeux.

— C'était super cruel.

Hester se joignit à eux.

— Qui la chambrait ?
— Les élèves populaires.
— Et toi ? fit Hester.

Il contempla ses pieds.

Wilde dit :

— Matthew ?

Il finit par répondre tout bas :

— Non...

Il hésita.

— Mais j'ai laissé faire. J'aurais dû intervenir. Crash, Trevor et Darla lui ont joué un sale tour. Et maintenant... elle n'est plus là. C'est pour ça que je vais chez Crash. Pour essayer d'en savoir plus.

— Quel genre de tour ? questionna Hester.

— C'est tout ce que je sais.

Une voiture avec deux jeunes, un au volant, un autre côté passager, freina à leur hauteur. Le conducteur klaxonna.

— Il faut que j'y aille, dit Matthew. S'il vous plaît… continuez à chercher aussi, OK ?

— Un de mes collaborateurs essaie de localiser la mère de Naomi, fit Hester. Je vais lui parler.

Matthew hocha la tête.

— Merci.

— Y a-t-il quelqu'un d'autre que nous pourrions interroger, Matthew ? Une copine de Naomi ?

— Elle n'a pas de copines.

— Un professeur, un membre de la famille…

Il fit claquer ses doigts et son regard s'illumina.

— Mme O'Brien.

— Ava O'Brien ? s'enquit Wilde.

Matthew acquiesça.

— Elle est prof de dessin remplaçante… un truc comme ça.

— Et tu penses… ? demanda Hester.

Le conducteur klaxonna à nouveau. D'un regard noir, elle le réduisit au silence.

— Faut que j'y aille. J'espère apprendre quelque chose à cette soirée.

— Apprendre quoi ?

Sans répondre, Matthew se glissa à l'arrière de la voiture. Wilde et Hester la regardèrent s'éloigner.

— Tu connais cette Mme O'Brien ? demanda Hester.

— Oui.

— Dois-je te demander comment ?

Il garda le silence.

— C'est bien ce que je pensais. Elle acceptera de te parler ?

— Oui.
— Tant mieux.
Lorsque la voiture eut disparu au tournant, Hester demanda :
— Alors, ton avis ?
— Matthew ne nous dit pas tout.
— Peut-être que la mère de Naomi me rappellera. Peut-être qu'elle me laissera parler à sa fille.
— Peut-être.
— Mais tu n'en es pas convaincu.
— Non.
Tous deux se retournèrent vers la maison des Crimstein située plus loin dans l'impasse.
— Je dois rentrer à Manhattan pour mon émission, dit Hester.
— Mmm.
— Je n'ai pas le temps d'aborder ça avec Laila maintenant.
— Ce n'est pas plus mal, répliqua Wilde. Allez faire votre émission. Je parlerai à Laila, puis j'irai voir Ava O'Brien.
Hester lui tendit sa carte avec son numéro de portable.
— Reste en contact, Wilde.
— Vous aussi, Hester.

6

QUAND LAILA LUI OUVRIT, elle demanda :
— Qu'est-ce qui se passe ?
— Rien.
— Pourquoi tu sonnes à la grande porte alors ?
Wilde passait toujours par la porte de derrière. Toujours. Il traversait à pied le bois qui jouxtait la maison des Crimstein. Il le faisait depuis que David l'avait introduit à l'intérieur en cachette, lorsqu'ils étaient enfants.
— Eh bien ?
La beauté de Laila était énergie et passion à l'état pur. Un mélange détonant qui agissait tel un aimant sur tous ceux qui l'approchaient. Et qui en redemandaient toujours plus.
— Je ne reste pas dîner, fit-il.
— Ah…
— Désolé. Un contretemps de dernière minute.
— Tu n'as pas à te justifier.
— Je peux revenir plus tard, si tu veux.
Laila scruta son visage. Il hésita à lui parler de Matthew et de cette histoire avec Naomi, puis décida que la confiance de son filleul pesait plus lourd dans la balance. Pour le moment, du moins. C'était un pari, certes, mais Laila comprendrait.

Ou pas.
— Je me lève de bonne heure demain, dit-elle.
— OK.
— Et Matthew est sorti. Je ne sais pas quand il rentrera.
Wilde l'imita avec toute la douceur dont il était capable :
— Tu n'as pas à te justifier.
Laila lui sourit.
— Oh, et puis zut. Reviens si tu peux.
— Ça risque d'être tard.
— Tant pis, rétorqua-t-elle.
Puis :
— Tu ne m'as toujours pas expliqué pourquoi tu passes par la grande porte.
— J'ai croisé Matthew dans la rue.
Ce qui était vrai.
— Qu'est-ce qu'il t'a dit ?
— Qu'il allait à une soirée chez un dénommé Crash.
— Crash Maynard, fit-elle.
— Comme... ?
— Oui, le manoir Maynard. C'est le fils de Dash.
— Dash a appelé son fils Crash ?
— Il était fan du film *Duo à trois*, semble-t-il. Tu y crois, toi ?
Il haussa les épaules.
— Quand on s'appelle Wilde...
— Pas faux.
Les grillons, ses compagnons inséparables et réconfortants, avaient entamé leur concert nocturne.
— Bon, j'y vais.
— Attends.
Laila fouilla dans la poche de son jean.
— Inutile de jouer l'homme des montagnes.
Elle sortit un porte-clés et le lui lança.
— Prends ma voiture.

Il attrapa les clés.

— Merci.

— Je t'en prie.

— Je n'en aurai peut-être pas pour longtemps.

— Je serai là, Wilde.

Et elle referma la porte.

Huit mois plus tôt, quand il l'avait rencontrée, Ava O'Brien habitait dans une grande résidence aux couleurs beige et gris terne. Ce soir-là, tandis qu'ils rentraient en titubant à la lueur fluorescente des réverbères, Ava avait déclaré en plaisantant que les immeubles se ressemblaient tous et qu'il lui arrivait souvent de se tromper de porte.

Wilde n'avait pas ce problème-là. Il se souvenait parfaitement de l'adresse et de l'emplacement exact de son appartement.

Personne ne lui ouvrit. Connaissant la topographie des lieux, il alla inspecter la fenêtre tout en haut à droite. Il y avait de la lumière. Cela ne voulait rien dire en soi. Il guetta une ombre derrière les rideaux. En vain.

Il revint frapper à nouveau.

Des pas traînants. Une pause. Il était presque neuf heures maintenant. Ava O'Brien devait sûrement regarder par le judas. Wilde attendit. L'instant d'après, il entendit le glissement d'une chaînette. La poignée tourna.

— Wilde ?

Ava était enveloppée dans un ample peignoir éponge. Un peignoir qu'il connaissait bien. Pour l'avoir porté.

— Je peux entrer une seconde ?

Il essaya de décrypter son expression. Était-elle triste ou bien contente de le voir ? Non pas que ça change quoi que ce soit. Son expression, toutefois, semblait mitigée. Il y avait de la surprise. De la joie peut-être. Et autre chose… qu'il n'arrivait pas à déchiffrer.

— Maintenant ?
Il ne prit pas la peine de répondre.
Ava se pencha et, les yeux dans les yeux, murmura :
— Je ne suis pas seule, Wilde.
Ceci expliquait cela.
Le visage d'Ava s'adoucit.
— Ah, Wilde, fit-elle d'une voix chargée de tendresse. Pourquoi ce soir ?
Il n'aurait peut-être pas dû venir. Il aurait dû laisser ça à Hester.
— C'est au sujet de Naomi Prine, dit-il.
Cela éveilla son attention. Elle jeta un coup d'œil par-dessus son épaule, sortit sur le palier et ferma la porte.
— Qu'est-ce qui se passe ? Elle va bien ?
— Elle a disparu.
— Comment ça, « disparu » ?
— C'est une de tes élèves, non ?
— En quelque sorte.
— Ça veut dire quoi, en quelque sorte ?
— Ça veut dire quoi, disparu ?
— Tu n'as pas remarqué son absence ?
— J'ai cru qu'elle était malade.
Ava resserra son peignoir.
— Je ne comprends pas. Pourquoi tu t'intéresses à elle ?
— J'essaie de la retrouver.
— Pourquoi ?
Comme il ne répondait pas tout de suite, Ava demanda :
— Tu as parlé à son père ?
— Ma collègue...
Autant faire simple.
— ... est allée le voir.
— Et ?
— Il prétend que Naomi est chez sa mère.

— Il a dit ça ?
— Oui.
Ava semblait maintenant sincèrement préoccupée.
— La mère de Naomi ne fait plus partie de sa vie depuis longtemps.
— Il paraît.
— Et comment en es-tu arrivé à venir sonner à ma porte ?
— Une source…
Encore une fois, c'était plus simple ainsi.
— … m'a informé que vous étiez proches.
— Je ne comprends toujours pas. Pourquoi tu recherches Naomi ? Quelqu'un t'a engagé ?
— Non. Je fais ça pour rendre service.
— À qui ?
— Je ne suis pas en mesure de te le dire. Saurais-tu par hasard où elle peut être ?
La porte derrière eux s'ouvrit. Un grand costaud avec une longue barbe remplit tout l'espace. Son regard alla d'Ava à Wilde.
— Salut, dit-il.
— Salut, fit Wilde.
Il regarda à nouveau Ava.
— Je ferais mieux d'y aller.
— Pas la peine, dit Wilde. Je n'en ai pas pour longtemps.
Le barbu contempla Ava et, comme s'il avait lu la réponse sur son visage, hocha la tête.
— On remet ça ? lui demanda-t-il.
— Bien sûr.
Il l'embrassa sur la joue, tapa Wilde dans le dos et descendit les marches en courant. Wilde se tourna vers Ava pour s'excuser, mais elle ne le laissa pas parler.
— Allez, entre.

Il s'assit sur le canapé rouge où Ava et lui avaient échangé leur premier baiser. Rapidement, il scruta la pièce. Il n'y avait pas grand-chose de changé depuis qu'il avait passé ces trois jours ici avec elle. Deux nouveaux tableaux au mur accrochés légèrement de travers : une aquarelle de ce qui ressemblait à un visage tourmenté et une peinture à l'huile du mont Houvenkopf.

— Les peintures, fit-il. C'est toi ?

Elle secoua la tête.

— Mes élèves.

Il l'avait deviné. Elle n'aimait pas exposer son travail. Trop intime, lui avait-elle expliqué. Trop autocentré. On repère facilement toutes tes failles.

— Il y en a un de Naomi ?

— Non, dit Ava. Mais vas-y, ne te gêne pas.

— Vas-y où ?

Elle désigna le mur.

— Redresse-les. Je sais que ça te démange.

La nuit, pendant qu'elle dormait, Wilde faisait le tour de la pièce, parfois avec un niveau, pour s'assurer que les tableaux étaient parfaitement droits. C'était l'une des raisons pour lesquelles il était content de n'avoir rien accroché dans son propre logis.

Tandis qu'il rajustait les tableaux, Ava s'assit dans le fauteuil le plus éloigné de lui.

— Il faut que tu me dises pourquoi tu la recherches.

— Non.

— Pardon ?

Il finit de redresser le paysage de montagne.

— On n'a pas de temps à perdre en explications. Tu as confiance en moi, Ava ?

Elle repoussa les cheveux de son visage.

— Je devrais ?

Il crut déceler une note d'aigreur dans sa voix, mais il n'en était pas sûr.

Puis :

— Oui, Wilde, j'ai confiance en toi.

— Parle-moi de Naomi.

— Je ne sais pas où elle est, si c'est ça qui t'intéresse.

— Mais tu l'as comme élève.

— Je l'aurai.

— Que veux-tu dire ?

— Je l'ai poussée à s'inscrire à l'atelier aquarelle à la rentrée. Là, je l'aurai comme élève.

— Mais tu la connais déjà ?

— Oui.

— Comment ?

— Je fais de la surveillance à la cafétéria trois jours par semaine. Avec les restrictions, ils sont tristement à court de personnel.

Elle se pencha en avant.

— C'est aussi ton ancien lycée, non ?

— Oui.

— Tu ne vas pas me croire, mais quand nous deux, on était...

Elle leva les yeux, cherchant le mot approprié, avant de hausser les épaules :

— ... ensemble, je n'avais pas la moindre idée de qui tu étais. De ton passé.

— Je sais.

— Ah bon ?

— Je le sens.

— Parce qu'on te traite différemment, c'est ça ? Mais peu importe. J'imagine que tu étais considéré comme un marginal là-bas.

— Jusqu'à un certain point.

— Jusqu'à un certain point, répéta-t-elle, parce que tu es fort, séduisant et certainement sportif. Naomi n'est rien de tout ça. Elle est le souffre-douleur idéal. C'est horrible à dire, mais quelque chose en elle semble provoquer ce genre d'attitude. Une facette de la nature humaine que personne n'a envie d'aborder. Une part de nous qui jouit du spectacle. Comme si elle le méritait. Et il n'y a pas que les élèves. Il y a des profs qui ricanent aussi. Je ne dis pas qu'ils aiment ça, mais ils ne font rien pour la défendre.

— Tandis que toi, si.

— J'essaie. Mais souvent, c'est pire. C'est une excuse, je sais, mais chaque fois que j'ai pris son parti... eh bien, ça n'a pas arrangé les choses. À la place, je prétexte une mauvaise conduite – j'espère du coup que ça va rehausser son image – et, en guise de punition, la renvoie de la cafétéria pendant la pause déjeuner. Je l'installe dans la salle de dessin. Quelquefois, quand j'arrive à me libérer, je lui tiens compagnie. Ça ne change rien vis-à-vis des autres élèves, mais au moins...

— Au moins quoi ?

— Au moins, ça lui apporte un peu de répit. Quelques minutes de paix dans sa journée.

Ava cligna des yeux pour chasser une larme.

— Si Naomi a disparu, c'est qu'elle a dû fuguer.

— Pourquoi tu dis ça ?

— Parce que sa vie est un enfer.

— Même à la maison ?

— J'ignore si « enfer » est le mot exact, mais ce n'est pas la joie non plus. Tu sais que Naomi a été adoptée ?

Wilde secoua la tête.

— Elle en parle plus que de raison.

— Dans quel sens ?

— En fantasmant, par exemple, que ses vrais parents vont venir la chercher. Ses parents adoptifs ont subi toute une batterie de tests et d'entretiens. On a fini par leur confier un nourrisson – Naomi –, mais la mère a presque aussitôt déclaré forfait. Ils ont même tenté de la ramener à l'orphelinat. Tu imagines ? Comme s'il s'agissait d'un colis. Bref, la mère a fait une dépression. C'est du moins ce qu'elle a prétendu. Elle a plaqué son mari et Naomi.
— Tu sais où elle est maintenant ?
— Oh, elle...
Fronçant les sourcils, Ava esquissa des guillemets avec ses doigts.
— ... s'est remise. Elle est remariée à un type friqué. D'après Naomi, elle habite une belle maison de ville dans Park Avenue.
— Naomi ne t'a rien dit récemment ? Rien qui puisse nous aider ?
— Non.
Puis :
— Maintenant que tu en parles...
— Quoi ?
— Elle paraissait aller mieux. Elle était plus calme. Plus détendue.
Wilde garda le silence. Il n'aimait pas ça.
— À ton tour, Wilde. Pourquoi tu me demandes ça ?
— Quelqu'un se fait du souci pour elle.
— Qui ça ?
— Je ne peux pas te le dire.
— Matthew Crimstein.
Il ne répondit pas.
— Encore une fois, Wilde, je ne savais pas qui tu étais quand on s'est rencontrés.
— Mais maintenant, tu le sais.

Soudain, les yeux d'Ava s'emplirent de larmes. Il lui prit les mains. Elle se dégagea. Il n'insista pas.
— Wilde ?
— Oui.
— Il faut que tu la retrouves.

Wilde regagna le parking de la résidence et gara la BMW de Laila près d'un conteneur à poubelles. Hester avait raison. Laila était une souillon. Une ravissante souillon. Alors qu'elle prenait méticuleusement soin de sa personne, le reste ne suivait pas. Le siège arrière de la BMW était jonché de gobelets à café et d'emballages de barres protéinées.

Il gara la voiture pour la vider. Sans avoir la phobie des microbes, il fut content de trouver une lotion antibactérienne dans la boîte à gants. Il jeta un coup d'œil sur l'immeuble d'Ava. Allait-elle rappeler le grand barbu ? Il en doutait.

Wilde ne regrettait nullement les moments passés avec Ava. Il avait même ressenti un étrange pincement au cœur lorsqu'il l'avait vue pour la première fois... un désir mêlé de nostalgie. Son incapacité à entretenir des relations durables ne signifiait pas qu'il cherchait à éviter les nouvelles rencontres. Il ne voulait blesser personne, mais passer la pommade ou raconter des salades, c'était encore pire. Il avait donc opté pour la vérité brute.

Wilde dormait dehors. Même à cette époque-là.

Il n'aurait su expliquer pourquoi. Alors il laissait un mot, filait pour quelques heures dans la forêt et revenait au lever du jour. Il n'arrivait pas à dormir avec quelqu'un à côté de lui.

C'était aussi simple que ça.

Dehors, il rêvait souvent de sa mère.

Peut-être que ce n'était pas sa mère. C'était peut-être une autre femme dans la maison à la rampe d'escalier rouge. Dans son rêve, sa mère – mettons que ce soit elle – était une belle femme avec une longue chevelure auburn, des yeux vert émeraude et une voix d'ange. Mais ressemblait-elle vraiment à cela ? L'image était un peu trop parfaite, plus illusion que réalité. Elle aurait pu surgir de son imagination ou alors il l'avait vue à la télévision. La mémoire a des exigences qu'on ne peut pas toujours satisfaire. La mémoire est fallacieuse parce qu'elle persiste à vouloir boucher les trous.

Son téléphone sonna. C'était Hester.

— Tu as parlé à Ava O'Brien ?

— Oui.

— Tu vois que je ne te demande pas à nouveau comment tu l'as connue.

— Vous êtes la discrétion même.

— Alors qu'a-t-elle dit ?

Wilde lui rapporta sa conversation avec Ava.

— Cette histoire de Naomi qui paraissait plus calme, fit-elle quand il eut terminé. Ça ne me dit rien qui vaille.

— Je sais.

Souvent, quelqu'un qui décide de mettre fin à ses jours affiche un calme apparent. Sa décision est prise. Cela lui fait, bizarrement, un fardeau en moins.

— Moi, j'ai du nouveau, annonça Hester. Et ça ne sent pas bon.

Wilde attendit.

— La mère m'a rappelée. Elle ne sait absolument pas où est Naomi.

— Le père a donc menti.

— Peut-être.

D'une manière ou d'une autre, ça ne ferait pas de mal de lui rendre une petite visite.

Quelqu'un appela Hester. Il y eut du remue-ménage en arrière-fond.

— Tout va bien ? demanda-t-il.
— Ça va être l'heure du direct, répondit-elle. Wilde ?
— Oui.
— Il faut agir vite, tu es d'accord ?
— On s'affole peut-être pour rien.
— Ce sont tes tripes qui te disent ça ?
— Je ne me fie pas à mes tripes, répliqua Wilde. Je me fie aux faits.
— Mon œil.

Puis :
— Est-ce que les faits se font du souci pour cette fille ?
— Pour elle, acquiesça-t-il, et pour Matthew.

Il y eut de nouveaux remous.
— Faut que j'y aille, Wilde. À bientôt.

Et Hester raccrocha.

Elle se percha derrière le bureau tout neuf, sur une chaise à dossier en cuir un peu trop haute pour elle. Ses orteils touchaient à peine le sol. Le prompteur était allumé et prêt à se mettre en route. Lori, la coiffeuse de service, mettait la dernière touche à son travail en pinçant ses cheveux entre deux doigts, tandis que Bryan, le maquilleur, appliquait le correcteur de dernière minute. L'horloge rouge du compte à rebours, qui ressemblait au minuteur d'une bombe dans une série télé, indiquait qu'il restait deux minutes avant le direct.

Son coanimateur pour la soirée était en train de faire joujou avec son portable. Fermant brièvement les yeux, Hester sentit le pinceau de maquillage lui caresser la joue, les doigts lui effleurer les cheveux pour les remettre en place. Ces sensations étaient étrangement apaisantes.

Lorsque son téléphone vibra, elle rouvrit les yeux avec un soupir et congédia Lori et Bryan d'un geste de la main. Normalement, elle ne prenait pas d'appels juste avant le direct, mais là, c'était son petit-fils.
— Matthew ?
— Vous ne l'avez toujours pas trouvée ?
La voix était étouffée, au bord du désespoir.
— Pourquoi tu chuchotes ? Où es-tu ?
— Chez Crash. Tu as parlé à la mère de Naomi ?
— Oui.
— Qu'est-ce qu'elle a dit ?
— Elle ne sait pas où est sa fille.
Son petit-fils émit un son qui ressemblait à un gémissement.
— Matthew, qu'est-ce que tu nous caches ?
— Ça n'a pas d'importance.
— Bien sûr que si.
Le ton se fit maussade.
— Oublie ce que je t'ai demandé, OK ?
— Pas OK.
L'un des réalisateurs hurla :
— Antenne dans dix secondes.
Son coanimateur glissa son portable dans sa poche. Se tournant vers Hester, il aperçut le téléphone collé à son oreille.
— Euh… Hester ? C'est vous qui faites l'intro.
Le réalisateur leva la main pour indiquer qu'il restait cinq secondes. Puis il replia le pouce pour montrer qu'il n'y en avait plus que quatre.
— Je te rappelle, fit Hester.
Elle posa le téléphone sur la table au moment où le réalisateur repliait son index.
Trois secondes, ça peut sembler très court. Sauf sur un plateau de télévision. Hester eut le temps de jeter un

coup d'œil à Allison Grant, la productrice de son émission, et de hocher la tête. Allison eut le temps de grimacer et de lui adresser un signe de tête en retour, signifiant qu'elle ferait ce qu'on lui demandait, mais à son corps défendant.

Hester s'y était préparée. Il y avait un temps pour enquêter... et un temps pour agir.

Le moment était venu d'agir.

Le réalisateur acheva le compte à rebours et pointa le doigt sur Hester.

— Bonsoir, fit-elle, et bienvenue dans cette édition du *Crime selon Crimstein*. Cette soirée sera consacrée au sulfureux candidat à l'élection présidentielle Rusty Eggers et à la controverse autour de sa campagne.

Cette partie-là était sur le prompteur. La suite, non.

Hester prit une grande inspiration. Trop tard pour faire machine arrière.

— Mais tout d'abord, une information de dernière minute.

Son coanimateur fronça les sourcils et se tourna vers elle.

Le problème, c'est que Matthew avait peur. Hester n'arrivait pas à se défaire de cette idée. Matthew avait peur et il avait demandé son aide. Comment pouvait-elle la lui refuser ?

Une photographie de Naomi Prine s'afficha sur tous les écrans de télévision de tout le pays. C'était la seule photo que sa productrice, Allison Grant, avait pu dénicher, et encore, cela n'avait pas été sans mal. Il n'y avait rien sur les réseaux sociaux, chose étrange dans notre société actuelle, mais Allison, qui était pleine de ressources, avait mis la main sur le photographe chargé de faire les photos de classe au lycée de Westville. Une fois qu'elle lui eut promis de garder le filigrane avec son logo, le photographe accepta de leur en laisser l'usage à l'antenne.

— Ce soir, poursuivit Hester, une jeune fille de Westville, New Jersey, a besoin de votre aide.

Sur le parking devant chez Ava, Wilde réfléchissait aux différentes solutions qui s'offraient à lui. Au fond, il n'y avait pas grand-chose à faire. Il était tard. La première : il pouvait retourner chez Laila et monter sans bruit dans la chambre où elle l'attendait...

Était-il vraiment nécessaire d'envisager les alternatives ?

Pour assurer ses arrières, il envoya un texto à Matthew : Où es-tu ?

Matthew : Chez Crash Maynard.
Wilde : Naomi est là ?
Matthew : Non.

Pendant que Wilde cherchait à formuler sa prochaine question, il vit les points clignotants : Matthew était en train d'écrire.

Matthew : Merde.
Wilde : Quoi ?
Matthew : Ça craint ici.

Les pouces de Wilde ne bougeaient pas assez vite à son goût, mais finalement il réussit à taper : Comment ça ?

Pas de réponse.
Wilde : Hello ?

L'image idyllique de la première solution – Laila dans sa chambre, bien au chaud sous les couvertures, en train de lire des mémoires juridiques – surgit si nettement devant lui qu'il sentit presque l'odeur de sa peau.

Wilde : Matthew ?
Pas de réponse. L'image de Laila partit en fumée.
Zut.
Wilde reprit la route, direction le manoir Maynard.

7

MATTHEW SE TROUVAIT dans l'immense manoir de Crash Maynard tout en haut de la colline.

Sa façade à l'ancienne, vaguement gothique, était flanquée de colonnes de marbre. Elle lui rappelait le club de golf huppé où sa grand-mère l'avait emmené à l'occasion de la remise d'un prix à l'un de ses clients. Hester n'aimait pas cet endroit, se souvint-il. Pendant qu'elle sirotait son vin – sans modération, selon toute apparence –, ses yeux s'étaient étrécis. Elle avait regardé autour d'elle, fronçant les sourcils et marmonnant quelque chose à propos de cuillères en argent, de privilèges et de consanguinité. Quand Matthew lui avait demandé ce qu'elle avait, elle l'avait toisé de haut en bas et avait déclaré suffisamment fort pour être entendue :

« Tu es à moitié juif, à moitié noir… tu n'as doublement pas le droit d'être admis dans ce club. »

Puis elle avait fait une pause et, le doigt en l'air, avait ajouté :

« Ou alors ça ferait deux en un. »

Lorsqu'une dame âgée avec un halo figé de cheveux d'un blanc immaculé émit un claquement de langue réprobateur à son adresse, Hester lui avait suggéré d'aller se faire foutre.

Elle était comme ça, mamita. Toujours prête à monter au créneau.

C'était à la fois embarrassant et rassurant. Embarrassant pour des raisons évidentes. Rassurant parce qu'il pouvait compter sur elle en toutes circonstances. Jamais Matthew n'avait douté d'elle. Peu lui importait qu'elle soit menue ou qu'elle ait soixante-dix ans. À ses yeux, sa grand-mère était dotée de pouvoirs surhumains.

Il y avait une douzaine de jeunes à ce que les parents persistaient à appeler une « fête », mais qui, en réalité, n'était juste qu'un rassemblement à l'« étage du dessous » : les parents de Crash n'aimaient pas le terme « sous-sol ». C'était assurément l'endroit le plus cool du monde. Si l'extérieur du manoir était plutôt désuet, l'intérieur apparaissait comme le *nec plus ultra* du design et de la technologie. Le home cinéma ressemblait à une vraie salle de cinéma avec son numérique et une quarantaine de sièges. À l'entrée, il y avait un bar en bois de merisier et une véritable machine à pop-corn. Les couloirs étaient tapissés de posters de vieux films et d'affiches des émissions télévisées du père de Crash. La salle de jeux était une réplique miniature du Silverball, le fameux musée du flipper à Asbury Park. Au fond d'un des couloirs se trouvait une cave à vins avec des fûts en chêne. L'autre avait été transformé en souterrain conduisant à une salle de basket grandeur nature, réplique – ça faisait beaucoup de répliques – de celle des Knicks au Madison Square Garden.

Personne ne s'entraînait dans cette salle de sport. Personne ne jouait au flipper. Personne n'était vraiment d'humeur à regarder quoi que ce soit dans la salle de projection. Non pas que Matthew fût un habitué des lieux.

Il n'avait jamais fait partie de la bande, sauf récemment, quand il avait réussi à s'infiltrer parmi eux. À dire vrai, il adorait ça. Ces jeunes-là savaient s'éclater, comme le jour où Crash avait fêté son anniversaire à Manhattan. Son père avait loué des limousines noires pour les transporter et la fête avait eu lieu dans une ancienne banque. Chaque garçon devait être « escorté » d'une ex-candidate de l'émission de téléréalité de Dash Maynard *Sexy en lingerie*. Une célèbre star de la télé avait officié aux platines et lorsqu'il avait annoncé « mon meilleur ami et le héros du jour », Crash avait fait son entrée sur un cheval blanc, un vrai cheval, suivi par son père au volant d'une Tesla rouge, cadeau d'anniversaire pour son fils.

Ce soir, la plupart des ados s'étaient retrouvés dans la salle de télé « normale », avec un écran incurvé Samsung soixante-deux pouces au mur. Crash et Kyle jouaient à un jeu vidéo de foot, tandis que le reste de la bande – Luke, Mason, Kaitlin, Darla, Ryan et bien sûr Sutton, toujours Sutton – était affalé sur des poufs poire comme éparpillés par la main d'un géant. La plupart étaient défoncés. Caleb et Brianna s'étaient retirés à côté pour approfondir leur connaissance mutuelle.

La pièce était sombre. La lumière bleutée de l'écran et des smartphones individuels éclairait les visages de ses camarades de classe, leur conférant une pâleur fantomatique. Sutton était à sa droite, curieusement seule. Matthew voulait profiter de cette ouverture ; il chercha donc un moyen pour se rapprocher d'elle. Il était amoureux de Sutton depuis la cinquième – Sutton avec son calme surnaturel, ses cheveux blonds, son teint parfait et son sourire craquant – et elle s'était toujours montrée gentille et chaleureuse, championne du monde en titre de l'art de maintenir des garçons comme Matthew dans la sphère amicale.

Sur le grand écran, le quarterback vidéo de Crash fit une longue passe, le receveur marqua un touchdown. Crash bondit, exécuta une petite danse et cria à Kyle :
— Dans ta face !
Il y eut quelques vagues rires parmi les spectateurs, tous scotchés à leurs smartphones. Crash regarda autour de lui, comme s'il s'attendait à plus d'enthousiasme.
En vain.
Ce soir, il y avait quelque chose dans l'air, comme un relent de peur ou de désespoir.
— Qui a faim ? demanda Crash.
Personne ne répondit.
— Allez, qui est avec moi ?
Il dut se contenter de quelques murmures indistincts. Crash pressa le bouton de l'interphone. Une voix de femme à l'accent mexicain répondit :
— Oui, monsieur Crash ?
— On peut avoir des nachos et des quesadillas, Rosa ?
— Bien sûr, monsieur Crash.
— Avec du guacamole maison.
— Bien sûr, monsieur Crash.
À l'écran, Kyle donna le coup d'envoi. Luke et Mason buvaient de la bière. Kaitlin et Ryan partageaient un joint tandis que Brooke vapotait le dernier parfum de chez Juul. Cette pièce avait été le fumoir du père de Crash et ils faisaient en sorte qu'on ne puisse pas sentir l'odeur d'une autre fumée. Kaitlin passa une cigarette électronique à Sutton. Sutton la prit, mais sans la mettre dans sa bouche.
Kyle dit :
— J'adore le guac de Rosa.
— Ah ouais ?
Crash et Kyle se tapèrent dans la main et quelqu'un, Mason peut-être, esquissa un rire forcé. Luke se joignit

à lui, puis Kaitlin, imités par tous les autres sauf Matthew et Sutton. Matthew ignorait ce qui les faisait rire – le guacamole de Rosa ? –, mais tout cela sonnait faux, comme s'ils se mettaient en quatre pour avoir l'air normaux.
Mason dit :
— Elle s'est enregistrée sur l'appli ?
Silence.
— Je disais juste...
— Il n'y a rien, l'interrompit Crash. J'ai une appli qui affiche les mises à jour.
Nouveau silence.
Matthew se glissa hors de la pièce. Il alla se réfugier dans la cave à vins et, se perchant sur un tonneau avec l'inscription Vignobles Maynard – eh oui, ils possédaient aussi des vignobles –, téléphona à sa grand-mère.
— Matthew ?
— Vous ne l'avez toujours pas trouvée ?
— Pourquoi tu chuchotes ? Où es-tu ?
— Chez Crash. Tu as parlé à la mère de Naomi ?
— Oui.
Son cœur manqua un battement.
— Qu'est-ce qu'elle a dit ?
— Elle ne sait pas où est sa fille.
Fermant les yeux, il poussa un gémissement.
— Matthew, qu'est-ce que tu nous caches ?
— Ça n'a pas d'importance.
— Bien sûr que si.
Mais il ne pouvait rien dire. Pas encore.
— Oublie ce que je t'ai demandé, OK ?
— Pas OK.
Il entendit dans le téléphone une voix masculine annoncer : « Antenne dans dix secondes. »
Puis quelqu'un d'autre marmonna quelque chose d'indistinct.

— Je te rappelle, fit Hester avant de couper la communication.
Tandis qu'il rangeait son téléphone, une voix familière lança :
— Tiens, tu es là.
Il pivota vers l'entrée de la cave. C'était Sutton. Elle clignait des yeux après la pénombre de la salle de télévision.
— Oui.
Elle avait une bouteille de bière à la main.
— Tu en veux ?
Il secoua la tête, craignant qu'elle ne le juge mal élevé de vouloir partager ses microbes. D'un autre côté, c'est elle qui le lui avait proposé, non ?
Sutton regarda autour d'elle, comme si elle voyait cette cave pour la première fois, alors qu'elle avait toujours fait partie de la bande.
— Qu'est-ce que tu fais ici ? demanda-t-elle.
Matthew haussa les épaules.
— Je n'en sais rien.
— Tu n'as pas l'air dans ton assiette.
Il fut surpris qu'elle remarque une chose pareille.
À nouveau, il haussa les épaules. Bon sang, il ne savait pas comment faire la cour à une fille ou quoi ?
— Elle va bien, tu sais, déclara Sutton.
Comme ça, de but en blanc.
— Matthew ?
— Tu sais où elle est ?
— Non, mais...
À son tour de hausser les épaules.
Son téléphone bourdonna. Il jeta un œil. C'était Wilde.

Où es-tu ?

Il répondit rapidement : Chez Crash Maynard.

Naomi est là ?

Non.

Sutton fit un pas vers lui.
— Ils s'inquiètent pour toi.
— Qui ça ?
— Crash et Kyle, les autres.
Elle posa son regard bleu sur lui.
— Et moi aussi.
— Tout va bien.
Cette fois, ce fut le téléphone de Sutton qui vibra. Elle lut le message et ses yeux s'agrandirent.
— Oh, mon Dieu.
— Quoi ?
Ses yeux magnifiques se braquèrent à nouveau sur lui.
— Tu n'as pas...
Matthew entendit du bruit dans le couloir.
Il tapa : Merde.
Wilde : Quoi ?
Crash fit irruption dans la cave à l'instant où Matthew envoyait : Ça craint ici.
Il était suivi de près par Kyle. Tous deux avaient leurs smartphones à la main. Crash se rua sur Matthew, qui leva les mains comme pour parer un coup. Crash s'arrêta, écarta les bras et sourit.

C'était un sourire mielleux. Matthew sentit son estomac se nouer.

Crash était beau en surface : cheveux bruns ondulés, moue boudeuse de chanteur de boys band, svelte silhouette vêtue à la dernière mode. De près, on se rendait compte qu'il n'avait rien d'exceptionnel, mais comme Hester avait plaisanté un jour en parlant d'une fille riche qu'elle voulait présenter à Matthew : « Elle est belle, assise sur son argent. »

Crash portait une grosse bague en argent en forme de crâne souriant. Elle paraissait grotesque sur son doigt lisse et fin.

Sans se départir de son sourire mielleux, il brandit son téléphone en le tournant vers Matthew.

— Tu peux m'expliquer ça ?

Il posa son doigt avec la bague sur l'écran. Le crâne sembla adresser un clin d'œil à Matthew. Une vidéo démarra, avec le logo familier. Puis sa grand-mère apparut à l'écran.

— ... *Mais tout d'abord, une information de dernière minute...*

Une photo de Naomi s'afficha à l'écran.

— *Ce soir, une jeune fille de Westville, New Jersey, a besoin de votre aide. Naomi Prine a disparu depuis au moins huit jours. Il n'y a pas eu de signalements ni de demandes de rançon, mais ses amis craignent que l'adolescente ne soit en danger...*

Oh non !

Matthew eut l'impression que le ciel lui tombait sur la tête. Jamais il n'aurait imaginé que mamita aurait divulgué cette histoire à l'antenne. Ou l'avait-il secrètement espéré ? Il n'était pas surpris de la rapidité – selon le minuteur de l'appli, moins de deux minutes – avec laquelle la nouvelle s'était propagée parmi ses camarades. C'était comme ça maintenant. Quelqu'un avait peut-être créé une alerte info au nom de Naomi Prine, ou bien un parent avait vu l'émission et envoyé un texto à son gamin : *C'est une fille de ton lycée, non ?!?!* Ou quelqu'un suivait peut-être CNN sur Twitter... c'est ainsi que tout se savait instantanément.

Le sourire de Crash ne vacilla pas.
— C'est bien ta grand-mère, non ?
— Si, mais...
Crash l'invita à poursuivre avec sa main baguée.
— Mais...
Matthew ne dit rien.
Le ton de Crash se fit moqueur.
— Tu t'es plaint à mamie ?
— Quoi ?
Matthew feignit l'indignation.
— Bien sûr que non.
Toujours souriant – un sourire semblable maintenant à celui de sa bague –, Crash posa les mains sur les épaules de Matthew. Puis, sans crier gare, il leva le genou pour lui assener un coup à l'entrejambe. En poussant sur ses épaules en guise de levier.
Le coup souleva Matthew du sol.
La douleur fut immédiate, fulgurante, insoutenable. Les yeux de Matthew s'emplirent de larmes. Toutes les parties de son corps se verrouillèrent. Ses genoux fléchirent et il tomba à terre. La douleur monta de son estomac, paralysant ses poumons. Repliant ses genoux contre lui, il se recroquevilla en position fœtale sur le plancher.
Crash se baissa, collant presque sa bouche à son oreille :
— Tu me prends pour un débile ?
La joue contre une lame en bois, Matthew était incapable de respirer. Comme si quelque chose en lui avait été irrémédiablement brisé et qu'il ne pourrait plus jamais se relever.
— Tu es venu ici avec Luke et Mason. Ils m'ont dit que, quand ils sont passés te prendre, tu étais avec ta grand-mère.
Respire, se dit Matthew. *Essaie de respirer.*

— Qu'est-ce que tu lui as raconté, Matthew ?
Serrant les dents, il réussit à ouvrir les yeux. Kyle faisait le guet à la porte. Sutton avait disparu. Lui avait-elle tendu un piège ? Serait-elle capable de... Non. Elle ignorait que l'histoire de Naomi allait être rendue publique. Et elle n'aurait pas...
— Matthew ?
Toujours plié de douleur, il leva la tête.
— On pourrait te tuer et s'en tirer sans problème. Tu le sais, ça.
Matthew restait immobile. Serrant le poing, Crash lui montra le crâne en argent.
— Qu'est-ce que tu as dit à ta grand-mère ?

8

DEUX ÉTAGES AU-DESSUS DE LA CAVE À VINS, dans une tourelle circulaire de l'aile ouest du manoir, Dash Maynard et sa femme Delia étaient assis dans des fauteuils à oreilles en cuir bordeaux devant une large cheminée avec des bûches de « bouleau blanc » en céramique et des flammes alimentées au gaz. La pièce, une extension ajoutée trois ans plus tôt, était la bibliothèque de *La Belle et la Bête*, tapissée du sol au plafond d'étagères encastrées en chêne avec une échelle coulissante sur des rails en cuivre.

Dash Maynard lisait une biographie de Teddy Roosevelt. Il avait toujours aimé l'histoire, bien qu'il n'ait pas eu l'intention, merci beaucoup, d'y participer. Avant d'avoir décroché le jackpot avec son célèbre et scandaleux *Rusty Show* autour du développement personnel puis, dans un genre nouveau, un mélange de jeu télévisé et de téléréalité, Dash Maynard avait été réalisateur de films documentaires qui lui avaient valu de nombreux prix. Il avait gagné un Emmy pour son court-métrage incendiaire sur le massacre de Nankin en 1937. Dash adorait les recherches, les interviews et les tournages en extérieur, mais il excellait au montage, visionnant des heures de rushs pour les transformer en un récit captivant.

Delia Reese Maynard, directrice du département des sciences politiques au Reston College tout proche, était en train de lire les dissertations de ses étudiants. Dash aimait l'observer dans ces moments-là : front plissé, lèvres pincées, lent hochement de tête quand elle tombait sur un passage qui l'emballait. L'été dernier, Dash et Delia – les deux D, comme on les appelait en plaisantant – avaient fêté leurs vingt-cinq ans de mariage en emmenant Crash, leur fils de seize ans, et Kiera et Kara, leurs jumelles de quatorze ans, sur leur yacht en mer Baltique. Dans la journée, ils jetaient l'ancre dans une crique isolée pour se baigner et faire du jet-ski ou du wakeboard. Le soir, ils faisaient escale dans des villes comme Saint-Pétersbourg, Stockholm ou Riga. Cela avait été un voyage merveilleux.

Aujourd'hui, Dash songeait à ces vacances en famille loin de ce fichu pays comme à une période d'accalmie avant la tempête.

Ils avaient de la chance. Il en était conscient. Les gens avaient tendance à les classer dans les « élites d'Hollywood », mais Dash était né et avait grandi dans une modeste maison de Bedford-Stuyvesant, un quartier de Brooklyn. Ses parents étaient tous deux enseignants au Hunter College à Manhattan. Dash devait son prénom à l'auteur préféré de son père, Dashiell Hammett. Delia et lui avaient lié connaissance autour de vieux romans policiers en feuilletant les éditions originales de Raymond Chandler, Agatha Christie, Ngaio Marsh et, bien sûr, Dashiell Hammett chez un bouquiniste de Washington. À cette époque-là, deux stagiaires au Congrès chichement payés n'avaient guère les moyens de s'offrir une édition originale. À présent, cette pièce abritait l'une des plus grandes collections du monde.

Et on dit que la vie ne fait pas de cadeaux.

Dash et Delia avaient passé ces dix dernières années – depuis que la société de production de Dash avait décollé avec une émission en prime time où des stars, déguisées en Américains « moyens », vivaient six mois parmi des gens ordinaires – à essayer de jongler entre l'argent et la célébrité d'un côté et les valeurs fondamentales de la famille et de l'éducation qu'ils vénéraient de l'autre. C'était un exercice de funambulisme permanent.

La plupart du temps, ils avaient réussi à maintenir l'équilibre. Certes, Crash était un peu gâté et m'as-tu-vu et Kiera avait des tendances dépressives, mais c'était presque la norme de nos jours. En tant que couple, Dash et Delia étaient extrêmement soudés. C'est pourquoi des soirées comme celle-ci – quand leur fils donnait une petite fête en bas, tandis que les parents goûtaient au calme en compagnie l'un de l'autre – représentaient énormément pour eux.

Dash adorait ça. Il aurait voulu vivre le reste de sa vie ainsi.

Mais ce n'était pas possible.

On frappa à la porte de la bibliothèque. Gavin Chambers, un ancien colonel des marines reconverti dans le business florissant de la sécurité, pénétra dans la pièce avant que Dash n'ait le temps de dire : « Entrez. » Chambers avait gardé son allure de vieux briscard de la Navy : cheveux en brosse, posture rigide, regard impassible.

— Qu'est-ce qui se passe ? demanda Dash.

Chambers jeta un œil sur Delia, comme s'il valait mieux que la petite dame quitte la pièce. Dash fronça les sourcils. Delia ne broncha pas.

— Je vous écoute, fit Dash.

— Un bulletin spécial aux informations, dit Chambers. Une fille est portée disparue. Son nom est Naomi Prine.

Dash regarda Delia. Elle haussa les épaules.

— Et ?
— Naomi est en classe avec Crash.
— Je ne vois toujours pas...
— Elle a communiqué avec votre fils. Essentiellement par textos. Et la personne qui vient d'annoncer sa disparition s'appelle Hester Crimstein. Son petit-fils Matthew est en bas avec Crash.

Delia reposa la pile de copies sur un guéridon.

— Je ne comprends pas en quoi ça nous regarde, colonel.

Chambers répondit :
— Moi non plus...
— Et donc ?
— ... pour le moment.

Et, comme s'il voulait enfoncer le clou, il répéta :
— Moi non plus *pour le moment*.

Debout au garde-à-vous, il regardait droit devant lui.

— Mais, sauf votre respect, je ne crois pas aux coïncidences, surtout actuellement.

— Qu'est-ce que vous nous conseillez ?

— Je pense que nous devrions parler à votre fils pour qu'il nous explique quel lien il entretient avec Naomi...

Son portable vibra. Il le porta à son oreille d'un coup sec, presque comme s'il saluait un supérieur.

— Oui ?

Trois secondes plus tard, Gavin Chambers rangea son téléphone.

— Ne bougez pas d'ici, leur dit-il. Il y a eu un incident.

Sur le chemin du manoir Maynard – non, mais quel nom prétentieux –, Wilde espérait sentir son téléphone vibrer, signe d'un autre texto de Matthew.

Mais son portable restait silencieux.

Il n'arrivait pas à chasser son dernier message de son esprit : *Ça craint ici.*

Wilde n'écoutait peut-être pas ses tripes, comme il l'avait affirmé à Hester, mais, tandis qu'il arrivait au manoir, son instinct lui souffla que ce message devait être pris au sérieux.

Ça craint ici.

La propriété s'étendait sur une quinzaine d'hectares arrachés à la montagne que le peuple Ramapough considérait comme sienne. Il y avait des écuries pour une douzaine de chevaux, un parcours de saut d'obstacles, une piscine, un court de tennis et Dieu sait quoi encore. La pièce maîtresse était une monumentale demeure de style géorgien construite par un magnat du pétrole pendant les Années folles. L'entretien de cet édifice de trente-cinq pièces s'était révélé si lourd que le manoir était resté à l'abandon pendant près d'un quart de siècle, jusqu'à ce que Dash Maynard, gros producteur de télévision et patron d'un réseau câblé, et sa femme Delia lui rendent sa splendeur d'antan.

Depuis le portail ouvragé où Wilde avait dû s'arrêter, il y avait encore au moins quatre cents mètres de montée à parcourir. On voyait des lumières à distance, mais c'était tout. Il pressa le bouton de l'interphone tout en consultant son portable. Peut-être qu'il ne l'avait pas entendu vibrer.

Aucune nouvelle de Matthew.

Il lui envoya un texto : *Je suis au portail.*

— Vous désirez ? fit une voix dans l'interphone.

Wilde avait sorti son permis de conduire qu'il brandit face à la caméra.

— C'est au sujet de Matthew Crimstein.

Silence.

— Matthew est un ami de Crash.

— Quel est votre lien avec lui ?

— Avec Matthew ?
— Oui.
Drôle de question.
— Je suis son parrain.
— Et l'objet de votre visite ?
— Je suis venu le chercher.
— Il est arrivé avec Mason Perdue. On nous a dit qu'il repartirait avec lui.
— Eh bien, il y a eu un changement de plan.
Silence.
— Allô ? fit Wilde.
— Un instant, je vous prie.
Le temps passait.
Il rappuya sur le bouton de l'interphone.
Pas de réponse.
Il garda son doigt sur le bouton.
Toujours rien.
Wilde chercha des fils électriques à proximité du portail. Il n'y en avait pas. La clôture n'était pas électrifiée. Tant mieux. Elle était haute et surmontée de piques, mais ce n'était pas un problème pour lui. Il y avait des caméras de surveillance partout, mais cela non plus ne le gênait pas. Au contraire, il tenait à être vu.

Wilde descendit de voiture et examina le portail. Entre trois et quatre mètres de hauteur, estima-t-il. Les barreaux étaient espacés d'une quinzaine de centimètres. La jonction entre les deux battants métalliques offrait une meilleure prise. Le barreau était plus large. Il suffisait de prendre de l'élan, de grimper et de sauter par-dessus. Wilde avait passé sa vie à escalader les montagnes, les arbres, les rochers, les murs… enfant, adulte dans le civil, soldat. Ce portail, avec ou sans piques, ne représentait pas un obstacle sérieux.

Il franchit la distance à grandes enjambées quand une voix résonna dans un haut-parleur :

— Halte ! Ne vous...

Il n'entendit pas la suite.

Wilde bondit, son pied heurtant le barreau à mi-course. Il se hissa comme s'il courait verticalement, saisit les barreaux à deux mains et replia les jambes. Il pivota, ouvrit la main gauche et tendit les pieds. Les semelles de ses chaussures touchèrent les barreaux de l'autre côté, le ralentissant. Il desserra les doigts et se laissa tomber à terre au moment où deux voitures fonçaient sur lui.

Pas une, deux.

N'était-ce pas un peu exagéré ?

D'un autre côté, Dash Maynard faisait depuis quelque temps la une des actualités. D'après la rumeur – une rumeur que Dash démentait farouchement –, il enregistrait les conversations de tous les participants à ses émissions, y compris celles ayant lieu dans les loges. Toujours à en croire la rumeur, ces enregistrements avaient de quoi faire tomber bon nombre de célébrités et d'hommes politiques, notamment l'ancien gourou du développement personnel Rusty Eggers, aujourd'hui sénateur des États-Unis et dictateur en herbe visant la présidence et gagnant du terrain au fil des mois.

Les deux voitures braquèrent leurs phares sur lui et pilèrent dans un crissement de pneus. Quatre hommes en descendirent. Wilde gardait ses mains bien en vue. La dernière chose dont il avait envie, c'est que quelqu'un commette une bêtise.

Les deux hommes à sa gauche, deux colosses, se dirigèrent vers lui. Tous deux bombaient le torse et balançaient les bras d'une manière un peu trop ostentatoire. L'un d'eux portait une capuche. L'autre, avec des mèches teintes en blond façon Thor, était affublé d'un veston mal ajusté.

Mal ajusté, nota Wilde, *parce qu'il a un étui à pistolet sous l'aisselle gauche.*

Des types comme ces deux-là, Wilde en avait connu à la pelle. Ils ne posaient pas vraiment un problème, à l'exception de l'arme. Il se raidit pour parer à toute éventualité, mais l'homme descendu de la voiture à sa droite – cheveux gris en brosse, allure militaire – les arrêta d'un geste de la main. C'était clairement leur chef.

— Bonsoir, lança-t-il à Wilde. Joli saut par-dessus la clôture.

— Merci.

— Gardez, s'il vous plaît, vos mains bien visibles en toutes circonstances.

— Je ne suis pas armé.

— Nous ne pouvons pas vous laisser aller plus loin.

— Je n'ai pas l'intention d'aller plus loin, répondit Wilde. Je viens chercher mon filleul, Matthew Crimstein.

— Je comprends bien. Mais nous avons une règle.

— Une règle ?

— Tous les mineurs qui sont arrivés aujourd'hui devaient nous informer comment ils comptaient repartir, commença-t-il d'un ton raisonnable. Nous leur avons bien expliqué que personne n'est admis dans la propriété, sauf à y avoir été invité expressément et à porter une tenue correcte. Matthew Crimstein est venu avec Mason Perdue. C'est avec lui, normalement, qu'il doit partir. Or voilà que vous débarquez à l'improviste…

Il écarta les mains ; c'était non seulement la voix, mais l'image même de la raison.

— Vous comprenez notre dilemme ?

— Vous n'avez qu'à contacter Matthew.

— Nous avons pour règle de ne pas intervenir dans les réunions privées.
— Ça fait beaucoup de règles, dit Wilde.
— Cela aide à maintenir l'ordre.
— Je veux voir mon filleul.
— Je crains que ce ne soit pas possible à l'heure qu'il est.
Le portail s'ouvrit derrière lui.
— Je vais vous demander de partir, maintenant.
— Je ne partirai pas.
Il crut voir l'homme aux cheveux gris sourire.
— Je vous le demande une dernière fois.
— Matthew m'a envoyé un texto dans lequel il me demandait de venir le chercher.
— Si vous voulez bien repasser de l'autre côté du portail…
— Je vous le répète, je ne bougerai pas d'ici.
Les gorilles n'aimaient pas l'attitude de Wilde. Ils plissèrent leurs larges fronts. Simili-Thor se tourna vers l'homme aux cheveux gris, attendant la permission de passer à l'étape suivante.
— Vous n'avez aucun statut légal, monsieur Wilde.
Que l'homme l'appelle par son nom le décontenança, mais juste une fraction de seconde. Il avait montré son permis de conduire à la caméra.
— Vous n'êtes pas le père de ce garçon, n'est-ce pas ?
L'homme aux cheveux gris sourit. Il connaissait la réponse au-delà du fait que Matthew était son filleul. Autrement dit, il connaissait toute l'histoire.
— Et en ce qui nous concerne, vous êtes un intrus qui a illégalement franchi la clôture de sécurité.
Ils firent un pas en avant. Wilde regardait le chef sans ciller, mais du coin de l'œil il vit Thor se rapprocher furtivement, penché comme une espèce de ninja invisible. Wilde ne broncha pas.

— Nous serions donc en droit, reprit le chef, de répondre à votre menace par l'usage de la force physique.

Ils en étaient là, au bord de l'étroit précipice où tant d'hommes au cours de l'histoire de l'humanité étaient tombés pour finir dans un bain de sang. Wilde ne croyait pas qu'ils iraient jusque-là, qu'ils risqueraient un grave incident répercuté par les médias ou les réseaux sociaux, réveillant la polémique qui était plus ou moins retombée. Mais on ne savait jamais. Le propre du précipice, c'est que son bord était glissant.

Que l'homme soit bon ou mauvais, le problème n'était pas là. Le problème était que l'homme réfléchissait rarement aux conséquences de ses actes.

Bref, l'homme était bêtement primaire.

À cet instant, tout bascula.

Au début, seul Wilde perçut le changement. Pendant quelques petites secondes – une ou deux, pas plus –, il fut le seul à savoir. Puis il comprit que cet avantage n'en était pas un.

C'était plutôt ce qu'il en était venu à considérer comme la perturbation.

D'aucuns appelaient ça un présage, un signe, une prémonition, quelque chose qui conférait à ses facultés déjà hors norme un caractère quasi surnaturel. Mais ce n'était pas tout à fait exact. Au fil des millénaires, l'homme s'est adapté au meilleur et au pire. Dernier exemple en date, la navigation GPS. Des études montrent que cette partie de notre cerveau, l'hippocampe (zone associée à la navigation), est déjà en train de changer, de s'atrophier même, puisque nous nous reposons sur le GPS. Cela s'est passé en l'espace de quelques années. Mais prenez toute l'histoire de l'humanité, entre l'époque où l'on s'abritait dans des grottes et des forêts, où on ne dormait que d'un œil, sans protection, notre instinct de survie multiplié par mille, et maintenant où tout s'est érodé avec l'avènement des maisons, des portes verrouillées et des avantages et inconvénients de la civilisation. Sauf dans le cas de Wilde. Pour autant qu'il s'en souvienne, il avait grandi avec tous ses sens en alerte. Il sentait avant de pouvoir l'exprimer qu'un prédateur était sur le point d'attaquer. Il avait appris à capter les moindres signaux d'une perturbation.

On le rencontre toujours dans la nature, des animaux au flair, à l'ouïe ou à la vue surdéveloppés, fuyant le danger avant qu'il ne se manifeste. Wilde avait cette capacité-là.

Il l'avait donc entendu. Lui et personne d'autre.

À peine un bruissement. Quelqu'un arrivait en courant. Apparemment, ils étaient plusieurs même. Quelqu'un était en danger et avait pris ses jambes à son cou. Il était poursuivi.

Sans quitter des yeux l'homme aux cheveux gris, Wilde se rapprocha imperceptiblement de Thor. Pour être au plus près de l'homme armé.

La seconde d'après, il entendit hurler :

— Au secours !

Matthew.

Ce fut à cet instant qu'il dut combattre son instinct, laissant son entraînement prendre le dessus. L'instinct lui soufflait de se précipiter vers son filleul. C'était une réaction naturelle. Mais Wilde s'y était préparé. Le cri, venant de l'allée qui menait vers la maison, fit tourner toutes les têtes. C'était tout aussi naturel et prévisible. Face à un effet de surprise, on ne peut s'empêcher de réagir.

Thor aussi regarda dans cette direction.

Détournant son attention de Wilde.

Il ne lui en fallait pas davantage. La suite lui prit une seconde, pas plus. Wilde pivota et, de son coude gauche qu'il tenait déjà prêt, frappa Thor sur le côté de la tête. Au même moment, avant que l'autre ne chancelle, la main droite de Wilde plongea sous son veston et trouva la crosse du pistolet dans l'étui sous son bras.

Le temps que Matthew crie à nouveau « Au secours ! », Thor était à terre et Wilde avait armé le pistolet, le promenant entre l'homme aux cheveux gris et ses deux acolytes.

— Un souffle de travers et je vous descends.

Au sol, Thor gémit et se catapulta vers lui. Wilde le gratifia d'un coup de pied en pleine tête. Le bruit des pas dans l'allée se rapprochait. Personne ne bougea. Matthew apparut au tournant, courant comme un dératé, deux autres garçons sur ses talons.

— Passe le portail, lui ordonna Wilde. Monte dans la voiture.

— Mais…

— Obéis.

— On était en train de jouer, déclara l'un des garçons. Dis-lui, Matthew. On était juste en train de jouer.

Les mains toujours en l'air, l'homme aux cheveux gris se plaça devant le garçon.

— Reste derrière moi, Crash.

— Ce n'est qu'un jeu, fit celui-ci.

— Un jeu, répéta Wilde.

— Ouais, ça s'appelle le Crâne de minuit.

Il désigna sa bague en forme de crâne souriant.

— C'est un peu comme jouer à chat. Dis-lui, Matthew.

Matthew ne bougeait pas. Ses yeux brillaient de larmes contenues. À distance, Wilde entendit un bruit de moteur. Les renforts étaient en route.

— Matthew, dans la voiture, tout de suite !

Sortant de sa torpeur, Matthew fila vers le portail. Wilde le suivit, marchant à reculons tandis qu'il tenait les autres en joue. Ses yeux rivés sur l'homme aux cheveux gris. Il était le chef. Personne ne tenterait quoi que ce soit sans un ordre de lui. L'homme hocha la tête comme pour dire : « C'est OK, partez, on ne vous retient pas. »

Dix secondes plus tard, Wilde démarrait en trombe, Matthew assis à côté de lui.

9

HESTER AVAIT REGAGNÉ SA LIMOUSINE quand les appels commencèrent à affluer.

C'était à prévoir : quand on lâchait une bombe telle qu'une annonce de disparition d'ado, il fallait s'attendre à une réaction en chaîne. Elle avait espéré que quelqu'un, parmi tous ces gens qui l'appelleraient, les mettrait sur la piste de Naomi. De toutes les options possibles, la plus plausible était que la jeune fille avait fugué et pensait peut-être même au suicide. Si le pire était arrivé, eh bien, quitte à être taxés d'insensibilité, ils n'y pouvaient plus grand-chose. Mais si elle avait pris des cachets, s'était ouvert les veines, ou si elle était quelque part au bord d'une falaise ou sur le parapet d'un pont, c'était la meilleure chance de la sauver.

D'un autre côté – chaque médaille ayant son revers – l'intervention d'Hester pouvait aboutir au résultat inverse. Naomi risquait de paniquer et de passer à l'acte ou, si elle était séquestrée, ses ravisseurs pouvaient la tuer. Hester était consciente des risques, mais elle n'était pas du genre à rester les bras croisés.

Le premier appel qui lui arriva affichait CHEF POLICE WESTVILLE. Cela devait être Oren.

— C'est du rapide, dit-elle.
— Hein ?
— Ma foi, je suis flattée, Oren, mais la prochaine fois attendez au moins quelques jours. On va croire que vous n'en pouvez plus.
— Mais je n'en peux plus. C'était quoi, ce flash spécial, Hester ?
— Vous l'avez vu ? Merci de faire partie de mes fans.
— Est-ce que j'ai l'air d'humeur ?
— Il y a quelque chose de louche dans cette affaire de disparition, affirma Hester.
— Dans ce cas, vous auriez dû vous adresser à moi.
— Je l'ai fait, souvenez-vous.
— Je m'en souviens. Qu'est-ce qui a changé depuis ?
— Son père dit que Naomi est chez sa mère. La mère dit que non. Sa prof...
— Vous avez parlé à une de ses profs ?
— Sa professeure de dessin, sa conseillère d'orientation, je ne sais plus. Ava quelque chose.
— Quand avez-vous trouvé le temps de lui parler ?
Cette partie-là s'annonçait plus délicate.
— C'est Wilde qui l'a contactée.
Silence.
— Oren ?
— Wilde ? Vous avez entraîné Wilde là-dedans ?
— Écoutez, Oren, j'aurais probablement dû vous prévenir avant de prendre l'antenne...
— Probablement ?
— ... mais j'ai vraiment un mauvais pressentiment. Il faut que vous mettiez quelqu'un sur l'affaire.
Silence.
— Oren ?
— C'est Matthew qui vous a sollicitée, fit-il. Pourquoi ?
Ce fut au tour d'Hester de répondre par le mutisme.

— Quoi que votre petit-fils nous cache, il serait temps qu'il se mette à table, non ?

Tandis qu'ils roulaient à tombeau ouvert, laissant le manoir derrière eux, Wilde demanda :
— Qu'est-ce qui s'est passé ?
— Crash te l'a dit, répliqua Matthew en grimaçant. Il n'arrivait toujours pas à reprendre son souffle.
— On jouait à un jeu.
— Tu as l'intention de me mentir ?
Matthew ravala ses larmes.
— Ne le dis pas à maman.
— Je ne le ferai pas.
— Super.
— C'est toi qui vas le lui dire.
— Sûrement pas. Je vais te le dire à toi, mais pas à elle.
— Désolé, ça ne marche pas comme ça.
— Dans ce cas, je ne te dirai rien.
— Bien sûr que si, Matthew. Tu vas m'expliquer ce qui s'est passé. Et ensuite tu parleras à ta mère.
Il baissa la tête.
— Matthew ?
— OK.
— Alors, je t'écoute.
— Tu savais ce que mamita allait faire ?
— Faire ?
— Elle a parlé de la disparition de Naomi à l'antenne.
Wilde s'était demandé si Hester irait jusque-là. Elle redoutait que les pistes ne s'effacent. Et quoi de mieux pour débroussailler le terrain ?
— Qu'est-ce qu'elle a dit ?
— Je ne l'ai pas vraiment entendue. Mais Crash, Kyle et les autres, si.
— Et ça les a contrariés ?

Matthew se mit à ciller.
— Matthew ?
— Crash m'a mis un coup de genou dans les burnes.
À nouveau, ses yeux s'emplirent de larmes au point de déborder.
Wilde sentit ses mains se crisper sur le volant.
— Ils voulaient savoir ce que je lui avais raconté. Je me suis planqué. Et j'ai profité d'un moment d'inattention pour filer.
— Ça va mieux maintenant ?
— Oui.
— Tu veux que je t'emmène aux urgences ?
— Non. Ça va être douloureux pendant un moment, j'imagine.
— Certainement. Y a-t-il un lien entre Crash et Naomi ?
— Je ne sais pas. C'est...
— C'est quoi ?
— N'en parle pas, OK ? De Naomi. Ni de ce soir.
— On en a déjà discuté, Matthew.
— Je me débrouillerai pour le dire à maman. Mais demain, OK ? Ce soir, je n'ai pas envie d'en parler.
En tournant dans la rue de Matthew, ils entendirent le vagissement d'une sirène et virent briller la lumière bleue d'un gyrophare. Une voix résonna dans le haut-parleur :
— Arrêtez-vous immédiatement.
Ils n'étaient plus qu'à deux cents mètres de la maison. Wilde fit signe par la vitre qu'il s'arrêterait devant la porte. La sirène se remit en marche et la voiture de police se matérialisa à côté d'eux.
La voix familière – tous deux avaient reconnu Oren Carmichael – ordonna sur un ton sans réplique :
— Immédiatement !

À la surprise de Wilde, Oren leur coupa la route, les immobilisant contre le trottoir. Il descendit de voiture et se dirigea vers eux. Wilde baissa sa vitre.

— Voyons, Oren, vous savez bien que nous habitons à deux pas d'ici.

Oren haussa un sourcil.

— Nous ?

Erreur, pensa Wilde.

— Je veux dire Matthew et cette voiture. Vous m'avez compris.

Oren jeta un coup d'œil à l'intérieur. Il hocha la tête à l'adresse de Matthew qui dit :

— Bonsoir, chef.

— D'où tu viens, fiston ?

— Du manoir Maynard, répondit Wilde.

— Qu'est-ce que tu faisais là-bas ?

— En quoi ça vous regarde ? riposta Wilde.

Oren l'ignora.

— Fiston ?

— J'ai été invité à une soirée, dit Matthew.

Oren le scruta de plus près.

— Ça n'a pas l'air d'aller, Matthew.

— Si, si… ça va.

— Tu es sûr ?

Wilde hésita à lui parler de l'incident chez les Maynard. Mais déjà Matthew enchaînait :

— Tout va bien, chef. On jouait à Crâne de minuit.

— Quoi ?

— C'est comme jouer à chat. On était dehors à se courir après. C'est pour ça que j'ai cette tête-là.

Oren Carmichael fronça les sourcils. Il regarda Wilde, qui ne broncha pas.

— Pourquoi as-tu chargé ta grand-mère de retrouver Naomi Prine ?

Ah, songea Wilde, voilà qui expliquait cette interpellation inopinée. Oren voulait avoir un entretien avec Matthew seul à seul, sans la présence de sa mère et de sa grand-mère, deux avocates de renom, pour obtenir des réponses moins évasives.

— Ne réponds pas, dit Wilde.

Cela déplut à Oren.

— Quoi ?

— Je lui dis de ne pas vous répondre.

— Tu n'as aucune autorité en la matière, Wilde.

— Oui, j'ai déjà entendu ça ce soir. Mais je ne vous laisserai pas l'interroger en l'absence de sa mère.

— Je ne sais pas où est Naomi, bredouilla Matthew. C'est la vérité.

— C'est pour ça que tu as demandé à ta grand-mère de lancer des recherches ?

— Je m'inquiète pour elle. Elle n'est pas venue au lycée et...

— Et ?

— Plus un mot, Matthew, s'interposa Wilde.

— Tout le monde se moque d'elle, quoi.

— Y compris toi ?

Wilde leva la main.

— C'est bon. Fin de la discussion.

— Nom d'un chien...

Wilde remit le moteur en marche.

— Coupe-moi ça tout de suite, siffla Oren.

— Vous allez nous interpeller ?

— Non.

— Dans ce cas, on y va. Vous pouvez nous suivre jusque chez Matthew, si ça vous chante.

Mais Oren ne les suivit pas.

Tandis que Wilde s'engageait dans l'allée, la porte de la maison s'ouvrit. Il faisait noir, mais il distingua la silhouette de Laila dans le rectangle de lumière. Levant la main, elle l'agita gauchement. De plus près, Wilde s'aperçut qu'elle tenait un téléphone.

— Il y a un appel pour toi, lui dit-elle. Sur mon portable.

Il hocha la tête. Elle lui tendit le téléphone et il le porta à son oreille.

— Tout va bien ?

C'était le type aux cheveux gris. Wilde ne fut pas surpris. Ils avaient dû voir la plaque d'immatriculation. Les hommes de sa trempe n'avaient aucun mal à obtenir un nom, une adresse, un numéro de téléphone, à la fois fixe et mobile. La voiture appartenait à Laila. Il était donc logique qu'ils l'appellent en premier.

— Je pense, répondit Wilde.

— Crash a peut-être eu un comportement inapproprié.

— Hmm.

— Mais ce garçon subit beaucoup de pression. J'espère que vous comprendrez.

— Une adolescente a disparu, dit Wilde.

— Il n'a rien à voir là-dedans.

— Alors pourquoi est-il sous pression ?

— Pour d'autres raisons.

— Puis-je savoir votre nom ? demanda Wilde.

— Pourquoi ?

— Parce que vous connaissez le mien.

Il y eut une pause.

— Gavin Chambers.

— Comme Chambers Security ? Comme le colonel Chambers ?

— Colonel à la retraite, oui.

Ça alors, pensa Wilde. Les Maynard ne plaisantaient pas en matière de sécurité. Il fut tenté de s'éloigner pour que

Laila n'entend pas, mais, à en juger par son expression, il risquait juste d'aggraver son cas.

— Savez-vous ce que Crash a fait à Matthew, colonel ?

Les yeux de Laila s'agrandirent.

— On a des caméras de surveillance au sous-sol, répliqua Chambers.

— Vous l'avez donc vu ?

— Oui. Malheureusement, cet enregistrement vidéo n'existe plus. Il a été effacé par inadvertance. Vous savez ce que c'est.

— En effet.

— Accepterez-vous nos excuses ?

— Ce n'est pas moi qui ai été agressé.

— Dans ce cas, vous voudrez bien les transmettre au jeune Matthew ?

Wilde ne répondit pas.

— Mon boulot est d'assurer la sécurité des Maynard, monsieur Wilde. Et les enjeux sont bien plus sérieux qu'une simple querelle d'ados.

— Du genre ?

Chambers éluda la question :

— Je sais que vous êtes un excellent professionnel. Mais je le suis également. Et j'ai de nombreuses ressources. S'il y a conflit entre nous, ça risque de mal finir. Il y aura des dommages collatéraux. Suis-je clair ?

Wilde regarda Laila et Matthew. Des dommages collatéraux.

— Je n'aime pas trop les menaces, colonel.

— Aucun de nous ne tient à passer le restant de ses jours sur le qui-vive, n'est-ce pas ?

— Tout à fait.

— C'est pour ça que je vous tends une main amicale.

— Amicale, c'est beaucoup dire.

— Je suis d'accord. Parlons plutôt de détente. Au fait, vous pouvez garder l'arme. On en a plein d'autres. Bonne soirée, monsieur Wilde.

Il raccrocha.

— C'est quoi, cette histoire ? questionna Laila.

Wilde lui rendit son téléphone. Son cerveau tournait à plein régime. Le danger immédiat – et sa principale inquiétude – était que les hommes de Maynard s'en prennent à eux. Ce danger-là avait été écarté. Matthew était chez lui, sain et sauf. Il pouvait donc penser à nouveau à Naomi Prine.

Le père avait dit à Hester que Naomi était chez sa mère. Il avait menti. Il fallait donc commencer par lui.

Laila demanda :

— Cet appel a quelque chose à voir avec Naomi Prine ?

Matthew laissa échapper un petit gémissement.

— Tu es au courant ?

— Tout le monde est au courant. Après l'annonce faite par ta grand-mère, le lycée a diffusé un message d'urgence. Les associations de parents réagissent sur les réseaux sociaux. Veux-tu me dire ce qui se passe, s'il te plaît ?

— Matthew te racontera, répondit Wilde en lui lançant les clés de la voiture. Je dois y aller.

— Aller où ?

C'était trop long à expliquer.

— J'essaierai de repasser, si c'est OK pour toi.

— Wilde ?

— Demande à Matthew.

Il pivota et courut vers la forêt.

10

IL EXISTE UNE THÉORIE, élaborée par le psychologue Anders Ericsson et popularisée par Malcolm Gladwell, selon laquelle dix mille heures de pratique dans un domaine donné font de vous un expert. Wilde n'y adhérait pas, même s'il comprenait l'attrait de la simplicité propre à ce genre de slogan.

Il filait à travers la forêt, les yeux déjà accoutumés à l'obscurité. Les théories comme celle d'Ericsson ne prennent pas en compte l'intensité et l'immersion. Wilde parcourait ainsi la forêt depuis toujours. Seul. Pour s'adapter. Pour survivre. Ce n'était pas de la pratique. C'était la vie. C'était ancré en lui. Les heures comptaient, oui. Mais l'intensité comptait davantage. Imaginez que vous n'ayez pas le choix. Se balader en forêt pour le plaisir ou parce que votre papa aime ça est une chose. Être en immersion constante, devoir connaître la forêt comme sa poche pour ne pas mourir en est une autre. On ne peut pas faire semblant. Celui qui se bande les yeux pour savoir ce que ça fait d'être aveugle... pardon, mais ce n'est pas pareil que d'être aveugle. On peut toujours retirer le bandeau. C'est un acte volontaire, maîtrisé et sans danger. Certains coachs sportifs disent aux jeunes de jouer comme si leur vie en dépendait. C'est un conseil certes motivant, mais si votre vie n'en dépend pas – et c'est le cas –, l'intensité ne sera pas la même, comparée à une situation réelle.

Les meilleurs athlètes ? Pour eux, c'est une question de vie ou de mort. Imaginez leurs performances si l'enjeu était vraiment de cette taille-là.

C'était le cas de Wilde dans la forêt.

Arrivé devant chez les Prine, il aperçut une voiture de police et trois camionnettes des chaînes de télé locales. Aucune agitation excessive – ce n'était pas l'affaire du siècle –, mais ils avaient dû entendre l'appel d'Hester et les flics leur avaient demandé d'aller se garer plus loin dans la rue. Wilde reconnut Oren Carmichael, en train de parler à un type sur le pas de la porte. Sûrement le père, Bernard Prine. Il paraissait contrarié, non par la disparition de sa fille, mais par l'intrusion de la police et des médias. Il gesticulait fébrilement tandis que Carmichael levait les paumes en signe d'apaisement.

Le téléphone de Wilde bourdonna, indiquant l'arrivée d'un texto. C'était Ava O'Brien.

Tu as retrouvé Naomi ?

Il fut tenté de ne pas répondre. Mais ça n'aurait pas été correct.

Pas encore.

Les points se mirent à clignoter :

Viens ce soir. Je laisserai la porte ouverte.

Les points continuèrent à danser.

Tu me manques, Wilde.

Il fourra le téléphone dans sa poche. Ava recevrait le message, même si ce n'était pas très glorieux de le lui faire parvenir de la sorte.

Wilde émergea de la forêt et, courbé en deux, gagna le jardin voisin. Personne ne l'avait vu. Il s'accroupit. Le père de Naomi termina sa tirade et claqua la porte au nez d'Oren. Pendant quelques secondes, ce dernier resta immobile, comme s'il attendait que la porte se rouvre. Il finit par retourner à sa voiture. Un autre flic, beaucoup plus jeune, l'y rejoignit.

— Garde les médias à distance, lui dit Carmichael.
— Bien, chef. On entre ?

Oren plissa le front.

— Où ça ?
— Ben, dans la maison. Pour la fouiller.
— Le père assure que sa fille est en sécurité.
— Mais cette journaliste à la télé...
— Une annonce à la télé n'est pas une preuve, le rembarra Oren. Vire-moi ces camionnettes d'ici.
— Bien, chef.

Lorsque le jeune flic se fut éloigné, Wilde se redressa et s'approcha de la voiture. Comme il avait eu son compte des malades de la gâchette, il appela dès qu'il fut en vue :

— Oren ?

Ce dernier tourna la tête et fronça les sourcils.

— Wilde ? Qu'est-ce que tu fabriques ici ?
— Que vous a dit le père au sujet de Naomi ?
— Ça te regarde ?
— Vous savez qu'il a menti à Hester, hein ?

Oren Carmichael soupira.

— Qu'est-ce qui lui a pris, à Hester, de te mêler à ça ?
— Le père lui a dit que Naomi était chez sa mère.
— Elle y est peut-être.
— C'est ce qu'il vient de vous dire ?
— Il a affirmé qu'elle était en sécurité. Et il m'a demandé de respecter son intimité.
— C'est ce que vous allez faire ?
— Aucun des deux parents n'a signalé sa disparition.
— Et donc ?
— Il est presque minuit. Tu veux quoi, que j'enfonce sa porte ?
— Naomi pourrait être en danger.
— Tu crois que le père l'a tuée, c'est ça ?
Wilde ne répondit pas.
— Parfaitement, dit Oren, visiblement excédé. Cette fille a déjà fugué. À mon avis, elle a remis ça.
— Ou pire.
Oren s'installa au volant.
— Si c'est le cas, on finira par le découvrir.
Il regarda par la vitre.
— Rentre chez toi, Wilde.
Il démarra et Wilde reprit le chemin de la forêt. Il s'arrêta derrière le premier arbre et enfila une fine cagoule noire qui recouvrait tout son visage sauf les yeux. Dans un monde où les caméras de surveillance étaient plus nombreuses, semblait-il, que la population même, Wilde, très attaché à la notion d'intimité, prenait ses précautions.
Une fois la voiture de police hors de sa vue, Wilde contourna la maison des Prine par-derrière. Il y avait de la lumière dans la cuisine, dans une chambre à l'étage, ainsi qu'au sous-sol. Enfant, il s'était introduit dans d'innombrables résidences secondaires et chalets au bord du lac. Il avait appris à agir discrètement, à en faire le tour, à repérer les accès possibles. Pour pénétrer

à l'intérieur, il cherchait une porte ou une fenêtre déverrouillée (souvent, c'est aussi simple que ça), avant de recourir à d'autres moyens. Si les serrures étaient trop solides ou le système d'alarme trop compliqué, le jeune Wilde choisissait une autre maison. La plupart du temps, même enfant, il s'arrangeait pour ne laisser aucune trace de son passage. S'il dormait dans un lit, par exemple, il remettait tout en ordre le lendemain matin. S'il se servait en nourriture ou articles de première nécessité, il faisait attention à ne pas en prendre trop, pour que les propriétaires ne se rendent compte de rien.

Quelqu'un lui avait-il enseigné tout cela à une époque où il était trop petit pour s'en souvenir ? Ou était-ce instinctif ? Il n'en savait rien. Au bout du compte, tout homme est un animal. Et un animal fait ce qu'il faut pour survivre.

Voilà sans doute l'explication la plus plausible.

Le téléphone se mit à bourdonner dans sa poche. C'était un téléphone jetable, spécialement conçu pour lui. Il n'en utilisait pas d'autre et jamais plus d'une semaine ou deux. Le soir, il l'éteignait. Il le gardait rarement sur lui – un téléphone, même éteint, est facile à localiser – et le rangeait dans une boîte métallique qu'il enterrait à proximité de la route.

Un appel d'Hester.

— Tu es chez Laila ?

— Non.

— Où es-tu alors ?

— En repérage devant chez Naomi.

— Tu as un plan ?

— Oui.

— Raconte.

— Vaut mieux pas.

Wilde raccrocha et s'avança de quelques pas. Bon nombre de maisons étaient équipées d'un éclairage avec détecteur de mouvement. Si c'était le cas, il foncerait tout simplement dans la forêt. Pas vu, pas pris. Mais aucune lampe ne s'alluma. Tant mieux. Il était tout près de la maison. Plus on se colle au mur, plus on a de chances de passer inaperçu.

Il jeta un œil par la fenêtre de la cuisine. Assis à la table, le père de Naomi jouait avec son téléphone. Il paraissait nerveux. Wilde fit le tour pour inspecter les fenêtres du rez-de-chaussée. Il n'y avait personne d'autre, aucun mouvement.

Se penchant, il examina les fenêtres du sous-sol. Les stores étaient baissés – des stores occultants –, mais il remarqua un minuscule rai de lumière.

Y avait-il quelqu'un en bas ?

Il n'eut aucun mal à grimper sur le surplomb du premier étage. Un peu inquiet tout de même à l'idée qu'il puisse céder sous son poids ; néanmoins, il décida d'en prendre le risque. Il y avait de la lumière dans le couloir provenant de ce qui semblait être la chambre parentale. Il se glissa vers la fenêtre d'angle et, les mains en coupe sur la vitre, regarda à l'intérieur.

Un écran d'ordinateur avec des lignes dansantes éclairait faiblement la pièce. Les murs étaient nus. Aucun poster de star ni de groupe de rock favori, rien de ce qui pouvait caractériser une chambre d'adolescente, à part peut-être le lit bas couvert d'animaux en peluche : des dizaines, voire des centaines de peluches de toutes les tailles et toutes les couleurs, des ours principalement, mais aussi des girafes, des singes, des pingouins, des éléphants. Comment Naomi arrivait-elle à se faire une place dans le lit ? On aurait dit qu'elle vivait dans une de ces cages en verre remplies de peluches qu'on trouve dans les foires.

Naomi étant enfant unique, Wilde était sûr et certain que c'était sa chambre.

La fenêtre était équipée d'une serrure à levier, dispositif de sécurité classique pour une chambre en hauteur. Un cambrioleur n'irait pas escalader un mur pour accéder à l'étage. Wilde, si. Il tira de son portefeuille une carte en celluloïd. C'était plus efficace qu'une carte de crédit parce que c'était plus flexible. Il la glissa entre les deux vantaux ; cinq secondes plus tard, il était dans la pièce.

Et maintenant ?

Une rapide inspection de la penderie lui permit de trouver un sac à dos Fjällräven Kånken rose sur l'étagère du haut, des habits accrochés avec soin, aucun cintre vide. Que fallait-il en conclure ? Le sac à dos était vide. Si elle avait fugué, elle l'aurait emporté, non ? Et il manquerait des vêtements.

Rien de probant, mais intéressant.

Il fut un temps où l'on aurait fouillé les tiroirs, regardé sous l'oreiller ou le matelas à la recherche d'un journal intime, mais les ados d'aujourd'hui gardaient leurs secrets dans leurs appareils high-tech. Le mieux, c'était le téléphone. C'est là que les gens stockent leur vie, et pas que les jeunes. Les adultes aussi. L'être humain a confié ce qu'il a de plus intime à ces gadgets, en échange de… on ne sait trop quoi. Une certaine commodité sans doute. Des liens artificiels peut-être, qui valent mieux que pas de liens du tout.

Tout cela n'était pas pour lui. D'ailleurs, il n'était pas du genre à se lier tout court.

La police avait-elle cherché à pinguer Naomi via son téléphone ?

Peut-être. Probablement. Mais, à tout hasard, il envoya un texto à Hester pour qu'elle tente le coup.

L'ordinateur de Naomi était resté allumé. Il bougea la souris, craignant qu'elle n'ait installé un mot de passe pour bloquer l'accès. Il n'y en avait pas. Il ouvrit le navigateur. Son pseudo et le mot de passe de sa boîte mail s'affichèrent à l'écran. Elle était NaomiDoudou, ce qui semblait mignon et un peu triste. Wilde cliqua et tomba directement sur sa messagerie. Il faillit se frotter les mains en pensant avoir touché le jackpot. Mais les mails étaient sans aucun intérêt : devoirs scolaires, spams de recrutement universitaire, coupons et offres promotionnelles de chez Gap, Target et autres enseignes inconnues de Wilde. Les jeunes d'aujourd'hui – il l'avait appris au contact de Matthew – communiquaient par textos ou sur des applications inaccessibles aux parents. Ils n'envoyaient pas de mails.

Il s'interrompit un instant, dressa l'oreille. Rien. Personne n'était en train de monter les marches. Il déplaça le curseur vers le haut et cliqua sur l'historique. Pourvu que Naomi n'ait pas vidé le cache récemment.

Elle ne l'avait pas fait.

Il y avait des recherches sur eBay pour acheter des peluches. Des liens vers des forums et des pages Reddit où il était question de collections de peluches. Wilde jeta un coup d'œil par-dessus son épaule. Les animaux en peluche étaient installés sur le lit avec une certaine minutie. Quelques-uns le regardaient fixement. Il imagina cette gamine, victime de harcèlement… se précipitant à la maison après les cours, fuyant moqueries et insultes et se jetant sur son lit pour chercher refuge au milieu de cette ménagerie solitaire.

Cette pensée l'emplit de rage.

Si l'un de ses tortionnaires avait dépassé les bornes ou l'avait poussée à commettre un acte désespéré…

Wilde se reprit et se replongea dans ses recherches. Il portait toujours la cagoule. Si jamais Bernard Prine montait ou tombait sur lui – ce qui était fort peu probable –, il prendrait la fuite. Personne ne pourrait l'identifier. Sa taille et son gabarit – un mètre quatre-vingts, quatre-vingt-douze kilos – ne leur diraient rien.

Tiens, tiens. Bingo.

Naomi avait googlé ses camarades de classe. Ils étaient six ou sept, mais deux noms lui sautèrent aux yeux. L'un était Matthew. L'autre, Crash Maynard. Les recherches étaient rapides et superficielles. Que fallait-il en déduire ? N'était-ce pas une tendance répandue chez les ados ? On rencontre quelqu'un, on cherche des infos en ligne sur lui. Bien sûr, Naomi connaissait ces jeunes-là depuis toujours. Elle avait grandi avec eux, allait en classe avec eux, subissait leurs railleries et mauvais traitements.

Alors pourquoi maintenant ?

Il parcourut le reste de la liste. Il n'y avait rien de spécial, à part une entrée bizarre de trois mots, suivie d'une entrée bizarre de quatre mots :

Jeu du défi

Jeu du défi disparition

Wilde s'attarda sur ce dernier mot : disparition.

Il cliqua sur le lien et, à mesure qu'il lisait ce texte, son cœur se serra. Il en était à la moitié des pages quand il entendit un bruit qui le surprit.

Un bruit de pas.

Des pas lointains. Voilà qui était étrange. Il n'y avait qu'une personne dans la maison. Le père. Il était dans la cuisine. Mais ce bruit-ci ne venait pas de la cuisine. En fait, depuis qu'il était dans cette chambre, rien n'avait filtré du rez-de-chaussée.

Les pas étaient à peine audibles. Quelqu'un marchait dans la maison, mais...

Wilde referma le navigateur et se glissa dans le couloir. Il regarda en bas. Les pas se rapprochaient. Il entendit une voix, celle de Bernard Prine. À qui parlait-il ? Les mots étaient indistincts. Wilde se posta en haut de l'escalier pour mieux écouter.

La porte sous l'escalier s'ouvrit à la volée.

La porte du sous-sol.

Il bondit en arrière. Maintenant, il distinguait clairement les paroles.

— C'est passé aux infos, bon sang ! Et cette femme est venue ici... Comment ça, quelle femme ? L'avocate de la télé, celle qui a lancé l'appel.

Bernard Prine referma la porte derrière lui.

— Les flics sont venus me voir. Oui, le chef Carmichael, il a frappé à la porte. Ils doivent être en train...

Le dos au mur, Wilde risqua un coup d'œil. Son portable à la main, Bernard Prine repoussa un rideau pour regarder dehors.

— Non, je ne les vois pas. Mais je ne peux pas... si ça se trouve, Carmichael est en planque au bout de la rue. Il y avait aussi les camionnettes de la télé... À tous les coups, on nous surveille.

Nous ?

À moins que ce ne soit un « nous » de majesté, il y avait donc quelqu'un d'autre dans la maison. Or, lors de son repérage, Wilde n'avait vu que Prine. Il n'y avait qu'un seul endroit où l'autre personne pouvait se trouver.

Le sous-sol, pensa Wilde.

— Oui, Larry, je sais que tu me l'as déconseillé, mais je n'avais pas le choix. Je n'ai pas envie de me faire pincer. C'est tout ce qui m'intéresse, là.

Prine se hâta vers l'escalier qu'il monta quatre à quatre. Mû par son instinct, Wilde plongea dans la chambre de Naomi et s'enfonça dans un coin. Prine le dépassa sans jeter un regard dans la chambre de sa fille.

Le sous-sol.

Il ne perdit pas de temps. Dès que Prine fut dans sa chambre, Wilde ressortit à pas de loup et descendit l'escalier. Pivotant à droite, il posa la main sur la poignée de la porte. Elle céda.

Il ouvrit silencieusement la porte, entra et la referma derrière lui.

Au bas des marches, il aperçut une faible lueur. De deux choses l'une : soit il descendait sur la pointe des pieds pour tenter une approche par surprise, soit il y allait franco.

Wilde opta pour la seconde solution.

Il descendit les marches sans se presser et, arrivé en bas, se tourna vers la lumière.

Naomi ouvrit la bouche.

— Pas la peine de hurler, lui dit-il. Je suis là pour t'aider.

11

LE SOUS-SOL AVAIT ÉTÉ AMÉNAGÉ à moindres frais. Les murs étaient tapissés d'une sorte de vinyle imitation bois, collé au béton avec du scotch. Le canapé était un convertible d'occasion, déplié pour former un lit de cent soixante. Il était jonché d'animaux en peluche. Perchée sur l'accoudoir, Naomi Prine baissait la tête. Ses cheveux lui tombaient sur les yeux à la manière d'un rideau. Elle n'était pas maigre, ce qui, dans le monde actuel, équivalait à dire qu'elle était en surpoids, mais Wilde n'en était pas certain. Elle n'était ni jolie ni laide et même si son physique n'était pas censé entrer en ligne de compte, ce n'était pas le cas dans le monde réel et encore moins dans le monde des adolescents. En la scrutant, Wilde ressentit un pincement au cœur. Objectivement mais peut-être aussi parce qu'il connaissait l'histoire, il trouvait que Naomi Prine avait l'air d'une proie facile. C'était l'impression qu'elle donnait. On peut paraître stupide ou intelligent, fort ou cruel, faible ou courageux, n'importe. Naomi, elle, semblait se tasser sur elle-même, comme si elle avait peur qu'on la frappe et, du coup, on avait envie de la frapper.

— Je vous connais, dit-elle. Vous êtes le garçon de la forêt.

C'était une façon de voir les choses.

— Vous vous appelez Wilde, hein ?

— Oui.

— Vous êtes notre croque-mitaine, vous savez.

Il ne dit rien.

— Genre, les parents interdisent à leurs gosses d'aller dans la forêt, sinon l'Homme sauvage va les attraper et les manger. Et genre, quand les gamins se racontent des histoires de fantômes ou essaient de se faire peur, vous êtes un peu le clou du spectacle.

— Génial, répliqua Wilde. Tu as peur de moi ?

— Non.

— Et pourquoi ?

— J'aime bien les marginaux, fit-elle.

Il esquissa un sourire.

— Moi aussi.

— Vous avez lu *Ne tirez pas sur l'oiseau moqueur* ? demanda-t-elle.

— Oui.

— Vous êtes notre Boo Radley.

— Et toi, tu serais Scout, j'imagine ?

— C'est ça, répondit Naomi, levant les yeux au ciel.

Son cœur se serra à nouveau.

— Qui est Larry ? J'ai entendu ton père au téléphone.

— C'est mon oncle. Il vit à Chicago.

Naomi baissa le nez.

— Vous allez me dénoncer ?

— Non.

— Vous allez repartir comme ça ?

— Si c'est ce que tu veux.

Wilde se rapprocha et sa voix se fit douce :

— Le défi, dit-il.

Elle le regarda.

— Comment savez-vous ?

Bien sûr, il l'avait vu sur son ordinateur, mais il avait aussi lu un article à ce sujet quelques années plus tôt. Il y était question du défi de quarante-huit heures, que plus tard on classa au rang des légendes urbaines. C'était une sorte de jeu en ligne, assez sordide au demeurant. Des ados disparaissaient volontairement, pour que leurs parents s'affolent et croient à un enlèvement ou pire. Plus longue était la « disparition », plus on gagnait de points.

— Peu importe, répondit Wilde. C'est à ça que tu joues, non ?

— Je ne comprends toujours pas. Pourquoi vous êtes là ?

— Je te cherchais.

— Pourquoi ?

— Quelqu'un s'inquiétait pour toi.

— Qui ?

Il hésita. Mais après tout, pourquoi pas.

— Matthew Crimstein.

Il crut la voir sourire.

— Logique.

— Comment ça ?

— Il doit se sentir coupable. Dites-lui qu'il ne faut pas.

— OK.

— Il veut se faire bien voir, c'est tout.

Wilde entendit du mouvement en haut. Ce devait être le père.

— Que s'est-il passé, Naomi ?

— Ça vous arrive de lire des bouquins de développement personnel ?

— Non.

— Moi, j'en ai lu plein. Ma vie...

Elle s'interrompit, ravala ses larmes, secoua la tête.

— Bref, on y parle toujours de changer de petites choses. J'ai essayé. Ça ne marche pas. Tout le monde me déteste. Vous savez ce que c'est ? Avoir vos tripes qui se nouent chaque jour parce que vous avez peur d'aller en cours ?
— Non, dit Wilde. Mais j'imagine que ça craint.
Sa réponse plut à Naomi.
— Oui, grave. Seulement, je ne veux pas qu'on me plaigne, OK ?
— OK.
— Promis ?
Il posa sa main droite sur son cœur.
— En tout cas, reprit Naomi, j'ai décidé de me lancer.
— En faisant quoi ?
— En changeant.
Son visage s'éclaira.
— Changement total. J'efface mon passé de looseuse et je repars de zéro. Vous comprenez ?
Il ne dit rien.
— Alors oui, j'ai relevé le défi. J'ai disparu. Au début, je me suis cachée dans la forêt.
Elle parvint à sourire.
— Je n'avais pas du tout peur de vous.
Il sourit en retour.
— J'ai tenu deux jours.
— C'était dur ?
— Non. J'ai bien aimé, en fait. Être toute seule là-bas. Vous voyez ce que je veux dire ?
— Je vois.
— Ce n'est pas à vous que je vais l'expliquer, ajouta-t-elle. C'était comme une évasion, un sursis. Mais mon père... bref, il n'a pas inventé le fil à couper le beurre. Ce que je suis, je veux dire une grosse tache...
— Tu n'es pas une grosse tache.

Naomi lui décocha un regard signifiant qu'elle appréciait moyennement ce ton moralisateur. Il leva les mains en signe de contrition.
— En tout cas, ce n'est pas sa faute. Mais il n'aide pas non plus, vous comprenez ?
— Je pense que oui.
— J'étais donc partie depuis deux jours quand il a commencé à m'envoyer des textos. Il allait prévenir la police, ce qui fait partie du jeu. Mais aussi... j'avais peur qu'il boive trop. Et ça, je n'en voulais pas. Du coup, je suis rentrée, même si je savais que, quarante-huit heures, ce n'était pas assez. Et j'ai mis papa au courant.
Wilde entendit des pas, mais ne se retourna pas. Il n'était pas inquiet.
— Et ton père a bien voulu jouer le jeu ?
— Il a compris tout de suite. Lui aussi pense que je suis une tache.
Naomi leva la main.
— Ne dites rien.
— OK.
— Je voulais juste me faire accepter d'eux. Leur montrer de quoi je suis capable.
— Eux, c'est Crash Maynard ?
— Crash, Kyle, Sutton, toute la bande.
Wilde aurait voulu lui dire qu'il ne fallait pas chercher à impressionner ses harceleurs ni à se faire accepter à tout prix, qu'on devait rester fidèle à soi-même et à ses valeurs et tenir tête aux personnes malveillantes... mais il était sûr que, tout ça, Naomi l'avait déjà entendu et qu'il aurait encore l'air de lui faire la morale. Elle connaissait la chanson bien mieux que lui. C'était son lot quotidien. Elle espérait que cette histoire de défi ferait d'elle quelqu'un de plus « cool » et, ma foi, elle avait peut-être raison. Crash et consorts seraient peut-être impressionnés,

une fois qu'elle serait de retour. Et ça changerait tout pour elle.

Qui était-il pour lui donner des conseils ?

— C'est papa qui a eu l'idée. Je n'avais qu'à me cacher ici et il ferait semblant de s'inquiéter.

— Sauf que les flics ont débarqué pour de vrai.

— Oui, on ne s'y attendait pas. Et il ne peut pas avouer. Imaginez si ça se sait… ce qu'il a fait, ce que j'ai fait. Ils vont me dézinguer au lycée. C'est pour ça qu'il flippe.

La porte du sous-sol s'ouvrit. Du haut des marches, Bernard Prine appela :

— Naomi ?

— Tout va bien, papa.

— Avec qui tu parles, chérie ?

Naomi eut un sourire éclatant.

— Avec un ami.

Wilde hocha la tête. Il aurait aimé proposer son aide, mais il connaissait déjà la réponse. Il se dirigea vers l'escalier. En le voyant, Bernard Prine écarquilla les yeux.

— Nom de…

— J'allais partir, dit Wilde.

— Comment avez-vous… ?

— Tout va bien, papa, intervint Naomi.

Wilde gravit les marches. En passant devant Bernard Prine, il lui tendit la main. Prine la prit. Wilde lui donna une carte. Pas de nom, juste un numéro de téléphone.

— Si je peux vous être utile…

Prine jeta un coup d'œil vers les fenêtres.

— Si la police vous voit…

Wilde secoua la tête et se dirigea vers la porte de derrière. Il avait sa cagoule à la main.

— Aucune chance.

Une minute plus tard, il était dans la forêt.

En chemin, Wilde appela Hester.
— Naomi va bien.
Lorsqu'il eut fini d'expliquer, Hester s'écria :
— Tu te fous de moi ?
— C'est une bonne nouvelle, rétorqua-t-il. Elle est saine et sauve.
— Mais oui, c'est ça. Au cas où ça t'aurait échappé, je viens de lancer un appel à l'antenne pour signaler la disparition d'une adolescente. Et là, tu m'annonces qu'elle se terre dans son propre sous-sol. Je vais passer pour une idiote.
— Ah, fit Wilde.
— Ah ?
— C'est tout ce que j'ai. Ah.
— Et moi, tout ce que j'ai, c'est ma réputation. Ça et mon charme naturel.
— Ça va aller, Hester.
Elle soupira.
— Oui, je sais. Tu retournes à la maison ?
— Oui.
— Tu vas le dire à Matthew ?
— Je lui dirai ce qu'il faut qu'il sache.
— Et après, tu iras au lit avec Laila ?
Il ne répondit pas.
— Désolée, fit-elle.
— Allez dormir, Hester.
— Toi aussi, Wilde.

Le lendemain, Naomi était de retour au lycée. Elle espérait qu'on ne lui poserait pas trop de questions. Mais elle ne put y couper. L'histoire qu'elle raconta ne tenait pas la route et la vérité – qu'elle avait « triché » au jeu du défi – éclata au grand jour.

Si sa vie scolaire avait été un calvaire jusqu'ici, cette révélation l'éleva à la puissance dix.

Une semaine plus tard, Naomi Prine disparut à nouveau.

Tout le monde pensait qu'elle avait fugué.

Mais la découverte d'un doigt sectionné montra qu'on s'était trompé.

DEUXIÈME PARTIE

12

Une semaine plus tard

UNE VOITURE BIFURQUA sur son chemin secret. Wilde le sut grâce à son système d'alarme. Un système à l'ancienne avec un tuyau en caoutchouc, mais efficace dans cet environnement. Les détecteurs de mouvement ne sont pas assez fiables, puisque les animaux les actionnent par leur seule présence, déclenchant une fausse alerte toutes les heures. Seul quelque chose de lourd comme une voiture active une alarme munie d'un tuyau en caoutchouc.

Il avait les yeux rivés sur le petit écran, plus précisément sur le mail expédié par un site généalogique proclamant DÉCOUVREZ VOS RÉSULTATS ADN ICI!, quand la notification signalant une intrusion s'afficha. Wilde se demandait à l'instant s'il devait cliquer sur le lien ou laisser les choses en l'état, tout comme il avait hésité à faire le test, à s'engager dans cette voie potentiellement semée d'embûches. Envoyer son ADN sous un faux nom ne tirait pas à conséquence. Il n'était pas obligé de regarder les résultats. Il pouvait les laisser là, derrière ce lien.

D'aucuns s'étonneraient que Wilde ait attendu aussi longtemps pour entreprendre cette simple démarche. Avec des sociétés comme 23andMe ou Ancestry.com qui promettaient de réunir des centaines, voire des milliers de membres de votre famille, n'aurait-il pas été naturel que Wilde envoie son propre échantillon pour essayer de connaître ses origines ? À première vue, la réponse était oui... mais en y réfléchissant, en envisageant toutes les retombées, il en était moins sûr.

Quelqu'un qui préférait vivre caché, qui avait du mal à se lier avec autrui, devait-il ouvrir sa porte à des inconnus, prétendument du même sang que lui, des inconnus qui feraient irruption dans sa vie ?

Le voulait-il vraiment ?

En quoi cela l'aiderait-il à découvrir son passé ?

L'alarme déclencha le reste de son dispositif, plus sophistiqué cette fois. Quelques années plus tôt, si un véhicule s'engageait sur le chemin, c'était généralement par erreur. Wilde avait même défriché un espace à l'entrée pour permettre à l'automobiliste de se rendre compte de sa méprise, de reculer et de repartir. Aujourd'hui, avec la végétation envahissante, le tournant n'était pas vraiment visible depuis la grande route, si bien que ces visiteurs accidentels étaient devenus plus rares.

Cependant, cela lui arrivait encore. Et c'était probablement le cas ici.

Lorsque les deuxième et troisième détecteurs de mouvement se mirent en marche, il comprit que la voiture n'avait pas l'intention de faire demi-tour. Quelqu'un le cherchait.

Wilde vivait dans une sorte de caravane de forme ovoïde baptisée Écocapsule. Cette minimaison connectée, une forme d'habitat écologique ou de mobile home compact, appelez ça comme vous voudrez, avait été conçue par un ami slovaque rencontré lors d'une mission dans le Golfe.

La structure ressemblait à un œuf de dinosaure géant, bien que Wilde, utilisant cinq teintes mates différentes, l'ait peinte façon camouflage pour mieux la dissimuler. L'espace habitable était réduit, moins de sept mètres carrés, une seule pièce, mais dotée de tout l'équipement nécessaire : une kitchenette avec plaque de cuisson et minifrigo, une salle de bains avec robinet économiseur d'eau, pomme de douche et toilettes à incinération qui transformaient les déchets en cendres. Les meubles étaient encastrés – table, étagères, rangements, un lit pliant double ou qu'on pouvait séparer en deux –, le tout en panneaux légers en nid d'abeille avec une finition frêne verni. L'extérieur de l'œuf se composait de coques en fibre de verre superposées sur un châssis en acier.

Il n'y avait pas photo… l'Écocapsule, c'était super cool.

Certains en déduiraient que Wilde devait être un écologiste de la première heure. Or ils se tromperaient. La capsule lui offrait intimité et protection. Elle était autonome et donc totalement hors réseau. Il y avait des panneaux photovoltaïques sur le toit et une éolienne démontable. La forme ovoïde permettait de recueillir l'eau de pluie, mais, en cas de sécheresse, il y avait d'autres moyens de se ravitailler en eau : le lac, les ruisseaux, le tuyau d'arrosage. L'eau était purifiée par des filtres à osmose inverse, ce qui la rendait propre à la consommation. Le réservoir et le chauffe-eau étaient conçus pour une seule personne ; en même temps, Wilde ne se refusait pas le plaisir d'un long moment passé sous la douche à jet de Laila avec eau chaude à volonté.

Il n'y avait ni lave-linge ni sèche-linge, pas de micro-ondes, pas de téléviseur. Ça ne lui manquait pas. Ses besoins en matériel électronique se limitaient à un ordinateur portable et un téléphone, faciles à recharger dans la capsule. Il n'y avait ni thermostat ni interrupteurs :

toutes ces fonctions étaient pilotées à partir de l'application Smart Home.

La capsule était facile à déplacer sur une remorque, chose que Wilde faisait régulièrement, même si ce n'était que sur cinquante ou cent mètres. À ce stade, il était probablement exagéré de répéter l'opération aussi souvent, mais, lorsque son habitation restait trop longtemps à la même place, il avait l'impression que sa maison (et par conséquent lui-même ?) était en train de prendre racine.

Il n'aimait pas ça.

En ce moment même, il se tenait devant la porte papillon, nargué par ce lien du site ADN. Les capteurs et les caméras, tous reliés aux panneaux solaires, envoyaient les vidéos sur son ordinateur. Il jeta un coup d'œil sur la voiture – une Audi A6 rouge – qui venait de s'arrêter. La portière côté conducteur s'ouvrit. Un homme roula à moitié dehors et mit un certain temps à se redresser. Wilde le reconnut. Ils s'étaient déjà rencontrés une fois.

C'était Bernard Prine, le père de Naomi.

— Wilde ?

Wilde l'entendit grâce aux micros qu'il avait installés un peu partout, sans cela, ç'aurait été impossible. Il emprunta le sentier familier pour aller à sa rencontre. Un peu plus de quatre cents mètres jusqu'au chemin. Il avait une arme chez lui – un Beretta M9 de l'armée –, mais il ne jugea pas utile de l'emporter. Il n'aimait pas les armes à feu et n'était pas bon tireur. L'autre soir chez les Maynard, lorsqu'il avait arraché son arme à Thor, il avait été soulagé de ne pas avoir à s'en servir, moins par crainte de blesser quelqu'un que parce que, vue de l'extérieur, son habileté à manier une arme de poing était pour le moins douteuse.

Wilde surgit silencieusement derrière Bernard Prine.

— Qu'est-ce qui vous amène ?

Pris au dépourvu, Prine pivota vers lui. Wilde se demanda comment il avait su où le trouver, mais, d'un autre côté, ce n'était pas un secret. C'est ainsi qu'on le contactait. Tout le monde le savait.
— J'ai besoin de votre aide, déclara Prine.
Wilde attendit.
— Naomi a encore disparu. Mais ce n'est pas comme l'autre fois.
— Vous avez alerté la police ?
— Oui.
— Et ?
Prine leva les yeux au ciel.
— À votre avis ?
Ils avaient, évidemment, conclu à une fugue. Son jeu du défi, expliqua Prine, avait passé pour un canular, ce qui, côté harcèlement, avait jeté de l'huile sur le feu. Les humiliations s'étaient multipliées. Naomi dépérissait à vue d'œil. Quant à la police, elle y voyait l'histoire du garçon (ou, en l'occurrence, de la fille) qui criait au loup.
— Je vous paierai, ajouta Prine. J'ai entendu dire...
Il s'interrompit.
— Entendu dire quoi ?
— Que l'investigation, c'était votre truc.
Cela aussi était une exagération. Il avait été le W dans la société de sécurité privée CREW, spécialisée dans la défense et la protection outre-Atlantique. Compte tenu de son statut particulier – et parce que personne n'avait trouvé ne serait-ce que son acte de naissance –, il exécutait les missions les plus délicates qui exigeaient le secret absolu. Après avoir ramassé suffisamment d'argent, il s'était mis en retrait, bénéficiant officiellement du titre nébuleux de « consultant ».
— Elle n'a pas fugué, répéta Prine.

Il avait la voix pâteuse et l'allure typique de l'homme qui buvait en rentrant du bureau : yeux injectés de sang, chemise froissée, cravate desserrée.
— Qu'est-ce qui vous fait dire ça ?
Prine rumina quelques instants, puis :
— Ça va vous paraître convenu si je dis qu'un père sent ces choses-là ?
— Absolument pas.
— Elle a été enlevée.
— Par qui ?
— Aucune idée.
— Des indices qui feraient croire à un crime ?
— Un crime ?
Il fronça les sourcils.
— Vous êtes sérieux ?
— Une preuve quelconque qu'elle a été enlevée ?
— Plutôt l'absence de preuves.
— C'est-à-dire ?
Bernard Prine écarta les mains et sourit. C'était un sourire peu ragoûtant.
— Ben, elle n'est pas là, hein ?
— Je ne crois pas pouvoir vous aider.
— Parce que je ne peux pas prouver qu'elle a été enlevée ?
Prine tituba vers Wilde un peu trop précipitamment, comme s'il allait l'agresser. Celui-ci fit un pas en arrière. Prine s'arrêta, leva la main en signe d'apaisement.
— Écoutez, Wilde, ou quel que soit le nom qu'on vous donne, faites comme vous voulez. Admettons que Naomi ait fugué. Si c'est le cas, elle est toute seule là-dedans.
Il leva les bras et pivota sur ses talons, comme si sa fille pouvait se trouver dans cette forêt.

— Elle a été traumatisée par ces Néandertaliens au lycée et maintenant elle a peur, elle est triste et... il faut qu'on la retrouve.

Wilde était bien obligé de reconnaître que le raisonnement de Prine se tenait.

— Allez-vous m'aider ? Non, pas moi. Ne parlons pas de moi. Vous avez rencontré Naomi. Je sais que le courant est passé entre vous deux. Allez-vous aider Naomi ?

Wilde tendit la main.

— Donnez-moi vos clés de voiture.

— Hein ?

— Je vous raccompagne chez vous. Comme ça, vous me raconterez tout en chemin.

13

HESTER S'EFFORÇA DE SE CONCENTRER, mais elle était aussi troublée qu'une collégienne.

Son invité du moment était l'avocat et activiste bien connu Saul Strauss. Le thème, comme pratiquement dans toutes les émissions d'actualités, était la campagne présidentielle de Rusty Eggers, ancien gourou du bien-être au passé sulfureux.

Mais ses pensées, juste avant la pause publicitaire, la ramenaient au texto qu'elle venait de recevoir d'Oren Carmichael :

Je sais que vous allez prendre l'antenne. Puis-je passer vous voir quand vous aurez terminé ?

Tout étourdie – n'était-elle pas trop vieille pour ça ? –, Hester avait répondu oui et qu'elle laisserait le nom d'Oren à l'accueil pour qu'il puisse passer quand il voulait. Elle avait failli ajouter un émoji en forme de cœur ou de smiley, mais un reste de bon sens l'en avait dissuadée.

N'empêche...

Après la coupure pub, Hester lut la brève biographie de Saul Strauss sur son prompteur : fils d'un gouverneur républicain vieille école originaire du Vermont, ayant servi dans l'armée, diplômé de l'université de Brown, professeur de droit à Columbia, défenseur acharné des obscurs et des sans-grade, de la nature, de la cause animale... bref, la moindre injustice le faisait monter au créneau.

— Que ce soit bien clair, annonça Hester, prenant le taureau par les cornes, vous poursuivez en justice les producteurs du *Rusty Show*, mais pas Rusty Eggers lui-même, c'est bien ça ?

Saul Strauss devait avoir une soixantaine d'années. Son allure faisait penser à un prof de dessin un peu bohème : longs cheveux gris noués en queue de cheval, chemise de flanelle et blouson de sport en velours côtelé couleur terre cuite, sans oublier les coudières, pilosité faciale à mi-chemin entre hipster et Amish, lunettes de lecture se balançant au bout d'une chaîne. Mais, sous cet accoutrement, on devinait la carapace endurcie de l'ancien marine.

— Parfaitement. Je représente l'un des annonceurs du *Rusty Show*, qui redoute à juste titre d'avoir été trompé sur la marchandise.

— Quel annonceur ?

Les mains de Strauss, posées sur le bureau, étaient énormes, les doigts, comme des saucisses. La dernière fois qu'elle l'avait invité dans son émission, Hester avait posé la main sur son avant-bras pendant la conversation, une fraction de seconde. On aurait dit un bloc de marbre.

— Nous avons demandé au juge de ne pas divulguer le nom de mon client pour le moment.

— Mais il a porté plainte pour fraude ?

— Oui.

— Expliquez-moi.

— En deux mots, nous considérons que le *Rusty Show* a escroqué mon client et d'autres annonceurs en dissimulant des informations susceptibles de nuire à leur image.

— Quelles informations ?

— Nous n'avons pas encore toutes les données en main.

— Comment pouvez-vous porter plainte, alors ?

— Mon client en toute bonne foi a associé le nom de son entreprise à Rusty Eggers et à son émission de télévision. Nous pensons que, à l'époque, à la fois la chaîne et Dash Maynard...

— Dash Maynard était le producteur du *Rusty Show* ?

Saul Strauss eut un large sourire.

— Oh, Dash Maynard était bien plus que ça. Les deux hommes étaient des amis de longue date. Maynard a créé l'émission... et, en vérité, il a créé la baudruche que nous connaissons sous le nom de Rusty Eggers.

Elle aurait pu poursuivre sur le thème de la baudruche, mais cela pouvait attendre.

— Très bien, mais je ne comprends toujours pas l'objet de votre plainte.

— Dash Maynard détient une information préjudiciable pour Rusty Eggers...

— Et vous l'avez su comment... ?

— ... or, en refusant de la révéler, Dash Maynard savait qu'il vendait de la publicité pour une émission qui risquait de capoter d'un moment à l'autre au détriment de l'image de marque de mon client.

— Sauf qu'elle n'a pas capoté.

— Non, pas encore.

— En fait, le *Rusty Show* n'est plus à l'antenne. Rusty Eggers est aujourd'hui l'un des principaux candidats à l'élection du prochain président des États-Unis.

— Précisément. Maintenant qu'il est en lice, tous les projecteurs seront braqués sur lui. Lorsque les enregistrements compromettants de Dash Maynard seront rendus publics…
— Avez-vous la preuve que ces enregistrements existent ?
— … l'entreprise de mon client subira des dommages graves et peut-être irréversibles.
— Parce qu'il a fait de la pub dans cette émission ?
— Oui, bien sûr.
— Donc, en clair, vous dénoncez une fraude qui n'a pas eu lieu et que vous n'êtes pas en mesure de prouver, en vous basant sur quelque chose qui n'existe peut-être pas et dont vous ignorez comment cela pourrait vous impacter. J'ai bien résumé la situation ?
Strauss n'était pas content.
— Non, ce n'est pas…
— Saul ?
— Oui ?
Hester se pencha en avant.
— Ce procès est totalement absurde.
Il s'éclaircit la voix. Ses grosses mains se crispèrent.
— D'après le juge, nous avons la qualité pour agir.
— Ça ne durera pas. Vous le savez aussi bien que moi. Soyons francs, OK ? Juste entre nous. Ce procès farfelu a pour but d'alerter l'opinion et de forcer Dash Maynard à publier des enregistrements qui risquent de gêner Rusty Eggers et de faire dérailler sa campagne.
— Absolument pas.
— Êtes-vous un partisan de Rusty Eggers ?
— Quoi ? Non.
— En fait…
Hester lut la citation qui s'était affichée à l'écran.

— ... vous avez dit : « Rusty Eggers doit être stoppé coûte que coûte. C'est un nihiliste détraqué capable de nous mener à la pire des catastrophes. Il veut détruire l'ordre mondial, quitte à provoquer des morts par millions. »

Elle se tourna vers lui.

— C'est bien vous qui avez dit ça ?

— En effet.

— Et vous y croyez ?

— Pas vous ?

Hester n'allait pas se laisser entraîner sur ce terrain-là.

— Donc, si Dash Maynard détient une information préjudiciable pour Rusty Eggers, vous estimez qu'elle devrait être rendue publique.

— Mais bien sûr, répondit Strauss comme si c'était une évidence absolue. Nous votons pour la fonction la plus puissante du monde. Tout ce qui concerne les candidats devrait être totalement transparent pour les électeurs américains.

— Et c'est le véritable objectif de ce procès.

— La transparence, c'est important, Hester. Vous n'êtes pas d'accord ?

— Si. Mais vous savez ce qui est le plus important à mes yeux ? La Constitution. L'État de droit.

— En somme, vous défendez Rusty Eggers et Dash Maynard ?

— Je défends le droit.

— Sans verser dans le pathos...

— Trop tard.

— ... si vous aviez vu Hitler arriver au pouvoir...

— Oh, Saul, ne commencez pas avec ça. S'il vous plaît.

— Pourquoi ?

— Parce que. Pas dans mon émission.

Se penchant, Saul Strauss s'adressa directement à la caméra.

— Dash Maynard pourrait détenir des vidéocassettes susceptibles de changer le cours de l'histoire.

— Du moment que vous ne versez pas dans le pathos, fit Hester en levant les yeux au ciel. À propos, comment savez-vous que ces cassettes existent réellement ?

Strauss se racla la gorge.

— Nous avons… euh, nos sources.

— Par exemple ?

— Arnie Poplin, pour commencer.

— Arnie Poplin ?

Hester ne cacha pas son scepticisme.

— C'est ça, votre source ?

— L'une des sources, oui. Il a eu connaissance…

— Juste pour expliquer à nos spectateurs, Arnie Poplin est un has been de la scène devenu un conspirationniste enragé et il a participé comme candidat au *Rusty Show*.

— Cette description ne correspond pas à la réalité.

— Il a bien prétendu que les attentats du 11 Septembre étaient un coup monté, non ?

— Ça n'a rien à voir.

— Le même Arnie Poplin harcèle mon producteur pour être invité dans l'émission afin de nous faire part d'une nouvelle théorie abracadabrante sur les OVNI, les *chemtrails* et autres balivernes. Sérieux ? Arnie Poplin ?

— Sauf le respect que je vous dois…

— … Ce n'est jamais une bonne entrée en matière, Saul…

— … Je pense que vous n'êtes pas conscient du danger que représente Rusty Eggers. Nous avons le devoir de publier ces enregistrements pour sauver notre démocratie.

— Alors trouvez un moyen légal pour les divulguer...
ou il n'y aura plus grand-chose à sauver.

— C'est ce que je suis en train de faire.

— Avec cette histoire de fraude à la noix ?

— Je peux poursuivre quelqu'un pour stationnement illégal, répliqua Strauss, et si je tombe sur un meurtre en cours de route, eh bien, ce sera toujours ça.

— Vous allez chercher loin, là... mais bon, c'est un point commun entre Rusty Eggers et vous.

— Je vous demande pardon ?

— La fin justifie les moyens, une vieille rengaine. Peut-être que vous devriez aller vivre dans un autre pays, tous les deux ?

Le visage de Strauss vira à l'écarlate, mais, avant qu'il ne puisse riposter, Hester pivota vers la caméra.

— À tout de suite.

Le réalisateur cria :

— Coupez !

Saul Strauss n'était pas content.

— Bon sang, Hester, c'est quoi, ce cirque ?

— Arnie Poplin ? Vous rigolez ou quoi ?

Elle secoua la tête et jeta un œil sur ses textos. Il y en avait un d'Oren, reçu deux minutes plus tôt :

Je monte.

— Je dois y aller, Saul.

— Non, mais vous vous êtes entendue ? Vous venez de me comparer à Rusty Eggers.

— Votre procès est absurde.

Saul Strauss posa la main sur son bras.

— Eggers ne va pas s'arrêter là, Hester. La destruction, le chaos, le nihilisme... vous comprenez ça, n'est-ce pas ?

Son objectif, c'est l'anarchie. Il veut anéantir tout ce que nous chérissons, vous et moi.
— Je dois y aller, Saul.
Hester déclipsa le micro de sa veste de tailleur. Allison Grant, sa productrice, attendait dans la coulisse. Hester tenta de prendre un air nonchalant.
— Quelqu'un m'attend ?
— Tu veux parler du beau mec en uniforme de chef de police ?
Hester ne put s'en empêcher :
— Il est mignon, hein ?
— On en mangerait, et plutôt deux fois qu'une.
— Où est-il ?
— Je l'ai mis dans la *green room*.
Chaque studio de télévision possède une *green room*, une « chambre verte » qui accueille les invités avant leur passage à l'antenne. Bizarrement, elles ne sont jamais peintes en vert.
— Tu me trouves comment ? demanda Hester.
Allison l'inspecta si minutieusement qu'elle crut devoir lui montrer ses dents, comme à un marchand de chevaux.
— Bien joué.
— Quoi ?
— De l'avoir fait venir juste après que tu as rendu l'antenne. Comme ça, tu es déjà maquillée et coiffée.
— Ça va ?
Hester lissa sa jupe et s'engagea dans le couloir. La *green room* était tapissée d'affiches de présentateurs et des principaux animateurs de la chaîne, dont une photo d'Hester prise trois ans plus tôt : une photo de trois quarts, bras croisés, l'air peu amène. Lorsqu'elle entra dans la pièce, Oren, le dos tourné, était en train de regarder l'affiche.
— Qu'en pensez-vous ? s'enquit Hester.

Sans se retourner, Oren répondit :

— Je vous trouve encore plus sexy maintenant.

— Plus « sexy » ?

Il haussa les épaules.

— Plus jolie ou plus belle ne vous irait pas, Hester.

— Je prends sexy, fit-elle. Je prends et je me sauve à toutes jambes.

Oren se tourna et sourit. C'était un très beau sourire. Elle en ressentit l'effet jusque dans ses orteils.

— Content de vous voir, dit-il.

— Pareillement. Et désolée pour cette histoire avec Naomi.

— De l'eau a coulé sous les ponts depuis, répondit Oren. Vous avez dû prendre beaucoup plus cher que moi, je suppose.

Il ne se trompait pas. Lorsqu'on avait découvert que Naomi les avait menés en bateau, les ennemis d'Hester – tout le monde a des ennemis sur les réseaux sociaux – s'en étaient donné à cœur joie. Quand, deux jours plus tard, elle avait commenté une décision controversée du tribunal électoral en Californie, une douzaine de décérébrés de Twitter (c'était le nom qu'Hester leur avait donné) s'étaient déchaînés avec fureur : *Attendez, ce n'est pas elle qui a fait passer le canular d'une gamine pour une urgence nationale ?* C'est ainsi que ça fonctionnait des deux côtés – « des deux côtés », Hester détestait cette expression ; pour discréditer quelqu'un, on se servait d'une erreur passée, aussi obscure ou lointaine fût-elle. Comme si seule la perfection méritait d'être prise en compte.

— Elle a encore fugué, dit Oren.

— Qui, Naomi ?

— Oui. Son père est venu me voir. Il jure qu'il y a autre chose là-dessous.

— Qu'allez-vous faire ?

— Qu'est-ce que je peux faire ? J'ai lancé un appel radio, au cas où mes gars la croiseraient. Mais tout porte à penser que c'est une fugue.
— Elle a dû subir un gros stress.
— Oui, ça aussi, ça me préoccupe.

Hester avait d'autres questions à propos de tout ce micmac avec Naomi – notamment, pourquoi Matthew avait-il tenu à l'impliquer ? –, mais, une fois l'affaire tirée au clair, son petit-fils s'était refermé comme une huître, faisant mine de s'être inquiété pour rien.

— Alors, qu'est-ce qui vous amène ? demanda Hester.
— J'ai laissé passer assez de temps, il me semble.
— Pardon ?
— Vous m'avez dit de ne pas appeler trop tôt. Pour ne pas avoir l'air accro.
— C'est vrai.
— Et étant un peu vieux jeu, je préfère vous inviter à l'ancienne mode.
— Oh.
— En personne.
— Oh.
— Vu que les téléphones à cadran, ça n'existe plus.
— Oh.

Il sourit à nouveau.

— Ça se passe plutôt bien, on dirait.
— Dois-je lâcher un autre « Oh ! » ?
— Non, je crois avoir compris le principe. Accepteriez-vous de dîner avec moi un de ces soirs ?
— Je devrais sans doute feindre l'indifférence. Faire mine de consulter mon agenda surbooké.

Oren répondit :
— Oh.
— Mais oui, Oren, je serais ravie de dîner avec vous.
— Demain, ça vous va ?

145

— Parfait.
— Dix-neuf heures ?
— Je me charge de réserver, déclara-t-elle.
— Faut-il que je mette une cravate ?
— Non.
— Bien.
— Bien.

Il y eut un silence. Il fit un pas vers elle comme pour la prendre dans ses bras, puis se ravisa et la salua gauchement.

— À demain alors.

Elle le regarda passer la porte.

Oui, pensa Hester, réprimant l'envie de sauter en l'air et de faire claquer ses talons. *C'est vrai qu'on en mangerait.*

14

RUSTY EGGERS ÉTEIGNIT LE TÉLÉVISEUR d'un geste un peu trop théâtral et jeta la télécommande sur le canapé blanc.
— Ce procès, c'est juste pour emmerder le monde.
Gavin Chambers acquiesça. Tous deux avaient visionné l'interview de Saul Strauss par Hester Crimstein dans l'appartement-terrasse design, blanc et chrome, de Rusty. L'appartement, tout en baies vitrées du sol au plafond, offrait une vue spectaculaire sur Manhattan... surtout parce qu'il se trouvait à Hoboken, New Jersey, et donc faisait face à la ville. Les New-Yorkais ont une vue correcte sur le New Jersey depuis l'Hudson, alors que les habitants du New Jersey, depuis le même fleuve Hudson, jouissent d'une vue à couper le souffle sur New York. Le soir, avec le reflet des lumières sur l'eau, le fleuve ressemble à une rivière de diamants étalée sur du velours noir.
— N'importe quel juge les enverra paître avant qu'ils n'arrivent devant la cour, poursuivit Rusty avec beaucoup d'aplomb.
Il s'exprimait toujours avec beaucoup d'aplomb.
— Vous avez sûrement raison, opina Gavin Chambers.
— J'ai trouvé Hester Crimstein très bonne sur ce coup-là.

— C'est vrai.
— Comment elle lui a mis le nez dans son caca !
— Oui.
— Sauf qu'il ne lâchera pas facilement.
— Saul Strauss ?

Chambers secoua la tête.

— Ça m'étonnerait.
— Vous le connaissez, n'est-ce pas ?
— Oui.
— Vous avez fait l'armée ensemble.

Effectivement. Dans la marine. Il y a une éternité. Gavin avait toujours admiré Saul Strauss. C'était un dur à cuire, un bagarreur... et, en même temps, il se trompait sur toute la ligne.

— Ça fait longtemps que vous ne l'avez pas vu ?
— Oui, très.
— Tout de même, dit Rusty. Il doit toujours y avoir ce lien entre vous. L'armée.

Gavin ne répondit pas.

— Vous croyez que vous pourriez lui parler ?
— Lui parler ?
— Le convaincre de laisser tomber.

Saul Strauss avait été un militant engagé du genre écolo bio, boy-scout, idéaliste jusqu'à l'utopie, mais, de plus en plus, les Saul de ce monde avaient hystérisé le débat, surtout en ce qui concernait Rusty Eggers.

— Aucune chance, fit Gavin.
— Strauss est donc un véritable *hater* ?

Gavin Chambers et Saul Strauss étaient tous deux issus de mariages politiquement mixtes : père conservateur, mère libérale. Gavin tenait de son père, tandis que Saul était devenu le fils chéri de sa maman. Il fut un temps où ils pouvaient parler et débattre avec animation. Gavin disait que Saul était un naïf et un cœur tendre. Saul disait que

Gavin était trop rationnel et darwinien. Ces compliments remontaient à une époque depuis longtemps révolue.
— C'est un zélote maintenant, dit Gavin.
— Je m'en suis aperçu.
— Mmm.
— En un sens, nous sommes pareils, votre ami Saul et moi. Nous croyons tous les deux que le système actuel est truqué. Qu'il a trahi le peuple américain. Que la seule façon d'y remédier est de commencer par le renverser.

Rusty Eggers contempla le panorama. Il était un pur produit du New Jersey – enfant pauvre né dans l'austère agglomération de Newark d'un père ukrainien et d'une mère jamaïcaine, il avait fréquenté l'école de garçons St. Benedict sur Martin Luther King Boulevard au cœur de la ville, parcours qui l'avait mené jusqu'à l'université de Princeton – et, pour cette raison, il avait préféré rester dans son État natal plutôt que traverser le fleuve. Il aimait cette vue, bien sûr. En train ou ferry, il pouvait se rendre au centre de Manhattan ou à Wall Street en moins d'une demi-heure. Le New Jersey avait aussi grandement contribué à la renommée de Rusty – les trois S, selon son expression –, un bout de Springsteen, un bout de Sinatra, un bout des *Soprano*. Rusty se présentait comme un type bourru mais attachant, courtois mais opiniâtre, une sorte de gros nounours avec une tignasse couleur rouille (d'où le surnom[1]). Il avait la peau suffisamment claire pour passer pour un Blanc et en même temps suffisamment foncée pour que les racistes se rallient à lui afin de prouver qu'ils n'étaient pas si racistes que ça.

Rusty Eggers, et Gavin le savait, était un homme brillant. Enfant unique d'une famille soudée, il était sorti de Princeton avec un double diplôme de philosophie et

---

1. *Rust* signifie « rouille » en anglais. (*N.d.T.*)

de sciences politiques. Dans un premier temps, il avait fait fortune en créant un jeu de société, mélange d'opinions personnelles et de quiz, appelé PolitiGuess. La vie semblait sourire à Rusty quand un semi-remorque, conduit par un homme gavé d'amphétamines pour respecter un délai de livraison irréaliste, avait franchi le terre-plein sur l'autoroute du New Jersey Turnpike et heurté de plein fouet la voiture de la famille Eggers. Les parents de Rusty étaient morts sur le coup. Grièvement blessé, Rusty avait passé deux mois à l'hôpital. Comme c'était lui qui conduisait ce soir-là, même s'il n'y était strictement pour rien, il avait souffert du syndrome du survivant. À la dérive, il avait sombré dans l'addiction aux antalgiques, puis dans une dépression en bonne et due forme. Cela avait été une période très sombre de sa vie.

Avance rapide sur trois années de calvaire.

Même si certains prétendaient qu'il ne s'était jamais vraiment remis de cette terrible épreuve, Rusty Eggers, affublé d'une claudication depuis sa sortie de l'hôpital, avait fini par renaître de ses cendres tel un phénix grâce à ses vieux amis Dash et Delia Maynard. Rusty avait beau affirmer, comme tant d'autres avant lui, qu'il s'en était sorti à la force du poignet, en réalité c'était ce couple qui l'avait porté à bout de bras. Avec l'aide de Dash, Rusty Eggers était devenu le maître à penser du développement personnel à la télé. Sa célébrité lui avait valu, deux ans plus tôt, une victoire écrasante aux élections sénatoriales, « totalement indépendante », selon ses propres dires.

La devise de Rusty : « Une étiquette, c'est fait pour les marchandises, pas pour la politique. »

À présent, comme tous les outsiders en politique, d'Obama à Trump, Rusty Eggers avait renoncé à attendre son tour et visait la plus haute fonction, avec une réelle chance de succès, d'ailleurs.

Toujours face à la vitre, tournant le dos à Gavin, il demanda :
— Comment ça va, là-bas ?
Il parlait des Maynard.
— Ils vont bien. Un peu stressés peut-être.
— Je suis sûr que votre présence les rassure.
Le décor de l'appartement était spartiate, ni dorures ni marbres, rien que du blanc minimaliste. Tout était dans la vue, dans ces immenses baies vitrées.
— Merci de faire ça pour moi, Gavin.
— Je suis payé pour.
— Oui, mais je sais que vous n'allez plus sur le terrain.
— Ça m'arrive encore, répondit Gavin. Rarement. Sénateur ?
Rusty fronça les sourcils.
— On se connaît depuis assez longtemps pour que vous ne m'appeliez pas comme ça.
— Je préfère.
— Comme vous voudrez, colonel, répliqua Rusty avec un petit sourire.
— Je gère ma société de sécurité privée, mais je suis aussi avocat.
— Je sais.
— Je n'exerce pas beaucoup, continua Gavin, mais, comme j'ai prêté serment, tout ce que vous ou n'importe quel autre client peut me confier est couvert par le secret professionnel.
— Je vous fais confiance de toute façon. Vous le savez bien.
— N'empêche, vous disposez de cette protection aussi… une protection *juridique*. Je tiens à ce que vous le sachiez. Je suis votre ami fidèle, certes, mais, légalement, je ne peux rien révéler de nos échanges.
Rusty Eggers se retourna en souriant.

— Vous n'ignorez pas que j'aimerais vous avoir dans mon cabinet.
— Il ne s'agit pas de ça.
— Conseiller à la sécurité nationale. Peut-être même secrétaire à la Défense.

Il avait beau essayer de garder la tête froide, le colonel à la retraite Gavin Chambers, ancien marine, n'en était pas moins humain. La perspective de faire partie du gouvernement de son pays lui donnait le vertige.

— Je vous remercie de la confiance que vous me portez.
— Elle est méritée.
— Sénateur ? Laissez-moi vous aider.
— C'est ce que vous faites déjà.
— Il se trouve que j'ai entendu des rumeurs…
— Précisément, dit Rusty. Ce ne sont que des rumeurs.
— Alors pourquoi dois-je assurer la protection des Maynard ?

Rusty le regarda.

— Vous avez entendu parler de la théorie du fer à cheval en politique ?
— Oui, eh bien ?
— La plupart des gens s'imaginent, politiquement parlant, que la droite et la gauche forment un continuum linéaire… la droite d'un côté de la ligne et la gauche, forcément, à l'opposé. Que ce sont deux polarités inverses. Loin l'une de l'autre. Mais, d'après la théorie du fer à cheval, la ligne est justement en forme de fer à cheval : elle s'incurve vers l'intérieur, si bien que les deux extrêmes sont plus proches l'un de l'autre qu'ils ne le sont du centre. Certains vont jusqu'à dire que c'est plutôt un cercle ; la ligne est si courbe que la droite et la gauche se confondent… la tyrannie sous une forme ou une autre.
— Sénateur ?
— Oui ?

— Moi aussi, j'ai étudié la politique.
— Alors vous devez comprendre ce que j'essaie de faire.
Rusty se rapprocha en boitillant. Il grimaça : depuis l'accident, il souffrait de crampes à la jambe.
— La majorité des Américains se situe plus ou moins au centre. Certains plus à gauche, d'autres plus à droite. Ces gens-là ne m'intéressent pas. Ce sont des pragmatiques. Ils peuvent changer d'avis. Les électeurs croient que le président pioche au centre. Eh bien, pas moi.
— Je ne vois pas le rapport avec les Maynard, dit Gavin.
— Je suis le prochain maillon en termes d'évolution de notre culture politique nourrie par les scandales et obsédée par les médias sociaux. Le dernier maillon, si vous préférez. La fin du *statu quo*.
Le sourire de Rusty était irrésistible ; ses yeux lançaient des éclairs. Gavin entendait déjà la clameur de la foule.
— C'est très simple : si mes adversaires pensent que mes amis proches, Dash et Delia, ont quelque chose, *n'importe quoi*, de compromettant à mon sujet, ils ne reculeront devant rien, y compris une agression physique, pour s'en emparer.
— Donc, vous faites ça pour protéger des amis proches ?
— Ça vous étonne ?
Gavin fit la moue et rapprocha le pouce et l'index pour indiquer que oui, un peu. Rusty rit. C'était un rire explosif. Contagieux. Désarmant.
— Je connais Delia depuis Princeton. Vous le savez, ça ?
Bien sûr que Gavin le savait. Il connaissait toute l'histoire. Rusty était sorti avec Delia en troisième année de fac. Ils avaient rompu durant leur stage d'été au Congrès chez les démocrates, où Delia était tombée amoureuse d'un autre stagiaire, un documentariste en

herbe nommé Dash Maynard. Ce fut ainsi, curieusement, que Dash et Rusty s'étaient rencontrés... à Washington, au cours d'un stage d'été.

Ce fut ainsi que tout avait commencé.

— Les Maynard en savent plus sur moi que n'importe qui d'autre, ajouta Rusty.

— Genre ?

— Oh, rien d'infamant. Pas de quoi m'intenter un procès. Seulement, Dash filmait tout à cette époque-là. Tout. Les coulisses. Les conversations privées. Pas de quoi fouetter un chat, mais bon, dans toute cette masse d'informations, il y a sûrement des choses que mes adversaires pourraient utiliser contre moi. Un moment où j'ai été grossier avec un invité ou pète-sec avec un employé, ou quand j'ai pu poser la main sur le coude d'une femme, allez savoir.

— Et plus concrètement ?

— Il n'y a rien qui me vienne à l'esprit.

Gavin ne le crut pas.

— Gardez un œil sur eux encore quelques semaines. Le temps que tout ça se termine.

15

LORSQUE BERNARD PRINE eut ouvert sa porte, Wilde n'attendit pas qu'il l'autorise à entrer et se dirigea droit vers l'escalier.
— Minute, vous allez où comme ça ?
Sans répondre, Wilde commença à gravir les marches. Bernard Prine lui emboîta le pas. Ce n'était pas un problème. Wilde pénétra dans la chambre de Naomi et alluma la lumière.
— Vous cherchez quoi ? demanda Prine.
— Vous voulez que je vous aide, n'est-ce pas ?
— Oui.
Wilde contempla le lit de Naomi, couvert de peluches.
— Il y en a une qu'elle préfère parmi toutes celles-là ?
— Une quoi ?
— Une peluche.
— Qu'est-ce que j'en sais ?
Wilde ouvrit la penderie et inspecta l'étagère.
— Son sac à dos, dit-il.
— Quoi ?
— La dernière fois que je suis venu ici…
— Quand êtes-vous entré dans la chambre de ma fille ?
Wilde avait-il envie de perdre son temps en explications ? À en juger par la mine hébétée de Prine et

peut-être un soupçon d'hostilité dans sa voix, il n'avait probablement pas le choix.

— Le jour où on s'est rencontrés, vous et moi.

— Mais je vous ai trouvé au sous-sol.

— Et avant ça, j'étais dans la chambre.

— Avec ma fille ?

— Vous savez bien qu'elle était en bas.

Prine secoua la tête comme pour essayer d'y voir plus clair.

— Je ne comprends pas. Comment êtes-vous entré dans sa chambre ?

— Ce n'est pas le plus important à l'heure qu'il est. Ce qui l'est beaucoup plus, c'est que le sac à dos de Naomi a disparu.

Wilde désigna l'étagère. Prine suivit son regard et haussa les épaules.

— Elle a dû le laisser au lycée. Dans son casier. Je l'ai vue partir avec plein de fois. Tous les jours, en fait.

— De quelle couleur est-il, ce sac à dos ?

— Noir, je crois. Ou bleu marine.

— Je parle du sac à dos rose qu'elle rangeait sur cette étagère.

À nouveau, Prine prit un air médusé.

— Comment savez-vous… ? Vous avez fouillé sa penderie ?

— Oui.

— Pourquoi ?

Wilde ravala son impatience.

— Parce que j'étais à sa recherche. Comme aujourd'hui.

— Je n'ai jamais vu ce sac à dos rose.

Wilde inspecta la penderie plus soigneusement. Le sac à dos Fjällräven Kånken rose qu'il avait vu sur l'étagère ne s'y trouvait plus. Il examina aussi les cintres. La dernière fois, ils étaient tous occupés. Il en compta quatre de libres.

Plus trois autres éparpillés sur le sol, comme si elle avait décroché ses habits à la hâte.

Conclusion évidente : elle avait entassé ses vêtements dans ce sac à dos rose.

Wilde reporta son attention sur les peluches. Fermant les yeux une seconde, il tenta de se remémorer le lit tel qu'il l'avait vu la dernière fois, dans l'espoir de repérer une peluche manquante. Mais à quoi bon ? S'il en manquait une ou plusieurs, cela ne ferait que confirmer la thèse de la fugue. Et avait-il besoin d'une preuve supplémentaire ?

— Elle a fugué, dit Wilde au père.
— Vous n'en savez rien.
— Monsieur Prine ?
— Je préfère que vous m'appeliez Bernie.
— Qu'est-ce que vous me cachez, Bernie ?
— Je ne vois pas ce que vous entendez par là.
— Vous ne m'avez pas tout dit.

Prine se frotta le menton. Wilde essaya de décrypter son attitude, mais l'impression générale était plutôt confuse. Avait-il affaire à un père éploré ou y avait-il autre chose ? Quelque chose chez cet homme ne lui inspirait pas confiance. Bernard Prine représentait-il un danger ou était-ce son cynisme habituel qui reprenait le dessus ?

Puis :

— Naomi m'a envoyé ce texto hier.

Prine lui tendit son téléphone. Le message était laconique. Deux petites phrases :

Ne t'inquiète pas. Je suis en sécurité.

— Je sais ce que vous pensez, dit Prine.

Le tableau était suffisamment clair. Vêtements et sac à dos disparus. Aucun signe ni indice d'enlèvement. Pas de demande de rançon. Ajoutez-y les autres facteurs :

le harcèlement puissance dix, ses autres fugues dans le passé, le jeu du défi raté.

La conclusion s'imposait d'elle-même.

— Il y a autre chose que vous devriez savoir, fit Prine.

Wilde le regarda.

— Elle a été agressée.

Ses yeux étaient humides à présent.

— Et je ne parle pas du harcèlement habituel.

— De quoi parlez-vous alors ?

— Elle a été agressée physiquement.

L'air parut se figer dans la pièce.

— Expliquez-vous, dit Wilde.

Prine mit un moment à rassembler ses esprits. Il contempla sa main. Il portait une chevalière avec un grenat qu'il fit tourner autour de son doigt.

— Quand je suis rentré du boulot la veille de sa disparition, Naomi pressait un sac de petits pois congelés sur son œil droit. Le lendemain, c'était tout noir.

— Vous lui avez posé des questions ?

— Bien sûr.

Wilde attendit. Bernard Prine se mit à mordiller l'ongle de son pouce.

— Elle m'a dit qu'elle s'était cognée à une porte.

— Vous l'avez crue ?

— Bien sûr que non, siffla-t-il. Mais elle n'a rien dit d'autre. Vous avez déjà essayé de faire parler un ado ? On ne peut pas les forcer. Elle m'a dit que ça allait et elle est montée dans sa chambre.

— Vous êtes passé la voir ?

— Vous n'avez pas d'enfants, hein, Wilde ?

Wilde en déduisit que la réponse était non.

— Tout est lié, déclara Prine.

— Tout quoi ?

— Le jeu du défi, ces jeunes qui la harcelaient, le fait qu'elle soit partie à nouveau. Il y a quelque chose qui ne tourne pas rond.

Penchant la tête, il regarda Wilde comme s'il le voyait pour la première fois.

— Pourquoi vous intéressez-vous autant à ma fille ?

Wilde ne répondit pas.

— Connaissiez-vous au moins Naomi avant l'autre soir ?

— Non.

— Mais vous avez pénétré par effraction chez moi parce que vous la cherchiez. Une fille que vous ne connaissiez même pas. Pourquoi avez-vous fait ça ?

Et, sans que Wilde ait vu le coup venir, Bernard Prine braqua une arme sur lui.

Wilde n'hésita pas. Dès qu'il comprit de quoi il retournait, il passa à l'action. Aucun homme armé ne s'attend à cela. Pas au début. Wilde était entraîné au combat. Ce n'était pas le cas de Prine. Il avait commis l'erreur de se tenir trop près. Wilde fit un pas vers lui. D'une main, il lui arracha le revolver. De l'autre, il lui décocha un crochet – sans y mettre beaucoup de force – à la gorge. Un coup trop violent risquait de causer une lésion irréversible. Wilde voulait juste lui couper la respiration, le faire plier.

Et il y parvint sans peine.

Prine chancela, une main sur le cou, agitant l'autre en signe de capitulation. Le revolver parut léger à Wilde. Il ouvrit la chambre d'un coup sec.

Il n'y avait pas de balles.

Prine avait recouvré sa voix.

— Je voulais juste vous faire peur.

Imbécile, pensa Wilde. Mais il ne dit rien.

— Vous le comprenez, ça ? Vous pénétrez chez moi, vous nouez une relation avec ma fille... vous, le type bizarre qui vit seul dans la forêt. Mettez-vous à ma place. Il y a de quoi se poser des questions, non ?

— J'ignore où est votre fille.

— Alors dites-moi qui vous a convaincu de la rechercher pendant ce jeu du défi.

Wilde n'avait pas l'intention de le lui révéler. Mais, réflexion faite, Prine avait soulevé un point intéressant. Matthew ne lui avait pas tout raconté non plus.

— Donnez-moi votre portable, dit Wilde.

— Hein, pour quoi faire ?

Wilde tendit la main. Prine lui remit son téléphone. Il cliqua sur Messages et trouva le texto de Naomi. Il voulait lire le reste de la conversation.

— Quoi ? demanda Prine.

Il n'y avait pas d'autres textos entre eux deux... entre le père et la fille.

— Où sont passés les autres messages ?

— Quoi ?

— Je suppose que ce n'était pas le premier texto que vous échangiez.

— Bien sûr que non. Qu'est-ce que vous faites ?

Wilde consulta l'historique des appels. Oui, il avait appelé Naomi. Mais pas souvent. Le dernier appel remontait à plus d'un mois.

— Où sont les autres textos entre vous deux ?

— Je n'en sais rien. Ils devraient être là.

— Ils n'y sont pas.

Prine haussa les épaules.

— Quelqu'un aurait pu les effacer ?

Oui, l'utilisateur du téléphone.

— Pourquoi avez-vous supprimé les messages échangés avec votre propre fille ?

— Je n'y ai pas touché. C'est peut-être Naomi qui les a effacés.

Mais bien sûr.

Wilde se mit à pianoter.

— Vous faites quoi, là ? s'enquit Prine.

Sans se préoccuper de lui, il écrivit :

Salut, Naomi, c'est Wilde.

Puis, pour qu'elle sache que c'était vraiment lui et non son père cherchant à la piéger :

Alias Boo Radley.

Elle seule allait saisir l'allusion.

J'ai emprunté le portable de ton père. Il s'inquiète pour toi. Et moi aussi. Fais-moi savoir que tu vas bien.

Wilde tapa le numéro de son téléphone jetable du moment et ajouta qu'elle pouvait lui écrire ou l'appeler à n'importe quel moment du jour ou de la nuit. Après quoi, il rendit le téléphone à Prine, mais garda le revolver.

Il était temps de parler à Matthew. Il se dirigea vers la porte.

— Vous m'aiderez ? demanda Prine.

— J'aiderai Naomi, lança Wilde sans se retourner.

16

À PEINE SORTI DE LA MAISON, il consulta son téléphone dans l'espoir d'y trouver une réponse de Naomi.

Si elle avait fugué, n'aurait-elle pas répondu tout de suite ? Ou peut-être qu'il se berçait d'illusions. Il y avait eu une connexion entre eux dans ce sous-sol, deux marginaux capables de se comprendre, mais, encore une fois, c'était peut-être une simple projection de sa part.

Il envoya un texto à Matthew :

Tu es chez toi ?

Les points clignotèrent.

Oui.

Je peux passer ?

Matthew répondit d'un émoji pouce levé.

Tandis qu'il s'enfonçait dans la forêt, Wilde appela Hester.

— Articule, dit-elle en décrochant.
— Pardon ?

— J'ai un ami qui dit ça quand il répond au téléphone. J'ai trouvé ça mignon. Quoi de neuf ?
— Naomi Prine a disparu à nouveau.
— Je suis au courant.
— Comment ?
Hester se racla la gorge.
— Par Oren.
Elle avait une drôle de voix tout à coup.
— Que vous a-t-il dit ?
— Que son père est venu le voir. Il en a fait tout un plat, mais Oren penche pour une fugue.
— Le père est venu me voir.
— Et qu'en penses-tu ?
— Qu'elle est partie toute seule.
Il lui parla du sac à dos, des vêtements, du texto visant à rassurer son père.
— On oublie le texto, trancha Hester. Si c'est un enlèvement, ils ont pu envoyer n'importe quoi depuis son téléphone.
— Exact.
— Mais les vêtements plus ses antécédents passés laissent à penser qu'elle a pris la clé des champs.
— C'est aussi mon avis.
— D'une manière ou d'une autre... je ne sais pas comment le formuler délicatement...
— Ça n'a jamais été votre fort, Hester.
— ... ce n'est plus notre affaire. Sauf si tu as besoin d'argent.
— Ce n'est pas une question d'argent.
— Alors ?
— Deux choses, répliqua-t-il.
— Laisse-moi deviner. Primo, tu as rencontré Naomi. Tu l'aimes bien et tu veux l'aider, même si elle a fugué. Tu t'inquiètes pour elle.

— Oui.
— Et la seconde chose ?
— Vous la connaissez, Hester.
Il l'entendit soupirer.
— Matthew.
— Il ne nous a pas tout dit la première fois. On a laissé tomber quand on a retrouvé Naomi. Le père m'a dit qu'elle avait des bleus. Comme si on l'avait frappée.
— Allons, tu ne vas pas croire que Matthew...
— Bien sûr que non. En revanche, je le soupçonne de nous avoir caché des choses.
— Et tu t'es pris d'amitié pour cette fille.
— Oui. Elle est seule. Elle n'a personne.
— Et cette prof dont tu as partagé la couche ?
Wilde fronça les sourcils.
— J'ai bien entendu ? « Partagé la couche » ?
— Tu préfères le verbe « tringler » ?
— C'est mieux que « partager la couche ». On peut voir avec Ava, mais c'est juste une prof de lycée. Elle n'est ni parente ni amie.
— C'est quoi, ton plan ?
— Je vais parler à Matthew.
— Maintenant ? J'éviterais de lui mettre la pression.
— Je n'en ai pas l'intention. Vous avez des contacts chez l'opérateur téléphonique ?
— Peut-être, répondit-elle.
— Pouvez-vous pinguer le téléphone de Naomi ? Pour la localiser ?
— Je vais essayer.
— Ou demandez à Oren. Après que vous aurez partagé sa couche.
— Très drôle.
Wilde fourra le téléphone dans sa poche. La forêt n'était jamais silencieuse. Certains jours, il la ressentait au plus

profond de lui-même, cette quiétude sans le silence, mais, pour lui, c'était tout autre chose. Ce n'était pas forcément plaisant, mais c'était ce qu'il lui fallait. Il ne perdait pas la tête lorsqu'il se rendait dans une « grande ville ». Il aimait bien le changement. Sauf qu'ici, il était chez lui. S'il s'absentait trop longtemps – s'il ne revenait pas régulièrement s'immerger dans cette quiétude –, il était comme un plongeur souffrant du mal de décompression.

Matthew l'attendait dans la cuisine.

— Maman n'est pas là.

Wilde le savait déjà. Laila lui avait dit qu'elle rentrerait tard.

— Naomi a de nouveau disparu.

Matthew ne répondit pas.

— Tu l'avais remarqué ? En classe ou ailleurs ?

— Ouais.

— Et ?

Haussement d'épaules.

— Je me suis dit qu'elle avait dû fuguer. La semaine a été dure. J'ai pensé qu'elle avait besoin de souffler.

— La dernière fois, tu t'es fait du souci.

— Et c'est parti en vrille.

— Pourquoi étais-tu si inquiet ?

Matthew se dandina d'un pied sur l'autre.

— Je te l'ai déjà dit.

— Tu savais, pour ce jeu du défi ?

— C'est ça.

— Sauf que ça ne marche pas avec moi, Matthew.

L'adolescent ouvrit de grands yeux.

— Tu crois que je mens ?

— Par omission, oui.

Il secoua la tête, feignant d'être offusqué. Puis :

— C'est rien.

— Raconte quand même.

— C'est pas facile...
— Eh bien, fais un effort, rétorqua Wilde.
— Dis donc, tu n'es pas mon père !
— Vraiment ?
Wilde le dévisagea sans aménité.
— Tu veux jouer cette carte-là ?
Matthew baissa les yeux.
— Pardon, fit-il tout bas.
Wilde attendit.
— J'ai été vache avec elle.
Wilde sentit son pouls s'accélérer, mais il n'en laissa rien paraître.
— C'était à une soirée dansante. Une sorte de fête, quoi.
— Quand ça ?
— Il y a deux mois.
Matthew se tut.
Au bout d'un certain temps, Wilde demanda :
— C'était où, cette fête ?
— Chez Crash Maynard. Ce n'était pas vraiment une fête. Plutôt une obligation scolaire. Il y a quelques années, des jeunes ont pris une cuite dans une soirée dansante au lycée, si bien qu'on n'a plus le droit de les organiser au gymnase. Du coup, les Maynard se sont proposés pour nous recevoir. Toute la classe était là.
— Naomi aussi ?
— Toute la classe, oui.
Matthew regardait fixement ses chaussures.
Wilde croisa les bras.
— Continue.
— Naomi a apporté une peluche. Un pingouin. Ça devait être comme un animal thérapeutique pour elle, je ne sais pas. Elle n'en faisait pas toute une histoire. Il était petit et elle le gardait dans son sac à main. Mais

elle l'a fait voir à quelques filles. Elles se sont mises à rigoler. Là-dessus, Crash est arrivé, tout gentil. Il lui a montré sa stupide bague avec le crâne. Ça voulait dire qu'il manigançait quelque chose. Bref, c'était juste pour détourner son attention. Elle souriait, toute contente… et là, deux autres gars se sont précipités et lui ont arraché son pingouin des mains. Elle a crié et couru après eux vers la forêt. Tout le monde était mort de rire.

Matthew marqua une pause.

— Toi y compris ?
— Oui, mais je ne trouvais pas ça drôle.
— Tu as assisté à la scène ?
— J'étais en train de parler à Sutton Holmes.

Sutton Holmes… Wilde n'avait pas souvent l'occasion de discuter cœur à cœur avec Matthew, mais il connaissait son béguin pour Sutton. Matthew était la seule personne à avoir jamais mis les pieds dans son Écocapsule. Chaque fois qu'il avait besoin de prendre l'air, Wilde l'emmenait chez lui. Le fait d'être dehors, en pleine nature, semblait favoriser les confidences.

— Il faisait déjà nuit, poursuivit Matthew. Les Maynard ont loué ces espèces de lampes portatives comme dans les matchs de baseball en plein air. La moitié des gars sont venus avec des flasques ; ils mélangent la vodka et l'alcool de grain avec les boissons sucrées servies par les Maynard. Moi, je surveille la forêt. J'attends que Naomi revienne. Au bout de cinq ou dix minutes, je vois Kyle émerger. Il tient quelque chose à la main. Au début, je ne vois pas ce que c'est…

Matthew ferma les yeux.

— C'était la tête du pingouin. Juste la tête. Avec le rembourrage qui en sortait.

Wilde sentit son cœur se serrer.

— Tout le monde applaudissait.

Il demanda d'un ton neutre :

— Et toi ?

— Tu veux tout savoir, oui ou non ?

Matthew avait raison. Ils avaient tout le temps pour en reparler. Il semblait si petit maintenant. Ce garçon, se rappela Wilde, avait perdu son père dans un accident de voiture. Il essayait juste de s'intégrer, chose que Wilde avait du mal à comprendre, lui qui avait toujours recherché l'inverse.

— J'étais déjà pas mal déchiré...

— Déchiré voulant dire... ?

— Saoul.

— Et défoncé aussi ?

— Non, je n'avais pas pris de drogue. Mais j'avais pas mal bu. Je sais, ce n'est pas une excuse, mais ça compte. J'errais à droite et à gauche et, comme il se faisait tard, je me suis rendu compte que personne ne partait. Un parent s'était aperçu qu'on avait picolé et avait décidé qu'il valait mieux qu'on reste sur place tant qu'on n'avait pas dessaoulé.

Sage décision, pensa Wilde.

— J'ai vu Crash sortir un briquet. Il l'a allumé et a mis le feu au pingouin de Naomi. Comme ça, direct. Avec un grand sourire. Il a regardé autour de lui, pour voir la réaction de Naomi, j'imagine, et là j'ai remarqué qu'elle n'était pas revenue depuis qu'elle avait couru après les gars qui lui avaient pris sa peluche.

Matthew s'empara d'une pomme et passa au salon. Wilde le suivit.

— Que s'est-il passé ensuite, Matthew ?

L'adolescent fixa la pomme nichée dans sa main et Wilde se demanda s'il ne voyait pas le pingouin à sa place.

— Je voudrais pouvoir expliquer ce que je ressentais.

— Essaie.

— J'étais déprimé. Anéanti. Sutton sortait avec Crash. Les couples commençaient à se former et à s'éclipser. Je me sentais de trop, en colère, stupide, et puis j'étais tellement bourré... bref, je suis parti à sa recherche. À la recherche de Naomi. Il faisait noir. Mais, grâce à toi, je sais me repérer dans la forêt. À un moment je trébuche et je me cogne la tête contre un arbre. Je suis encore plus hébété. J'ai la lèvre qui saigne. Et puis, je tombe sur elle. Elle est assise sur un rocher et là, au clair de la lune, Naomi a l'air vraiment mignonne. Elle ne se retourne pas, même si elle m'a entendu. Elle ne pleure pas. Ses yeux sont secs. Je lui demande si ça va. Elle répond : « Ce n'est qu'une peluche à deux balles. » Genre, elle s'en fiche. Je m'approche, titube et m'écroule à côté d'elle. On est au bord du ruisseau derrière chez les Maynard. Le bruit aurait dû être apaisant et tout, mais ça m'a donné envie de pisser. Je me suis excusé et je suis allé me planquer derrière l'arbre le plus proche. Tellement j'étais bourré. J'ai baissé mon froc et... bref, après je suis revenu m'asseoir à côté d'elle. On s'est mis à parler. C'était sympa. Je connais Naomi depuis toujours. Mais on ne s'était jamais parlé. Pas comme ça, en tout cas. Sauf que là, je suis bourré, il y a ce ruisseau qui gazouille, plus le clair de lune, et je ne sais plus trop où j'en suis. Je ne sais même pas quelle heure il est. Au loin, je vois les lumières du stade s'éteindre. Et à un moment donné, je l'embrasse. Ou c'est elle qui m'embrasse. On était consentants tous les deux, quoi. Je ne veux pas que tu ailles t'imaginer des choses. Ce qui est sûr, c'est qu'elle était OK. On a commencé à se peloter. Je ne vois pas comment décrire ça. J'étais partant. Très partant, même. Je ne savais pas si elle me plaisait. Je crois bien que ça n'avait pas d'importance. Je ne peux pas l'expliquer mieux que ça.

Les ados, pensa Wilde. *Un garçon et une fille dans une soirée. Qu'on le veuille ou non, c'est une histoire vieille comme le monde.*

— Tu veux entendre un truc horrible ?

Wilde répondit d'un petit hochement de tête.

— Ça commence à chauffer entre nous. Sa main sur ma jambe, tout ça. D'un côté, je me dis : ouais, c'est super. Et de l'autre : regarde-toi, tu es avec la fille la plus naze du lycée.

Matthew leva la main, secoua la tête.

— Je ne m'exprime pas bien. Mais bon, peu importe. Parce qu'à ce moment-là, avec sa main sur ma jambe et ma main sous son chemisier, on nous braque une lumière aveuglante en plein visage. On s'écarte d'un bond. J'entends des rires. Difficile de voir qui c'est, mais je reconnais Crash, Ryan et… Naomi s'enfuit. Elle détale comme un lapin. Je ne vois rien, avec cette lumière dans les yeux. Tout le monde rigole et se moque de moi parce que j'étais avec *elle.* Je cligne des yeux et je sens les larmes qui montent. J'ai juste envie de mourir, tu comprends ? Je me dis que je n'y survivrai pas. Et c'est ce qui se passe pendant deux mois. Je ne sais pas où je me situais sur l'échelle sociale du lycée, mais j'ai dégringolé tout en bas. Pas aussi bas que Naomi, mais pas loin.

— Tu leur as dit quoi ? À ces gars qui se moquaient de toi ?

— Que ce n'était rien. Que c'était juste pour rire.

Matthew déglutit.

— Je… J'ai dit qu'elle était facile.

— Classe.

Matthew ferma les yeux. Wilde se ravisa.

— Tu en as parlé à Naomi ?

— Non.

— Sérieux ?

Matthew ne répondit pas.
— Quand est-ce que tu l'as revue après ça ?
— Au lycée, mais on s'évitait.
Matthew réfléchit un instant.
— Pour être honnête, c'est plutôt moi qui l'évitais. Ça a été franchement dur pendant quelques semaines.
Wilde se retint de jouer d'un violon imaginaire.
— C'est horrible, certes, mais je ne vois toujours pas pourquoi sa disparition t'a mis dans cet état.
— Parce que ce n'est pas fini.
Les yeux de l'adolescent s'emplirent de larmes.
— Je vais zapper les excuses, OK ? Parce qu'il n'y a pas d'excuses. J'ai eu un petit aperçu de ce que Naomi a enduré toutes ces années. Juste un petit aperçu. Et je ne l'ai pas supporté. Alors quand Crash est venu me proposer un marché pour me faire bien voir à nouveau, j'ai accepté. C'est ça qui compte. Pas le pourquoi. Mais le fait que j'aie accepté.
— Accepté quoi ?
— C'était un canular.
— Qu'est-ce qui était un canular ?
Il ne répondit pas.
— Matthew ?
— J'ai filé un rencard à Naomi. Je lui ai envoyé un texto, comme quoi je voulais la revoir, qu'elle ne devait le dire à personne, au même endroit derrière chez les Maynard.
— Et comment a-t-elle réagi ?
— Elle a dit oui. Elle avait l'air tout excitée.
Wilde fit de son mieux pour ne rien laisser transparaître.
— Et ?
— Je l'ai piégée.
— Comment ?
— Je lui ai genre posé un lapin.
— Ohé, Matthew ?

Matthew leva les yeux.

— Ce n'est pas le moment de jouer sur les mots. Qu'entends-tu par « genre posé un lapin » ?

— Je ne suis pas venu. J'étais censé la snober, si bien que, quand elle m'a écrit « Où es-tu ? », je n'étais pas censé répondre.

— Mais tu l'as fait ?

— Oui.

— Que lui as-tu dit ?

— Que j'étais désolé.

— Et qu'a-t-elle répondu ?

— Rien. Elle ne m'a plus jamais adressé la parole.

Wilde repensa à leur conversation au sous-sol. Aux mots de Naomi : « Il doit se sentir coupable. Dites-lui qu'il ne faut pas. Il veut se faire bien voir, c'est tout. »

Peut-être qu'elle lui avait pardonné et peut-être qu'il cherchait l'absolution, mais ce n'était pas à Wilde de la lui accorder.

— Au fait, comment ça s'est passé quand Naomi est allée seule à ce rendez-vous ?

— Crash a débarqué. Avec d'autres gars de la bande.

— Et ?

— Je ne sais pas. Du moins, je ne l'ai pas su. C'est pour ça que j'en ai parlé à mamita. Le lendemain, Naomi avait disparu. J'ai cru... Je ne sais pas ce que j'ai cru. J'ai pensé qu'ils lui avaient fait quelque chose.

— Quoi ?

— Je n'en sais rien, répliqua Matthew en levant les mains. Mais, au final, Naomi était OK. Tu l'as retrouvée. Crash lui a juste parlé de ce stupide jeu du défi. Il l'a embringuée là-dedans. C'est tout.

Wilde crut entendre une voiture s'arrêter dans l'allée. Il sortit dans le couloir et regarda par la fenêtre. Un homme de haute taille habillé chic et tendance descendit d'une

Mercedes noire SL 550. Il fit le tour à la hâte, tel un parfait gentleman, mais Laila avait déjà ouvert sa portière et était descendue de son côté.

Voilà pourquoi elle avait dit à Wilde de ne pas venir ce soir.

Sans un mot, il fit volte-face et sortit par la porte de derrière. Matthew comprendrait. Ce ne serait pas la première fois. Laila n'inviterait pas M. Chic Tendance à entrer. Pas avec son fils à la maison. Mais elle demanderait à Wilde de garder ses distances, ce qu'il ferait, ce qu'elle essaierait de faire, sauf que ça ne durerait pas. Wilde se dit qu'il ne le souhaitait pas. Qu'il voulait le bonheur de Laila. Mais, entre-temps, elle laisserait sa chance à ce type… et lui fréquenterait d'autres femmes. Il continuerait à la voir de manière platonique – elle tenait à ce qu'il fasse partie de sa vie et surtout de celle de Matthew – et puis, un jour, M. Chic Tendance partirait et Wilde resterait pour la nuit. C'était sans doute un cycle naturel. Ou alors Wilde devrait se faire désirer davantage, ne pas être en permanence à sa disposition. Peut-être qu'il lui facilitait la tâche, chaque fois qu'elle rompait une nouvelle relation. Ou peut-être pas. Peut-être qu'elle serait mieux avec lui et qu'elle devrait oublier M. Chic Tendance. Qui sait s'il ne se cherchait pas des justifications. Et peut-être, seulement peut-être, que ce n'était pas à lui de décider ce dont Laila avait vraiment besoin et ce qui était le mieux pour elle.

Il était déjà tard. Wilde irait trouver Ava O'Brien dans la matinée. Voir si elle avait quelque chose pour lui. Dans un sens comme dans l'autre, songea-t-il en marquant une pause pour écouter la Mercedes sortir de l'allée.

17

LE PREMIER RÉFLEXE DE WILDE à son réveil à cinq heures du matin fut de vérifier ses textos. Il n'y en avait pas de nouveaux. Naomi n'avait toujours pas répondu au sien. Il ne savait qu'en penser.

Il enfila un short et s'étira devant l'Écocapsule. L'air matinal était vif et piquant. Il inspira profondément. Souvent, il commençait ses journées par une virée, mi-marche mi-course, dans la forêt. Arrivé à un sommet, il sortit son portable et envoya un texto à Ava O'Brien pour demander à la voir au lycée. À cinq heures et quart, il ne s'attendait pas à ce qu'elle lui réponde tout de suite, mais Ava était une lève-tôt, elle aussi, se souvint-il en voyant les points qui dansaient. Elle suggéra l'entrée du parking des profs à treize heures. Wilde tapa :

On est debout tous les deux. Je peux passer maintenant ?

À nouveau les points dansants. Puis :

Ce n'est pas trop le moment.

Il pensa au grand barbu et hocha la tête.

Treize heures à l'entrée du parking des profs.

Sa promenade terminée, il sortit une chaise longue et s'installa pour lire. Il était un lecteur acharné depuis toujours. Quand les rangers l'avaient trouvé, il savait déjà lire, à la grande perplexité des spécialistes. La seule explication possible était que l'enfant mentait ou était désorienté : quelqu'un l'avait nourri, habillé, éduqué. Il n'avait pas pu apprendre à lire tout seul. Pourtant, c'était bien le cas. Dans les maisons où il s'était introduit, il avait regardé la télévision, y compris les émissions dites « éducatives » genre *Rue Sésame*. Qui plus est, dans l'une des maisons, il était tombé sur des vidéos destinées à apprendre la lecture aux enfants.

C'était ainsi et pas autrement qu'il avait appris à lire.

Ce qui le ramenait au test généalogique d'ADN.

Il n'avait toujours pas consulté les résultats. En avait-il seulement envie ? Avait-il besoin de confusion dans sa vie ? Il était bien comme ça. Minimaliste à tout point de vue, jusque dans ses relations. Alors à quoi bon ouvrir cette porte ?

Était-ce de la curiosité ?

Il reposa le roman qu'il était en train de lire. Il préférait les vrais livres aux tablettes et autres liseuses, non parce qu'il n'aimait pas la technologie ou appréciait la sensation tactile de tourner les pages, mais simplement parce qu'il y avait assez d'objets connectés chez lui et que l'objet imprimé, lu et ensuite offert lui convenait mieux.

Il trouva le mail du site ADN. Deux mois plus tôt, il s'était inscrit sous un faux nom et avait craché dans une éprouvette. Wilde avait plusieurs fausses identités. Conservées dans des coffres-forts métalliques hydrofuges et ignifuges, dissimulés à une centaine de mètres d'ici.

Dans ces coffres-forts, il y avait aussi de l'argent liquide et un numéro de compte bancaire libellé à chacun de ces noms, ce qui lui permettait de disparaître facilement en cas de nécessité.

Il cliqua sur le lien, puis entra l'identifiant et le mot de passe créés au moment de son inscription. Ce qui l'amena sur une page intitulée « Composition ancestrale ». Il y en avait partout, avec une vague prépondérance côté Europe de l'Est. Que fallait-il en conclure ? Rien. Cela ne changeait rien à ce qu'il ressentait ni ne le rapprochait davantage de la vérité.

La petite bannière sous sa « composition ancestrale » proclamait :

> Vous avez plus d'une centaine de parents ! Cliquez sur le lien pour en savoir plus.

Tenait-il vraiment à en savoir plus ?

Sa mère ou son père étaient peut-être derrière ce clic. À première vue, il y avait là de quoi vous donner le vertige. Mais, encore une fois, et alors ? La plupart des gens cherchaient des réponses parce qu'il leur manquait quelque chose, pour combler un vide, par exemple. La plupart des gens voulaient plus de monde dans leur vie… plus de famille, plus de proches. Mais pas Wilde. Alors à quoi bon ouvrir cette boîte de Pandore ?

Il cliqua sur le lien.

Il se sentait comme sur le plateau d'un jeu télévisé : l'hôtesse allait ouvrir le rideau et derrière il y aurait peut-être une voiture flambant neuve. Ou peut-être rien.

Ce fut plutôt rien.

Aucun match maternel ni paternel, pas de frères et sœurs, même à demi. Son parent le plus proche était un cousin au troisième degré dont les initiales étaient P. B.

Il partageait 2,44 % de l'ADN de Wilde, ainsi que huit segments. Il y avait un petit graphique avec l'explication suivante :

> Il est possible que vous et P. B. ayez les mêmes arrière-grands-parents. Vous pourriez également appartenir à des générations différentes (cousins éloignés) ou partager un seul ancêtre (demi-cousins).

C'était mieux que rien, mais tout juste. Il pouvait certes contacter ce P. B. pour essayer de dresser un semblant d'arbre généalogique, mais entre Naomi qui avait fugué, Matthew hanté à juste titre par ce qu'il lui avait fait et Laila qui fréquentait M. Chic Tendance (non pas que cela le regarde), il était fatigué rien que d'y penser.

Cela pouvait attendre.

Wilde n'avait pas remis les pieds au lycée de Sweet Water depuis la terminale. Alors qu'il arrivait là-bas, des fantômes du passé le rejoignirent. Un fantôme, plus précisément. Il sentait presque David, le père de Matthew, marcher à côté de lui. Ils avaient effectué ce trajet jour après jour, jusqu'à ce que David ait obtenu son permis. Les souvenirs montèrent à l'assaut, mais Wilde résista.

Pas maintenant. Il ne voulait pas de distractions.

À l'époque, le lycée n'était pas gardé. Ce n'était plus le cas aujourd'hui. Les vigiles en uniforme étaient à la fois sérieux et armés. Leurs yeux se braquèrent sur lui au moment même où il bifurqua dans la rue principale. Wilde choisit l'approche la plus ostensible, souriant, les mains bien en vue.

Les mains bien en vue à l'entrée d'un lycée. Dans quel monde vivait-on ?

— Vous désirez ? s'enquit le plus grand des deux.

— J'ai rendez-vous avec Ava O'Brien sur le parking des professeurs.

L'autre vigile, affublé d'une moustache en trait de crayon, paraissait suffisamment jeune pour être sinon un élève, du moins le genre de garçon à peine sorti du lycée et se baladant en ville dans une vieille berline. Il chercha le nom de Wilde sur son *clipboard*, tandis que son collègue le toisait de la tête aux pieds. Wilde, cela ne le gênait pas... pas plus que le fait de se faire palper, ni de devoir vider ses poches, ni de passer sous le portique de sécurité. Tout de même, c'était bien triste d'en arriver là. Pensions-nous vraiment protéger nos enfants en armant deux similiflics sous-payés et en les mêlant à une foule d'ados survoltés ? C'était le désastre assuré. Wilde, qui avait travaillé dans la sécurité, savait que bon nombre de ses concurrents jouaient sur ces peurs parentales pour décrocher des contrats juteux auprès des établissements scolaires.

Créez le problème... puis faites payer la solution.

Le jeune garde armé passa un coup de fil et, deux minutes plus tard, Ava O'Brien escortait Wilde le long d'un couloir. Il aimait sa façon de marcher, même si ce n'était guère le moment de penser à ces choses-là. Il la trouvait belle et forte.

Ce devait être l'heure de la pause car le seul bruit était celui de leurs pas sur le lino. Il repensa à ses propres années de lycée. Il connaissait tous ces couloirs, bien sûr. Est-ce quelque chose qu'on oublie ? En passant devant le gymnase, Ava désigna les portraits au mur.

— Tous les jours, je croise ton visage.

Ils devaient être une cinquantaine sur le tableau d'honneur de Sweet Water. Wilde figurait dans la catégorie athlétisme. Il n'avait pas assisté à la cérémonie. Ce n'était pas sa tasse de thé. En terminale, il avait battu pratiquement tous les records du lycée : épreuves de saut, sprint, course de fond. L'entraîneur de foot avait tenté de l'enrôler comme arrière, mais Wilde n'aimait pas les sports d'équipe avec leur camaraderie virile et cette manie de se taper dans les mains. Trop tribal, trop clanique.

— Tu as l'air en colère sur cette photo, dit Ava.
— J'essayais de jouer les machos.

Elle la scruta brièvement.

— J'ai l'impression que c'est raté.
— Ce n'était pas trop mon truc.

Le regard de Wilde glissa sur les plaques, cherchant le nom de Rola Naser. Il eut vite fait de la trouver. Le sourire éclatant de Rola – elle au moins ne se la racontait pas – lui fit l'effet d'un rayon de soleil. Elle était comme ça, Rola : rayonnante, loquace, franche, enthousiaste, même à la maison. À l'opposé de Wilde, en somme. C'était peut-être une façade, une manière de contrebalancer son histoire familiale, mais, même si c'était le cas, il l'avait rarement vue briser la carapace.

— Capitaine de l'équipe de soccer, lut Ava en suivant son regard. Waouh, la meilleure joueuse de la saison ?
— La meilleure que ce lycée ait jamais connue.
— C'était une amie à toi ?
— C'est ma sœur, répondit Wilde. Ma sœur adoptive.

Ava le conduisit dans une salle de classe transformée en atelier d'art. Avec des taches de couleur un peu partout. Wilde regarda autour de lui. C'était une pièce réconfortante où les créations d'amateurs tout sauf éclairés voisinaient avec des œuvres dignes de figurer dans un musée. Il y avait de la vie là-dedans. Beaucoup de vie.

— Je me suis renseignée, commença Ava.

Elle parlait d'un ton détaché.

— Naomi est absente depuis jeudi dernier. Sans mot d'excuse. Le lycée a envoyé plusieurs mails d'avertissement.
— Il paraît qu'elle a dégusté quand elle est revenue après sa première disparition.
— Qui t'a dit ça ?
— Son père.
Il n'avait aucune raison de mêler Matthew à tout cela. Rapidement, Wilde lui raconta la visite de Bernard Prine, la chambre de Naomi, le sac à dos et les habits manquants.
— Oui, elle a dégusté, acquiesça Ava lorsqu'il eut terminé. C'était à prévoir.
— Comment a-t-elle réagi ?
— Au harcèlement ?
— Oui.
— Je crois qu'elle s'est renfermée encore plus sur elle. J'ai essayé de la faire parler, mais elle n'était pas très bavarde.
— Y aurait-il quelqu'un d'autre à qui elle aurait pu se confier ?
— Pas à ma connaissance.
Ava inclina la tête.
— Elle m'a dit que c'est toi qui l'avais retrouvée. Que vous aviez discuté tous les deux dans son sous-sol.
— Exact.
— Elle t'aime bien, Wilde.
— Moi aussi, je l'aime bien.
— Elle t'a expliqué pourquoi elle avait accepté ce défi insensé ?
— Elle le voyait comme une réinitialisation possible.
— Une « réinitialisation » ?
— Une façon de repartir de zéro avec ses camarades de classe. Elle pensait qu'un coup d'éclat de sa part les inciterait à la regarder différemment.

Ava secoua la tête.

— Je comprends, mais…

Wilde garda le silence.

— C'est si court, les années de lycée, ajouta-t-elle. Si seulement ces gamins pouvaient s'en rendre compte.

— Ils ne peuvent pas.

— Je sais bien. Mon grand-père, là-haut dans le Maine, vient d'avoir quatre-vingt-douze ans. Quand je lui ai demandé quel effet ça faisait d'arriver à cet âge-là, il a répondu que c'était un claquement de doigts. « Un jour, il m'a dit, j'ai eu dix-huit ans. Je me suis enrôlé dans l'armée. J'ai fait mes classes dans le Sud. Et maintenant, je suis là. » Aussi vite que ça. C'est ce qu'il m'a dit. Genre, il est monté dans un car avec son paquetage en 1948 et il en est descendu aujourd'hui.

— Il a l'air cool, ton grand-père, fit Wilde.

— C'est vrai. Je ne sais pas pourquoi je te raconte ça, sinon que si c'est dur pour nous, les adultes, de croire que notre vie passera en un battement de cils, il est impossible de convaincre une ado de seize ans victime de harcèlement que le monde ne se limite pas à ce fichu lycée.

Wilde hocha la tête.

— Et à ton avis, où pourrait-elle être ?

— On est d'accord tous les deux pour dire qu'elle a dû fuguer, non ?

— Probablement.

Ava demanda :

— Tu as essayé de joindre sa mère ?

— Tu ne m'as pas dit… ?

— Oui, je sais. Mais ça, c'était avant. Naomi t'a dit qu'elle voulait changer de vie. À moi aussi, elle m'en a parlé. Mais, après cette histoire de jeu du défi, elle a compris qu'ici, ce n'était pas possible. Il fallait qu'elle aille refaire sa vie ailleurs.

— Tu penses donc qu'elle est chez sa mère ?

— Naomi m'a dit que sa mère partait en voyage. Sur le coup, je n'y ai pas prêté attention, mais j'ai senti qu'il y avait comme de la nostalgie dans sa voix.

— Tu sais où elle devait aller, la mère ?

— À l'étranger, c'est tout.

— OK, je me renseignerai.

Ava consulta sa montre. Wilde saisit l'allusion.

— Tu dois avoir un cours, j'imagine.

— Oui.

Puis :

— À propos des textos que je t'ai envoyés l'autre soir…

Il savait parfaitement de quels textos elle parlait. *Viens ce soir. Je laisserai la porte ouverte.* Et ensuite : *Tu me manques, Wilde.*

— Ne t'inquiète pas pour ça.

— Je ne veux rien de plus que ce qu'on a vécu. C'était juste un coup de moins bien.

— Ça m'arrive aussi.

— À toi ?

Il jugea inutile de se répéter.

— C'était bizarre, fit-elle, ce qui s'est passé entre nous. Le moment est mal choisi, mais…

— C'était sympa, dit Wilde. Très sympa.

— Mais ça ne pouvait pas durer, n'est-ce pas ?

Elle avait dit cela sans l'ombre d'un regret.

Il ne répondit pas.

— C'est comme ces créatures éphémères qui survivent pendant un laps de temps très court. Tout un cycle de vie réduit à quelques jours.

La formule lui plut.

— C'est exactement ça.

Ils restaient là, incertains, l'un en face de l'autre. Ava s'approcha et l'embrassa sur la joue. Il la regarda dans les yeux et faillit lui dire qu'il était disponible. Mais faillit seulement.
Alors il changea de sujet.
— Tu connais le jeune Maynard ?
Elle cilla, recula d'un pas.
— Crash ? De réputation.
— Qui est ?
— Déplorable. Il s'en prenait souvent à Naomi, même s'il y avait peut-être autre chose.
— Autre chose ?
— Il fait trop de protestations, ce me semble, répliqua Ava avec son meilleur accent shakespearien[1].
— Il aurait un faible pour elle ?
— Je ne dirais pas ça. Il sort avec Sutton Holmes. Mais je pense que Naomi fascine Crash d'une manière que lui-même serait incapable de définir.
— Il est au lycée aujourd'hui ?
— Certainement. Pourquoi ?
— À quelle heure finissent les cours ?

---

1. « La dame fait trop de protestations, ce me semble », *Hamlet*, acte III, scène II, traduction de François-Victor Hugo. (*N.d.T.*)

18

HESTER ENFILA SON BONNET DE BAIN et, pendant quarante-cinq minutes, fit des longueurs dans la piscine au rez-de-chaussée du gratte-ciel où se trouvait son cabinet. La natation – crawl dans un sens, brasse dans l'autre – était sa principale activité sportive depuis une vingtaine d'années. Normalement, la piscine, elle n'aimait pas ça. Enlever un maillot mouillé est un calvaire. On sent le chlore. Vos cheveux en prennent un coup. On s'ennuie à pleurer. Or ce fut ce dernier point qui avait fini par la convaincre. Ces instants de pure solitude, de pur silence et, oui, de pur ennui, à reproduire les mêmes mouvements des centaines, sinon des milliers de fois semaine après semaine se révélèrent proches du zen. Pendant que son corps flottait dans l'eau gorgée de substances chimiques, Hester répétait plaidoiries et contre-interrogatoires.

Aujourd'hui, cependant, seule dans cette piscine, tout en fendant l'eau en douceur, elle ne pensait pas au travail. Elle pensait à Oren. Et à leur soirée.

Ce n'est qu'un dîner, se rappela-t-elle.

Il l'avait invitée.

Ce n'est pas un rencard. Juste un dîner avec un vieil ami.

Erreur. Un homme ne débarque pas sur votre lieu de travail pour vous convier à partager un repas entre amis. Ce n'était pas une simulation. C'était bel et bien un rendez-vous. Un vrai.

Hester se doucha, se sécha les cheveux, remit son tailleur. Quand elle sortit de l'ascenseur, Sarah McLynn, son assistante, lui tendit une pile de messages qui requéraient son attention. Hester les saisit et alla s'enfermer dans son bureau d'angle. Elle s'assit dans son fauteuil, inspira profondément et ouvrit le moteur de recherche.

— Arrête, Hester, dit-elle tout haut.

Mais depuis quand Hester Crimstein suivait-elle les conseils de quiconque, surtout ceux d'Hester Crimstein ?

Dans la zone de recherche, elle tapa « Cheryl Carmichael ».

Eh oui. L'ex d'Oren.

Une moitié d'elle-même s'éleva au-dessus de son corps et émit un claquement de langue réprobateur. L'autre moitié – celle qui était restée dans le fauteuil – fronça les sourcils et riposta à la moitié flottante :

— Mais oui, bien sûr, comme si tu étais au-dessus de tout ça.

Elle cliqua sur « Retour » et attendit que les réponses s'affichent à l'écran. En haut de la liste venait une Cheryl Carmichael professeure à l'université de la ville de New York. Définitivement pas la bonne Cheryl. Hester parcourut la page. Elle n'était pas sûre de trouver quelque chose sur une sexagénaire divorcée. Mais, lorsqu'elle tomba sur la bonne Cheryl – Cheryl Carmichael résidant à Vero Beach, Floride –, ce fut bien pire que tout ce qu'elle avait imaginé.

— Mon Dieu...

Cheryl Carmichael était sur tous les réseaux sociaux. Son compte Instagram avait plus de quatre-vingt mille followers. Dans sa bio, on lisait :

Personnalité publique
Model fitness
Influenceuse et Esprit libre
« J'aime la vie ! »
#Sexygénaire

Beurk, pensa Hester.

Sous la bio figurait une adresse mail « pour plus d'informations ». Quel genre d'informations ? L'imagination d'Hester plongea en chute libre dans une fosse à purin jusqu'à ce qu'elle comprenne que par « informations » elle entendait « prestations payantes ». Il fallait le voir pour le croire.

Les marques rétribuaient Cheryl pour qu'elle pose avec leurs produits.

En regardant la galerie photos, Hester sentit son estomac se nouer. Cheryl, qu'elle avait connue avec des boucles cascadant dans le dos – Hester la revit sur le terrain de baseball avec un short moulant et un haut plus moulant encore, devant les pères de famille qui feignaient de ne pas regarder –, arborait maintenant une coupe courte hérissée dernier cri. Son physique, qui s'affichait sur des photos osées avec hashtags comme #bikinibaby#objectifforme#squats#aimetoi#fessierderêve, était tout cela et plus encore.

Zut. Cheryl Carmichael était toujours une bombe.

Le portable d'Hester sonna. C'était Wilde.

— Articule, dit-elle.

— Qu'est-ce que vous faites ?

— Tout mon possible pour me sentir infiniment inadéquate.

— Pardon ?

— Peu importe. Quoi de neuf ?

— Vous avez eu des nouvelles de l'opérateur téléphonique ? demanda Wilde.
Il parlait du téléphone de Naomi.
— Ils l'ont mis sous surveillance. Jusqu'à présent, aucune activité.
— Ça veut dire que le téléphone est coupé ?
— Oui.
— Peuvent-ils établir où et quand il a été éteint ?
— Je vais me renseigner. Tu as parlé à Matthew hier soir ?
— Oui.
— Et ?
— Ce serait mieux que vous en discutiez de vive voix.
Wilde ne voulait pas trahir la confiance de Matthew. Hester comprenait.
— Il y a encore une chose que vous pouvez faire pour moi.
— Je ne suis pas d'humeur à investir trop d'énergie là-dedans. Sauf si tu as la preuve que Naomi n'a pas tout simplement fugué.
— Logique, répondit Wilde. Pourriez-vous rappeler la mère de Naomi ?
Il lui rapporta brièvement sa conversation avec Ava O'Brien.
— Si la mère avait emmené la gamine, n'aurait-elle pas averti le père ? fit Hester.
— Allez savoir. Un petit coup de fil à la maman pourrait régler le problème. Si vous êtes trop occupée...
— Et alors, c'est toi qui appellerais ? Pour lui dire quoi ? « Bonjour, je suis un quadra célibataire et je cherche votre fille » ?
— Pas faux.
— Je m'en charge.
— Vous vous sentez bien, Hester ?

Elle était en train de scruter une photographie de Cheryl Carmichael dans un maillot une pièce digne de figurer sur la couverture de *Sports Illustrated*.

— Moyen, tout au plus.

— Vous avez l'air plus grognon que d'habitude.

— Peut-être, dit-elle. Où es-tu ?

— Toujours au lycée. Je voudrais essayer d'interroger le jeune Maynard.

Wilde raccrocha et se tourna vers Ava.

— Tu es sûre de ça ?

— Mais oui.

— Ça pourrait te retomber dessus.

Elle haussa les épaules.

— De toute façon, je pars à la fin de l'année. Comme tous les vacataires. Restrictions budgétaires.

— Désolé.

Elle agita la main, fataliste.

— Il est temps que je retourne dans le Maine.

Ils étaient toujours dans la même salle de classe. Wilde avait fait le tour lentement pour inspecter les travaux des élèves. En un sens, c'était le musée le plus remarquable qu'il ait jamais vu. Il y avait des dessins, des aquarelles, des sculptures, des mobiles, de la poterie, des bijoux, et, même si le talent n'était pas toujours au rendez-vous, le cœur et la créativité ne pouvaient laisser personne indifférent.

Ils attendaient à la porte la sonnerie indiquant la fin de la journée.

— Dans le temps, ce n'était pas la salle des beaux-arts, dit Wilde.

— C'était quoi ?

— L'atelier de M. Cece.

Ava sourit.

— Tu as fabriqué une lampe ou un tabouret ?
— Une lampe.
— Et où est-elle maintenant ?

Il l'avait offerte aux Brewer, ses parents adoptifs, partis s'installer dans un lotissement privé à Jupiter en Floride. Wilde et sa sœur adoptive Rola les avaient aidés à déménager, voilà huit ans déjà : ils avaient loué un camion et, tout au long du trajet, Rola avait voulu s'arrêter dans des lieux bizarres qui jalonnaient la route, comme le centre d'accueil des OVNI en Caroline du Sud ou la plus petite église de Géorgie.

Wilde n'était pas retourné en Floride depuis.

Lorsque la sonnerie retentit, il se glissa dans le placard à fournitures. Ava resta sur le pas de la porte.

Crash Maynard arriva deux minutes plus tard.

— Vous vouliez me voir, madame O'Brien ?

Wilde avait laissé la porte du placard entrouverte pour pouvoir les observer.

— Oui, merci, dit Ava.

Crash toucha une sculpture en argile à côté du tabouret.

— Elle n'est pas encore sèche, l'avertit Ava.
— Je ne vois pas pourquoi vous m'avez convoqué. Je ne prends plus de cours de dessin depuis la seconde.
— Il ne s'agit pas de dessin. Assieds-toi.
— Ma mère m'attend dehors, alors…
— Sais-tu où est Naomi Prine ?

Cette entrée en matière directe plut à Wilde.

— Moi ? fit Crash comme s'il s'agissait d'une question aussi absurde que déplacée. Pourquoi le saurais-je ?
— Vous êtes dans la même classe, toi et Naomi.
— Oui, mais…
— Mais ?

Il eut un petit rire à la fois nerveux et arrogant.

— On n'est pas vraiment amis.

— Mais vous communiquez.
— Non.
Ava croisa les bras.
— Comment se fait-il qu'elle m'ait dit le contraire ?
— Naomi vous a dit ça ?
— Oui.
Crash ne répondit pas tout de suite. On sentait les rouages tourner dans son cerveau tandis qu'un sourire faussement gêné se dessinait sur ses lèvres.
— Je ne devrais pas le dire.
— Mais ?
— Je crois que Naomi fait une fixette sur moi.
— Et si c'était vrai ?
— Eh bien, si elle a dit qu'on communiquait...
Haussement d'épaules.
— ... peut-être qu'elle a voulu se la jouer, je ne sais pas, moi.
— Se la jouer ?
— Ou alors c'est parce que je suis gentil avec elle. Genre, si elle me dit « salut », je lui réponds « salut ».
— Pas possible, fit Ava.
Il ne saisit pas le sarcasme.
— Mais sinon, on n'a pas grand-chose en commun, si vous voyez ce que je veux dire.
— Je vois, oui. Maintenant, parle-moi de cette soirée où Matthew lui a posé un lapin.
Silence.
— Crash ?
Il leva son téléphone et pressa une touche. Wilde n'aimait pas ça.
— Ma mère m'envoie un texto, madame O'Brien. Il faut que j'y aille.
— Réponds d'abord à ma question.
— Je ne sais pas de quoi vous parlez.

— Bien sûr que tu sais. Naomi m'a dit...
— Elle vous a dit ?
— Oui...
— Dans ce cas, ce n'est pas la peine de me demander, rétorqua Crash.

Wilde dut admettre que sa réponse ne manquait pas de logique.

— J'y vais, madame O'Brien.
— Je veux savoir...

Crash pivota vers elle, se rapprochant un peu trop d'Ava.

— Je ne sais rien à propos de Naomi Prine !

Plus aucune trace de faux sourire sur ses lèvres.

— Rien du tout !

Ava ne broncha pas.

— Tu l'as vue ce soir-là.
— Et alors ? Elle était chez nous.
— Pourquoi avoir poussé Matthew Crimstein à lui jouer ce tour ?
— C'est Matthew qui vous a raconté ça ?

Il secoua la tête.

— Écoutez, j'ai le droit de partir, non ? Vous ne pouvez pas me forcer à rester.
— Bien sûr que non...
— Bon, alors je m'en vais.

Pourquoi pas ? se dit Wilde. Il ouvrit la porte du placard.

— Moi, je peux t'en empêcher.

Il traversa la pièce et s'adossa à la porte, lui barrant le passage. Ava lui lança un regard et secoua la tête.

Crash se renfrogna.

— C'est quoi, ça ?
— Dis-nous où est Naomi, fit Wilde.

Ses yeux s'étrécirent.

— Vous êtes venu chez nous l'autre soir. Vous avez piqué l'arme de mon garde du corps.

Ava regarda à nouveau Wilde. Il l'ignora.

— Tu n'as rien à craindre, dit Wilde qui n'en pensait pas un mot. Nous voulons juste retrouver Naomi.

La porte derrière lui s'ouvrit à la volée, le bousculant et lui faisant perdre l'équilibre. Thor surgit sur le seuil, l'épaule en avant comme un défenseur au foot américain passant à l'attaque. Wilde se traita de tous les noms d'oiseaux. Évidemment que l'ado avait des gardes du corps. Évidemment qu'il allait se servir de son téléphone pour appeler les secours. C'était stupide de sa part de s'être laissé surprendre ainsi.

Maintenant, il était dans un sacré pétrin.

Thor bondit sur lui. Sans hésitation. Wilde en était encore à essayer de reprendre ses esprits.

Trop tard.

Thor l'enveloppa de ses bras musclés, lui plantant son épaule dans l'estomac, et le souleva du sol, prêt à le jeter à terre.

Les choses commençaient à se gâter sérieusement.

Thor était fou furieux. Il en voulait sûrement à Wilde de l'avoir désarmé devant son chef. Il tenait sa revanche.

Wilde chercha une échappatoire. Il n'y en avait pas. S'il avait été debout, il aurait pu lui assener un coup de tête. Mais Thor avait enfoui son visage dans sa poitrine.

Ça ne marcherait pas.

Rien ne marcherait.

Il n'avait plus qu'à se préparer à prendre des coups. Et à planifier sa riposte.

À la toute dernière seconde, Wilde se contorsionna violemment. Cela ne l'empêcha pas d'être projeté à terre. Il heurta brutalement le lino. L'air déserta ses poumons. Mais, de cette façon, il échappa suffisamment à l'étreinte de Thor pour que ce soit le coude de son assaillant qui encaisse l'impact de la chute.

Ça devait lui avoir fait mal.

L'un des deux hommes avait mal au coude. Mais l'autre – Wilde – ne pouvait plus respirer.

Prendre de la distance. Ce fut sa seule pensée. S'écarter de son agresseur. Mettre le plus d'espace possible entre Thor et lui.

Se rassembler, se reprendre.

Toujours à terre, Wilde s'efforça d'ignorer le désir… non, le *besoin* absolu de respirer. Tout était là-dedans. Il lui était déjà arrivé d'avoir le souffle coupé. C'était atroce et paralysant, mais il avait appris par expérience que la paralysie était surtout due à la peur : on se sentait suffoquer, on avait l'impression que c'était la fin. À partir de là, tout se bloquait. Les ordres du cerveau ne parvenaient plus aux jambes ni aux pieds. Mais Wilde savait désormais, malgré son instinct de survie qui lui dictait le contraire, que sa respiration reviendrait, plus vite s'il ne paniquait pas. Il lutta donc contre la tentation de se rouler en boule et de rester là jusqu'à ce qu'il puisse reprendre son souffle.

Les poumons en feu, il roula sur le lino.

— Lâchez-le ! cria Ava.

Thor ne désarmait pas. Il plongea sur Wilde, lui enfonçant les genoux dans les reins. Wilde sentit comme des éclats de verre le long de sa colonne. Ava essaya de tirer Thor en arrière, mais il se débarrassa d'elle comme si elle n'était qu'un grain de poussière. Tandis que Wilde tentait de se retourner pour l'aider, Thor glissa son bras sous le sien et ce fut là que la véritable lutte s'engagea. Dans les vieux films, on voit les hommes échanger des coups. Des coups de poing, des coups de pied. Or la majorité des bagarres se termine à terre. Dans un combat corps à corps. Thor avait l'avantage du poids et de la carrure. Il avait profité de l'effet de surprise. Et du fait que Wilde manquait d'air.

Le chemin vers la victoire n'est pas exempt de sacrifices. Wilde avait vu assez de matchs de foot pour savoir que les quarterbacks qui ne bronchent pas, même quand un défenseur de cent cinquante kilos leur fonce dessus comme un train de marchandises, sont ceux qui réussissent le mieux. Les plus grands encaissent les coups sans perdre leur cible de vue.

Ce fut le cas de Wilde.

Il laissa le colosse le frapper car il avait une cible. Une seule.

Un doigt.

Il bougea, sachant que Thor devrait l'empoigner par l'épaule pour le maintenir en place. Et il attendit. Concentré sur ce geste – la main de Thor sur son épaule – et rien d'autre. Et quand ce dernier voulut l'agripper, Wilde saisit l'un de ses doigts et le tira en arrière de toutes ses forces.

Le doigt cassa avec un bruit sec.

Thor poussa un hurlement.

Distance, pensa Wilde.

Il roula sur le côté. Sur le visage de Thor se lisait le mélange corrosif de douleur et de rage. Il s'apprêtait à se jeter sur son adversaire une fois de plus lorsqu'une voix fendit l'air telle la faux d'un moissonneur :

— Ça suffit.

C'était Gavin Chambers.

19

UNE FOIS SUR LE PARKING, Gavin Chambers mit Thor, qui berçait son doigt fracturé comme si c'était un petit animal blessé, dans un Cadillac Escalade noir et l'envoya se faire soigner. Il fit asseoir un Crash penaud dans un coupé Mercedes blanc conduit par sa mère. La mère – Wilde savait qu'elle s'appelait Delia – ne l'entendait pas de cette oreille. Elle descendit de voiture et somma Gavin de s'expliquer. Wilde était trop loin pour saisir ce qu'ils se disaient… mais suffisamment près pour se faire foudroyer à l'occasion par le regard maternel.

Quelques lycéens s'étaient massés autour d'eux. Wilde reconnut Kyle, Ryan, Sutton et plusieurs autres dont Matthew lui avait parlé toutes ces années. Son filleul était là aussi, l'air mortifié. Il croisa le regard de Wilde comme pour dire : « Mais qu'est-ce qui t'a pris ? » Wilde resta de marbre.

Finalement, Delia Maynard remonta dans sa voiture, claqua la portière et démarra, avec Crash à côté d'elle. Les badauds, dont Matthew, se dispersèrent. Gavin Chambers revint vers Wilde :

— Allons faire un tour.

Ils longèrent la clôture à l'arrière de la bâtisse en brique. Wilde vit le terrain de foot et, plus en lien avec son passé, la piste de quatre cents mètres qui l'encerclait. Ce fut là qu'il avait connu son « heure de gloire », même si cette pensée n'éveillait en lui aucune nostalgie. Il ne se revit pas en adolescent sprinteur. La vie est un flot continu. On peut saluer occasionnellement son ancien « moi », mais cet ancien moi n'existe plus et ne reviendra pas. Et c'est aussi bien.

— Je croyais que la fille avait été retrouvée, dit Gavin.

— Elle a disparu à nouveau.

— Ça vous ennuie de m'en parler ?

— Oui.

Gavin secoua la tête.

— Ce que vous avez fait là – cuisiner le jeune Crash, blesser mon employé –, ce n'est pas bon pour moi.

Il s'arrêta.

— Je pensais qu'on s'était mis d'accord.

— C'était avant la nouvelle disparition de Naomi.

— Et vous pouvez prouver que Crash y est pour quelque chose ?

Wilde ne répondit pas.

Gavin porta la main à son oreille.

— Je n'ai pas entendu.

— C'est pour ça que je l'ai interrogé.

— Vous ne trouvez pas que vous êtes allé un peu trop loin ? Sa mère est furieuse. Elle veut poursuivre la prof de dessin.

— Elle n'y est pour rien. C'est moi le seul responsable.

— Voilà qui est noble de votre part, mais je doute que le conseil d'administration soit de cet avis.

— Menacer un professeur de licenciement, fit Wilde avec un haussement d'épaules, ce n'est pas vraiment digne de vous, si ?

Gavin sourit.

— En effet. Je me suis renseigné sur vous, Wilde. Votre dossier militaire est en grande partie classé, mais disons que j'ai mes sources. C'est très impressionnant. Comme toute l'histoire de votre vie. Ainsi que je vous l'ai déjà dit, j'ai une équipe et des moyens. Alors voici notre nouvel accord : j'interrogerai Crash pour vous. S'il sait quelque chose à propos de cette fille, je vous le dirai.

Ils reprirent leur marche.

— J'ai une question, dit Wilde.

— Je vous écoute.

— La dernière fois que nous nous sommes parlé, vous avez dit que les enjeux étaient plus sérieux qu'une simple querelle d'ados.

— C'est une question ?

— Qu'est-ce qui est en jeu ?

— Vous n'avez pas à le savoir.

— Sérieux ?

Gavin Chambers sourit.

— Ça n'a rien à voir avec Naomi Prine.

— Cela aurait-il quelque chose à voir avec Rusty Eggers ?

Un autre Cadillac Escalade noir s'arrêta devant eux. Gavin lui donna une tape dans le dos avant de s'y engouffrer.

— Restez en contact, dit-il à Wilde, mais tenez-vous à l'écart.

En regagnant la forêt pour rentrer à l'Écocapsule, Wilde tomba sur Matthew qui l'attendait en faisant les cent pas, les poings serrés.

— Non, mais c'est quoi, ce délire ?

Wilde s'engagea sur le sentier. Matthew lui emboîta le pas.

— Alors ?

— Alors quoi ?
— Qu'est-ce que tu fabriquais au lycée ?
— J'ai posé des questions à Crash Maynard sur Naomi.
— Dans mon lycée ? Tu rigoles ou quoi ?
— Il y a un problème, Matthew ?
— Je suis élève là-bas. Tu comprends ça ?

Wilde s'arrêta.

— Quoi ? dit Matthew.
— Aurais-tu déjà oublié ce que tu lui as fait ?

Le garçon resta sans voix. Wilde vit le sang déserter son visage. La forêt était silencieuse, solennelle. Lorsqu'il eut recouvré l'usage de la parole, Matthew répondit tout bas :
— Non.

Il baissait le nez... exactement comme David. Le fils en cet instant lui rappelait si vivement le père que Wilde faillit faire un pas en arrière. Matthew releva le menton et, remarquant son expression, siffla :
— Ne commence pas.
— Je n'ai rien fait.
— Tu sais que j'ai horreur de cet air « Oh, mon Dieu, c'est le portrait craché de son père ».

Wilde ne put s'empêcher de sourire.
— Touché.
— Alors arrête.
— OK, désolé.

Il fit mine d'effacer l'expression de son visage avec sa main.
— Tu as vu ?

Matthew soupira.
— Ce que t'es lourd, des fois.

Wilde sourit.
— Quoi ?
— Ton père parlait comme ça.

Matthew leva les yeux au ciel.

— Tu vas arrêter avec ça, oui ?

Wilde l'avait prévenu qu'il évoquerait David, que cela lui plaise ou non. Non pas pour apaiser son fantôme – quand on est mort, on est mort –, mais dans l'intérêt de Matthew. S'il avait été privé de son père, il n'y avait pas de raison de le priver de son souvenir ou de son influence.

— Et que dirait mon saint père de tout ça ? s'enquit Matthew de son ton le plus bourru.

— De tout quoi ?

— De ce qui s'est passé avec Naomi.

— Il serait en pétard.

— Il m'aurait fait la morale ?

— Oh oui. Et il t'aurait obligé à t'excuser.

— J'ai essayé.

Puis :

— Je vais le faire.

— Cool. Et ton père n'était pas un saint. Il s'est souvent planté. Mais il s'est aussi rattrapé.

Ils traversaient le ravin pour arriver à l'Écocapsule quand Matthew demanda :

— Chaque fois ?

— Quoi chaque fois ?

— Il s'est rattrapé chaque fois ?

Le cœur de Wilde manqua un battement.

— Il a essayé.

— Maman pense que tu caches quelque chose à propos de la nuit de l'accident.

Wilde ne ralentit pas l'allure, mais ces paroles lui firent l'effet d'une gifle.

— Elle te l'a dit ?

— C'est vrai ?

— Non.

Matthew le dévisagea. Il n'était plus question de David... cet air sceptique lui faisait davantage penser à Laila. Finalement, Matthew cilla et dit :
— Peu importe, non ? Il est mort de toute façon.
Wilde décida que ce commentaire pouvait être le point final de cette partie de la discussion.
Matthew le questionna :
— Alors, Crash t'a raconté quoi ?
Le changement de sujet plus le double sens du mot – Crash le prénom et « crash » comme « accident » – le prit au dépourvu.
— Pas grand-chose. Mais il avait l'air inquiet.
— Tu penses qu'il a fait quelque chose à Naomi ?
— Tout porte à croire qu'elle a fugué seule.
— Mais ?
— Il y a un loup quelque part.
Voilà qui fit sourire Matthew.
— Tu ne m'as pas appris que, la règle, c'est le chaos ?
— Il faut s'attendre à des anomalies, mais il y a une certaine logique, même dans le chaos.
— Une logique dans le chaos, répéta Matthew. Ça n'a aucun sens.
Pas faux, pensa Wilde.
— Je crois..., bredouilla Matthew. Le lapin que j'ai posé à Naomi... Je me sens coupable. C'est ma faute, non ?
Il se tut. Wilde ne disait rien.
Finalement, il demanda :
— Tu veux que je te rassure, là ?
— Seulement si tu le sens.
— Alors c'est non.
Ils arrivèrent à l'Écocapsule. Matthew, le seul invité qu'il ait jamais reçu, aimait faire ses devoirs dans cet environnement confiné.

« On a moins de distractions », avait-il expliqué un jour à Wilde.

Il voulait préparer l'examen de physique. Ce gamin était bon en sciences.

Wilde resta dehors avec son livre.

Matthew émergea deux heures plus tard.

— Ça boume ? s'enquit Wilde.

— Oui. Et ne dis plus jamais : « Ça boume ? »

Ils repartirent vers la maison de Matthew. À leur arrivée, Wilde déclara qu'il avait soif. Normalement, il repartait dès que le jeune homme était rentré, mais, avec toutes ces histoires autour de Naomi et de Crash, il préférait attendre le retour de sa mère.

Il voulait également voir Laila pour deux raisons. La première relevait de ce qu'il venait d'entendre de la bouche de Matthew, à savoir que Laila remettait en question la version officielle de ce qui s'était passé sur cette périlleuse route de montagne la nuit de l'accident.

— Matthew ?

— Ouais ?

Wilde repensa à la conversation entre Ava et Crash.

— Tu ne me caches rien ?

— Hein ?

— Au sujet de Naomi.

— Non.

Matthew lui servit un verre d'eau et monta s'enfermer dans sa chambre. Il ne dit pas à Wilde ce qu'il avait l'intention de faire et celui-ci ne chercha pas à le savoir. Il s'installa au salon et attendit. À sept heures, la voiture de Laila s'engagea dans l'allée. Il se leva au moment où elle ouvrait la porte.

— Salut, lança-t-elle en le voyant.

— Salut.

— Je voulais te parler, dit-elle.

C'était la seconde – et la plus importante – raison pour laquelle Wilde était resté.
— Oui, je suis au courant, répliqua-t-il.
Laila s'arrêta.
— Tu es au courant ?
— J'étais là l'autre soir avec Matthew quand tu es rentrée. Je me suis éclipsé par-derrière.
— Oh.
— Eh oui.
— Il est encore tôt pour savoir si ça va déboucher sur quelque chose...
— Tu n'as pas à te justifier...
— ... mais ça pourrait.
Laila se borna à le regarder. Le message était clair. Elle était prête à passer au stade suivant avec M. Chic Tendance. Le stade de l'intimité physique, pour ceux qui sont lents à comprendre.
— Pas de souci, dit Wilde.
— Plein de soucis, repartit-elle.
— Je veux parler de...
— Je sais de quoi tu veux parler, Wilde.
Il hocha la tête.
— Allez, je te laisse.
— Ça ne va pas faire bizarre, dis ?
— Ce n'est jamais bizarre.
— Si, parfois, répondit Laila. Et parfois tu t'absentes trop longtemps.
— Je ne veux pas m'imposer.
— Tu ne t'imposes pas. Matthew a besoin de toi. J'ai besoin de toi.
Il traversa la pièce et l'embrassa sur la joue presque trop tendrement.
— Je serai là quand il faudra.
— Je t'aime, Wilde.

— Moi aussi, je t'aime, Laila.

Il sourit. Elle sourit. Il sentit quelque chose se lézarder dans sa poitrine. Laila… eh bien, il ignorait ce qu'elle ressentait.

— Bonne soirée, dit-il.

Et il sortit par la porte de derrière.

20

HESTER CHOISIT LE RESTAURANT : le RedFarm, un chinois branché aussi délicieux que décontracté, sans oublier la touche d'humour. Ses raviolis vapeur préférés, par exemple, s'appelaient Pacman et ressemblaient aux créatures fantomatiques du vieux jeu vidéo. RedFarm ne prenait pas de réservations, mais, cliente fidèle, Hester connaissait le gars qui pouvait lui obtenir une table dans un coin chaque fois qu'elle en avait besoin. L'atmosphère générale était plutôt cool et créative que feutrée et romantique, mais bon, ce n'était qu'un premier rendez-vous.

Aucune pression, OK ?

Oren s'en était remis à elle pour commander. Leur table croulait sous les bouchées à la vapeur : légumes tricolores, mangue et crevettes, mais aussi potage au porc et crabe (un autre de ses plats préférés), queue de bœuf croustillante, poulet à la truffe noire.

— Béatitude, marmonna Oren entre deux coups de baguettes.

— Vous aimez ?

— C'est tellement bon que j'en oublie presque la charmante compagnie dont j'ai la chance de profiter.

— Joliment tourné, dit Hester. Je peux vous parler de votre ex-femme ?

Oren venait de refermer ses baguettes autour d'un ravioli.

— Sérieusement ?

— La subtilité n'est pas trop mon truc.

— J'en ai une belle preuve là.

— Je n'arrête pas d'y penser.

— À mon ex-femme ?

— J'ai juste quelques questions. Je peux rester là à les ruminer ou alors je peux les poser.

Oren souleva le ravioli.

— Je ne veux pas que vous ruminiez.

— Je suis tombée sur la page Instagram de Cheryl.

— Ah, fit-il.

— Vous l'avez vue ?

— Non. Je ne vais pas sur les réseaux sociaux.

— Mais vous savez qu'elle existe.

— Oui.

— Ça vous arrive de penser encore à elle ?

— Je suis censé répondre non, hein ?

— J'ai vu les photos.

— Mmm.

— Du coup, je ne vous en veux pas.

— Bien sûr que je pense encore à elle... mais pas de cette façon-là. On a été mariés pendant vingt-huit ans. Il vous arrive encore de penser à Ira ?

Hester ne répondit pas tout de suite. Elle avait essayé une dizaine de tenues avant de choisir cette robe. Et c'est seulement en voyant son reflet dans le miroir qu'elle s'était rappelé qu'Ira la trouvait sexy dedans.

— Nous avons chacun un passé, Hester.

— C'est juste que...

Elle chercha ses mots.

— On est si différentes, Cheryl et moi.
— C'est vrai.
— Je sais que c'est un premier rendez-vous, mais elle est tellement... sexy.
— Mais vous l'êtes aussi.
— Cessez de me prendre pour une quiche.
— Loin de moi cette idée. Je comprends. Mais on n'est pas dans un concours.
— Dieu merci. Si j'ai bien entendu, c'est Cheryl qui vous a quitté ?
— Oui et non.
— C'est-à-dire ?
— Je l'ai quittée le premier. Affectivement parlant, du moins. Elle m'a quitté parce que, quelque part, je l'avais déjà quittée.

Il posa les baguettes, s'essuya le menton avec sa serviette. Ses mouvements étaient lents, délibérés.

— Le départ des enfants l'a déboussolée. Vous connaissez notre ville. Tout tourne autour de la famille. Une fois que c'est fini... Vous, Hester, vous avez une carrière. Mais quand Cheryl a regardé autour d'elle : les enfants n'étaient plus là, j'allais travailler tous les jours et, elle, soit elle restait à la maison, soit elle allait jouer au tennis ou elle se rendait à son cours de zumba, que sais-je.

— Du coup, elle a tout envoyé bouler ?
— Il ne faut pas forcément chercher un coupable. Un divorce ne signifie pas que votre mariage a été un échec.

— Euh... désolée de vous contredire, mais un divorce, c'est la définition même d'un mariage raté.

Oren serra les dents et se détourna brièvement.

— Cheryl et moi avons vécu vingt-huit ans ensemble. Nous avons élevé trois enfants. Nous avons un petit-fils et un autre en route. Voyons les choses sous cet angle :

si vous avez une voiture qui a vingt-huit ans et qu'elle casse, considérez-vous cette voiture comme un échec ?
Hester fronça les sourcils.
— Votre métaphore est tirée par les cheveux.
— Et celle-ci ? Si la vie est un livre, nous avons tous les deux commencé un nouveau chapitre. Cheryl comptera toujours pour moi. Je lui souhaite d'être heureuse.
— Elle n'apparaît donc plus – pour filer la métaphore – dans votre chapitre ?
— Exactement.
Hester secoua la tête.
— Mon Dieu, c'est tellement raisonnable que ça me donne envie de vomir.
Oren sourit.
— Pas avant que j'aie goûté cette bouchée au bœuf, s'il vous plaît.
— OK, une dernière question, dit Hester.
— Je vous écoute.
Elle mit ses mains en coupe devant sa poitrine.
— Cheryl s'est fait refaire les seins, non ? Ses nichons sont si hauts qu'ils pourraient passer pour des boucles d'oreilles.
Oren rit. Au même moment, elle sentit son téléphone vibrer. Elle compta mentalement les pulsations.
— Trois, dit-elle. Il faut que je réponde.
— Comment ?
— Une pulsation, c'est un appel normal. Deux, c'est le boulot. Et trois, une urgence, donc je dois décrocher.
Oren fit un geste avec les deux mains.
— Eh bien, allez-y.
Elle colla le téléphone à son oreille. C'était Sarah McLynn du cabinet.
— Que se passe-t-il ? fit Hester.
— Vous êtes avec votre rendez-vous ?
— Et vous êtes en train de l'interrompre.

— Prenez-le en photo discrètement. Je veux le voir.
— Y a-t-il une autre raison à cet appel ?
— Pourquoi, il en faut une autre ?
— Sarah !
— OK. J'ai réussi à joindre la mère de Naomi, comme vous me l'avez demandé.
— Et ?
— Elle refuse de vous parler. Elle m'a dit de vous mêler de vos affaires et elle a raccroché.

Par la fenêtre du gratte-ciel, Gavin Chambers regardait les « protestataires », un ramassis de militants vieillissants et dépenaillés qui devaient être une vingtaine tout au plus. Le slogan qu'ils scandaient – « Publiez les cassettes ! » – n'avait pas de quoi mettre le feu aux poudres. Cette bande de quasi-zonards brandissaient des pancartes pour toutes les causes gauchistes confondues. Parmi eux, deux femmes arboraient des bonnets en laine d'un rose fané. Ils voulaient Libérer la Palestine, Résister, Abolir la police aux frontières... mais, manifestement, le cœur n'y était pas. Leur défilé ressemblait davantage à une flânerie nonchalante.

Delia le rejoignit à la fenêtre.
— Ce ne serait pas... ?
— Saul Strauss, si, répondit Gavin avec un hochement de tête.

Son vieux compagnon de guerre était facile à repérer, avec son mètre presque quatre-vingt-quinze et sa longue queue-de-cheval grisonnante, tellement parfaite qu'on ne pouvait l'imaginer autrement.

Dash finit de téléphoner et se joignit à sa femme. Gavin, qui, pourtant, avait vécu plein d'histoires fabuleuses, enviait leur complicité, la fluidité de leur relation. Les apparences sont souvent trompeuses, mais, à force de côtoyer les Maynard, il avait fini par admettre que Dash et Delia formaient un vrai couple, à côté duquel le vôtre paraissait bancal. Ce n'était pas tant ce qu'ils disaient. Ni leur façon de se regarder, de se toucher occasionnellement. C'était quelque chose d'impalpable, un mélange d'amitié et d'attirance physique ; Gavin fantasmait peut-être, mais, quand on parle de l'âme sœur, la seule personne au monde qui est faite pour vous et qui est presque impossible à trouver, Dash et Delia semblaient correspondre parfaitement à cette définition.

— Qu'est-ce qu'ils veulent ? demanda Delia.

— Vous les entendez, répondit Gavin. Ils veulent les cassettes.

— Il n'y a pas de cassettes, fit Delia.

— Ce n'est pas ce qu'ils croient.

— Et vous, Gavin ?

— Peu importe.

— Ce n'est pas une réponse.

— Je vous protégerai de toute façon.

Dash prit enfin la parole :

— Ce n'est pas ce qu'elle a demandé.

Gavin les regarda l'un et l'autre.

— Bien sûr qu'il y a des cassettes, répliqua-t-il. Sont-elles aussi préjudiciables pour Rusty que nos amis en habit de chanvre aimeraient le croire ? Ce n'est pas à moi de le dire.

Dash retourna à son bureau.

— Donc, vous comprenez la situation.

Gavin ne prit pas la peine de répondre.

— Nous ne sommes pas en sécurité, fit Delia qui avait suivi son mari. Si Crash s'est fait accoster dans son propre lycée...

— Cela ne se reproduira plus.

Dash enlaça sa femme par les épaules. Une fois de plus, Gavin ne put s'empêcher de relever l'aisance, le naturel, la tendresse de ce geste banal.

— Ça ne suffit pas.

— Qui était cet homme ? s'enquit Delia.

— Crash ne vous l'a pas dit ?

Elle secoua la tête.

— Apparemment, il lui a posé des questions sur Naomi Prine.

— On l'appelle Wilde.

— C'est ce garçon bizarre qu'on a trouvé dans la forêt ?

— Oui.

— Je ne comprends pas. Quel rapport entre lui et Naomi Prine ?

— C'est une sorte de parent de substitution pour Matthew Crimstein. Matthew et sa famille, pour une raison ou une autre, s'intéressent à Naomi.

— Crimstein, répéta Dash. Comme Hester ?

— Oui.

Cela ne leur disait rien qui vaille.

— Crash jure ne rien savoir au sujet de Naomi, fit Delia.

Comme Gavin se taisait, elle demanda :

— Vous pensez qu'il sait quelque chose ?

— Crash a été en contact avec elle. Avec Naomi Prine. Il y a une semaine environ, elle a disparu à la suite d'une sorte de pari. Ça s'appelle le jeu du défi.

— Oui, certaines mères d'élèves en ont parlé.

— Crash l'a... encouragée à le relever.

— Vous voulez dire qu'il l'a forcée ?

— Non, mais la pression de ses pairs a été un facteur décisif.

— Vous ne pensez pas que Crash a fait quelque chose à cette fille ?

— Ça m'étonnerait, répondit Gavin. On le surveille trop pour ça.

L'un et l'autre ne cachèrent pas leur soulagement.

— Mais ça ne signifie pas qu'il ne sait rien à ce sujet.

— Alors que fait-on ? Je n'aime pas ça.

À nouveau, Delia regarda en bas. Saul Strauss avait levé la tête, comme s'il pouvait les voir à travers les vitres occultantes.

— Je n'aime pas ça du tout.

— Je suggère que la famille quitte provisoirement la ville. Vous pourriez partir en voyage à l'étranger.

— Pourquoi ?

— Les gens considèrent Rusty Eggers comme une menace existentielle.

Gavin Chambers s'attendait à des protestations, mais aucun des deux époux ne réagit.

Delia dit :

— Gavin ?

— Oui.

— Nous sommes en sécurité, n'est-ce pas ? Vous veillerez à ce qu'il n'arrive rien à notre fils ?

— Vous êtes en sécurité, répondit Gavin. Et lui aussi.

21

MATTHEW S'ÉTAIT FAIT une tartine au beurre de cacahuètes et à la confiture, l'avait mangée assis seul à la table de cuisine et, comme il avait encore faim, il s'en refit une autre et était en train de la dévorer quand on frappa à la porte de derrière.

Il regarda par la fenêtre et fut surpris – choqué même – de voir Crash Maynard. Prêt à tout, il entrouvrit prudemment la porte.

— Salut, dit Crash.
— Salut.
— Je peux entrer une seconde ?

Matthew ne bougea pas, n'ouvrit pas la porte complètement.

— Qu'est-ce qu'il y a ?
— J'ai juste…

Crash s'essuya les yeux avec sa manche et regarda le jardin.

— Tu te souviens quand on jouait au ballon ici ?
— Oui, c'était à l'école primaire.
— On était assis l'un à côté de l'autre dans la classe de M. Richardson, ajouta Crash. Il était complètement à l'ouest, hein ?

— Oui.
— Mais il nous impressionnait.
— C'est vrai, acquiesça Matthew.
— On était potes à l'époque, tu te rappelles ?
— Oui, dit Matthew, je suppose.
— C'était plus facile.
— Quoi ?
— Tout. On se fichait de savoir qui avait une grande maison ou ce que les autres pouvaient penser. Tout ce qui nous intéressait, c'était… de jouer au ballon.

Ce n'était pas tout à fait exact. Une époque plus innocente peut-être, mais pas si innocente que ça.

— Qu'est-ce que tu veux, Crash ?
— Je suis venu m'excuser.

Les larmes coulaient sur ses joues. Sa voix ressemblait à un sanglot.

— Je te demande pardon.

Matthew s'écarta.

— Tu veux entrer ?

Mais Crash ne bougea pas.

— C'est un tel merdier à la maison en ce moment. Je sais, ce n'est pas une excuse, mais c'est comme vivre au-dessus d'un volcan en attendant l'éruption.

Fini de ricaner et de rouler les mécaniques. Matthew ne savait pas trop comment réagir. Il se sentait extrêmement mal à l'aise.

— Allez, entre, insista-t-il. On buvait des Yoo-Hoo, tu te souviens ? Maman doit en avoir encore au frigo.

Crash secoua la tête.

— Je ne peux pas. Ils vont me chercher.
— Qui ?
— Je voulais juste que tu saches, OK ? Je suis vraiment désolé de t'avoir malmené. Et Naomi aussi. Ce que j'ai fait…

— Crash, s'il te plaît, entre...
Mais déjà il repartait en courant.

Wilde n'avait pas envie de rentrer tout de suite.

Il avait ses habitudes – si on peut dire ça de lui – dans un bar niché dans le hall de la tour en verre du Sheraton à Mahwah, sur la route 17. L'hôtel avait bâti sa réputation sur sa « sobriété haut de gamme », une formule qui lui correspondait assez bien. Il était fréquenté par des hommes d'affaires, de passage pour une nuit ou deux, et c'était également valable pour Wilde.

La verrière du bar créait une agréable sensation d'espace. Les serveurs, comme Kelly qui le salua d'un sourire, étaient toujours les mêmes, contrairement à la clientèle qui, composée principalement de jeunes cadres venus s'offrir un moment de détente, changeait constamment. Wilde aimait bien les bars des hôtels pour cette raison : un public en transit, l'espace, une chambre et un lit à portée d'ascenseur en cas de bonne fortune.

Était-il trop tôt ?

Peut-être, mais combien de temps devrait-il attendre ? Une semaine ? Quinze jours ? L'attente était inutile et arbitraire. Il n'avait pas le cœur brisé. Pas plus que Laila.

C'était comme ça, voilà tout.

— Wilde ! l'interpella Kelly, visiblement ravie de le voir.

Elle lui apporta une bière. En matière d'alcool, il pratiquait la sobriété, tout comme l'hôtel, mais il aimait bien la pression qu'ils servaient à la tireuse. Kelly le savait. Elle se pencha par-dessus le comptoir pour lui faire la bise. Tom, à l'autre bout, lui adressa un signe de la main.

— Ça fait un bail, lui dit-elle.

Kelly avait un sourire généreux.

— Oui.

— Tu repars en chasse ?

Il ne répondit pas car lui-même ne connaissait pas encore la réponse.

Elle se pencha plus près.

— Quelques-unes de tes anciennes conquêtes ont demandé de tes nouvelles.

— Ne les appelle pas comme ça.

— Tu préfères qu'on les appelle comment ?

Un type se faufila vers le bar et leva la main.

— Réfléchis, le temps que je revienne, lui proposa Kelly.

Wilde but une grande gorgée en écoutant le brouhaha ambiant. Son téléphone bourdonna. C'était Hester.

— Wilde ?

Il l'entendait à peine, tellement il y avait de bruit autour d'elle.

— Où êtes-vous ? demanda-t-il.

— Dans un restaurant.

— Je vois.

— J'ai un rencard.

— Je vois.

— Avec Oren Carmichael.

— Je vois.

— Tu as de la conversation ce soir, Wilde. Et quel enthousiasme.

— Vous voulez que je crie « youpiiii » ?

— La mère de Naomi refuse de me parler.

— Comment ça ?

— Elle refuse de me parler, point. Elle ne répond pas à mes coups de fil. Elle estime que ce ne sont pas mes affaires.

— Donc, Naomi est avec elle ?

— Je n'en sais rien. J'allais envoyer mon enquêteur à son domicile, mais figure-toi qu'elle est en vacances dans le sud de l'Espagne.

— Alors peut-être que Naomi est partie avec elle. Comme elle avait besoin d'échapper au harcèlement, sa mère l'a emmenée en Espagne.

— Où es-tu, Wilde ?

— Au bar du Sheraton.

— Fais attention, dit Hester. Tu tiens l'alcool comme une débutante à son premier pince-fesses.

— C'est quoi, un pince-fesses ?

— Tu es trop jeune pour le savoir.

— Tant qu'on y est, c'est quoi, une débutante ?

— Très drôle. On en reparle demain matin. Il faut que je retourne auprès d'Oren.

— Vous avez un rencard, fit Wilde. Youpi.

— Gros bêta.

À un moment donné, Wilde se retrouva à discuter avec Sondra, une trentenaire rousse et rieuse en pantalon moulant. Ils s'étaient installés dans un coin tranquille du bar. Elle était née au Maroc où son père travaillait à l'ambassade américaine.

— Il était à la CIA, lui dit-elle. Pratiquement tous les employés d'une ambassade sont des espions. Il n'y a pas que les Américains. C'est comme ça partout. Imaginez un peu. On peut envoyer qui on veut dans un lieu protégé au cœur d'une puissance étrangère : et bien sûr vous choisissez vos meilleurs agents de renseignements pour ce travail.

Enfant, Sondra avait souvent déménagé, d'ambassade en ambassade, essentiellement en Afrique et au Moyen-Orient.

— Ils étaient fascinés par mes cheveux. Il y a tellement de superstitions rattachées aux rouquins.

Elle avait fait ses études à l'UCLA et obtenu un diplôme en management hôtelier. Divorcée, elle avait un fils de six ans.

— Je ne voyage pas beaucoup, mais je viens ici tous les ans.

Son fils était resté chez son père. Elle avait gardé de bons rapports avec son ex. Elle aimait bien ce Sheraton. On lui donnait toujours la suite présidentielle.

— Il faut que vous voyiez ça, dit-elle d'un ton à vous classer direct un film dans la catégorie « interdit aux moins de 18 ans ». C'est au dernier étage. On a la vue sur les gratte-ciel de New York. Il y a trois chambres. Si on veut juste prendre un verre au salon... enfin, je ne veux pas que vous pensiez...

Elle finit par lui donner une carte-clé.

— J'en ai eu deux à mon arrivée, expliqua-t-elle. Une pour le salon et une pour la chambre, si vous voyez ce que je veux dire.

Wilde, qui en était à sa deuxième bière, lui assura qu'il voyait très bien.

— De toute façon, je ne pourrai pas m'endormir tout de suite, avec le décalage horaire. Je vais bosser un peu au salon, si vous voulez monter plus tard pour un rafraîchissement.

Rafraîchissement. Pince-fesses. Débutante. Il avait l'impression de vivre en 1963.

Wilde remercia Sondra sans rien lui promettre. Elle se dirigea vers l'ascenseur. Il contempla la carte pour éviter de la suivre du regard. Un verre, avait-elle dit. Au salon, pas dans la chambre. Il n'y avait peut-être rien d'autre là-dessous.

Un homme de haute taille avec une queue-de-cheval lui glissa :

— Alors, vous allez monter ?

Il attrapa un tabouret à côté du sien, malgré la vingtaine de sièges disponibles.

— Elle a beaucoup de charme, dit l'homme à la queue-de-cheval. J'aime bien les rousses, pas vous ?

Wilde garda le silence.

L'homme lui tendit la main.

— Je m'appelle Saul.

— Strauss, ajouta Wilde.

— Vous savez qui je suis ?

Wilde ne répondit pas.

— Ma foi, je suis flatté.

Wilde avait vu Strauss dans l'émission d'Hester à plusieurs reprises. C'était l'invité idéal, mélange attachant de prof d'université progressiste et d'ancienne gloire militaire. Toutefois Wilde n'était pas fan des grands pontes. Ils intervenaient à la télévision soit pour apporter de l'eau à votre moulin, soit pour saper vos arguments et, d'un côté comme de l'autre, ce n'était sain pour personne.

— Je n'ai pas saisi votre nom, dit Strauss.

— Je pense que vous le connaissez déjà.

— Ah oui ?

Il posa sur Wilde un regard perçant qui devait impressionner ses petites étudiantes.

— On vous appelle Wilde, n'est-ce pas ? Vous êtes le fameux enfant de la forêt.

Wilde sortit l'argent de son portefeuille et le posa sur le comptoir.

— J'ai été ravi de vous rencontrer, dit-il en se levant.

Strauss ne se laissa pas démonter.

— Vous allez monter dans sa chambre ?

— Vous êtes sérieux, là ?

— Je ne voudrais pas paraître indiscret.

— Dites, Saul... je peux vous appeler Saul ?

— Bien sûr.

— Passons sur les préliminaires pour entrer dans le vif du sujet, OK ?

— C'est ça, le plan, une fois que vous serez là-haut ?
Strauss leva la main.
— Pardon, c'était déplacé de ma part.
Wilde tourna les talons.
— Il paraît que vous avez eu une altercation avec le jeune Maynard aujourd'hui.
Wilde pivota vers lui.
— Vous m'avez demandé de passer sur les préliminaires, non ? fit Strauss.
— Qui vous l'a dit ?
— J'ai mes sources.
— Et elles sont ?
— Anonymes.
— Dans ce cas, au revoir.
Strauss posa la main sur l'avant-bras de Wilde. Il avait une poigne de fer.
— C'est peut-être important.
Wilde hésita, puis se rassit. Il était curieux. Strauss était un militant – qui ne l'était pas de nos jours ? –, mais en même temps il avait l'air d'un type droit. Le premier réflexe de Wilde avait été de l'envoyer paître, mais, au fond, cela valait peut-être le coup de l'écouter.
— Je recherche une adolescente supposément en cavale.
— Naomi Prine.
Wilde n'aurait pas dû être surpris.
— Vos sources sont bien informées.
— Vous n'êtes pas le seul à avoir fait l'armée ici. Qu'y a-t-il de commun entre Crash Maynard et Naomi Prine ?
Strauss était redevenu sérieux.
— Probablement rien.
— Mais ?
— Elle, c'est une paria. Et lui, le beau gosse. Pourtant, il y a eu une interaction entre les deux.

— Vous pourriez m'en dire plus ?
— Demandez à votre « source ».
— Êtes-vous au courant des relations entre les Maynard et Rusty Eggers ?
— Je sais que Maynard a été son producteur.
— Dash Maynard a créé Eggers.
— Soit.
Strauss se pencha vers lui.
— Êtes-vous conscient du danger que représente Eggers ?
Wilde ne jugea pas utile de répondre à cette question.
— Alors ? insista Strauss.
— Admettons que oui.
— Et vous avez entendu parler des cassettes de Maynard ?
Les fameuses cassettes susceptibles de détruire Rusty Eggers.
— Je ne vois pas le rapport, dit Wilde.
— Peut-être qu'il n'y en a pas. Wilde, je voudrais vous demander une faveur. Enfin, pas une faveur à proprement parler. Vous êtes un patriote. Je suis sûr que, vous aussi, vous voulez que ces vidéos soient publiées.
— Vous ne savez pas ce que je veux.
— Je sais que vous voulez la vérité. Je sais que vous voulez la justice.
— Mais en quoi seriez-vous le garant de l'une et l'autre ?
— La vérité est une valeur absolue. Du moins, elle l'a été. Les cassettes de Maynard doivent être rendues publiques pour que les gens connaissent la vérité sur Rusty Eggers. Qui peut s'opposer à ça ? Si les électeurs découvrent la vérité – toute la vérité – et persistent à vouloir remettre les clés du pays à ce nihiliste, OK, le peuple est souverain.

— Saul ?

— Oui.

— Venez-en au fait.

— Tenez-moi au courant… et j'en ferai autant. C'est votre meilleure chance de retrouver cette jeune fille. Vous vous êtes distingué au cours de la guerre du Golfe parce que vous aimez votre pays. Or Eggers représente une menace comme ce pays n'en a jamais connu. Il enfume l'opinion publique grâce à son charisme, mais son prétendu programme est en fait un appel à l'anarchie. Il entraînera des pénuries alimentaires, une panique à l'échelle mondiale, des crises constitutionnelles, voire la guerre.

Saul se rapprocha, baissa la voix.

— Supposons que les cassettes de Maynard dévoilent le véritable Rusty Eggers. Supposons qu'elles ouvrent les yeux des gens sur les graves dangers qui les guettent. C'est plus crucial que toutes les missions que nous avons menées à l'étranger, Wilde. Il faut me croire.

Il tendit à Wilde une carte avec son numéro de portable et son adresse mail. Puis il lui donna une tape dans le dos et se dirigea vers la réception avant de gagner la sortie.

Wilde glissa la carte de Saul Strauss dans sa poche et se leva.

Il alla aux toilettes dans le hall, se soulagea pendant un long moment, puis – pour paraphraser Springsteen – regarda son reflet dans la glace et eut envie de changer d'habits, de cheveux, de visage. Il s'aspergea les joues avec de l'eau, remit de l'ordre dans son apparence. En sortant, il se dirigea vers l'ascenseur en verre et pressa le bouton. Kelly, la barmaid, croisa son regard et le gratifia d'un petit hochement de tête. Ne sachant comment l'interpréter, il hocha la tête en retour.

Pour accéder au dernier étage, il fallait glisser la carte-clé dans la fente. Il s'adossa à la paroi vitrée et regarda le hall rapetisser à vue d'œil. Il revoyait des visages, ceux de Matthew, Naomi, Crash, Gavin, Saul, Hester, Ava, Laila. Laila.

Eh merde.

Il émergea de la cabine et s'arrêta devant la porte ornée d'une plaque portant l'inscription « Suite présidentielle ». Il contempla la carte. Sondra était jolie. On pouvait critiquer ce genre de relation, lui coller une étiquette, la taxer de creuse, mais c'était surtout une question de point de vue. Il pouvait vivre quelque chose d'exceptionnel avec Sondra. Ce n'était pas une histoire de durée. C'est un cliché, certes, mais tout finit par mourir. Une belle rose ne vit qu'un court moment alors que certains termites survivent jusqu'à soixante ans.

Une chanson de Bon Jovi lui revint à l'esprit. *Bon sang, Bruce d'abord et maintenant Jon.* Il était poursuivi par le New Jersey.

Tu veux fabriquer un souvenir ?

Wilde regarda à nouveau la porte, pensa à Sondra et à cette longue chevelure rousse déployée en éventail sur sa poitrine. Puis il secoua la tête. Pas ce soir. Il allait redescendre et l'appeler d'en bas. Il ne voulait pas qu'elle l'attende.

À cet instant, la porte s'ouvrit.

— Ça fait combien de temps que tu es là ? demanda Sondra.

— Une minute ou deux.

— Tu veux qu'on parle ?

— Vaut mieux pas.

— Parler ?

— Je ne suis pas quelqu'un de causant.
— Mais moi, je sais écouter.
— Ça, c'est vrai, acquiesça-t-il.
Elle s'écarta d'un pas.
— Entre, Wilde.
Et il obéit.

22

À SON RÉVEIL, sa première pensée – avant même qu'il ne se rende compte qu'il était dans une chambre d'hôtel et non dans son Écocapsule – fut pour Laila.
Zut.
Assise dans un fauteuil, les jambes repliées sous elle, Sondra regardait par la fenêtre, le visage éclairé par le soleil du matin. Pendant un bon moment, aucun des deux ne bougea. Elle contemplait la vue. Lui contemplait son visage de profil. Il essaya de déchiffrer son expression – sérénité ? regret ? rêverie ? –, puis se persuada qu'il tomberait forcément à côté. La nature humaine n'est pas si facile à décrypter.
— Bonjour, Sondra.
Elle tourna la tête et sourit.
— Bonjour, Wilde.
Puis :
— Tu dois partir tout de suite ?
À nouveau et malgré la mise en garde qu'il venait de s'adresser, il tenta de lire en elle. Souhaitait-elle qu'il parte ou lui donnait-elle le feu vert si tel était son désir ?
— Je n'ai rien de prévu, répondit-il. Mais si toi, tu as…
— Si on commandait un petit déjeuner ?

— Ce serait super.
Sondra sourit.
— Je parie que tu connais la carte du petit déjeuner par cœur.
Il garda le silence.
— Pardon, je ne voulais pas…
Wilde balaya ses excuses d'un geste. Elle lui demanda ce qu'il voulait manger. Puis elle passa au salon et décrocha le téléphone. Wilde sortit du lit, nu. Il se dirigea à pas de loup vers la salle de bains quand son téléphone explosa.
Il ne bourdonna pas, ni ne sonna, ni ne vibra. Il explosa.
Il se précipita pour couper l'alarme.
— Tout va bien ?
Wilde regarda l'écran. La réponse était non.
Il le balaya vers la gauche : ce n'était pas Tinder, c'était son système de surveillance. Une voiture s'était engagée dans son chemin secret. Ça, ce n'était rien. L'alarme ne se déclenchait pas pour si peu. Seuls les détecteurs de mouvement réagissaient. Deux d'entre eux s'étaient allumés. Tandis qu'il scrutait l'écran, un troisième se mit en route. Cela signifiait que trois personnes au moins sillonnaient la forêt à la recherche de son domicile. Il balaya à nouveau vers la gauche. Une carte apparut. Une quatrième alarme se déclencha. Ils convergeaient de l'est, du sud et de l'ouest vers l'Écocapsule.
— Tu dois y aller, fit Sondra.
Il voulut s'expliquer.
— Quelqu'un essaie de localiser l'endroit où j'habite.
— OK.
— Ce n'est pas une excuse bidon.
— Je sais, répondit-elle.
— Tu restes combien de temps en ville ?
— Je pars aujourd'hui.
— Oh…

— « Oh » ou « Ouf » ?

Elle leva la main.

— Pardon, c'était déplacé. Je sais que tu ne vas pas me croire, mais ceci est nouveau pour moi.

— Je te crois, répliqua-t-il.

— En revanche, ce n'est pas nouveau pour toi.

— Non.

— Tu n'as pas bien dormi, ajouta-t-elle. Tu as poussé des cris. Tu t'es tourné et retourné comme si tu te sentais prisonnier des draps.

— Désolé de t'avoir empêchée de dormir.

Il n'y avait plus vraiment grand-chose à dire. Wilde s'habilla rapidement. Il n'y eut pas de baiser d'adieu. Et pas d'adieu à proprement parler. C'était mieux ainsi. Sondra resta dans l'autre chambre pendant qu'il se préparait. Peut-être que c'était mieux pour elle aussi.

Rentrer à pied prendrait trop de temps. Wilde monta dans un taxi stationné à l'entrée du Sheraton. Il ne donna pas d'adresse au chauffeur, pour la bonne raison qu'il n'en avait pas. Il lui dit de suivre Mountain Road. Wilde empruntait rarement cette portion de la route. Trop de mauvais souvenirs. Quand le chauffeur négocia le virage, ce même virage que la voiture de David avait pris cette nuit-là, il sentit sa main agripper le siège. Il se força à respirer calmement. La petite croix blanche était toujours là. Hester aurait trouvé cela agaçant, sinon ridicule. Wilde ignorait qui l'avait plantée là. Il avait été tenté de l'enlever – depuis le temps –, mais qui lui aurait donné la permission d'intervenir ?

— Il n'y a pas de maisons par ici, déclara le chauffeur.

— Je sais. Vous vous arrêterez quand je vous le dirai.

— Vous partez en rando ?

— En quelque sorte, oui.

Huit cents mètres plus loin, il fit signe au chauffeur, lui donna vingt dollars pour une course qui en valait huit et descendit à proximité du col. Son chemin secret – porte d'accès pour les visiteurs – était situé tout en bas de la montée. Normalement, il grimpait pour rentrer chez lui. Cette fois, il allait redescendre, tout en surveillant la carte sur son téléphone. À en croire les signaux émis par les capteurs, ses visiteurs encerclaient la capsule lentement mais sûrement, avec une précision quasi militaire.

Cela ne présageait rien de bon.

Pourquoi venaient-ils le chercher chez lui ? Et, tout aussi important sinon plus : *qui* venait le chercher ?

On aurait pu penser qu'il avait bien fait de découcher, or ce n'était pas le cas. S'il avait dormi chez lui, l'alarme l'aurait alerté. Il aurait décampé avant qu'ils n'arrivent à cinq cents mètres de l'Écocapsule. Il savait par où s'échapper et où se cacher en cas d'agression.

Il pouvait disparaître en un éclair.

Personne ne connaissait cette forêt comme lui. Ici, dans ces fourrés, ils n'auraient aucune chance contre lui. Aussi nombreux soient-ils.

Mais les questions demeuraient : qui étaient-ils et que voulaient-ils ?

Wilde dégringola la pente, se laissant porter par la gravité. Il bifurqua à droite près d'un arbre fourchu, vers le détecteur de mouvement le plus proche. Ici, en pleine nature, il pouvait se déclencher accidentellement à n'importe quel moment. Au passage d'un cerf. D'un ours. Voire d'un raton-laveur ou d'un écureuil. Mais, en plus du tuyau en caoutchouc censé détecter les voitures, Wilde avait installé un dispositif en domino, une alarme en activant une autre, avant de donner lieu à une alerte. Preuve que les mouvements étaient délibérés et donc très vraisemblablement humains. Entre la voiture garée sur son chemin – éraflée, la voiture – et les signaux, il savait que ce n'était pas une fausse alerte. Et il n'y avait pas qu'un seul homme, ni deux ni même trois. Ils devaient être au moins cinq ou plus.

Et ils le cherchaient.

Il était huit heures du matin. L'air était encore vif. Wilde se déplaçait sans bruit, telle une panthère. Il n'avait aucun plan. C'était plutôt de la reconnaissance. *Garde tes distances. Observe l'ennemi. Note ses positions et son nombre.*

Tâche de savoir ce qu'ils te veulent.

Il ralentit devant l'amas rocheux qui abritait le capteur et inspecta l'appareil pour voir s'il n'y avait pas un problème expliquant pourquoi ils s'étaient tous déclenchés. Le détecteur était intact. Il pressa le pas.

Ce fut alors qu'il les aperçut.

Deux hommes progressant en binôme. C'était malin. Il pouvait en neutraliser un avant qu'il ne donne l'alerte. Mais deux, c'était plus compliqué. Habillés en noir de pied en cap, ils scrutaient les alentours ; l'un ouvrait la marche, l'autre suivait. Suffisamment loin pour pouvoir échapper à un seul assaillant.

C'étaient des professionnels.

Wilde se rapprocha pour mieux voir. Tous deux étaient équipés d'une oreillette. Sûrement pour communiquer avec les autres. Ces gars-là venaient du nord. Il y avait des équipes arrivant du sud, de l'est et de l'ouest. Autrement dit, ils étaient au moins huit.

Wilde était un bon pisteur, sans doute meilleur que tous ces individus, mais cela ne le rendait pas invisible. À être trop sûr de soi, on commet des erreurs. Ces hommes étaient armés. Leurs yeux balayaient sans cesse les environs et, s'il ne faisait pas attention, Wilde avait toutes les chances de se faire repérer.

De temps à autre, le plus grand des deux consultait l'écran de son smartphone et changeait légèrement de direction. L'application qu'ils utilisaient les conduisait clairement vers l'Écocapsule. Wilde ne connaissait pas cette technologie, mais, bon, si quelqu'un voulait absolument localiser son domicile, il avait les moyens d'y arriver. Il l'avait toujours su. Il s'y était préparé.

Connaître leur destination finale lui facilitait les choses. Il n'avait pas besoin de les suivre à la trace. Wilde bifurqua vers l'un de ses coffres-forts. Il en avait dissimulé six dans la forêt, indétectables et s'ouvrant avec l'empreinte de sa paume en lieu et place d'un code. Celui-ci était en haut d'un arbre. Il l'escalada, trouva le coffre fixé à une grosse branche, l'ouvrit. Il sortit le pistolet et allait refermer le coffre sans prendre les faux papiers lorsqu'il se ravisa. Et s'il devait prendre la fuite ?

Deux précautions valaient mieux qu'une.

Il se laissa glisser jusqu'au sol et se fraya un chemin jusqu'à l'Écocapsule. Il marchait vite maintenant, pressé d'arriver avant le commando qui progressait au jugé.

Et ensuite ?

Il verrait bien, le moment venu. Il hâta le pas, évoluant avec aisance.

Quand il eut atteint la colline à environ deux cents mètres de l'Écocapsule, il grimpa dans un arbre pour pouvoir observer la clairière. Il avait voulu déplacer la capsule dans une partie plus dense de la forêt, mais, avec un ensoleillement plus faible, il aurait eu plus de mal à stocker l'énergie solaire. Finalement, c'était mieux ainsi. Du haut de son arbre, il verrait les hommes approcher sans risquer de se faire surprendre.

Wilde attrapa une branche, se hissa, regarda en bas.

Zut. Ils étaient déjà là.

Quatre hommes. Autour de la capsule. Armés. Deux autres – les deux qu'il avait suivis – émergèrent dans la clairière. Du coup, ils étaient six.

Le chef s'avança prudemment vers la capsule.

Wilde le reconnut.

Il sortit son téléphone, déroula l'historique des appels et cliqua sur le numéro. Gavin Chambers tendait la main vers la poignée de la porte quand il dut sentir la vibration dans sa poche. Il regarda son portable, jeta un coup d'œil alentour et le porta à son oreille.

— Wilde ?

— Ne touchez pas à ma maison.

Gavin regarda attentivement autour de lui, mais il lui était impossible de repérer Wilde dans l'arbre.

— Vous êtes à l'intérieur ?

— Non.

— J'ai besoin que vous me l'ouvriez.

— Pour quoi faire ?

— Il est arrivé quelque chose. Quelque chose de grave.

— Oui, je m'en suis douté.

— Comment ça ?

— Vous rigolez ou quoi ? Vous avez au moins quatre équipes armées en train de tourner autour de chez moi. Il ne faut pas être un grand détective pour comprendre qu'il se passe « quelque chose de grave ». Qu'est-ce que c'est ?

— Ce sont les Maynard.

— Qu'est-ce qui leur arrive ?

— Je dois jeter un œil sur votre domicile. Puis vous conduire chez eux. Êtes-vous dans les parages ou m'observez-vous à travers une caméra qui m'aurait échappé ?

Il leva les yeux, la main en visière.

— D'une manière ou d'une autre, je ne vous trouverai pas, n'est-ce pas ?
— Non.
— Je suis en train d'empiéter sur vos plates-bandes.
— N'empêche, vous êtes arrivé jusqu'ici.
— Bien obligé, Wilde. Il fallait absolument que je mette la main sur vous.
— Et maintenant ?
— Je pourrais défoncer votre porte pour voir ce qu'il y a à l'intérieur.
— Ce n'est pas votre genre, dit Wilde.
— Non, en effet. Vous savez quoi ? Je vais renvoyer mes hommes.
— C'est un bon début.
— Mais après, j'aurai besoin de vous voir.

Wilde ne répondit pas. Gavin Chambers aboya des ordres. Les hommes s'exécutèrent sans rechigner. Une fois qu'ils furent partis, il colla à nouveau le téléphone à son oreille.

— Venez, il faut qu'on parle.
— Pourquoi ? Que se passe-t-il ?
— Un autre ado a disparu.

23

HESTER SE RÉVEILLA avec des papillons dans le ventre.

Ils étaient là depuis onze heures la veille au soir, quand Oren l'avait raccompagnée à sa porte – en véritable gentleman, il n'avait pas voulu la laisser sur le trottoir ni devant l'ascenseur – et l'avait embrassée. Ou était-ce elle qui l'avait embrassé ? Peu importe. C'était un baiser. Un vrai. Il avait passé un bras autour de sa taille. Ça, c'était agréable. Mais son autre main, son énorme et merveilleuse main, il l'avait plaquée sur sa nuque pour lui relever le menton et, en un mot…

Pâmoison.

Hester avait fondu. Sur place. Hester Crimstein, avocate au barreau de New York, se savait trop vieille pour fondre, se pâmer ou avoir des papillons dans le ventre comme quand elle avait treize ans et que Michael Gendler, le plus beau garçon de sa classe, s'était éclipsé avec elle à la bar-mitsvah de Jack Kolker pour l'embrasser dans la petite pièce derrière le bureau du rabbin. Le baiser d'Oren fut plein de choses à la fois. Il l'avait grisée, bien sûr, lui avait donné le vertige, pendant qu'une autre partie d'elle-même observait la scène de l'extérieur, les yeux

écarquillés de stupeur, en se disant : *Bon sang de bonsoir, un seul baiser et me voilà en vrac !*
Combien de temps ce baiser avait-il duré ? Cinq secondes ? Dix ? Trente ? Une minute entière ? Non, pas une minute entière. Et ses propres mains, les avait-elle laissées vagabonder ? Hester avait rejoué ce baiser – le Baiser, il méritait bien une majuscule – une centaine de fois, mais elle ne savait toujours pas avec certitude. Elle se souvint de ses mains sur les épaules rondes, robustes, d'Oren ; elle s'était sentie tellement bien, en sécurité, elle aimait tant ces épaules... mais, nom d'un chien, qu'est-ce qui lui arrivait ?
Le Baiser, se souvint-elle, avait commencé tout en douceur, puis Oren s'était écarté légèrement avant que leurs bouches ne s'unissent à nouveau et le Baiser s'était fait plus avide, plus passionné pour s'achever sur une note de tendresse. Il avait gardé sa main sur sa nuque. Et l'avait regardée dans les yeux.
— Bonne nuit, Hester.
— Bonne nuit, Oren.
— Je pourrai vous réinviter à dîner ?
Elle ravala plusieurs réponses caustiques pour s'arrêter sur :
— Avec plaisir.
Oren attendit qu'elle soit entrée. Elle lui sourit en refermant la porte. Puis, une fois seule, elle exécuta une petite danse joyeuse. Ce fut plus fort qu'elle. Elle se sentait bête et légère en même temps. Étourdie, elle se prépara à aller se coucher. Elle était sûre de ne pas arriver à s'endormir, mais il n'en fut rien : la montée d'adrénaline l'avait épuisée. Pour finir, elle dormit comme un bébé.
Et ce matin, Hester retrouvait les papillons. Juste ça. Les papillons. La soirée de la veille lui semblait irréelle comme un rêve et, cette sensation, elle ne savait si elle

devait la vouloir ou la redouter. Avait-elle besoin de ça dans sa vie ? Elle était pleinement satisfaite de son existence, sur le plan personnel comme professionnel. À quoi bon mettre cet équilibre en péril ? Ce n'était même pas une question d'être trop vieille pour ces émotions d'un autre âge. Mais elle avait ses habitudes et elles étaient bien ancrées. Avait-elle vraiment envie de tout chambouler ? De prendre le risque de souffrir ou de perdre la face... de subir mille et un désagréments inhérents à ce genre de situation ?

La vie était belle, non ?

Elle attrapa son téléphone et vit un message d'Oren :

Trop tôt pour envoyer un texto ? Je ne veux pas paraître accro.

Pâmoison. Voilà que ça recommençait.
Elle répondit :

Harceleur.

Les trois points clignotèrent, signe qu'il était en train d'écrire. Puis les points disparurent. Elle attendit. Pas de réponse. Hester fut prise de panique.

Je plaisante ! Non, ce n'est pas trop tôt !

Pas de réponse.

Oren ?

C'était justement ce à quoi elle pensait. Qui avait envie d'être dans cet état-là ? D'avoir le cœur prêt à bondir hors de la poitrine, de craindre d'avoir fait une gaffe ou alors que ce soit simplement un jeu pour l'autre... *Holà, ce n'était qu'un rendez-vous et un baiser (le Baiser), alors du calme, nom de Dieu.*

Son téléphone sonna. Elle espérait que c'était Oren, mais un autre numéro s'afficha à l'écran, un numéro qu'elle reconnut. Elle porta le téléphone à son oreille.
— Wilde ?
— J'ai besoin de votre aide.

Wilde surgit à côté de l'Écocapsule, brandissant son téléphone portable.
Gavin Chambers fronça les sourcils.
— Vous faites quoi, là ?
— Je suis sur FaceTime.
— Avec qui ?
Wilde s'approcha de lui. Gavin plissa les yeux pour mieux voir l'écran.
— Salut, Gavin. Mon nom est Hester Crimstein. On s'est rencontrés une fois à un dîner chez Henry Kissinger.
Gavin Chambers regarda Wilde comme pour dire : « Ah bon ? »
— Ne faites pas cette tête, *bubbulah*, continua Hester. Je suis en train de tout enregistrer. Vous me suivez ?
Gavin ferma les yeux, laissant échapper un long soupir.
— Sérieux ?
— Non, c'est pour rire. Sachez que s'il arrive quoi que ce soit à Wilde...
— Il ne lui arrivera rien.
— Cool, mon lapin, dans ce cas il n'y aura pas de problème.
— Ce n'était pas nécessaire.
— Oh, mais j'en suis convaincue, sauf que, lorsqu'une dizaine d'hommes armés encerclent le domicile de

mon client et menacent de le détruire... traitez-moi de paranoïaque, mais, en tant qu'avocate... et juste pour que les choses soient claires, je suis bien ton avocate, hein, Wilde ?

— Absolument.

— Donc, en tant que son avocate, je tiens à tout consigner. Vous, colonel Chambers, débarquez au domicile de mon client avec des hommes armés...

— La forêt est à tout le monde.

— Colonel Chambers, vous voulez vraiment engager une polémique sur des points de droit ?

— Non, soupira Gavin.

— Parce que je peux le faire. Je ne suis pas pressée. Tu es pressé, Wilde ?

— J'ai tout mon temps, dit Wilde.

— OK, désolé, fit Gavin. Oublions le droit, poursuivons.

— Qu'est-ce que je disais ? reprit Hester. Ah oui, vous vous êtes présenté au domicile de mon client avec des hommes armés. Vous avez menacé de pénétrer dans ledit domicile et même de le détruire. Ne levez pas les yeux au ciel. Moi, je vous aurais fait arrêter, mais mon client, en dépit de mes conseils facturés à prix d'or, persiste à vouloir vous parler. Il a confiance en vous, une confiance mal placée, si vous voulez mon avis. Je respecterai son désir, mais notre position reste inchangée : si Wilde a le moindre problème...

— Il n'aura aucun problème.

— Taisez-vous quand je parle. S'il a un problème ou s'il est retenu contre son gré, si je n'arrive pas à le joindre ou si vous faites autre chose que ce qu'il demande, je m'incrusterai définitivement dans votre vie, colonel Chambers. Comme la gale. Ou les hémorroïdes. En pire. Suis-je claire ?

— Comme de l'eau de roche.

— Wilde ?

— Merci, Hester. C'est OK si je me déconnecte ?

— À toi de voir.

— Oui, merci.

Il appuya sur le bouton et glissa le téléphone dans sa poche.

— On a appelé maman ? ironisa Chambers.

— Vous m'avez vexé, là.

— Ce que j'avais à vous dire était censé rester confidentiel.

— La prochaine fois, appelez-moi au lieu d'envoyer vos sbires.

Gavin désigna la capsule.

— J'ai été surpris de retrouver votre hutte aussi facilement. Je croyais que vous auriez installé des leurres. Vous avez entendu parler de l'Armée fantôme durant la Seconde Guerre mondiale ?

— Les forces spéciales de la 23e division, acquiesça Wilde.

— Ma parole, dit Chambers. Je suis impressionné.

La 23e division, alias l'Armée fantôme, était une unité d'élite composée d'artistes et d'experts en effets spéciaux chargés de mettre en place une « stratégie de désinformation ». Ils avaient utilisé des tanks gonflables, des avions en caoutchouc et même une bande-son de guerre pour créer un cheval de Troie version XXe siècle.

— Comment l'avez-vous trouvée ? demanda Wilde.

— Un drone avec un capteur.

Gavin Chambers indiqua l'Écocapsule.

— Ouvrez la porte, s'il vous plaît.

— Il n'y a personne à l'intérieur.

— Il suffit d'ouvrir la porte pour le prouver.

— Vous ne me faites pas confiance ?

Chambers paraissait à bout de forces.

— On peut juste jeter un œil dans cette boîte ?
— Qui cherchez-vous ?
— Personne.
— Vous avez dit...
— C'était avant que vous me balanciez à quelqu'un qui anime une émission de télé.
— Elle est mon avocate. Si je lui demande de ne pas en parler, elle n'en parlera pas.
— Ce que vous êtes naïf.

Gavin Chambers secoua la tête. Il semblait peser le pour et le contre, mais, en fait, sa décision était déjà prise.

— Il s'agit de Crash Maynard.
— Qu'est-ce qui lui arrive ?
— Il a disparu.
— C'est une fugue ou...

Gavin sortit son arme.

— Ouvrez cette satanée porte, Wilde.
— Vous êtes sérieux ?
— Ai-je l'air de vouloir m'éterniser ici ?

Il avait l'air d'un vieil habit usé et effiloché.

— Je viens de vous dire que Crash a disparu. Une fois que j'aurai éliminé votre bicoque, je pourrai poursuivre mes recherches.

Wilde n'avait pas peur de son arme ni n'était tenté de dégainer la sienne, mais, en même temps, il n'avait aucune raison de s'entêter. Il avait bien compris : Crash Maynard avait disparu et il était bien placé pour figurer sur la liste des suspects.

La porte de l'Écocapsule s'ouvrait à l'aide d'une télécommande, du genre qu'on utilise pour déverrouiller les portières d'une voiture. Wilde la sortit de sa poche, pressa le bouton. Gavin remit son arme dans l'étui au moment où la porte coulissait. Il passa la tête à l'intérieur, regarda tout autour, puis recula.

— Désolé pour le pistolet.
Wilde ne répondit pas.
— Allons-y.
— Où ça ?
— Les Maynard veulent vous voir. Ils insistent même.
— Vous allez encore sortir votre flingue si je refuse ?
— Vous comptez m'en vouloir encore longtemps ?
Gavin s'engagea sur le sentier.
— Je me suis excusé.

Aucun des deux ne parla durant le court trajet. Sous le soleil du matin, le manoir étincelait au-dessus d'une étendue d'herbe si uniformément verte qu'on l'aurait crue peinte à la bombe. La pelouse minutieusement tondue formait un carré quasi parfait, avec la maison au milieu. Wilde estima que cela faisait trois cents mètres de gazon de part et d'autre, avant d'en arriver à la forêt. Il y avait une piscine olympique sur la droite, un court de tennis sur la gauche et un terrain de foot fraîchement chaulé à l'arrière.

Le SUV s'arrêta devant une remise ouvragée. Gavin en descendit, suivi de Wilde.

— Avant d'aller plus loin, il faut que vous me signiez ça.

Il tendit à Wilde un *clipboard* avec une feuille de papier et un stylo.

— C'est un AND standard... un accord de non-divulgation.

— Oui, fit Wilde en lui rendant la feuille. Je sais ce qu'est un AND.

— Si vous ne signez pas, je ne pourrai pas vous en dire davantage.

— OK, salut.

— Vous êtes un sacré emmerdeur, Wilde. C'est bon, on laisse tomber l'AND. Allez, venez.

Gavin se dirigea vers la forêt au fond à gauche de la propriété.

— Vous avez vraiment cru que j'avais kidnappé ce garçon ? s'enquit Wilde.
— Non.
— Ou que je l'avais caché dans ma capsule ?
— Pas vraiment, mais c'était une éventualité.

Gavin s'arrêta à mi-chemin entre la maison et la forêt.
— C'est ici que nous l'avons perdu.
— Mais encore ?
— Ce matin, Crash n'était pas dans sa chambre. Nous avons consulté les vidéos de surveillance. Ici, la sécurité est très étendue, comme vous pouvez l'imaginer. Les caméras couvrent l'extérieur depuis la maison jusqu'à l'endroit où nous nous trouvons.

Il sortit son portable, balaya l'écran, le tourna vers Wilde.
— Voici Crash qui passe par ici en allant probablement dans cette direction.

Il désigna la forêt et lança la vidéo. La caméra devait être équipée d'un filtre nocturne. Sur l'écran, Wilde vit Crash traverser la pelouse et se diriger vers la forêt. L'horodatage en bas à gauche indiquait 2 h 14 du matin.
— Il n'y a personne d'autre sur cette vidéo, ni avant ni après ? demanda Wilde.
— Non.
— Vous pensez donc qu'il s'agit d'une fugue.
— Probablement. Ce qui est sûr, c'est qu'il s'est dirigé vers ces arbres.

Il se tourna vers Wilde.
— Mais quelqu'un qui a une bonne connaissance de la forêt pouvait y être tapi en embuscade.
— Ah, dit Wilde. C'est là que j'entre en scène.
— Dans une certaine mesure.
— Mais vous ne pensez pas réellement que j'aie quelque chose à voir là-dedans.

— Je vous l'ai dit, je procède par élimination.
— Donc, je suis ici parce qu'il se trouve que j'ai interrogé Crash hier.
— Sacrée coïncidence, non ?
— Et Naomi Prine manque à l'appel.
— Sacrée coïncidence, non ?
— Il y aurait un lien entre les deux ?
— Deux ados d'une même classe disparaissent, répondit Gavin. S'il n'y a pas de lien entre les deux…
— … c'est une sacrée coïncidence, non ? acheva Wilde à sa place. Vous avez autre chose ?
— Ils étaient en contact.
— Naomi et Crash ?
— Oui.
— Récemment ?
— Je ne sais pas. Le jeune Crash échappe à notre surveillance. WhatsApp, Signal… toutes ces applications qu'ils utilisent sont cryptées. Ma mission n'est pas d'espionner la famille, mais de la protéger.
— Pourquoi ?
— Pourquoi quoi ?
— Pourquoi les protégez-vous, Gavin ? Et, surtout, pourquoi vous ? Vous vous êtes renseigné sur moi. J'en ai fait autant à votre sujet. Vous ne travaillez plus sur le terrain et Dash Maynard n'est qu'un producteur de télé. Vous n'êtes pas là seulement pour le protéger, lui et les siens. Vous êtes ici à cause de Rusty Eggers.

Gavin sourit.

— Quel sens de la déduction ! Dois-je applaudir ?
— Uniquement si vous le jugez opportun.
— Non. Et peu importe pourquoi je suis ici. Deux ados ont disparu. Vous voulez en retrouver une, je veux retrouver l'autre.
— Donc, unissons nos forces ?

— Nous avons le même objectif.

— Je suppose que vous m'avez amené ici pour une raison précise.

— Les Maynard ont beaucoup insisté. Et j'ai décidé d'en profiter pour solliciter votre avis.

Wilde regarda en direction de la forêt et aperçut un sentier.

— Vous croyez que Crash est parti par là ?

— D'après la vidéo, oui. Mais, surtout, c'est là que, dernièrement, il est tombé sur Naomi Prine, laquelle s'était introduite dans la propriété.

Crash n'était pas « tombé » sur Naomi : il lui avait tendu un piège pour l'humilier une fois de plus. Du moins, c'est ainsi que Matthew avait décrit la scène. Mais ce n'était pas le moment de pinailler. Wilde alla jeter un œil sur le sentier.

— J'imagine que la portée de vos caméras ne va pas jusqu'ici.

— Non, en effet. Nous nous occupons de la maison et de ses environs immédiats. Pas des gens, surtout des membres de la famille, qui vont et viennent comme bon leur semble.

— Donc, fit Wilde, vous présumez que Crash a rejoint Naomi par ici et qu'ils se cachent quelque part ensemble ?

— C'est très vraisemblable.

— Et pourtant, vous avez paniqué.

— Nous ne paniquons pas.

— Vos hommes armés ont mené un raid sur ma maison.

— Ne dramatisons pas. Ceci n'est pas une période ordinaire, Wilde. La famille est soumise à un énorme stress. Ils ont reçu des menaces... d'une violence inimaginable. Vous l'avez peut-être entendu aux informations.

Wilde hocha la tête.

— Les Maynard détiennent des cassettes qui pourraient détruire Rusty Eggers.
— C'est faux, mais les gens sont prêts à croire n'importe quelle théorie conspirationniste qui circule sur le Net.
Ils s'engagèrent sur le sentier forestier. Wilde examina le sol à la recherche de traces de pas. Il y en avait pas mal, et de toutes fraîches.
— Vous et vos hommes êtes passés par là ce matin ?
— Évidemment.
Wilde fronça les sourcils, mais au fond cela n'avait pas d'importance. Crash Maynard était venu ici seul. Les vidéos de surveillance en témoignaient. Quelqu'un – Naomi ou quelqu'un d'autre – l'attendait-il un peu plus loin ? Il y avait une petite clairière sur la gauche, avec le rocher où Matthew avait retrouvé Naomi. Wilde s'approcha, s'agenouilla, fouilla tout autour et en dessous et trouva plusieurs mégots, à la fois du tabac et du cannabis.
— Puisque le champ de vos caméras ne va pas jusqu'ici, comment savez-vous que Crash est « tombé » sur Naomi ?
— L'un de mes hommes patrouillait sur le terrain. Il a entendu des jeunes qui rigolaient.
— Et il n'est pas allé voir ?
— C'est un agent de sécurité, pas un baby-sitter.
Un bruit familier fendit l'air. Wilde leva les yeux à travers les branches vers le ciel d'un bleu profond. Le bourdonnement des rotors se rapprocha. Wilde ne souffrait pas du stress post-traumatique, du moins dans sa forme pathologique, mais, quand on avait fait l'Irak, il était impossible de rester insensible à ce bruit.
Il revint dans la clairière au moment où l'hélicoptère s'immobilisait au-dessus du gazon. Tandis qu'il amorçait sa descente, Wilde risqua un coup d'œil en direction de Gavin Chambers, espérant en apprendre plus ; s'il était au courant de cette visite, son expression n'en

laissait rien paraître. Même à cette distance, Wilde sentit le souffle d'air provenant des rotors du bimoteur Bell 427, sans doute le modèle le plus utilisé pour des trajets courts, comme entre New York et ici. L'appareil se posa. Le pilote coupa le moteur. Son passager attendit que les rotors cessent de tourner. Alors seulement le pilote descendit et ouvrit la porte.

Hester Crimstein émergea de l'hélicoptère. En voyant Wilde et Gavin, elle sourit et écarta les bras.

— Alors, les garçons, je peux faire mon entrée ou bien ?

24

CINQ MINUTES PLUS TARD, ils étaient tous entassés dans la tourelle-bibliothèque des Maynard. Hester s'assit en face de Dash et de Delia. Gavin Chambers se posta derrière le couple. Il y avait un fauteuil en cuir bordeaux libre pour Wilde à côté d'Hester, mais lui aussi préférait rester debout.

— Désirez-vous vous désaltérer ? demanda Dash Maynard.

Hester regarda Wilde, haussant un sourcil comme pour exprimer son agacement devant une formule aussi ampoulée.

— Ça va, répondit-elle.

— Merci d'avoir accepté de vous joindre à nous au pied levé, poursuivit Dash.

— Vous avez envoyé un hélicoptère et offert de doubler mes honoraires, fit Hester. Quelle fille pourrait résister à ça ?

Delia Maynard n'avait pas encore dit un mot. Son visage pâle frémit légèrement. Ses yeux étaient perdus dans le vague. Pendant un long moment, personne ne parla.

— Bon, écoutez, je peux attendre toute la journée… moyennant le double de mes honoraires déjà exorbitants, quoique justifiés. Mamie va s'acheter une nouvelle paire de Louboutin, hein ?

Dash jeta un coup d'œil sur Delia. Wilde regarda par la fenêtre derrière eux. La vue était magnifique. Le manoir était si haut perché que, par-dessus la cime des arbres, on apercevait les gratte-ciel de Manhattan.

— Je plaisante, ajouta Hester.

— Pardon ?

— Vous avez proposé de doubler mes honoraires. Mais je ne fonctionne pas de cette façon-là. Je vous facturerai le même taux horaire qu'à tous mes autres clients, ni plus ni moins. Et je n'aime pas perdre mon temps, même si je suis payée à l'heure. Je n'ai pas besoin d'argent à ce point. Je suis déjà riche. Pas aussi riche que vous, monsieur Maynard...

— Appelez-moi Dash.

— OK, Dash, cool. Puisque vous semblez un peu indécis, laissez-moi poser un cadre à cette petite réunion pour savoir où on va, d'accord ?

— Oui, fit-il, s'éclaircissant la voix. Ce serait bien.

— Primo, vous avez dit au téléphone que vous aviez besoin de mes services.

— Oui.

— Donc, à partir de maintenant, je représente vos intérêts. Parfait, *mazel tov*.

Elle regarda Gavin Chambers par-dessus l'épaule de Dash.

— Sortez, je vous prie. Ceci est une réunion privée entre mon client et moi.

— Oh non, dit Dash. Si ça ne vous ennuie pas, Gavin...

— Ça m'ennuie, l'interrompit Hester. Je suis officiellement votre avocate. Tout ce que vous pourrez me confier est protégé par le secret professionnel. En clair, personne ne peut m'obliger à révéler le contenu de nos entretiens. M. Chambers, de son côté, n'est pas soumis aux mêmes obligations. Qu'il le veuille ou non, il peut être contraint à divulguer ce qu'il aura entendu ici. Je veux donc qu'il sorte.

Hester tourna la tête vers la droite.

— Toi aussi, Wilde. Déguerpis.

— Mais, protesta Dash, nous faisons confiance à Gavin...

— Dash, c'est très simple : c'est moi qui fixe les règles. La première : si vous voulez m'engager, vous allez devoir m'écouter. Si vous ne voulez pas m'écouter, mon chauffeur est déjà en route – je me passerai de cet hélicoptère et de son boucan infernal pour rentrer – et ne devrait pas tarder à arriver. Je retournerai en ville, vous enverrai ma facture et nous irons chacun son chemin. Nous ne sommes pas en démocratie ici. Je suis votre leader à vie. On a bien compris la règle numéro un ?

Dash allait objecter, mais Delia posa une main sur sa jambe.

— On a bien compris, répondit-elle.

— Parfait.

— Je n'aime pas ça, intervint Gavin.

— Dans ma prochaine vie, déclara Hester, j'en serai très affectée. Je verserai des larmes. Mais, en attendant, taisez-vous et filez.

Dash hocha la tête à l'adresse de Gavin. Ce dernier leva les mains et se dirigea vers la porte. Wilde lui emboîta le pas.

— Attendez, dit Delia.

Les deux hommes s'arrêtèrent.

Delia regarda Hester.

— Nous avons pris connaissance du CV de Wilde.

— Allons bon.

— Il est toujours employé comme investigateur chez CREW. Vous avez déjà fait appel à lui, n'est-ce pas ?

— Et alors ?

— Engagez-le, fit Delia. Pour nous. Comme ça, lui aussi sera tenu par le secret professionnel.

— Ma foi, bonne idée.

Hester pivota vers Wilde.

— Tu veux travailler pour moi ?

— Bien sûr, dit Wilde.

— OK, va t'asseoir. Ne reste pas planté au-dessus de moi, ça me donne le tournis.

Quelques instants plus tard, Gavin Chambers avait quitté la pièce. Ils étaient tous les quatre assis dans les fauteuils en cuir, de part et d'autre de la table basse en teck.

— Je ne comprends pas, dit Dash. Si vous pouvez engager Wilde comme enquêteur, pourquoi ne pas engager Gavin ?

— Parce que, répliqua Hester.

— Parce que quoi ?

— Parce que je l'ai décidé. Vous m'avez amenée ici en hélicoptère en raison de l'urgence de la situation. Venons-en au fait, voulez-vous ?

Wilde leva la main.

— Pas encore.

Hester se tourna vers lui.

— Comment ?

— Le colonel Chambers a tenté de surveiller les communications de votre fils.

— Évidemment, répondit Dash. Ça fait partie de son boulot.

Mais Hester avait déjà posé les mains sur les accoudoirs et, avec un grognement, se remit en position debout.

— Allons dehors.

— Pour quoi faire ? demanda Dash.

— Si ça se trouve, votre chef de la sécurité a installé des mouchards dans cette pièce.

Dash et Delia restèrent tous les deux momentanément sans voix.

— Vous ne comprenez pas, dit Dash finalement. Nous faisons implicitement confiance à Gavin.

— Vous ne comprenez pas, repartit Hester. Pas moi. Et je ne suis pas certaine que votre femme partage votre avis.

Elle se dirigea vers la porte.

— Venez, on va prendre l'air. Il fait beau dehors, ça nous fera du bien.

Dash regarda Delia. Elle hocha la tête et lui prit la main. Ils descendirent l'escalier en colimaçon, passant devant un Gavin Chambers médusé, et sortirent de la maison. Leurs jumelles étaient en train de s'entraîner avec un coach sur le terrain de foot.

— Les filles ne sont au courant de rien, dit Dash. Et on aimerait que ça dure.

Ils traversèrent la pelouse, pratiquement dans la même direction que leur fils avait empruntée la veille. Comme un fait exprès, la journée était magnifique. Wilde surprit Hester en train de contempler la vue de Manhattan où elle habitait à présent ; elle scrutait les gratte-ciel comme si c'étaient de vieux amis.

Lorsqu'ils se furent suffisamment éloignés de la maison, Hester demanda :

— Alors, qu'est-ce que je fais ici ?

Dash alla droit au but :

— Ce matin, à notre réveil, notre fils Crash avait disparu. Les premiers indices laissent à penser qu'il s'est rendu chez un ami tard dans la soirée ou, au pire, qu'il a fugué. M. Wilde connaît la situation.

Hester dit :

— OK.

La main en visière pour se protéger du soleil, Delia leva les yeux sur Wilde.

— Pour quelle raison avez-vous attiré notre fils dans la salle de la professeure de dessin hier au lycée ?

— Holà.

C'était Hester.

— Ne réponds pas. Laissez-moi le temps de mettre de l'ordre dans mes idées avant de partir dans tous les sens.

— C'est très simple, poursuivit Delia. Compte tenu de notre situation actuelle...

— Quelle situation ?

— Hier soir, Saul Strauss est intervenu dans votre émission.

— Oui, eh bien ?

— Il a proféré des accusations contre nous.

— Vous voulez parler des cassettes compromettantes ?

— Concernant Rusty Eggers, oui, acquiesça Delia.

— Je l'ai trouvé très remonté, fit Hester. Et ces cassettes, elles existent ?

— Non, répliqua Delia.

Sans hésitation, nota Wilde. Cela ne signifiait pas qu'elle disait la vérité, bien sûr. Mais sa réponse avait été directe et immédiate et rien dans son langage corporel ne suggérait qu'elle mentait.

— Continuez, dit Hester.

— Quand nous avons découvert la disparition de Crash, reprit Dash, le colonel Chambers et son équipe ont aussitôt commencé les recherches. Au début, tout portait à croire que notre fils avait fugué. On le voit sur une vidéo de surveillance quittant le manoir seul, apparemment de son propre chef.

Dash fusilla Wilde du regard.

— Cependant – et je trouve que c'est une réaction naturelle –, le colonel Chambers s'est assuré que l'homme qui avait hier retenu notre fils contre son gré au lycée n'était pas impliqué. Vous êtes au courant, madame Crimstein... vous l'avez vu sur FaceTime. Nous voulons savoir pourquoi M. Wilde a jugé bon d'aborder notre fils dans son propre lycée. C'est une interrogation légitime, me semble-t-il.

Hester hocha la tête.

— C'est pour ça que vous avez chargé Chambers de ramener Wilde ici.

— Oui.

— Et vous vous êtes dit qu'en faisant appel à moi, vous le feriez parler.

Ce fut Delia qui répondit :

— Non. Nous avons fait appel à vous parce que les choses ont changé.

— Comment ça ?

— Nous ne pensons plus qu'il s'agit d'une fugue.

— Ah bon, pourquoi ?

— Parce que, dit Delia, on vient de recevoir une demande de rançon.

La demande était arrivée via un mail anonyme.

Dash tendit son téléphone à Hester. Elle se pencha pour bloquer le reflet du soleil sur l'écran. Wilde lut par-dessus son épaule :

> Nous tenons votre fils. Si vous ne faites pas exactement ce qu'on vous dit, il sera exécuté. Tel n'est pas notre souhait, mais nous croyons à la liberté et la liberté a toujours un prix. Si vous contactez la police ou le FBI, nous le saurons et exécuterons Crash sur-le-champ. Si vous pensez pouvoir contacter les autorités à notre insu, vous vous trompez. Nous avons réussi à enlever votre fils malgré votre coûteux dispositif de sécurité. Nous le saurons et votre fils souffrira cruellement.
>
> Notre requête est simple. Nous croyons que la vérité vous délivrera. Pour ce faire, nous vous demandons de nous remettre les cassettes concernant Rusty Eggers. Toutes les cassettes, notamment les plus anciennes. Il n'y aura pas de négociation possible. L'enjeu est trop élevé.

Voici nos instructions. Vous êtes priés de les suivre à la lettre.

À la fin de ce mail, vous trouverez un lien vers un espace de stockage anonyme relié à ce qu'on appelle communément le Dark Web par le biais de plusieurs VPN. Le lien n'est pas encore actif.

À 16 heures précises, cliquez sur le lien et téléchargez tout ce que vous avez sur Rusty Eggers selon les indications.

Vous trouverez un dossier spécial pour la vidéo la plus préjudiciable. Nous savons qu'elle existe, inutile de le nier. Le lien sera désactivé à 17 heures précises.

Si nous n'obtenons pas satisfaction, votre fils devra en subir les conséquences.

Il n'y avait rien d'autre. À part un hyperlien composé d'un fatras de chiffres, de lettres et de symboles divers.

Hester relut le message plusieurs fois. Wilde se borna à l'observer. Finalement, elle rendit le téléphone à Dash. Leurs mains tremblaient.

— Vous voulez mon avis ? demanda Hester.

— Bien sûr.

— Contactez le FBI.

— Non, dit Delia.

— Vous avez lu le message, ajouta Dash. Pas un mot aux autorités.

— Je comprends bien, mais je pense que votre meilleure chance est de faire appel à des professionnels. Nous ne sommes que quatre à avoir vu ce mail, n'est-ce pas ?

Ils hochèrent la tête à l'unisson.

— Wilde va partir tout de suite. Nous connaissons du monde au FBI. Des gens bien qui sauront garder le secret. Wilde ira en trouver un et…

— Non, déclara Dash. Pas question.

— Delia ? fit Hester.

— Je suis d'accord avec mon mari. Pour l'instant, on va se débrouiller par nos propres moyens.

Comme ils n'étaient pas disposés à changer d'avis, Wilde essaya une autre tactique :

— Selon l'horodatage, ce mail a été envoyé il y a un peu plus d'une heure. À quel moment l'avez-vous vu ?

Dash esquissa une moue.

— Quelle importance ?

— Presque tout de suite, répondit Delia.

— C'est à ce moment-là que vous m'avez appelée ? s'enquit Hester.

— Oui.

Hester devina où Wilde voulait en venir.

— Je peux me permettre une remarque ? intervint-elle.

— Bien sûr, allez-y.

— Vous n'en avez pas parlé à votre chef de la sécurité.

Dash laissa échapper un soupir.

— Je voulais le faire.

— Mais pas votre femme.

Hester fit face à Delia.

— Parce que vous voyez ce que je vois.

— Et que voyez-vous, mesdames, que je ne vois pas ? fit Dash avec une pointe d'exaspération.

— Gavin Chambers travaille pour Rusty Eggers. Il est acquis à sa cause, pas à la vôtre. Je ne lui ai pas demandé de sortir de la pièce parce que, légalement, il pourrait être forcé de parler. J'ai voulu qu'il sorte parce que vous n'êtes pas sa priorité. Sa priorité est de protéger Rusty Eggers. Vous comprenez ?

— Je comprends, dit Dash, mais même si je partage votre analyse, nos intérêts sont identiques.

Hester inclina la tête.

— En êtes-vous certain ? Admettons que vous ayez à choisir entre la perte de votre fils et la publication de ces enregistrements. Quel parti Rusty Eggers prendrait-il, à votre avis ?

Silence.

— J'aimerais attirer votre attention sur autre chose, poursuivit Hester. Si c'est vraiment un kidnapping, qui serait votre suspect numéro un ?

— Les radicaux, dit Dash.

— Voilà qui est vague, mais soit. Admettons que ce soient des radicaux. Ces radicaux auraient trouvé le moyen d'attirer votre fils dans la forêt, après quoi ils l'auraient enlevé sous la menace d'une arme ?

Hester se frotta le menton.

— Vous trouvez ça plausible ?

— Où voulez-vous en venir ? demanda Delia.

— Nulle part, pour l'instant. Ce ne sont que des suppositions. Honnêtement. Comme, par exemple, la possibilité que votre fils ait tout manigancé.

Delia prit un air sceptique.

— Ça m'étonnerait.

— Peut-être que Crash a fugué. Qu'il se cache quelque part. Et qu'il a envoyé ce mail.

— Pourquoi aurait-il fait ça ?

— Aucune idée. On en est toujours aux suppositions. Mais c'est une éventualité, non ? Autre éventualité : Naomi Prine. Nous savons qu'elle a déjà fugué. Aurait-elle suggéré cette idée à Crash ? Sont-ils ensemble ? Ils étaient dans la même classe. Peut-être qu'ils ont monté ce coup à deux. Ce n'est pas impossible. Vous me suivez jusque-là ?

Dash fronça les sourcils, mais Delia dit :

— Je pense que oui.

— Maintenant, supposons que ce soit un kidnapping en bonne et due forme. Sans vouloir vous sembler froide et rationnelle, je propose qu'on ne laisse pas les émotions interférer avec notre réflexion, OK ? Bon, admettons que quelqu'un ait attiré votre fils dans la forêt pour mettre la main sur lui. C'est une possibilité. Beaucoup de… radicaux veulent faire tomber Rusty Eggers. Donc un commando spécialement entraîné – la CIA ou d'anciens militaires – a monté cette opération. C'est peu vraisemblable, mais admettons. Ce qui m'amène à une dernière possibilité que je n'arrive pas à m'ôter de la tête.

— Nous vous écoutons, dit Delia.

— C'est Gavin Chambers qui est derrière tout ça, déclara Hester. Il fait partie de la maison. Il connaît le dispositif de surveillance. Il est au courant de tout. Il a donné rendez-vous à votre fils dans la forêt. Et il l'a enlevé.

— C'est ridicule, s'esclaffa Dash.

— Et le mobile ? demanda Delia, ignorant la réaction de son mari.

— Rusty a très bien pu lui confier cette mission. Pour extorquer tous les secrets que vous pourriez détenir.

Hester crut marquer un point… du moins auprès de Delia. Elle se rapprocha d'un pas.

— Allons, Delia, vous avez senti quelque chose, n'est-ce pas ? C'est pour ça que vous n'en avez pas parlé à Gavin Chambers. Quelque chose chez lui vous a fait hésiter.

— Je n'irais pas jusque-là.

— Dans ce cas…

— C'est juste que… il travaille pour Rusty Eggers. Comme vous venez de le dire. J'ai agi par excès de précaution, pas parce que je le crois capable d'enlever notre enfant.

Se tournant vers Wilde, Hester surprit son expression.

— Tu as quelque chose à ajouter ?

— Il y a plusieurs bizarreries dans ce mail, dit-il.

— Expose-les.

— Déjà, qu'entendent-ils par les cassettes « notamment les plus anciennes » ?

— Je ne sais pas, répondit Dash, mais j'imagine qu'ils veulent parler des scènes coupées au montage de la saison 1.

Wilde marqua une pause. Pour leur offrir un espace de silence. La plupart des gens se jetaient dedans. Mais pas Dash et Delia.

Au bout de quelques secondes, Hester demanda :

— Autre chose, Wilde ?

— Si les ravisseurs souhaitent simplement que la vérité sorte du puits, pourquoi n'exigent-ils pas que vous remettiez ces enregistrements aux médias ou les postiez sur un forum public ? Pourquoi réclament-ils que vous les leur envoyiez via un circuit indécelable ?

— J'ai du mal à suivre, fit Dash.

— Ce n'est peut-être rien, poursuivit Wilde. Ou peut-être que les ravisseurs veulent contrôler ces informations plutôt que les divulguer.

Ils restèrent là, tous les quatre, un long moment. Le bruit d'une tondeuse rompit le silence. Puis une autre tondeuse se joignit à la première.

— Il n'y a rien sur ces vidéos, dit Dash. C'est ça, le problème. Rien de compromettant.

Delia hocha la tête.

— Au pire, c'est légèrement embarrassant pour Rusty. Sans plus.

En les écoutant l'un et l'autre, Wilde parvint à une conclusion limpide : ils mentaient.

25

IL LEUR RESTAIT PRESQUE SIX HEURES avant l'activation du lien.

Wilde connaissait quelques règles basiques en matière de négociations avec des ravisseurs. La première : ne jamais accepter d'emblée. Même lorsqu'une vie était en jeu, c'était toujours une affaire de contrôle et de pouvoir. Les ravisseurs avaient la majorité des cartes en main, mais vous, la famille de la victime, étiez le seul acheteur sur le marché du « produit » qu'ils avaient à vendre. Ce qui vous conférait un certain poids dans la balance, à vous aussi. Notamment, il vous autorisait à ouvrir le dialogue. Toutes les autres règles – ne pas céder à l'émotion, ne pas foncer tête baissée, être patient, exiger une preuve de vie – découlaient de ce principe de base.

Il n'y avait qu'un seul problème : Wilde n'avait aucun moyen de contacter les ravisseurs.

Il n'y avait pas de mail, pas de numéro de mobile, rien. Il cliqua sur « Répondre » dans le mail de la demande de rançon, mais le message lui revint.

Comme l'heure tournait, ils se partagèrent les tâches. Dash allait préparer les vidéos au cas où ils décideraient de les télécharger en partie ou intégralement. Delia essaierait de joindre les amis de Crash pour savoir s'ils l'avaient vu récemment ou s'ils avaient une idée de l'endroit où il pouvait être.

— N'en faites pas trop, lui recommanda Hester. Vous êtes une maman inquiète qui cherche à savoir où son fils a passé la nuit, c'est tout.

Wilde continuerait à chercher Naomi car l'hypothèse de départ était toujours d'actualité : la disparition de Crash était liée à celle de la jeune fille. Trouvez Naomi Prine et vous trouverez vraisemblablement Crash Maynard.

Wilde avait encore une question à régler. Il repéra Gavin Chambers en train de fumer du côté du court de tennis.

— Je ne pensais pas que vous fumiez, lui dit-il.

— Le méchant fume toujours.

Chambers jeta le mégot et l'écrasa sous son talon.

— Et il fait des saletés.

Il regarda le soleil en plissant les yeux.

— C'est vous qui avez eu l'idée de les emmener dehors ?

Wilde ne prit pas la peine de répondre.

— La bibliothèque n'est pas sur écoute. Vous pouvez envoyer quelqu'un pour le vérifier.

— OK.

— C'est donc officiel : vous me mettez à la porte ?

— Non, dit Wilde.

— Alors vous voulez bien m'expliquer ce qui se passe ?

— Autant que faire se peut.

— Allons, Wilde...

Wilde le regarda.

— Ne me prenez pas pour un imbécile. Je sais bien que ce n'est pas une histoire de secret professionnel. Je passe pour être un agent de Rusty Eggers.

— Hmm. Vous êtes sûr de n'avoir pas écouté aux portes ?

Sa repartie plut à Gavin.

— Pas besoin d'être sorti de la cuisse de Jupiter pour le deviner. Comme c'est Rusty qui m'a placé ici, on peut imaginer que je lui ai prêté allégeance.

— Et ce n'est pas le cas ?

— Ça change quelque chose si je vous dis que non ?

— Probablement pas.

— D'une manière ou d'une autre, je veux retrouver le garçon. C'est quoi, le plan ?

— La plupart des gardes ici étaient déjà en poste avant votre arrivée.

— Exact. J'ai pris trois hommes avec moi, dont Bryce.

— Bryce ?

— Le type blond avec qui vous avez eu maille à partir.

— OK. Donc, Bryce et les deux autres sont hors jeu.

— Ce qui vous laisse les vigiles non entraînés des Maynard.

— Je vais faire appel à des collègues à moi, dit Wilde.

— Ah, je vois, sourit Gavin Chambers. De votre ancienne agence ?

Wilde avait appelé Rola, qui avait accepté avec empressement. En fait, elle était déjà en route avec une équipe.

— Oui.

— Vous avez déjà eu affaire à un kidnapping ? s'enquit Gavin. Parce que – sans vouloir vous offenser – vous allez vous planter.

— C'est drôle.

— Quoi ?

— Jusqu'ici, vous étiez persuadé que c'était une fugue, pas un kidnapping.

— Ça, c'était avant que les Maynard ne fassent venir Hester Crimstein et ne me jettent dehors. Et avant que je n'entre dans la bibliothèque et voie leurs têtes. Ils essayaient de faire face – comme toujours –, mais ils étaient clairement décomposés.

Chambers sortit une paire de lunettes de soleil de la poche de sa veste.

— Au fait, vous leur avez dit ?

Wilde attendit. Comme Chambers se taisait aussi, il finit par répondre :

— OK, c'est bon. Je leur ai dit quoi ?

— Que vous avez rencontré Saul Strauss au bar du Sheraton.

Il n'aurait pas dû être pris de court. Pire, il s'en voulut de n'avoir pas remarqué qu'il était suivi. Son cœur à cœur avec Laila l'avait-il déstabilisé à ce point ?

— Impressionnant.

— Pas vraiment.

— Question : si vos hommes me surveillaient, vous deviez savoir que je n'étais pas dans ma capsule ce matin. Et que je n'avais pas enlevé ce garçon.

— C'est une question ?

— Pourquoi avoir déployé l'artillerie lourde dans la forêt, puisque vous saviez que je n'étais pas chez moi ?

— On ne le savait pas.

— Mais vous venez de dire que vous me suiviez...

— Pas vous, Wilde. Ce n'est pas vous qu'on filait.

Strauss. Ils surveillaient Strauss.

— Saul Strauss est un fanatique... et un danger, dit Gavin. Ça se voit.

— Oui.

— Qu'est-ce qu'il vous voulait ?

Wilde réfléchit à ce qu'il devait répondre.

— Je ne partirai pas, déclara Gavin Chambers. On peut travailler main dans la main comme je vous l'ai proposé plus tôt – j'en sais plus sur Crash, vous en savez plus sur

Naomi –, ou je peux m'imposer pour défendre les intérêts de Rusty sans votre coopération.

Wilde ne savait trop comment réagir, mais le vieux proverbe « Sois proche de tes amis et encore plus proche de tes ennemis » lui revint en mémoire.

— Strauss était au courant de la disparition de Naomi, fit-il.

— Comment ?

— Je l'ignore. Mais il savait qu'il y avait un lien entre Naomi et Crash.

— Pourquoi diable Saul Strauss s'intéresserait-il à Naomi Prine ? demanda Chambers.

Une autre phrase revint à l'esprit de Wilde, une des premières que Strauss avait prononcées : « Il paraît que vous avez eu une altercation avec le jeune Maynard aujourd'hui. »

Saul Strauss savait que Wilde s'était rendu au lycée. Comment ?

Il y avait certes eu des témoins sur le parking, mais la seule personne qui était vraiment au courant, qui pouvait raconter ce qui s'était passé dans cette salle de classe, était Ava O'Brien.

Mais c'était impossible. Comment Ava pourrait-elle être mêlée à tout ceci ? Elle n'était qu'une prof de dessin vacataire.

— Vous entretenez des relations avec lui ? questionna Wilde.

— Avec Saul Strauss ? On a fait l'armée ensemble. Je l'ai vu hier manifester sous les fenêtres du bureau de Maynard.

— Alors il faudrait peut-être commencer par lui, non ?

— Vous croyez que je n'y ai pas pensé ?

— Et donc...

— Vous vous rappelez comment il est sorti du Sheraton ?
Wilde hocha la tête.
— Par la porte de derrière.
— Peut-être, dit Gavin.
— Comment ça ?
— Mes hommes ont vu Strauss entrer. Ils ne l'ont jamais vu ressortir. Nous l'avons perdu.

Les Maynard avaient mis une Lexus GS à la disposition de Wilde. En s'installant au volant, il appela Ava O'Brien. Il tomba sur sa messagerie et, comme personne n'écoutait plus les messages vocaux, il lui envoya un texto :

Il faut qu'on parle, c'est urgent.

Pas de points clignotants, pas de réponse. De toute façon, il ne savait pas vraiment ce qu'il voulait lui demander. Si Ava O'Brien militait aux côtés de Saul Strauss... Non, c'était ridicule.
En parlant de Strauss.
Wilde se gara devant la maison de Bernard Prine, sortit la carte professionnelle de Saul Strauss et composa le numéro. La boîte vocale, à nouveau.
— Ici Wilde. Vous m'avez dit de vous appeler si j'avais du nouveau. Il y a du nouveau. Ça pourrait vous intéresser.
Ce n'était peut-être pas la stricte vérité, mais il se dit que ce message éveillerait la curiosité de Strauss. Wilde songea à Ava. Il songea à Saul Strauss. À Gavin, à Crash et, bien sûr, à Naomi.
Quelque chose lui échappait.
Il n'eut pas le temps de sonner que Bernard Prine ouvrait déjà sa porte.

— Vous connaissez un dénommé Saul Strauss ? lui demanda Wilde.
— Qui ça ?
— Saul Strauss. On le voit à la télé de temps à autre. Peut-être que Naomi vous a parlé de lui.
Prine secoua la tête.
— Jamais entendu ce nom-là. Vous avez trouvé quelque chose ?
— Et vous ?
— Non. Je vais retourner voir la police. Mais, à mon avis, ils ne m'écouteront pas.
— Savez-vous si le passeport de Naomi est toujours là ?
— Je peux aller jeter un œil, dit Prine. Entrez.
Il s'écarta pour le laisser passer. La maison sentait le renfermé. Wilde aperçut un verre à moitié plein et une bouteille de bourbon à demi pleine sur la table basse. Prine surprit son regard.
— J'ai pris ma journée, fit-il.
Wilde s'abstint de tout commentaire.
— Pourquoi il vous faut son passeport ?
— Serait-il possible que Naomi soit chez sa mère ?
Son expression vacilla.
— Pourquoi vous me demandez ça ?
— Nous l'avons appelée.
— Vous avez appelé Pia ?
Inutile de mentionner que l'appel émanait du cabinet d'Hester.
— La dernière fois que nous l'avons contactée, votre ex-femme nous a affirmé que Naomi n'était pas chez elle. Cette fois, elle n'a pas répondu. On nous a informés par ailleurs qu'elle se trouvait à l'étranger.
— C'est pour ça que vous me parlez du passeport ?
Prine conduisit Wilde dans son bureau au fond du couloir. Un bureau classique : table, ordinateur,

imprimante, classeur métallique. Wilde vit une facture d'électricité et un courrier du câblo-opérateur. Puis le chéquier sur la table. L'économiseur d'écran était une image de l'océan, sans doute un fond d'écran par défaut. Le presse-papier était un bloc en plexiglas avec le nom de Bernard Prine gravé dessus, genre « vendeur du mois ». Il y avait aussi une photo de quatre amis sur un terrain de golf : dernier à droite, Bernard brandissait son driver en souriant de toutes ses dents.

Mais il n'y avait aucune photo de sa fille.

Prine fourragea dans le tiroir, se penchant pour mieux voir.

— Tenez.

Il sortit le passeport. Wilde tendit la main. Prine hésita avant de l'y déposer. Il n'y avait qu'un seul cachet sur le passeport de Naomi : Londres, aéroport de Heathrow, trois ans plus tôt.

— Naomi n'est pas chez mon ex, déclara Prine d'un ton catégorique. Je peux vous montrer quelque chose ?

Wilde hocha la tête.

— Je ne veux pas que vous me preniez pour un tocard.

Bernard Prine se tourna vers le classeur métallique, tâtonna à la recherche de la clé, puis ouvrit le tiroir du bas. Il en sortit un magazine recouvert d'une feuille de plastique. Le magazine s'appelait *SportsGlobe*. Le numéro datait d'une vingtaine d'années. Sur la couverture on voyait un mannequin en maillot de bain.

Il y avait un Post-it jaune marquant une page. Prine ouvrit le magazine avec précaution.

— Pia, dit-il d'un ton si nostalgique que même Wilde se redressa. Magnifique, hein ?

Wilde contempla le mannequin en bikini échancré.

— C'était un an après notre rencontre. Pia posait surtout pour de la lingerie et des bikinis. Elle a postulé au *Sports Illustrated*, pour leur numéro sur les maillots. C'était une revue qui avait un gros succès, rappelez-vous.

Wilde ne dit rien.

— Pia s'est présentée au casting ou je ne sais pas comment on appelle ça et vous imaginez ce qu'ils lui ont dit ?

Il s'interrompit et attendit la réponse de Wilde. Pour faire avancer les choses, Wilde répliqua :

— Non.

— On lui a dit qu'elle était trop pulpeuse. C'est le mot qu'ils ont employé. Pulpeuse. Ils ont cru que ses...

Il mit ses mains en coupe devant son torse.

— ... étaient des faux. Non, mais vous imaginez ? Ils étaient tellement beaux que c'étaient forcément des implants.

Il désigna la photo.

— Sauf que ce sont des vrais. Incroyable, non ?

Wilde ne répondit pas.

— J'ai l'air d'un porc, hein ?

Wilde opta pour le mensonge qui inciterait Prine à poursuivre.

— Je ne trouve pas, non.

— Pia et moi, on s'est rencontrés dans une boîte de l'East Village. Je ne croyais pas à ma chance. Tous les gars lui couraient après. Mais, entre nous, ça a matché tout de suite. Elle était si belle, je ne me lassais pas de la regarder. On est tombés fous amoureux. Je travaillais chez Smith Barney à l'époque. Je me faisais pas mal de thunes. Pia a continué le mannequinat. Je ne dis pas que c'était parfait. Les belles femmes, des femmes comme elle, ont toutes un grain. C'est compris dans le package, je suppose. Mais, dans le temps, je trouvais ça excitant et puis elle était tellement sexy. Nous étions amoureux, nous avions de l'argent, la grande ville, pas de responsabilités...

Bernard Prine referma le magazine avec soin, comme si c'était un fragile texte religieux, et le glissa dans sa couverture en plastique. Puis il le remit dans le tiroir qu'il ferma à clé.

— Nous étions ensemble depuis un an quand Pia m'a dit qu'elle ne pouvait pas avoir d'enfants. Je sais, ça paraît bizarre, mais on n'en avait jamais discuté auparavant. J'imagine qu'elle avait peur de ma réaction. Mais – et ça va vous surprendre – j'ai été emballé. On s'éclatait comme des malades. Je ne voulais pas qu'un bébé vienne gâcher tout ça et, mon Dieu, c'est horrible à dire, j'étais fou de son corps. J'avais des copains qui avaient des femmes sexy. Moins que Pia, mais sexy. Sauf qu'après l'accouchement... vous voyez ce que je veux dire ?

Wilde répondit :

— Mmm.

— Je suis franc, c'est tout.

— Mmm, répéta Wilde.

— Nous nous sommes mariés. Grosse erreur. Ça marchait bien entre nous tant qu'on n'avait pas officialisé. Après, on s'est mis à fréquenter d'autres couples mariés qui avaient tous des gosses. Pia, je la croyais excentrique avec ses sautes d'humeur... mais là, elle était devenue carrément dépressive ou bipolaire. Elle passait ses journées au lit. Elle ne travaillait plus. Elle a même pris quelques kilos.

Wilde se retint de s'exclamer : « Quelle horreur ! »

— Du coup, maintenant, Pia voulait un bébé. Je n'étais pas sûr que ce soit une bonne chose, mais je l'aimais. Je voulais son bonheur. Et on n'était pas les premiers à croire qu'un bébé pouvait sauver un couple. On a envisagé toutes les solutions, mais, au final, j'ai trouvé cette agence d'adoption dans le Maine. C'était un peu plus cher, mais ils vous facilitaient les choses. L'agence nous a promis un beau bébé dans six mois. Et ça a fonctionné. Pia a recommencé à prendre soin d'elle. Tout est redevenu comme avant, sauf que l'arrivée du bébé l'obsédait. Elle a décidé qu'elle ne voulait plus vivre en ville. La ville, c'était sale. Ce n'était pas un endroit pour élever un enfant. Du coup, elle a trouvé cette maison…

Bernard Prine écarta les mains.

— … dans les petites annonces immobilières du *Times*. Vous savez, les demeures de caractère. On l'a achetée et on a déménagé deux jours avant l'arrivée de Naomi. Tout marchait comme sur des roulettes.

Il se tut.

— Et ensuite ? demanda Wilde.

— J'ai lu quelque part que même les mères adoptives peuvent souffrir du baby-blues. Je ne sais pas si c'est ça, mais Pia a perdu pied. C'était affreux. Elle a été incapable de nouer une relation avec sa fille. C'était viscéral. Comme si notre bébé était un greffon que son corps rejetait.

Intéressant comme analogie, pensa Wilde.

— Et vous, qu'avez-vous fait ?

— J'ai engagé des nounous. Pia les virait aussi sec. J'ai essayé de la convaincre de voir un psy, mais elle a refusé tout net. Moi, j'avais mon boulot. Le trajet d'ici à Manhattan, découpez-le comme vous voulez, c'est toujours une heure aller et une heure retour.

Il ferma brièvement les yeux.

— Un jour, en rentrant, j'ai trouvé Naomi avec un bleu au bras. Pia m'a dit qu'elle était tombée. Une autre fois, elle avait une entaille au-dessus de l'œil. « Cette enfant est maladroite », disait Pia.

Serrant le poing, Bernard Prine le porta à sa bouche.

— J'ai beaucoup de mal à en parler.

— Vous voulez un verre d'eau ?

— Non, je veux en finir avant de me dégonfler. Je n'ai jamais parlé de ça. À personne. J'aurais dû réagir, insister pour que Pia se fasse soigner ou…

Il s'interrompit, épuisé, et Wilde craignit un instant qu'il n'ait pas la force de continuer.

— Au point où nous en sommes, l'encouragea-t-il, racontez-moi le reste.

— J'ai commencé à m'inquiéter pour la santé de Naomi. Du coup, un jour, je n'ai pas été travailler. J'ai fait semblant d'aller prendre le bus, sauf que je suis resté dans les parages. J'avais comme un pressentiment. Je suis revenu une heure après mon départ. À l'improviste. J'ai entendu hurler depuis l'allée. Elles criaient toutes les deux. J'ai foncé dans la maison. Ça venait d'en haut. Pia était en train de lui donner un bain. L'eau était si chaude qu'on voyait la vapeur sortir de la baignoire.

Il ferma à nouveau les yeux, serrant les paupières.

— Et voilà. Ça a été la goutte d'eau qui a fait déborder le vase. J'ai forcé Pia à se faire soigner, même si « soigner » est un terme tout relatif. Nous avons divorcé… discrètement. Pas la peine d'aller crier sur les toits ce qui s'était passé. Pia a renoncé à tous ses droits parentaux. Pour acheter mon silence, je ne sais pas. Ou parce qu'elle s'en fichait. C'était il y a quinze ans. Naomi n'a jamais revu sa mère.

Wilde s'efforça de faire abstraction de ce qu'il venait d'entendre, de passer outre à ce récit sordide pour pouvoir poursuivre son enquête. Puis :

— Vous en êtes sûr ?

— Comment ça ?

— Naomi n'aurait pas pu voir votre ex derrière votre dos ?

— Ça m'étonnerait. Pia souffre encore de graves troubles psychiatriques, ce qui ne l'a pas empêchée de mettre le grappin sur un nouveau mari plein aux as. Vous voulez mon avis ? Ça fait longtemps qu'elle ne pense plus à Naomi.

26

HESTER APPELA AARON GERIOS, un ancien agent du FBI spécialisé dans les prises d'otages et les enlèvements.

— J'ai une situation hypothétique pour vous.

— Hypothétique, répéta Gerios.

— C'est ça. Vous connaissez le sens du mot « hypothétique », hein, Aaron ?

— Quand vous m'appelez, c'est que la situation est réelle, sauf que vous ne pouvez pas me dire qui c'est.

— Je vais partir du principe que votre remarque est purement hypothétique.

Hester lui exposa les faits : l'enlèvement, la demande de rançon. Les solutions suggérées par Aaron rejoignaient le dispositif déjà mis en place par Wilde. En clair, ils faisaient tout ce qu'il fallait, compte tenu des circonstances. Gerios aussi s'interrogea sur la véritable nature de ce kidnapping.

— Ça ressemble plus à un canular d'ado.

— Peut-être.

— Ou alors il s'est fait embobiner par une fille qui lui a soufflé cette idée.

— Un homme qui réfléchit avec sa bite, dit Hester. Je ne savais même pas que ça pouvait exister.

— Vous avez toujours eu une âme d'ingénue, Hester.
— C'est tellement vrai. Merci, Aaron.
— De rien. Au risque de me répéter, je peux vous donner un dernier conseil ?
— Bien sûr.
— Tâchez de convaincre vos parents hypothétiques de contacter le FBI, le vrai. Même s'il n'y a rien là-dessous, les choses ont tendance à dégénérer en notre absence.

Aaron raccrocha.

Hester se trouvait toujours dans le parc du manoir. La splendeur à l'ancienne était quelque peu ternie par les touches de modernité. Comme ce « jardin de sculptures » avec les statues en bronze de fort mauvais goût représentant la famille Maynard quelques années plus tôt. Les jumelles, qui, aujourd'hui, avaient quatorze ans – Hester n'avait pas retenu leurs prénoms qui commençaient par un K, genre Katie ou Karen –, semblaient en avoir sept ou huit en version bronze. L'une d'elles brandissait un cerf-volant en bronze, tandis que l'autre tapait dans un ballon, en bronze également. Le Crash de bronze, qui devait avoir douze ou treize ans, tenait une crosse sur l'épaule tel Huck Finn avec une canne à pêche. La Delia en bronze et le Dash en bronze regardaient leurs enfants en riant. Toute la famille Maynard en bronze riait, les visages figés pour l'éternité et c'était plutôt angoissant.

Le téléphone d'Hester bourdonna. Le nom d'Oren s'afficha à l'écran et, rien que de le voir, elle sentit ses joues s'enflammer.

— Articulez, dit-elle.
— D'où vous vient cette façon de répondre au téléphone ?
— C'est une longue histoire.
— Je serais ravi de l'entendre dans un futur proche.

Elle sourit.

— Proche comment ?

— Je suis d'astreinte ce soir et du coup obligé de rester dans le coin. C'est quoi, votre programme ?

— Je suis dans le coin.

— Chez Laila et Matthew ?

— Non, fit Hester. Pour affaires.

— Ah... Et vous seriez libre à dîner ? Ce ne sera pas comme hier soir, mais je suis assez haut placé pour nous avoir une table à la pizzeria de Tony. Je suis même prêt à payer.

— À ce propos, j'aimerais vous remercier.

— De quoi ?

— De m'avoir laissée régler l'addition hier. De m'avoir dit merci sans insister et sans jouer les machos.

— J'essaie de passer pour un homme moderne et sensible. Vous m'avez trouvé comment ?

— Très bien.

— Je n'ai jamais compris ça.

— Quoi ?

— Ça va vous sembler si politiquement correct.

— Je vous écoute.

— Ne nous voilons pas la face. Vous gagnez beaucoup plus que moi. Je ne suis pas très évolué là-dessus. C'est même plutôt l'inverse. Mais je ne comprends pas les gars qui grimpent au plafond quand la femme gagne plus d'argent qu'eux. Pour ma part, si j'ai la chance d'être avec une femme qui a réussi, ça me valorise, moi. Plus ma chérie a du succès, plus ça me met en valeur. Logique, non ?

Il a dit « ma chérie ». Pâmoison.

— Donc, fit observer Hester, pour vous l'évolution s'écrit en termes d'autosatisfaction ?

— C'est ça.

Hester se rendit compte qu'elle souriait comme jamais encore elle n'avait souri.

— Ça me plaît bien.

— Cela dit, ce soir, l'addition est pour moi. De toute façon, elle sera inférieure au pourboire d'hier. Dix-neuf heures, ça vous va ? À moins que vous ne retourniez à Manhattan ce soir.

Hester réfléchit. Elle ignorait comment la situation allait évoluer, mais, d'une manière ou d'une autre, elle se devait d'être sur place… et il fallait bien qu'elle mange. Ils convinrent d'un rendez-vous sous réserve et raccrochèrent.

Hester revint vers la maison. Le parc était immense et elle ne s'y sentait pas à l'aise. Ce calme perpétuel commençait à lui taper sur les nerfs.

Elle trouva Delia au téléphone dans cette bibliothèque un peu trop style Disney à son goût. En apercevant Hester, Delia lui fit signe d'entrer. Puis elle posa un doigt sur ses lèvres et mit le haut-parleur pour que l'avocate puisse entendre la conversation.

— Merci de m'avoir rappelée, Sutton.

— J'aurais téléphoné plus tôt, madame Maynard, mais j'étais en cours.

Elle parlait comme une vraie ado.

— Crash va bien ?

— Pourquoi cette question ?

— Il n'est pas venu en classe aujourd'hui.

— Quand lui as-tu parlé pour la dernière fois ?

— On s'est envoyé des textos hier soir.

— À quelle heure, Sutton ? demanda Delia.

Il y eut un instant d'hésitation.

— Tout va bien, ajouta Delia. Simplement, il est sorti hier soir et je n'ai pas eu de ses nouvelles depuis.

— Vous avez une seconde ? fit Sutton. Je peux vérifier sur mon téléphone.
— Bien sûr.
Il y eut une pause, puis Sutton dit :
— À une heure quarante-huit du matin.
— Que disait-il ?
— Qu'il devait y aller.
— C'est tout ?
— Oui. « J'y vais. » Rien d'autre.
— Sais-tu où il pourrait être ?
— Non, désolée. Je suis sûre que c'est rien. Je peux demander à Trevor, Ryan et les autres.
— Ce serait gentil, merci.
— La seule chose…, hasarda Sutton.
— Oui ?
— Ce n'est pas pour vous inquiéter, mais, d'habitude, il m'envoie des textos. Tout le temps. On fait tous ça. On a des groupes, des textos normaux, Snapchat et le reste. En fait, il ne se passe pas un matin sans qu'il m'envoie un mot.
Delia porta une main à son cou.
— Et toi, tu lui as écrit ?
— Une fois. Pas de réponse. Vous voulez que j'essaie à nouveau ?
— Oui, s'il te plaît.
— Je vous tiendrai au courant si j'apprends quelque chose.
Delia regarda Hester qui articula silencieusement « Naomi ». Delia hocha la tête.
— Crash était ami avec Naomi Prine ?
Silence.
— Sutton ?
— Pourquoi Naomi ?

Delia se tourna vers Hester. Cette dernière haussa les épaules.

— Eh bien, Naomi a disparu…

— Et vous pensez que Crash est avec elle ?

Sutton ne cachait pas son incrédulité.

— Je ne sais pas. C'est juste une question. Ils étaient amis ?

— Non, madame Maynard. Je ne veux pas être désagréable, mais Naomi et Crash vivent dans deux mondes différents.

— Pourtant, il l'a encouragée à jouer à ce jeu du défi, non ?

— Il faut que j'aille en cours. Si j'ai des nouvelles de Crash, je vous préviens tout de suite.

Sutton raccrocha.

— C'est la copine de Crash ? demanda Hester.

— Plus ou moins. Sutton est probablement la fille la plus populaire du lycée.

— Et Crash fait partie des garçons les plus populaires.

— Oui.

— Peut-être que le garçon populaire s'est entiché de la paria.

— On dirait une mauvaise sitcom pour ados, répondit Delia avec un haussement d'épaules. D'un autre côté, ce ne serait pas la première fois.

— Même le fait de la harceler…

— Mon fils ne l'a pas harcelée.

— Appelez ça comme vous voulez. Disons que c'est le petit garçon dans le bac à sable qui tire les couettes d'une fille parce qu'il l'aime bien.

Delia n'était pas de cet avis.

— Généralement, ce petit garçon devient un sociopathe en grandissant.

— Qu'y a-t-il sur ces cassettes, Delia ?

275

Le changement de sujet la prit de court. C'était calculé, bien sûr. Hester scrutait son visage, guettant un signe révélateur. Elle crut en voir un. Ce n'était pas à cent pour cent sûr. Hester avait l'habitude d'interroger les gens. Mieux que quiconque, elle était capable de détecter un mensonge ; ceux qui se croyaient infaillibles étaient souvent les premiers à tomber dans le piège.

— Rien d'important, dit Delia.

— Dans ce cas, contactez le FBI.

— On ne peut pas.

— Vous avez donc quelque chose à cacher. Désolée, la subtilité n'est pas mon fort, alors je vais être cash : je pense que vous mentez. Pire, vous me mentez à moi. Que les choses soient claires. Je me moque de ce que vous dissimulez ou de ce qu'il y a sur ces cassettes. Si je suis votre avocate, ça restera entre nous.

Delia eut un sourire sans joie.

— Pour toujours ?

— Pour toujours.

— Quoi qu'il arrive ?

— Quoi qu'il arrive.

Delia traversa la pièce et regarda par la fenêtre. La vue spectaculaire n'eut pas l'air de l'apaiser.

— Comme je vous l'ai dit, j'ai regardé votre émission l'autre soir. Avec Saul Strauss.

— Oui, eh bien ?

— Strauss a invoqué l'argument de l'arrivée d'Hitler au pouvoir. Vous l'avez envoyé sur les roses.

— Évidemment, opina Hester. C'était du grand n'importe quoi.

— Alors admettons que si je savais quelque chose qui aurait pu arrêter Hitler...

— Oh, je vous en prie...

— … et que je vous l'aie confié sous le sceau du secret professionnel…

— Est-ce que j'aurais parlé ? répliqua Hester. Non.

— Quitte à ce qu'Hitler arrive au pouvoir ?

— Oui, mais c'est une hypothèse absurde. Je n'ai pas envie d'entrer là-dedans, mais avez-vous entendu parler du paradoxe d'Hitler ? En deux mots, si vous remontiez le temps et assassiniez Hitler enfant, tout serait si différent que ni vous ni moi ne serions là. Mais ce n'est pas pour ça que c'est absurde. C'est absurde parce que je ne peux pas prédire l'avenir ni retourner dans le passé. L'avenir n'est que conjecture… aucun de nous ne sait ce qui l'attend. Alors, aussi lourd que soit votre secret, je ne parlerai pas. Quoi qu'il arrive. Parce que j'ignore si ça pourra vraiment arrêter le prochain Hitler. Je ne suis même pas sûre que ce soit souhaitable. Peut-être que si j'avais arrêté Hitler, un psychopathe plus compétent aurait pris sa place… ce sont les savants allemands qui ont mis au point la bombe atomique. Peut-être que ça aurait été pire. Vous voyez ce que je veux dire ?

— Je vois, acquiesça Delia. Il y a trop de variables. On croit empêcher un massacre… et on finit par en provoquer un plus grand encore.

— Parfaitement. J'ai entendu des aveux terribles dans l'exercice de mon métier. Monstrueux, révoltants…

Hester ferma brièvement les yeux.

— Le monde serait peut-être meilleur si j'avais rompu mon serment. Mais seulement à une échelle microscopique. La famille aurait obtenu justice. On aurait évité un nouveau drame, voire pire. Mais, au final, je suis obligée de respecter l'ordre établi, aussi imparfait soit-il.

Delia hocha lentement la tête.

— Il n'y a rien sur ces cassettes.

— Vous en êtes sûre ?

— Certaine. Il y a des choses que les ennemis de Rusty pourraient utiliser contre lui. Mais pas de cadavre dans le placard.

— Très bien, répondit Hester.

Son téléphone bourdonna. C'était un texto de Wilde :

Les gars de la sécurité seront là d'ici une demi-heure.

Delia s'apprêtait à passer un autre coup de fil. Hester l'observa un moment. Sentant son regard sur elle, Delia leva les yeux :

— Oui ?

— Permettez-moi d'ajouter une dernière mise en garde. Et là, je vous parle en tant que mère.

— Je vous écoute.

— S'il s'agissait de sauver mon fils, je parlerais.

Delia ne broncha pas.

— Je crierais, je hurlerais, je révélerais tout. C'est là que toutes nos théories paradoxales partent en fumée. Si je pouvais remonter le temps et dévoiler une vérité qui me rendrait mon fils, je le ferais sans hésiter. Vous comprenez ?

— Je crois, oui.

Les yeux secs, Hester hocha la tête et tourna les talons.

27

L'ÉQUIPE DE L'ANCIENNE AGENCE de Wilde arriva dans deux véhicules.

Le premier était un monospace Honda Odyssey vert sapin. Il était conduit par Rola Naser, la fondatrice de l'agence. Quand Rola ouvrit la portière, Wilde entendit ses gosses brailler sur la banquette arrière. La radio diffusait à plein volume une chanson des Wiggles, « Fruit Salad », miam.

— Maman revient, dit Rola.

Ni la musique ni les hurlements ne s'interrompirent. Rola descendit du monospace et se dirigea vers Wilde. Il y avait une tache sur le revers de son blazer bleu. Elle portait une paire de baskets et un jean avachi. Une espèce de sac à langer se balançait sur son épaule.

Elle s'approcha de Wilde, tête haute et démarche martiale. Avec son mètre cinquante à peine, elle dut renverser la tête pour le regarder en face. Celui-ci se raidit.

— Tu te fiches de moi, Wilde ?

— Quoi ?

— Quoi ? l'imita Rola, sarcastique. On ne me la fait pas, OK ?

— Pardon.

— Je mérite mieux de ta part, non ?

— Tout à fait.
— Ça fait combien de temps ? demanda Rola.
— Je n'en sais rien.
— Mais si, tu sais. *Deux ans. Deux* fichues années, Wilde. La dernière fois que je t'ai vu, c'était pour la naissance d'Emma.

Emma était la cinquième enfant de Rola. Trois garçons, deux filles, tous âgés de moins de douze ans. Rola avait été sa sœur adoptive chez les Brewer. Au fil des années, la famille avait accueilli une quarantaine de gamins, qui tous étaient sortis grandis de cette expérience. Certains n'étaient restés que quelques mois. D'autres, comme Wilde et Rola, toute leur enfance.

— Et cette tache que tu n'arrêtes pas de fixer...
Elle désigna son revers.
— ... et que tu *meurs* d'envie d'essuyer, c'est Emma qui m'a craché dessus, merci beaucoup. Qu'as-tu à dire à cela ?
— Que c'est mal élevé ?

Elle secoua la tête. Les origines de Rola, tout comme les siennes, étaient auréolées de mystère. Sa mère était une Arabe sunnite qui avait fui le royaume de Jordanie pour débarquer aux États-Unis célibataire et enceinte. Elle avait coupé les ponts avec sa famille et ses amis restés au pays. Elle n'en parlait jamais. Elle n'avait dit à personne, même pas à Rola, qui était son père.

— C'est quoi, ce bordel, Wilde ? Deux ans.
— Pardon, répéta Wilde avec un coup d'œil sur le monospace. Tout le monde va bien ?

Rola haussa un sourcil.
— Sérieux ?
— Hein ?
— « Tout le monde va bien ? » le singea-t-elle encore une fois. Tu ne peux pas faire mieux que ça ? Zéro visite. Zéro coup de fil.

— J'ai appelé, objecta-t-il.
— Quand ?
— Aujourd'hui. Tout à l'heure.
Rola le dévisagea, bouche bée.
— Tu es sérieux, là ?
Il ne répondit pas.
— Tu as appelé parce que tu as besoin d'aide.
— C'est un appel quand même.
Rola secoua la tête avec regret :
— Ah, Wilde. Tu ne changeras donc jamais.

Il l'avait prévenue, quand elle avait insisté pour faire de lui son associé à part entière, que ce serait du provisoire. Elle le savait, le comprenait même, mais Rola avait toujours été une optimiste invétérée, y compris quand les circonstances s'y prêtaient le moins. Chez les Brewer, elle avait été exubérante, remuante, engagée, sociable et un vrai moulin à paroles. Elle adorait le tourbillon d'activités, les gamins qui allaient et venaient... entre autres, pensait Wilde, parce qu'elle avait horreur d'être seule.

Rola recherchait la compagnie comme Wilde recherchait la solitude.

Mieux que d'avoir surmonté les obstacles, Rola avait excellé dans tous les domaines : meilleure élève et vice-présidente de sa classe, capitaine de l'équipe de soccer année après année. Sportive de haut niveau à l'université, elle avait été recrutée par le FBI où elle avait rapidement gravi les échelons. Lorsque Wilde avait quitté l'armée, elle était parvenue à le convaincre d'ouvrir une agence de détectives privés avec elle. Elle avait choisi de l'appeler CREW : Chloe, Rola Et Wilde.

Chloe, aujourd'hui décédée, avait été la chienne des Brewer.

« CREW, avait dit Rola à l'époque. C'est mignon comme nom, hein ?

— Adorable. »

Wilde avait essayé de s'intégrer, d'aller au bureau, mais il avait fini par décrocher. Ce n'était pas son truc. Il avait voulu lui revendre ses parts, mais Rola avait refusé. Elle tenait à garder son nom sur la plaque, si bien que, de temps à autre, il effectuait des missions pour elle.

Il savait qu'il aurait dû communiquer davantage : téléphoner, être plus présent, donner de ses nouvelles, accepter les invitations. Il tenait à Rola, à Scott, aux enfants. Beaucoup même. Mais il ne pouvait pas faire plus. Ce n'était pas dans sa nature.

— J'ai tout apporté, déclara Rola, passant rapidement en mode travail.

Elle se débarrassa de son sac d'un haussement d'épaules et le lui tendit.

Il fronça les sourcils.

— C'est un sac à langer ?

— Ne t'inquiète pas, il est tout neuf. Garanti sans microbes. Si quelqu'un l'ouvre, il trouvera des vêtements pour bébé et des couches propres. Tu pourras te faire passer pour un oncle attentionné, même si c'est un rôle de composition. Tu veux que je te montre où sont les poches secrètes ?

— Je pense que je me débrouillerai.

— Je t'ai mis quatre traceurs GPS et trois téléphones jetables. Tu as besoin d'une lame ?

— Non.

— Il y en a une dans la fermeture à rabat. Là où je range les lingettes.

— Super.

Wilde regarda l'autre voiture, une Buick noire.

— Il me faut trois personnes pour assurer la sécurité des Maynard vingt-quatre heures sur vingt-quatre.

— J'ai embarqué trois de nos meilleurs agents.

Rola hocha la tête. Les portières de la Buick s'ouvrirent et son équipe en descendit.

— Que des femmes, dit Wilde.
— Ça pose un problème ?
— Non.
— J'admire ton ouverture d'esprit, Wilde. Et la rousse flamboyante n'est pas une femme. Zelda est du genre non binaire.

Zelda lui adressa un petit signe de la main. Wilde lui rendit son salut.

— On va se relayer toutes les quatre, dit Rola.
— Toi aussi ?
— Ben oui. Je ferai partie du premier groupe.
— Tu ne peux pas emmener tes gosses chez les Maynard.
— Ah bon ? Franchement, Wilde, je n'y avais pas pensé. Merci de m'avoir prévenue. Je note.

Rola fit mine de griffonner sur un carnet imaginaire :

— N'emmène… pas… les… gosses… sur… une… scène… d'enlèvement.

Elle rangea le stylo imaginaire.

— Et voilà.
— Ah, Rola, fit-il en l'imitant à son tour. Tu ne changeras donc jamais.

Cela la fit sourire.

Wilde jeta un coup d'œil sur la Honda Odyssey.

— Et tu as qui dans ta voiture ?
— Emma et les jumeaux.

Les jumeaux, se souvint-il, avaient six ans.

— Je dépose Zoe et Elijah à l'anniversaire d'une petite copine à Upper Saddle River, dans une espèce de salle d'escalade qui s'appelle Gravity Vault. Une maman m'a promis de surveiller Emma jusqu'à l'arrivée de Scott. Je serai chez les Maynard d'ici une demi-heure.

— OK.
— Quelque chose que je devrais savoir ?
— Tu connais la chanson.
Rola le gratifia d'un salut militaire.
— À vos ordres.
Aucun des deux ne bougea.
— Il faut que j'y aille, dit Wilde en pointant gauchement son pouce en arrière.
Il pivota sur ses talons. La Buick noire redémarra derrière lui, puis il entendit Rola dire calmement tandis qu'elle grimpait dans le monospace :
— Zoe, lâche les cheveux de ton frère.
Dix minutes plus tard, Wilde arrivait à la supérette 7-Eleven à quelques pas du lycée. Ava lui avait donné rendez-vous là-bas car, après son altercation avec Bryce-Thor, l'accès du lycée lui était interdit. Wilde pénétra dans la supérette avec son sempiternel stand à hot-dogs et ses machines à granités. Partout le temps passe, sauf dans un 7-Eleven.
Alors qu'Ava O'Brien s'engageait sur le parking, Wilde sentit son téléphone vibrer. Il regarda l'écran. C'était Gavin Chambers.
— Où êtes-vous ? demanda Gavin.
— Au 7-Eleven.
— Vous êtes sérieux ?
— Je peux vous envoyer la photo d'un granité en guise de preuve.
— Restez-y.
— Pourquoi ?
— J'ai quelque chose à vous montrer. Ne bougez pas.
Chambers raccrocha. Ava entra et déclara sans préambule :
— Qu'y a-t-il de si urgent ?

Ni bonjour ni rien. Peut-être qu'elle était contrariée depuis l'épisode d'hier. Elle semblait plus harassée aujourd'hui, quoique toujours aussi belle. Ses yeux pétillaient quand elle le regardait.

Wilde répondit sur le même ton :

— Tu connais Saul Strauss ?

— L'activiste à la télé ? fit-elle avec une grimace.

— Oui.

— Je vois qui c'est, oui.

— Mais le connais-tu personnellement ?

— Non, pourquoi ?

— Tu n'as jamais parlé ni communiqué avec lui de quelque manière que ce soit ?

— Non. Encore une fois, pourquoi ?

— Parce qu'il était au courant de ma rencontre avec Crash dans ta salle de classe.

— Tout le monde est au courant, rétorqua Ava. Ça s'est terminé sur le parking, rappelle-toi.

— Oui, mais il en savait plus que ça.

— Je ne comprends pas. Tu me demandes quoi, là ?

— Je cherche à identifier la source de Saul Strauss.

Ses yeux étincelèrent.

— C'est pour ça que tu m'as traînée ici pendant mon heure de pause ? Je ne suis pas sa source, Wilde. Et d'ailleurs, que vient faire Saul Strauss là-dedans ?

Il ne répondit pas.

Ava prit un air agacé.

— Allô ?

Wilde ignorait jusqu'à quel point il pouvait lui faire confiance. Il la croyait quand elle disait ne pas connaître Strauss, mais, même si elle le connaissait, ce genre de raisonnement ne tenait pas debout. Admettons qu'Ava travaille pour Strauss. Et qu'elle lui ait parlé de la confrontation entre Wilde et Crash autour de la disparition d'une jeune fille. Et après ? Strauss aurait kidnappé Crash ? Cela n'avait aucun sens.

Il y avait trop de pièces manquantes.

— Crash Maynard a disparu, dit Wilde.

Cela la surprit.

— Quand tu dis « disparu »...

— En fuite, caché, kidnappé. Hier soir, il était chez lui. Aujourd'hui, il n'y est plus.

Ava mit un moment à digérer l'information.

— Tu veux dire comme Naomi ?

— C'est ça.

Elle recula vers les chips et les en-cas salés. Wilde ne la pressa pas, lui laissant le temps de reprendre ses esprits.

— Ceci pourrait expliquer cela, fit-elle.

— C'est-à-dire ?

— J'ai cru que Naomi... je ne sais pas... « Mentait » est un terme trop fort, « exagérait », trop faible.

Elle se tut. Wilde finit par demander :

— À quel sujet ?

— Au sujet de Crash.

— Quoi, plus précisément ?

— Naomi laissait entendre dernièrement qu'elle avait un amoureux caché... un garçon ultra populaire. Je ne l'ai pas prise au sérieux. C'est comme cette histoire du gars qui raconte : « Ma copine, c'est une vraie bombe, mais vous ne la verrez pas. »

Wilde hocha la tête.

— Parce qu'elle vit au Canada, quelque chose comme ça.

— Exactement.

— Tu as cru que Naomi l'a inventé.

— Ou imaginé. Au début, oui.

— Et ensuite ?

— Je l'ai cuisinée un peu et elle a fini par avouer que c'était Crash Maynard. Toute cette affaire du jeu du défi

était une couverture et Crash était jaloux parce qu'il l'avait trouvée dans la forêt avec Matthew.
Matthew.
— Et qu'as-tu répondu à ça ? s'enquit Wilde.
— Je me suis demandé si Crash n'était pas encore en train de lui monter un bateau.
— Faire semblant de bien l'aimer pour mieux l'humilier ensuite ?
— Oui, comme dans *Carrie.* Ou ce garçon dans le film qui a invité Carrie à sortir avec lui, il était gentil, non ? Il a essayé de la défendre, mais les autres l'ont aspergée avec du sang de cochon.
Wilde ne s'en souvenait pas.
— Tu penses, toi, que Crash *pourrait* avoir des sentiments pour elle ?
— Je ne sais pas, fit Ava en se mordillant la lèvre. Mais peut-être que la solution la plus simple est la bonne : Naomi et Crash sont ensemble. Si ça se trouve, ils veulent être seuls pendant quelques jours. Et ça ne nous regarde pas.
Quelque chose ne collait pas, là-dedans, ou alors trop bien.
— Il faut que je retourne en cours, dit Ava.
— Je te raccompagne à ta voiture.
Ils sortirent sur le parking. Ava pressa le bouton de la télécommande. Il voulut lui ouvrir la portière, mais, de sa part, un tel geste aurait paru surfait. Lorsqu'elle se fut installée au volant, il lui fit signe de baisser sa vitre. Elle obéit. Wilde se pencha vers l'ouverture.
— J'ai aussi parlé au père de Naomi.
— Et ?
— Il m'a dit que sa mère était maltraitante.
Il lui rapporta l'essentiel de sa conversation avec Bernard Prine. Ava écouta, les yeux brillants de larmes.

— Pauvre Naomi. Je savais que leur relation n'avait pas été terrible, mais à ce point ?

Elle secoua la tête.

— Allez, j'y vais.

— Ça ira ?

— Oui, très bien.

— Tu veux que je passe chez toi plus tard ? demanda-t-il.

Ces paroles lui échappèrent presque à son insu. Voilà qui ne lui ressemblait guère.

Ava eut l'air surpris. Elle s'essuya les yeux, se tourna vers lui.

— Quand ?

— Je ne sais pas. Ce soir peut-être. Ou demain. On peut juste parler.

Elle regarda le pare-brise.

— Aucune obligation, ajouta Wilde. En plus, je ne serai pas forcément disponible, avec cette histoire de disparition d'ados…

— Non, ce serait avec plaisir.

Ava tendit la main par la vitre ouverte et la posa sur sa joue. Il ne bougea pas. Elle parut vouloir dire autre chose, puis, finalement, elle retira sa main, passa la marche arrière et repartit en direction du lycée.

28

— TU L'AS, ARNIE POPLIN ? demanda Hester.

Elle se tenait face à l'écran de l'ordinateur dans le bureau ultra design des Maynard. La pièce tout en blanc et chrome faisait davantage penser à un loft rénové dans Manhattan qu'à une demeure historique. Chaque mur était équipé d'un écran de télévision. Sa productrice, Allison Grant, était en ligne.

Rola Naser, qu'Hester connaissait depuis des années, était en train de tester la connexion. Hester aimait bien Rola et admirait son courage face à l'adversité. Du temps de son adolescence, puisque David et elle étaient dans le même lycée, elle avait espéré que David sorte avec elle. Elle avait même poussé à la roue… surprise, surprise. Mais, naturellement, David n'avait rien voulu entendre, prétextant que ce serait « chelou » parce que Rola était comme « une sœur de Wilde ».

Et s'il l'avait fait ? Cela aurait-il tout changé ? David serait-il encore en vie ?

— OK, déclara Allison, nous l'avons.

Chassant les fantômes, Hester se pencha vers Rola.

— Tu as entendu ?

— C'est bon, répondit Rola en pianotant.

L'idée était à la fois simple et hasardeuse. Saul Strauss prétendait tenir ses informations d'Arnie Poplin. Lequel Arnie Poplin aurait vendu père et mère pour un quart d'heure de notoriété. Allison l'avait appâté avec la promesse d'une interview préalable pouvant conduire à une participation à l'émission.

Rola dit :

— Vous voyez ce moniteur sur le mur ?

— Tu veux dire cet écran géant ?

— Oui, Hester, l'écran géant.

— Je le vois, oui. À mon avis, il est visible depuis l'espace.

— Mettez-vous là. Je vais vous passer Arnie Poplin.

— Là où ?

— Derrière la marque par terre.

Hester rejoignit l'endroit désigné par Rola.

— Prête ?

— Prête. Arnie pourra-t-il te voir dans la pièce ?

— Non. L'objectif de sa caméra sera braqué sur votre visage. C'est pour ça que j'ai choisi cet écran.

— Super, merci.

Hester lui sourit.

— Ça me fait très plaisir de te voir, Rola.

— Pareil pour moi, Hester. On y va ?

Hester hocha la tête. Rola pianota sur les touches et l'écran s'anima. Le visage familier sinon bouffi d'Arnie Poplin remplit tout le cadre, énorme et si proche qu'on distinguait presque les pores de sa peau. Sans cette histoire de marquage, Hester aurait reculé d'un pas.

— Salut, Arnie.

Il grimaça, théâtral.

— C'est quoi, ce cirque, Hester ?

Ils s'étaient croisés de loin en loin lors d'un événement ou d'un autre. Vingt-cinq ans plus tôt, Arnie Poplin avait interprété le voisin facétieux dans une sitcom familiale à succès. Trois années durant, il avait été fêté et adulé. Puis, paf, terminé. Comme tant d'autres, il avait souffert les affres du manque car les deux addictions les plus puissantes de nos jours sont la drogue et la renommée. On a tendance à sous-estimer l'attrait de ce faisceau chaud et lumineux qu'on nomme célébrité… et comment tout redevient sombre et froid quand il s'éteint.

Arnie avait désespérément essayé de s'accrocher. Il avait fait des pieds et des mains pour s'incruster dans les jeux télévisés, les reality shows, les émissions de cuisine et de jardinage, prêt à tout pour rallumer ce faisceau, moins chaud, moins brillant, ne serait-ce qu'une poignée de secondes.

— Je voulais vous demander…, commença Hester.

— Vous me prenez pour un idiot ?

Il était rouge et en sueur.

— J'ai vu votre émission avec Saul Strauss, Hester. Comment m'avez-vous appelé, vous vous en souvenez ?

— « Un has been de la scène devenu un conspirationniste enragé », répondit-elle du tac au tac.

Il ouvrit la bouche de surprise, feinte certainement. Il lui fallut plusieurs secondes pour reprendre ses esprits. *Ah, les acteurs.*

— Et vous pensez que je vais passer l'éponge aussi facilement que ça ?

— De deux choses l'une, Arnie. Soit vous mettez fin à cet entretien par Skype, soit vous me donnez votre version des faits.

— Vous n'allez pas me croire.

— Probablement pas. Mais si vous arrivez à me convaincre un tant soit peu, je vous inviterai dans mon émission.

— En tête à tête ?

Arnie se frotta le visage.

— Je ne veux pas d'un débat à la noix.

— Une interview seul à seule. Rien que vous et moi.

Croisant les bras, il fit mine de réfléchir pendant une milliseconde.

— Que voulez-vous savoir ?

— Parlez-moi de ces cassettes que Dash Maynard détiendrait sur Rusty Eggers.

— Elles existent.

— Comment le savez-vous ?

— J'ai participé au *Rusty Show*. Vous le savez, n'est-ce pas ?

— Oui.

— On avait explosé l'audimat à l'époque. Personne n'en parle plus maintenant.

Hester soupira :

— Arnie.

— OK, OK. Bref, je les ai entendus. Rusty et Dash. Ils parlaient des cassettes. Dash a juré qu'il les avait détruites. Mais personne ne détruit des enregistrements, Hester. Vous le savez bien. Et Rusty le savait aussi. C'est pour ça qu'il était contrarié. Il se doutait que Dash ne s'en débarrasserait pas. Pourquoi l'aurait-il fait ?

— Dash Maynard jure qu'il ne possède aucun enregistrement compromettant.

— À d'autres. Dash est un enfoiré. Cet empire qu'il s'est construit… Vous êtes déjà allée chez lui ? On se croirait dans *Gatsby le Magnifique*.

— Vous les avez vues, ces cassettes ? demanda Hester.

— Non.

— Alors comment savez-vous qu'elles existent ?

— J'ai entendu Dash et Rusty se disputer à ce propos.

— Que disaient-ils exactement ?

— C'était tard dans la soirée. Ils croyaient que tout le monde était parti, mais, moi, je comatais dans les toilettes.

— Pardon ?

— J'avais sniffé de la coke... Bref, quand j'émerge, il fait tout noir. Je me retrouve dans le couloir et je me dis que les portes sont peut-être déjà fermées pour la nuit. Et puis, soudain, j'entends des voix. Deux hommes.

— Laissez-moi deviner : Rusty et Dash.

— Oui. En train de se disputer. Je me rapproche. J'entends Rusty dire : « Il faut te débarrasser de ces cassettes. Promets-le-moi. » Il est saoul. Ça s'entend dans sa voix. D'habitude, Rusty se maîtrise, sauf que, l'alcool, ça lui fait perdre tous ses moyens. Et il n'arrête pas de répéter : « Tu n'as pas idée des conséquences, détruis-les, personne ne doit savoir. »

— Et Dash, il dit quoi ?

— « Ne t'inquiète pas, personne ne saura, je ferai tout pour. » Mais Rusty insiste. Il supplie Dash de les détruire. Puis, finalement, il se rétracte.

— Comment ça, il se rétracte ?

— Il savait, Hester. Rusty savait.

— Il savait quoi ?

— Que Dash Maynard n'effacerait jamais le contenu de ces cassettes. Dash se considère comme un documentariste ou un journaliste sérieux. Un témoin. Je vous le dis. Il y avait des mouchards partout. Peut-être même aux toilettes.

— Mmm, fit Hester.

Elle avait de plus en plus l'impression de perdre son temps.

— Et quoi d'autre ?

— Ça ne vous suffit pas ?

— Pas vraiment.

— Ils savaient que j'étais là.
— Ils ont dit quelque chose ?
— Non, mais trois jours après, on m'a convoqué par surprise pour une analyse d'urine. Ils ont trouvé des traces de drogue. J'ai été viré. Moi. La star de l'audimat. En plus, le résultat a fuité dans les médias. Un complot pour me discréditer. Parce que j'étais clean.
— Vous venez juste de me dire que vous avez pris de la cocaïne...
— C'était trois jours avant !

Il était de plus en plus agité, se trémoussant sur son siège, le regard fuyant, des gouttes de sueur perlant sur son front. Hester aurait parié qu'il avait pris quelque chose.

— Ils devaient me discréditer. Pour se débarrasser de moi.
— OK, merci.
— Rusty a tué quelqu'un.

Hester se figea.

— Comment ça ?
— C'est ce qu'il y a sur les cassettes que Dash devait détruire.
— Vous dites, reprit Hester lentement, que Dash Maynard a filmé Rusty Eggers en train de commettre un meurtre ?
— Je vous répète ce que j'ai entendu.
— À savoir ?
— Rusty a dit : « Je ne voulais pas le tuer, c'était un accident. »
— Ce sont ses paroles exactes ?
— Je ne sais plus. Mais le sens était celui-là. Rusty a tué quelqu'un. C'est ce qui les lie l'un à l'autre. Dash l'a même dit, maintenant que j'y pense.
— Dit quoi ?

— Qu'il ne parlerait pas parce que c'était ce meurtre qui les liait l'un à l'autre. Quelque chose comme ça. Et que tout ce qui leur était arrivé de bien depuis était fondé sur ce lien. Je vous le dis, Hester. Ce sont des assassins. En tout cas, Rusty en est un. Et Dash en détient la preuve. La loi l'oblige à divulguer cette information, non ?

Hester repensa à sa conversation avec Delia, à ce qu'elle savait et ne voulait pas lui révéler, même sous le sceau du secret professionnel. Elle regarda Rola qui haussa les épaules, l'air de dire : « Allez savoir si c'est vrai ou pas. »

— Alors, je peux venir à l'émission ? demanda Arnie. Je suis libre ce soir, si ça vous convient.

29

GAVIN CHAMBERS ARRIVA SUR LE PARKING de la supérette au volant d'une Chevrolet Cruze bleue. Seul. C'en était fini, momentanément du moins, du chauffeur et du SUV. Par discrétion ? Peut-être. Il descendit de voiture avec une casquette de baseball et des lunettes de soleil, un déguisement absurde, pensa Wilde, car seuls ceux qui cherchent à se dissimuler s'accoutrent de la sorte. D'un autre côté, la journée étant ensoleillée, Gavin aurait pu mettre ça pour être à l'aise.

Il ne fallait pas chercher des indices partout.

— Qu'est-ce que vous faites là ? demanda Gavin.

— Le granité, ça ne vous suffit pas ?

Gavin soupira.

— Qu'avez-vous appris ?

— J'ai appris à ne pas bouger parce que vous aviez quelque chose à me montrer. C'est ce que vous m'avez dit au téléphone.

Il secoua la tête.

— Vous me faites penser à ma première femme.

— Pourquoi, elle aussi était quelqu'un de super ?

— Une super emmerdeuse, oui.

Wilde consulta son portable.

— Ça ne vous ennuie pas de me ramener chez les Maynard ? On pourra discuter en chemin.

— Comme vous voudrez.

Gavin actionna la télécommande. Ils montèrent dans la voiture et, là, il lâcha tout de go :

— Nous savons qu'il y a eu une demande de rançon.

Il mit le contact et passa la marche arrière.

Il y avait quatre possibilités :

La première : Chambers bluffait, mais c'était peu probable.

La deuxième : avec toute la maisonnée sens dessus dessous, il avait pensé à une demande de rançon. Ce qui était un sacré pari.

La troisième : malgré ses dénégations, il avait mis des mouchards partout.

La quatrième : Gavin Chambers avait une taupe.

De toute façon, Wilde n'allait ni confirmer ni infirmer. Au feu rouge, Gavin se tourna vers lui. Wilde soutint son regard sans ciller. Pendant quelques secondes, ils se dévisagèrent fixement. Le feu passa au vert et une voiture klaxonna derrière eux. Gavin marmonna quelque chose dans sa barbe et sortit son téléphone.

— Je vous ai dit que Crash avait une longueur d'avance sur nous avec toutes ces applis comme Snapchat, Signal, WhatsApp et autres ?

— Oui.

— Un de mes meilleurs techniciens a trouvé un message reçu sur son FAI la nuit dernière à deux heures sept du matin via une nouvelle appli qui s'appelle Communicate Plus. Comme elle est cryptée, le message et l'expéditeur sont automatiquement effacés une minute après l'ouverture du fichier. Je n'ai pas les détails, mais mon gars, ne me demandez pas comment, a réussi à récupérer la fin du dernier message avant qu'il disparaisse.

Il tendit le téléphone à Wilde :

Bien sûr que je te pardonne. Je sais que tu as fait ça pour embrouiller tes copains. Je t'attends au même endroit. J'ai hâte !!

Avec trois petits cœurs à la fin.
Wilde posa la question évidente :
— Vous savez d'où vient ce message ou qui l'a envoyé ?
— Non. C'est forcément quelqu'un qui utilise la même application. Mais le contact a été effacé.
Wilde scruta le message, le relut encore une fois.
— Y a-t-il eu une demande de rançon ? questionna Gavin.
— Vous m'avez dit que vous le saviez déjà.
— Hein ?
— Ce sont vos propres mots. « Nous savons qu'il y a eu une demande de rançon. » Si vous le savez, pourquoi me le demander ?
— Vous voulez bien arrêter de jouer les casse-pieds cinq minutes ? Rusty aimerait apporter son aide.
— Je n'en doute pas.
— Et nous savons tous les deux qui a écrit ce message.
Il parlait, bien sûr, de Naomi.
— En admettant que vous ayez raison, rétorqua Wilde, que comptez-vous faire maintenant ?
— Vous avez fouillé la maison de Naomi ?
— J'ai rendu visite à son père.
— Mais, la maison, vous l'avez inspectée ? La dernière fois, c'est là qu'on l'a trouvée, non ? Au sous-sol.
Wilde ne répondit pas. Il consulta sa montre. Il était presque trois heures, encore une heure à attendre. Une fois au portail du manoir, il dit :
— Merci de m'avoir déposé.

— Vous savez bien que j'ai raison, affirma Gavin.
— À propos de quoi ?
— De tout. Vous savez que, d'une manière ou d'une autre, Naomi est mêlée à ceci.
— Mmm. Quoi d'autre ?
Gavin le fusilla du regard.
— Que vous et votre sœur ne pouvez pas gérer ça tout seuls.
— Ce n'est pas moi qui décide, fit Wilde.
— Si vous demandez aux Maynard de faire appel à nous, ils vous écouteront.
Quelque chose là-dedans, dans tout cet échange, ne collait décidément pas.
— Merci de m'avoir ramené, Gavin. Restons en contact.

Rola vint le chercher dans une voiturette de golf.
— Je t'emmène voir Hester.
Il prit place à côté d'elle. Les espaces verts du manoir étaient tirés au cordeau. On pouvait trouver ça beau, mais ce n'était pas le cas de Wilde. La nature peint sa propre toile, puis l'homme arrive et croit pouvoir l'améliorer. Sauf que la nature est censée être, pardon pour le pléonasme, naturelle. À vouloir la domestiquer, on lui fait perdre tout son charme.
Une fois que Wilde eut fait son rapport à Rola, elle demanda :
— Qu'est-ce que tu attends de moi ?
— La demande de rançon.
— Oui, eh bien ?
— Il y est question des cassettes les plus anciennes.
— C'est-à-dire ?
— Dash Maynard a rencontré Rusty Eggers à Washington, alors qu'ils étaient tous deux stagiaires au

Capitole. Vois si tu peux dégoter quelque chose concernant cette période.

— Genre ?

— Genre : aucune idée. Ont-ils vécu en coloc ? Fréquentaient-ils les mêmes endroits ? C'est un peu tiré par les cheveux, je le reconnais.

— Je vais en parler à mes enquêteurs.

— Vois aussi si tu peux localiser Saul Strauss. C'est lui, notre principal suspect.

— OK. Autre chose ?

Wilde hésita, puis décida que mieux valait ne rien laisser au hasard :

— Il faudrait que tu ailles chez les Prine à la tombée de la nuit.

Rola le regarda.

— Mais tu en reviens, non ?

— Je veux qu'on fouille la maison.

— Pour ?

— Crash et Naomi.

Rola hocha la tête.

— Ça roule.

Hester était assise seule sur un banc de pierre face à la vue sur Manhattan. En apercevant Wilde, elle mit une main en visière et, de l'autre, tapota la surface rugueuse.

— Viens t'asseoir à côté de moi.

Il la rejoignit sur le banc. En silence, ils contemplèrent les gratte-ciel par-dessus les frondaisons. Le soleil était si haut que tout – formes, arbres, édifices – semblait auréolé d'un halo angélique.

— Joli, dit Hester.

— Oui.

— Et ennuyeux.

Elle se tourna vers lui.

— Tu veux commencer ?
— Non.
— Je m'en doutais, opina-t-elle.
Puis :
— J'ai parlé à Arnie Poplin.
Elle lui fit un résumé de leur conversation.
— Un homicide, dit Wilde quand elle eut terminé.
— C'est ce qu'il prétend avoir entendu.
— Je suppose que vous n'êtes pas la première à qui il a raconté ça.
— Je le pense aussi.
— Alors pourquoi personne ne l'a signalé ?
— Parce que Arnie Poplin est un type qui se drogue, cherche à se faire mousser et a des comptes à régler.
— OK.
— Les journalistes se méfient par principe de lui, mais, pour ce qui est d'asticoter les arbitres, Rusty Eggers est particulièrement doué.
— « Asticoter les arbitres » ?
Hester plissa les paupières au soleil.
— Un très bon ami à moi a été champion de basket universitaire. Recruté au premier tour des sélections à sa sortie de Duke. Tu aimes le basket ?
— Non.
— Alors tu ne dois pas le connaître. Bref, il m'a emmenée à plusieurs matchs au Madison Square Garden. Des rencontres interuniversités surtout. Et tu sais ce que je remarquais en premier ?
Wilde fit non de la tête.
— La manière dont les entraîneurs engueulaient et insultaient les arbitres. Ces petits hommes en costume-cravate passaient leur temps à courir le long de la ligne de touche en braillant comme des gosses qui réclament un bonbon. C'est très gênant comme spectacle. J'ai demandé

à mon ami basketteur à quoi ça rimait et il m'a expliqué que c'était une stratégie délibérée. Les gens, par nature, veulent être aimés. Pas toi ni moi. Mais les gens en général. Alors, si tu incendies l'arbitre chaque fois qu'il siffle une faute – à tort ou à raison –, il aura tendance à prendre des décisions en ta faveur.

Wilde hocha la tête.

— C'est ce que Rusty fait avec les médias.

— Exactement. Il les invective en permanence, si bien qu'ils se ratatinent et n'osent plus, pour filer la métaphore, utiliser leur sifflet. Tous les hommes politiques font ça, bien sûr. Rusty est juste meilleur à ce jeu-là.

— On devrait tout de même en parler à Dash.

— C'est fait.

— Et ?

Hester haussa les épaules.

— À ton avis ? Dash a tout nié en bloc. Il dit que ce sont des foutaises. C'est le mot qu'il a employé, « foutaises ».

— C'est malheureux. Qu'en pensez-vous ?

— La même chose que toi.

— Les Maynard nous cachent quelque chose.

— C'est ça.

Elle lui tapota la jambe.

— OK, *bubbulah*, qu'est-ce que tu as appris ?

Il lui répéta ce que Bernard Prine lui avait raconté au sujet de son ex-femme. Hester se borna à secouer la tête.

— Dans quel monde vivons-nous ?

— Il y a quelque chose qui cloche là-dedans.

— Comment ça ?

— Je ne sais pas, répondit Wilde. Il faut qu'on puisse parler à la mère de Naomi. J'ai demandé à Rola de la localiser.

— Très bien. Quoi d'autre ?

Wilde lui parla des messages échangés entre Crash et possiblement Naomi et de la relation naissante, selon Ava, entre les deux ados.

— Tout porte à croire que Crash et Naomi sont ensemble, dit Hester.

Wilde garda le silence.

— Admettons momentanément que ce soit vrai, poursuivit-elle. Qu'ils soient tombés secrètement amoureux et aient décidé de prendre la clé des champs.

— OK.

Hester haussa un sourcil.

— Comment en est-on arrivé à la demande de rançon ?

Wilde regarda l'heure.

— L'ultimatum expire dans moins d'une heure. On ferait bien d'y aller, non ?

— Ils nous ont donné rendez-vous à trois heures quarante-cinq dans la bibliothèque.

— Dash et Delia Maynard ?

— Oui.

— Avez-vous une idée de ce qu'ils comptent faire ?

— Ils ne veulent rien nous dire avant.

Wilde contempla à nouveau la vue.

— Ce n'est pas normal.

— Non, en effet.

Fermant les yeux, Hester offrit son visage aux rayons du soleil.

— Comment dire ça délicatement, commença-t-elle.

Wilde ne quittait pas du regard les gratte-ciel lointains.

— Délicatement, répéta-t-il. Ce n'est pas votre style, Hester.

— C'est vrai, alors voilà : je pensais rester dormir chez Laila, mais je n'ai pas envie d'y aller, si tu passes la nuit là-bas.

Wilde ne put s'empêcher de sourire.

— Je ne risque pas.

— Ah...

— Mais, si j'étais vous, je n'irais pas dormir là-bas non plus.

— Ah, dit Hester.

Puis :

— *Ah...* bon ?

Wilde ne répondit pas.

— Je peux être indiscrète ?

— C'est une question rhétorique, je présume.

— On ne s'est pas vraiment parlé depuis six ans.

— Je le regrette, dit-il.

— Moi aussi et j'espère que ce n'est pas à cause de David.

David. Rien que de prononcer son nom, les arbres se figeaient.

— Je ne t'en veux pas. Jamais je ne t'en ai voulu. Tu comprends ça, n'est-ce pas ?

— C'est ça, votre indiscrétion ?

— Non, rétorqua Hester. Je ne dirais pas que tu es comme un fils pour moi, ce serait exagéré. J'ai trois garçons, ce sont eux, mes fils. Mais j'étais là depuis le début... depuis le jour où tu es sorti de la forêt. Nous étions tous là. Moi. Ira. David, évidemment.

— Vous avez été très gentils avec moi.

— Là n'est pas la question. J'irai droit au but. Ces tests ADN en ligne ont le vent en poupe. Moi-même, j'en ai fait un il y a quelques années.

— Et vous avez eu des surprises ?

— Pas la moindre. Je suis d'une banalité affligeante.

— Mais vous voulez savoir si j'en ai fait un.

— Ça fait six ans, dit-elle. Oui, je veux savoir si tu en as fait un.

— Oui. C'est tout récent.
— Et tu as eu des surprises ?
— Pas la moindre. Je suis d'une banalité affligeante, moi aussi.
— Sérieux ?
— Pas de parents, pas de frères et sœurs. Le plus proche est un cousin au troisième degré.
— C'est déjà un début.
Wilde secoua la tête.
— Non, Hester. Quand on recherche un enfant disparu – un fils, un frère –, on va sur un site ADN. Personne ne me recherche, donc tout le monde s'en fiche. Je ne dis pas ça pour me faire plaindre. Mais ils ont abandonné un gosse dans cette forêt pendant des années...
— Tu n'en sais rien, l'interrompit Hester.
Wilde pivota vers elle, mais elle évitait de le regarder.
— Qu'est-ce que je ne sais pas ?
— Combien de temps tu as passé là-bas.
— Pas précisément, non.
— C'était peut-être quelques jours.
Cette réflexion le laissa pantois.
— De quoi parlez-vous ? Votre fils et moi, on a joué ensemble pendant des années.
— Des années, s'esclaffa Hester. Allons bon.
— Quoi ?
— Vous étiez petits. Tu crois que vous auriez gardé un pareil secret pendant des années ?
— C'est ce qu'on a fait.
— C'est ce que tu *crois* avoir fait. Le temps passe lentement quand on est enfant. Ça faisait peut-être des jours, des semaines... mais des années ?
— J'ai des souvenirs, Hester.
— Je n'en doute pas. Mais ne penses-tu pas que ça aurait pu se jouer sur quelques jours ? Tu dis

toujours que tu ne te souviens pas de ta vie d'avant. Alors peut-être – écoute-moi, OK ? – que tu as vécu quelque chose, un événement traumatique qui t'a rendu amnésique. Du coup, les seuls souvenirs qui te restent ont pris toute la place et les journées sont devenues des années.

Wilde savait que cela ne s'était pas passé ainsi.

— J'ai été aperçu par des randonneurs des mois et même des années plus tôt.

— Ils ont vu un petit garçon. C'était peut-être toi ou peut-être quelqu'un d'autre.

Mais Wilde n'était pas près de se laisser convaincre. Il se rappelait ses incursions dans des maisons... un nombre incalculable de maisons. Il se rappelait avoir parcouru des kilomètres. Il se rappelait la rampe rouge et les hurlements.

— Peu importe, répondit-il. Même si vous avez raison, personne n'a recherché ce garçon.

— C'est pour ça que tu dois découvrir la vérité. Pour te sentir complet.

Wilde esquissa une grimace.

— Vous avez vraiment dit « te sentir complet » ?

— Ce n'est pas très heureux, j'en conviens. Mais tu m'as comprise. Tu as des problèmes relationnels, Wilde. Ce n'est pas un secret. Il ne faut pas être un génie pour comprendre que tout a commencé par cet abandon. Alors, si tu avais une idée de ce qui t'est arrivé...

— ... je deviendrais plus « normal », c'est ça ?

— Tu sais très bien de quoi je parle.

— Ça ne changera rien.

— C'est possible, acquiesça Hester. Mais bon, il y a autre chose.

— Quoi ?

— Je suis très curieuse, tu le sais, déclara-t-elle en levant les mains. Pas toi ?

Wilde consulta sa montre.

— Il nous reste un quart d'heure avant l'échéance. Allons rejoindre les Maynard.

30

DASH ET DELIA ÉTAIENT ASSIS dans les mêmes fauteuils à oreilles bordeaux. Sans surprise, ils avaient l'air extrêmement stressés : traits tirés, teint cireux, yeux injectés de sang. Ce qui était plus surprenant, c'était leur tenue. Tous deux portaient des vêtements chics et griffés. Dash, en pantalon beige au pli acéré, prit la parole.

— Soyez gentil, dites-nous qu'il y a du nouveau, demanda-t-il à Wilde.

Celui-ci fit de son mieux. Ils l'écoutèrent sans broncher, comme s'ils s'efforçaient de ne rien montrer ou, plus vraisemblablement, pour ne pas risquer de s'écrouler complètement. Lorsqu'il eut terminé, les deux époux se tournèrent l'un vers l'autre. Delia hocha la tête.

— Ma femme et moi avons passé tous les faits en revue. On a tenté de reconstituer l'emploi du temps de notre fils la nuit dernière. On s'est longuement entretenus avec chacun de vous et on a examiné les différentes hypothèses qui nous ont été soumises.

Il lui prit la main.

— En vérité, nous ignorons si c'est un enlèvement, un canular ou tout à fait autre chose. Visiblement, vous ne le savez pas non plus.

— Moi non, répondit Hester. Wilde ?
— Impossible de se prononcer avec certitude, dit Wilde.
— Justement, reprit Dash. C'est pourquoi, après une longue discussion, Delia et moi avons décidé que la meilleure solution, et la plus sûre, serait d'envoyer ces vidéos. On ne peut pas les envoyer toutes. Le fichier serait trop lourd, et d'ailleurs combien de temps on a devant nous ? Personnellement, je n'en ai pas la moindre idée.
— Pourquoi avoir filmé autant d'événements ? s'enquit Hester.
— J'ai toujours fait ça, répliqua Dash.
— Il est documentariste avant tout, ajouta Delia.

Wilde acquiesça, balaya la pièce du regard et questionna à brûle-pourpoint :
— C'est pour ça que vous êtes en train de nous filmer ?

Il y eut un silence. Puis Dash demanda :
— De quoi parlez-vous ?

Wilde sortit son téléphone.
— J'ai un scanner réseau qui détecte la présence de mouchards ou de caméras dans cette pièce. En cet instant précis, il repère des réseaux et des FAI, et la seule explication, c'est qu'il y a des caméras braquées sur nous.

Se laissant aller en arrière, Dash croisa les jambes.
— Je suis documentariste. Je filme aussi notre quotidien. Je n'ai pas l'intention de m'en servir...
— Est-ce bien le moment ? siffla Delia.
— Non, fit Wilde. Vous avez raison. Concentrons-nous sur notre objectif.

C'était du bluff pur et simple. Il existe bel et bien des applications pour scanner les réseaux et détecter les caméras cachées. On les utilise, par exemple, pour s'assurer que l'hôte d'un Airbnb n'est pas en train de nous espionner. Mais Wilde ne disposait pas de ce genre de logiciel espion sur son téléphone.

Il leur restait cinq minutes avant l'échéance de seize heures. Un ordinateur portable trônait sur la table basse en teck entre les deux fauteuils. Dash cliqua sur le lien contenu dans le message. Un compte à rebours s'afficha, indiquant que le lien serait actif dans quatre minutes et quarante-sept, quarante-six, quarante-cinq secondes...

— Mon équipe va essayer d'identifier le fournisseur d'accès, dit Wilde, mais il semblerait qu'un simple VPN peut nous bloquer en cours de route.

En silence, ils regardèrent l'horloge passer sous la barre des quatre minutes.

— Qu'y a-t-il sur ces vidéos ? demanda Hester.

— Les rushs de l'émission, dit Dash. Les coulisses, quoi. La salle d'écriture où on peaufinait nos idées. Des choses comme ça.

— Hmm, fit Hester. Dans la demande de rançon, on vous somme de télécharger la « vidéo la plus préjudiciable » dans un dossier à part.

Elle se tut. Personne ne parla.

— Vous allez le faire ?

Delia répondit :

— Oui.

— Qu'y a-t-il dessus ?

— Rien qui vous concerne.

— Je vous demande pardon ?

— Nous ne tenons pas à partager ces informations. Nous y sommes forcés pour la sécurité de notre fils.

— Vous êtes donc prêts à les partager avec des ravisseurs anonymes, mais pas avec votre avocate ?

— Nous n'avons aucune raison de les montrer à quiconque, décréta Dash. Comme M. Wilde l'a fait remarquer, ces gens-là n'ont pas réclamé leur publication.

Ils vont peut-être les garder pour eux. Ou pas. Quoi qu'il en soit, ce n'est pas à nous de divulguer ces confidences, même pas à vous. Nous sommes obligés de trahir notre parole, si vous voulez, dans l'intérêt de notre enfant.

Hester regarda Wilde et secoua la tête. Puis, l'œil noir, elle se tourna vers les Maynard.

— J'espère que vous savez ce que vous faites.

Lorsque l'horloge arriva à zéro, Dash Maynard rafraîchit la page. Celle-ci était simple. Il y avait deux boîtes jaunes. L'une était marquée : TÉLÉCHARGEMENT VIDÉOS et l'autre : TÉLÉCHARGEMENT DOSSIER SPÉCIAL.

Dessous, on lisait :

> Cliquez sur les deux liens. Nous ne communiquerons pas avec vous tant que vous n'aurez pas lancé le téléchargement.

Celui qui avait orchestré ça, pensa Wilde, était tout sauf un amateur. Pas de négociations, pas d'allers-retours.

Dash laissa échapper une longue expiration. Delia posa une main familière, réconfortante, sur son épaule.

— C'est parti, dit-il.

Il cliqua d'abord sur dossier spécial, puis sur la vidéo numéro un. Les fichiers commencèrent à défiler. Une minute passa. Une autre. Finalement, une nouvelle icône apparut. Une enveloppe. Dash déplaça le curseur et cliqua dessus.

> Nous devons visionner les fichiers.
> Si vous avez fait ce qu'on vous a demandé, votre fils vous sera rendu demain à midi pile. Nous vous contacterons pour vous indiquer l'adresse où le trouver.

Les yeux de Delia s'emplirent de larmes.
— À midi ?
Dash prit à nouveau la main de sa femme.
— Notre fils doit passer une autre nuit avec ces gens-là ?
— Ça va aller, dit Dash. On a fait tout ce qu'on a pu.
— Tout ? lui demanda Delia.
Il y eut un silence.
Dash se tourna vers Wilde et Hester.
— Et maintenant, on fait quoi ?
— Si vous ne voulez toujours pas prévenir les autorités..., commença Hester.
— Toujours pas.
Elle haussa les épaules.
— Dans ce cas, il n'y a plus qu'à attendre.

Une fois dehors, Hester dit à Wilde :
— On ne va pas attendre, hein ?
— Je ne vois pas très bien ce qu'on pourrait faire d'autre.
— Tu restes ici ? demanda-t-elle.
— En tout cas, je ne serai pas loin.
— Moi, j'irais bien manger un morceau, si ça ne te dérange pas.
— Bien sûr. Ça ne me dérange aucunement.
Elle se tordit les mains, faisant tourner les bagues sur ses doigts. Pour la première fois, Wilde remarqua qu'elle ne portait plus son alliance. L'avait-elle portée ces six dernières années ? Il n'aurait su le dire.
— Avec Oren Carmichael, ajouta-t-elle.
Hester Crimstein rougit. Rougit pour de bon.
— Second rencard en deux soirs, commenta Wilde.
— Oui.
— Youpi.

— Ne fais pas l'andouille.
— Si vous ne voulez pas dormir chez Laila, vous pourriez dormir chez Oren.
— Arrête avec ça.
Elle rougit de plus belle.
— Je ne suis pas une gourgandine, tu sais.
Wilde sourit. C'était bon de revenir à la normalité, ne serait-ce que pour quelques secondes.
— Allez dîner, dit-il. Profitez-en.
— C'est quelqu'un de bien, fit-elle. Oren.
— Et baraqué en plus, avec de larges épaules.
— Ah bon ? Je n'ai pas fait attention.
— Filez, Hester.
— Tu m'appelles s'il y a du nouveau ?
— Promis.
— Wilde ?
Il se retourna.
— Il n'y a eu personne après Ira.
— Alors, il serait temps, répliqua-t-il.

La pizzeria Chez Tony était un classique du genre.
Il y avait un comptoir avec deux gars en tablier blanc en train d'enfourner les pizzas. Un tableau avec le menu au-dessus de leur tête pour ceux qui ne voulaient pas manger sur place, mais, si vous preniez une table, la serveuse, généralement une jeune lycéenne, vous apportait une carte à la fois poisseuse et écornée. Les nappes, sans surprise, étaient rouges à carreaux blancs. Chaque table était équipée d'un distributeur de serviettes, d'un assortiment de saupoudreuses pour parmesan, origan et *tutti quanti*, et d'une bougie à demi consumée enfoncée dans une bouteille de chianti vide. Le téléviseur accroché au plafond diffusait du sport ou des informations. En cet instant précis, il était réglé sur la propre chaîne d'Hester.

Vêtu de son uniforme de flic, Oren était assis à une table du fond. Il se leva en la voyant, ce qui semblait très formel dans un tel décor.

— Bonsoir.

Il l'embrassa sur la joue et lui prit la main. Hester pressa sa main et s'assit en face de lui.

— Je parie que vous êtes venue un million de fois ici, dit-il.

C'était un peu la cantine de la ville et à dix minutes de son ancien domicile. De plus, Tony passait pour servir les meilleures pizzas à quinze kilomètres à la ronde.

— Non, répondit Hester. En fait, ça fait plus de trente ans que je n'avais pas remis les pieds ici.

— Sérieux ?

Elle hocha la tête.

— Le soir de notre déménagement, Ira et moi sommes venus dîner ici avec les garçons. La journée avait été longue ; nous étions épuisés et affamés. Il y avait une seule table de disponible, mais ils n'avaient pas voulu nous la donner, sauf si on commandait le menu complet et aucune pizza. Je ne me souviens plus des détails, mais ils ont été franchement désagréables avec nous. Du coup, Ira s'est mis en colère. Il ne s'emportait pas facilement, mais quand ça lui prenait... bref, nous sommes partis sans manger. Ira a écrit une lettre au patron, imaginez un peu. Il l'a même tapée. Mais il n'a jamais eu de réponse. Alors il nous a interdit de fréquenter cet endroit. J'ignore combien de milliers de dollars ils ont perdu au fil des années à cause de cet incident. Les garçons, par loyauté envers Ira, même s'ils étaient invités à un anniversaire ici ou que leur équipe de baseball venait dîner après un match, refusaient d'entrer dans cet établissement.

Hester leva les yeux.

— Pourquoi je vous raconte tout ça ?

— Parce que c'est intéressant, dit Oren. Vous voulez qu'on aille ailleurs ? À l'Heritage, par exemple ?

— Vous savez le plus drôle ?

— Non.

— J'ai demandé à mon assistante de vérifier. La pizzeria a été vendue il y a quatre ans. S'il y avait encore eu les anciens patrons, je ne serais pas venue.

Oren sourit.

— Alors on peut rester ?

— Oui.

Hester secoua la tête.

— Désolée.

— De quoi ?

— D'avoir remis Ira sur le tapis. Le premier soir, je vous parle de Cheryl. Le deuxième, d'Ira.

— Comme ça, on évacue tous les sujets qui fâchent, dit Oren. J'aime bien l'idée. Qu'est-ce que vous faites ici, d'ailleurs ? Vous êtes venue voir Matthew et Laila ?

Hester secoua la tête.

— J'étais en rendez-vous avec des clients.

— Dans notre petit hameau ?

— Je ne peux pas en dire plus.

Il comprit le message. La serveuse déposa une tranche de pizza margherita devant chacun d'eux. Hester en prit une bouchée et ferma les yeux. Cela avait le goût du paradis.

— C'est bon, hein ? fit Oren.

— Je hais Ira, là.

Il rit et prit son morceau.

— Les Maynard, j'imagine.

— Quoi ?

— Vos clients. J'aurais pensé à Dash Maynard, mais vous avez dit « des clients ». Au pluriel.

— Je ne peux ni confirmer ni infirmer...

— Je m'en doute bien.
— Et pourquoi les Maynard ?
— L'hélicoptère. Quand ils viennent avec, ils sont obligés de nous demander l'autorisation. Je sais qu'il a quitté Manhattan ce matin. Et là, vous êtes arrivée dans un Uber au lieu de votre Escalade noir conduit par Tim.
— Impressionnée je suis, dit Hester.
Oren haussa les épaules.
— Déformation professionnelle.
— De toute façon, je ne peux pas en parler.
— Mais je n'ai pas envie que vous en parliez. Je suis content que vous soyez là, c'est tout.

En dépit de tout – l'endroit, les fantômes du passé, la demande de rançon –, Hester sentit son visage devenir aussi rouge que la sauce de la pizza.

— Moi aussi, je suis contente d'être là.

L'espace de quelques minutes, le monde se réduisit à ce bel homme assis en face d'elle et à la pizza au goût sublime sur la table entre eux deux. Hester savoura cette échappatoire. Pourtant, ce n'était pas son genre. Elle préférait plonger dans la mêlée. Rester hors jeu la stressait.

Quelques personnes s'arrêtèrent à leur table, essentiellement pour saluer Oren, mais parmi elles il y avait des visages familiers. Les Groman qui avaient joué au tennis avec Ira le samedi matin. Jennifer Tallow, la gentille libraire dont le fils avait été copain avec Jeff. Tout le monde connaissait Oren, bien sûr. Quand on est flic depuis tout ce temps dans une si petite ville, c'est en soi une forme de célébrité. Elle n'aurait su dire s'il appréciait ces marques d'attention ou s'il se montrait poli par obligation.

— C'est pour quand, la retraite ? lui demanda-t-elle.
— Dans trois mois.
— Et vos plans ?

— Rien de concret pour l'instant.
— Vous pensez rester ici ?
— Pour le moment, oui.
— Vous vivez ici depuis longtemps, dit-elle.
— Oui.
— Et ça ne vous dirait pas de déménager dans une grande ville ?
— Si, répliqua-t-il. J'y songe.

Lorsque son téléphone sonna, son visage s'assombrit.
— C'est ma sonnerie de boulot. Je suis obligé de répondre.

Hester hocha la tête. *Intéressant*, pensa-t-elle, *le rapprochement entre sa « sonnerie de boulot » et sa propre soirée de la veille avec toute une palette de sonorités.*

Oren prit le téléphone.
— Ouais.

Puis, quelques secondes plus tard :
— OK, c'est qui, le plus proche de Chez Tony ? Très bien, dis-lui de faire demi-tour et de passer me prendre.

Il raccrocha.
— Désolé, je dois y aller. Je n'en ai peut-être pas pour longtemps, si vous voulez attendre ou…
— Non, ça ira. J'ai promis à Laila de faire un saut chez elle.

Il se leva.
— Vous êtes sûre ?
— Oui, pas de problème. Je prendrai un Uber.
— OK, merci.

Il jeta deux billets de vingt sur la table.
— Je vous appelle plus tard.
— Une urgence ? demanda Hester.
— Juste un accident de voiture sur Mountain Road. Je vous appellerai dès que j'aurai fini.

Oren se hâta vers la sortie. Une voiture de police venait de freiner devant l'entrée. Il ne se retourna pas pour voir ce qu'il laissait derrière lui. Pétrifiée, Hester ne bougeait plus, ne respirait plus. Le sang s'était glacé dans ses veines. Ses poumons avaient cessé de fonctionner. Le seul bruit qu'elle entendait, c'étaient les battements de son cœur.

« *Juste un accident de voiture sur Mountain Road* »...

Comme si c'était quelque chose de banal.

Une larme coula le long de sa joue. D'autres larmes commençaient à monter ; un cri guttural naissait dans sa gorge, prêt à sortir. Le temps pressait. Recouvrant l'usage de ses jambes, Hester réussit à se lever et tituba jusqu'aux toilettes. Une fois à l'intérieur, elle verrouilla la porte et étouffa le hurlement avec la paume de sa main.

Elle ignorait combien de temps elle était restée là-dedans. Comme personne n'avait frappé, cela devait faire une ou deux minutes. Pas plus. Elle reprit ses esprits, se regarda dans la glace, s'aspergea le visage et vit le fantôme de David dans le reflet.

« *Juste un accident de voiture sur Mountain Road* »...

Où était Oren quand il avait pris l'appel cette nuit-là ? Au bureau, dans une voiture de patrouille, Chez Tony comme ce soir... ou bien à la maison avec Cheryl ? Il avait peut-être été tiré de son sommeil et Cheryl s'était tournée vers lui pour savoir ce qu'il y avait ; alors Oren avait secoué la tête et l'avait embrassée tendrement, lui disant de se rendormir avant de murmurer : « C'est juste un accident de voiture sur Mountain Road... »

Tout se tenait à présent. Hester n'était ni pessimiste ni optimiste, mais elle savait que cela ne marcherait pas, que la bulle de bonheur dans laquelle elle s'était retrouvée avec Oren la veille était trop fragile pour ne pas éclater. Maintenant elle comprenait. Oren avait été sur les lieux du drame la nuit de l'accident. Qu'on le veuille ou non, il était mêlé au pire moment de sa vie… et on ne pouvait rien y changer. Elle reverrait Oren, l'embrasserait peut-être, le serrerait dans ses bras et tout la ramènerait à cette nuit de cauchemar.

Comment voulez-vous qu'une relation survive à cela ?

Hester sécha son visage avec une serviette en papier, sortit son téléphone et cliqua pour commander un Uber. Huit minutes d'attente. Elle inspira profondément à plusieurs reprises et se regarda à nouveau dans le miroir. Elle avait l'air d'une vieille femme… ce qu'elle était, du reste. C'était moche de se voir ainsi dans une glace. Surtout avec cette lumière crue qui accentuait la moindre ride.

Son téléphone bourdonna. C'était Allison Grant, sa productrice.

— Oui ? fit Hester.

— Tu as un téléviseur à côté de toi ?

— Non, mais pas loin. Pourquoi ?

— Quelqu'un a fait fuiter une vidéo de Rusty Eggers.

Hester se redressa.

— C'est grave ?

— Très. Je ne vois pas comment Rusty Eggers pourrait s'en relever.

31

RUSTY EGGERS REGARDAIT LA TÉLÉVISION dans son penthouse.

Gavin se tenait à côté de lui. Les deux principales collaboratrices de Rusty – Jan Schnall, ancienne directrice du cabinet du gouverneur républicain de la Caroline du Sud, et Lia Capasso, directrice de campagne pour le compte de deux sénateurs démocrates – prenaient des notes, assises sur le canapé. Sur la bande défilante en bas de l'écran, on lisait en capitales rouges :

FLASH INFO : VIDÉO CHOC DE RUSTY EGGERS

Le présentateur Scott Gallett :

— Cette vidéo doit dater de dix ans, l'époque de la saison 1 du Rusty Show*...*

— Là-dessus, au moins, ils sont dans le vrai, déclara Rusty.

— La jeune femme est Kandi Pate, l'actrice vedette de la comédie pour enfants L'Incroyable Darcy*, qui a été invitée à trois reprises dans le* Rusty Show *cette saison. Au moment où ces images ont été filmées, elle devait avoir seize ou dix-sept ans, tandis que Rusty Eggers en avait quarante-deux. Encore une fois, c'est une information de dernière minute et même si la vidéo semble authentique, nous n'avons pas encore vérifié...*

— Ce n'est pas ça qui va calmer les chacals, commenta Rusty.

Gavin nota que Rusty semblait étonnamment placide. Ce qui n'était pas le cas de ses deux collaboratrices.

Sur cette vidéo, Rusty Eggers enlace Kandi Pate sur un canapé. Kandi semble se crisper à son contact.
Rusty Eggers :
— *La plupart des garçons de ton âge ne savent pas ce qu'ils font. Sexuellement parlant, j'entends. Tu vois ce que je veux dire ?*
Kandi Pate :
— *Mmm, mon agent m'attend en bas.*
Rusty :
— *Je trouve qu'elle n'est pas à la hauteur.*
Kandi (rire nerveux) :
— *Elle m'a plutôt réussi jusqu'ici.*
Rusty :
— *Des rôles de gamine. Tu es une femme maintenant. Bourrée de talent, qui plus est.*
Kandi :
— *Merci.*
Rusty :
— *On pourrait en parler dans ma chambre d'hôtel.*
Kandi :
— *Ce soir ? Je ne sais pas...*
Sur ce, Rusty Eggers l'embrasse à pleine bouche.

— Regardez ! fit Rusty en désignant l'écran. Elle ne se débat pas franchement, hein ?

Mais elle ne se serrait pas non plus contre lui.

Les deux collaboratrices de Rusty blêmirent.

Gavin demanda :

— Savez-vous où ça a été filmé ?

— On dirait le studio new-yorkais de Maynard, répondit Rusty.

Le baiser prend fin. Kandi Pate se lève rapidement, lisse sa jupe, s'essuie la bouche du revers de la main. Elle se force à sourire.
Kandi :
— Il faut que j'y aille.
Rusty :
— À ce soir alors ? Neuf heures. Juste pour parler.
Kandi se précipite hors de la pièce.

Se détournant du poste, Rusty regarda les deux femmes.

— Pour répondre à votre première question, oui, elle est venue ce soir-là.

Le présentateur Scott Gallett :

— Kandi Pate a finalement été virée du *Rusty Show* pour, prétendument, usage de drogues et insubordination, mais notre panel d'experts s'interroge sur le bien-fondé de ces rumeurs et se demande si elle n'a pas été victime...

Rusty éteignit la télé.

— Panel d'experts, répéta-t-il. Je rêve.

Il se frotta les mains.

— Lia ?

Hébétée, Lia Capasso leva la tête.

— Vous avez les bots informatiques ?

— Ils sont en stand-by, dit Lia.

— Parfait.

Rusty se mit à arpenter la pièce.

— Faites dire au premier groupe que cette vidéo est une démonstration pédagogique.

— Une démonstration pédagogique ?

— Oui. C'est pour ça qu'on l'a tournée. Kandi et moi avons interprété cette scène pour montrer ce qu'il ne faut pas faire sur son lieu de travail et pour que tous les membres du *Rusty Show* sachent que nous aurons zéro tolérance vis-à-vis de ce type de comportement.

— Vous croyez que ça va marcher ? hasarda Jan Schnall.

— Ce n'est que le premier groupe de bots, Jan. Pour le deuxième, nous dirons que Kandi travaillait sur un script #MeToo. Largement en avance sur son temps. Elle m'a demandé de tourner cette scène avec elle. Lia, dites à nos graphistes de créer un scénario avec ce même dialogue. Prenez un programme d'écriture de scénarios d'il y a dix ans. Final Draft ou Movie Magic peut-être. Dites-leur d'ajouter une page de dialogue avant, une autre après. Que ça paraisse crédible. Nous le ferons fuiter comme un « script inédit » que Kandi Pate espérait proposer à la prod avant que sa carrière ne décolle.

Lia griffonna sur son carnet.

— C'est noté.

— Nous dirons que, en tant que référent pour les jeunes qui participaient à mon émission, j'ai voulu lui donner un coup de pouce, mais que j'étais clairement mal à l'aise dans le rôle qu'elle m'avait confié. Jan, trouvez des experts en langage non verbal pour confirmer qu'il s'agit d'un rôle de composition et que j'hésite au moment du prétendu baiser.

— OK.

— Ensuite, on ira ratisser à droite et à gauche. Jan, faites dire aux bots de droite quelque chose comme : « Comment se fait-il que la gauche revendique la liberté sexuelle et le droit des femmes de disposer d'elles-mêmes et qu'elle juge Kandi Pate trop faible pour décider qui elle veut fréquenter ? » Et les bots de gauche, Lia, répondront : « On n'a pas à fouiller dans les alcôves et cette jeune femme est assez mûre pour assumer ses choix. » Vous connaissez la chanson. C'est quoi, l'âge du consentement à New York ?

Lia pianota sur son iPad.

— Dix-sept ans.

— Et en Californie ?

— Dix-huit.

Il réfléchit.

— On a aussi une antenne à Toronto. Et là-bas ?

Lia cliqua à nouveau.

— Avant, c'était quatorze ans. Maintenant c'est seize.

— OK, cool. Répandons la rumeur que ça s'est passé dans notre bureau de Toronto. On va aussi créer un groupe de faux profils pour faire le coup du macho.

Jan fronça les sourcils.

— Le « coup du macho » ?

— Oui, genre « Quel mec normalement constitué ne tenterait pas sa chance avec une bombasse comme Kandi Pate ? » et « Toutes ces pleureuses sur Internet sont juste jalouses d'un homme qui en a dans le froc ». Ils n'ont qu'à ajouter que Kandi avait atteint la majorité sexuelle.

Lia et Jan hochèrent la tête de concert en s'animant légèrement. Gavin se bornait à observer en silence.

— Pour finir, utilisons les groupes de *fake news* pour proclamer que la vidéo a été truquée. On a toujours ces comptes sur les réseaux sociaux avec les différents niveaux… (Rusty esquissa des guillemets avec ses doigts.) d'expertise, non ? Branchons-les sur les conspirationnistes. Qu'ils relèvent des ombres bizarres sur les images pour démontrer que ça a été monté avec Photoshop, ou que le son est décalé. Qu'ils mettent des vidéos sur YouTube en entourant tel ou tel objet pour dire : « Cette ombre n'a rien à faire là, quelqu'un a trafiqué l'image, ouaf ouaf. » Ah, et demandez à des « experts » en reconnaissance vocale de notifier que ce n'est pas ma voix, mais une mauvaise imitation. Et des bots pourraient faire observer que ça ressemble à un montage, quelque chose qui aurait été extrait d'une séquence antérieure. Vous me suivez ?

— On vous suit, fit Lia.

— C'est parfait, ajouta Jan.

L'une et l'autre avaient repris des couleurs. Elles souriaient même.

— J'aimerais également que vos propres bots se disputent. « Peu importe que ce soit photoshopé. Ça n'a rien d'illégal de toute façon ! » Ou bien : « Arrêtez avec l'éthique... cette vidéo est une *fake news*, ça ne s'est jamais produit. »

Lia demanda :

— Tout ça ?

— Tout ça et plus encore. Genre : « Pourquoi on ne montre pas ce qui est arrivé *avant...* quand Kandi Pate a fait de l'œil à Rusty ? » Oh, c'est bon, ça. Un groupe qui posterait : « Voici le lien de la vidéo dans son intégralité où on voit Kandi faire du rentre-dedans à Rusty, qui essaie de la raisonner, pourquoi on ne montre pas ça ? » Sauf que – ah, j'adore ça – le lien déboucherait sur un message d'erreur et les bots affirmeraient que les grandes chaînes ou le gouvernement l'ont supprimée. C'est du camouflage, hurleraient-ils. Une attaque généralisée de bots... avec un tir croisé venant de la gauche et de la droite. Je veux qu'on se bagarre autour de ma non-implication dans toute cette histoire.

— J'adore aussi, dit Lia.

— Puis passons à la traditionnelle attaque du procédé lui-même. Le véritable crime n'est pas sur la vidéo. Le véritable crime, c'est qui nous a filmés illégalement ? Quel genre de fanatique ayant un compte à régler s'est introduit dans mon bureau pour m'espionner ? Ce sont eux, les vrais criminels. Pourquoi les puissants de ce monde sont-ils prêts à enfreindre la loi pour empêcher mon message d'atteindre le peuple ?

— C'est bien, ça, acquiesça Jan.

— N'est-ce pas ? D'autre part, Lia, demandez à l'un de nos avocats de contacter Kandi. Pour lui rappeler l'accord de non-divulgation qu'elle a signé. Si elle parle, nous la réduirons en miettes. Si elle nous soutient, faites-lui savoir que nous financerons un nouveau film avec un rôle sur mesure pour son retour à l'écran.

— Entendu, dit Lia.

— Une question, fit Jan.

— Allez-y.

— Les médias grimpent aux rideaux en quête d'un commentaire. Qu'est-ce qu'on met dans notre communiqué de presse officiel ?

— Rien pour l'instant. Attendons de voir ce qu'il y aura sur les réseaux sociaux d'ici quelques heures. On prendra notre décision à ce moment-là. Je pense que notre communiqué sera relativement vague. Genre : « Nous ne ferons aucun commentaire pour ne pas nuire à la réputation de Mlle Pate, qui est une jeune femme charmante et une novice vulnérable, et nous trouvons révoltant que les médias la traînent ainsi dans la boue pour récolter quelques clics. Nous refusons de prendre part à ces infâmes ragots autour de ce qui est à l'évidence un coup monté. » Voilà, quelque chose comme ça. Mais pas tout de suite. Je veux voir quelle version prendra le mieux. Soumettons les arguments à notre équipe pour qu'elle les diffuse au plus vite. Il faut semer la confusion, les amis.

— Je m'en occupe, dit Lia.

Les deux femmes se replongèrent dans leurs téléphones et leurs tablettes.

Rusty prit Gavin à part.

— Vous savez d'où vient la fuite, n'est-ce pas ?

— Les Maynard, j'imagine.

— Vous étiez censé les en empêcher.

— Je vous l'ai dit, ils m'ont viré.

Et, baissant la voix, Gavin ajouta :

— Vous m'avez assuré que ces cassettes ne contenaient rien de dommageable.
— Si c'est ça, le pire, on n'aura rien à craindre.
— Si ?
— Hein ?
— Vous avez dit « Si ». Y aurait-il autre chose ?
— Préparez la voiture, ordonna Rusty Eggers. Je veux aller chez les Maynard.

Wilde se trouvait dans la bibliothèque en compagnie de Dash et Delia au moment du « flash info ». Ils regardèrent la télévision en silence.
Pendant la pause publicitaire, Wilde demanda :
— C'était donc ça, le dossier le plus préjudiciable ?
— Nous ne voulions pas le rendre public, dit Delia.
Se levant, elle se dirigea vers la porte. Dash parut surpris.
— Tu ne veux pas voir...
— J'en ai assez vu. J'ai besoin d'air.
Delia sortit. Wilde contempla les vitraux de la tourelle. Il faisait nuit dehors, pourtant les fenêtres luisaient comme si elles laissaient passer la lumière. Cette pièce lui paraissait toujours aussi factice. Une bibliothèque aussi cossue aurait dû sentir le temps qui passe : le cuir des reliures, le chêne des étagères, le renfermé des années d'usage.
— Ça devrait le faire, non ?
Comme il n'y avait personne d'autre, soit Dash s'adressait à Wilde, soit il réfléchissait à haute voix.
— Quoi donc ? fit Wilde.
— Satisfaire les ravisseurs. Mettre fin à la campagne de Rusty.
Wilde n'en savait rien. Il ne savait pas non plus si Dash le déplorait ou s'en réjouissait. Une chose était claire : il avait peur.

— Alors, quelle est votre version des faits ? s'enquit Wilde.
— Pardon ?
— Votre fils. Vous croyez qu'il a été enlevé ?

Joignant les mains, Dash se cala dans son fauteuil.

— Finalement, Delia et moi avons décidé de ne prendre aucun risque.
— Ça ne répond pas vraiment à ma question.
— C'est le mieux que je puisse faire.
— Il y a une autre raison pour laquelle vous avez choisi de divulguer cette vidéo, n'est-ce pas ?
— Je ne vous suis pas.
— La pression est retombée maintenant.

Dash avait l'air agacé.

— De quoi parlez-vous ?
— Les médias qui réclament la publication des enregistrements, tout le monde qui vous somme de faire le bon choix, d'être un patriote... On ne vous aurait jamais laissé tranquille. Aucune intimité. Pas de liberté véritable. Une pression constante sur vous, vos sociétés, votre famille. Mais, maintenant que cette vidéo a été rendue publique, tout cela est terminé. Quelque part, ça doit être un soulagement.

Dash se retourna vers le téléviseur.

— Sans vouloir vous offenser, pourriez-vous aller dans la pièce d'à côté ? J'aimerais être seul pendant un moment.

Wilde se leva et alla vers la porte. Il venait de franchir le seuil quand son portable sonna.

L'écran affichait NAOMI PRINE.

Il porta le téléphone à son oreille.

— Allô ?
— Salut, Wilde.

Son pouls s'accéléra.

— Naomi ?
— Arrêtez de nous chercher, OK ?
— Naomi, où es-tu ?
— Tout va bien. Nous sommes en sécurité.
— Crash est avec toi ?
— Il faut que je vous laisse.
— Attends...
— S'il vous plaît. Vous allez tout gâcher. Nous n'avons pas envie qu'on nous trouve.
— Tu nous as déjà fait ce coup-là, Naomi.
— Quoi ?
— Le jeu du défi. Tu te souviens de ce que tu m'as dit ?
— Quand on s'est parlé au sous-sol ?
— Oui.
— J'ai dit que j'avais besoin d'un changement.
— C'était plus que ça.
— Un changement total. Quelque chose de radical pour effacer mon passé et recommencer à zéro.
— C'est ce que tu es en train de faire ?
— Vous allez me dire que j'ai échoué la première fois, et que j'échouerai aussi la seconde fois.
— Non, Naomi, sûrement pas. Je crois en toi.
— Wilde ?
— Je suis là.
— S'il vous plaît. Si vous voulez m'aider, laissez-moi tranquille.

Rusty Eggers était assis avec Gavin sur la banquette arrière de la voiture. Il n'arrêtait pas de plier et de déplier sa mauvaise jambe. Gavin le vit fouiller dans sa poche, en tirer une petite boîte, l'ouvrir. Rusty sortit deux comprimés, les jeta dans sa bouche, avala. Son regard vitreux se posa sur Gavin.
— Tylenol, dit-il.

Gavin ne répondit pas.

Rusty prit son téléphone et composa un numéro.

— Salut, c'est moi. Ne m'explique rien. Je viens chez toi. Il paraît que c'est surveillé. Retrouve-moi à... oui, c'est ça. Merci.

Gavin Chambers demanda :

— Je peux savoir de quoi il s'agit ?

— Vous vous rappelez notre discussion sur la théorie du fer à cheval en politique ?

— Oui, bien sûr.

— On disait que la majorité des Américains se situait au centre, d'un point de vue relatif. C'est ainsi que l'Amérique a conservé son équilibre pendant toutes ces années. La droite et la gauche étaient suffisamment proches pour ne pas s'entendre, mais ne pas se haïr non plus.

— Soit.

— Ce monde n'existe plus, Gavin. Il sera donc facile de détruire l'ordre social. Les centristes sont devenus complaisants. Ils sont intelligents, mais paresseux. Ils voient les gris. Ils acceptent le dialogue. Les extrémistes en revanche ne voient que le noir et le blanc. Non seulement ils sont convaincus d'avoir raison, mais ils sont incapables de comprendre le camp d'en face. Ceux qui ne partagent pas leurs opinions sont des êtres inférieurs à tout point de vue et ils n'hésiteront pas à tuer pour leurs convictions. Je me mets à leur place, Gavin. Et je veux en créer d'autres en obligeant ceux du centre à choisir leur camp. Je veux les pousser vers les extrêmes.

— Pourquoi ?

— Les extrémistes sont inflexibles. Ils ne voient pas le bien et le mal... ce qu'ils voient, c'est eux ou nous. Vous aimez le baseball, hein, Gavin ?

— Oui.

— Vous supportez les Yankees, n'est-ce pas ?
— Et alors ?
— Si vous découvriez que le manager des Yankees a triché ou que vos joueurs préférés se shootent aux stéroïdes, deviendriez-vous un supporter des Red Sox pour autant ?
Gavin ne dit rien.
— Eh bien ?
— Sans doute pas.
— Et voilà. Rien de ce que les Yankees pourraient faire ne vous convaincrait de devenir un supporter des Red Sox. C'est ça, le pouvoir que je veux contrôler. J'ai lu récemment une citation de Werner Herzog. Vous voyez qui c'est ?
— Le cinéaste allemand.
— C'est ça. Il a dit que l'Amérique prenait conscience, comme l'Allemagne jadis, qu'un tiers de sa population va exterminer le deuxième tiers sous le regard du troisième.
Rusty posa la main sur l'épaule de Gavin.
— Vous et moi allons changer le monde, mon ami.
Il se pencha en avant.
— Arrêtez-moi au prochain carrefour.
— Je croyais qu'on allait chez les Maynard.
— Changement de programme.
— Je ne comprends pas.
La voiture se gara le long du trottoir. Il y avait une femme à l'arrêt du bus. Elle gardait la tête baissée.
— Il y a un café un peu plus loin sur la route 17.
— Je connais.
— Attendez-moi là-bas. Je ne serai pas long.
En repartant, Gavin essaya d'identifier la femme. Il n'en était pas certain – il ne l'aurait pas juré –, mais on aurait dit Delia Maynard.

32

LORSQU'ELLE SE RÉVEILLA LE LENDEMAIN MATIN, Hester mit une minute ou deux à comprendre où elle était. Sa tête palpitait. Elle avait la gorge sèche. Le rai de lumière matinale filtrant dans la chambre lui fit mal aux yeux. Des voix étouffées lui parvenaient d'en bas.

Elle s'efforça de remettre de l'ordre dans ses idées. Ce ne fut pas long. En sortant de la pizzeria, elle avait regagné son ancienne maison. Il n'y avait personne. Matthew était dehors avec des copains. Laila… Hester n'avait pas voulu poser de questions, mais, d'après ce qu'elle avait compris, Laila avait rencontré quelqu'un, ce qui expliquait pourquoi Wilde ne dormait plus sous son toit. Seule dans cette maison où elle avait vécu avec les siens – Ira, Jeff, Eric, David, ses garçons, comme elle les appelait, ses magnifiques garçons –, Hester avait su que seule l'intercession d'une substance chimique l'aiderait à apaiser les fantômes du passé. Elle avait trouvé une bouteille de whisky Writer's Tears dans la réserve d'alcool et s'en était versé une rasade avec quelques glaçons. C'était un début, un bon début pour amadouer les visiteurs du soir, les laisser s'asseoir à côté d'elle et lui tenir la main, mais elle n'en était pas débarrassée pour autant. Elle avait donc fouillé dans son sac et avait sorti les cachets. Hester ne les prenait qu'en cas de nécessité absolue, or cette soirée correspondait à la définition même de la « nécessité absolue » dans le dictionnaire. Alors même qu'elle les mettait dans sa bouche, elle s'était dit que ce n'était pas très malin de sa part, qu'on ne mélangeait pas alcool et médicaments, qu'elle devait avoir l'esprit clair au cas où Wilde ou sa famille auraient besoin d'elle.

En temps ordinaire, cela aurait suffi pour l'arrêter mais, une fois encore, ce n'était pas une soirée comme les autres.

Plissant les yeux, elle tendit la main vers son téléphone. Comment était-elle arrivée dans cette chambre ? Elle ne se souvenait de rien. Était-ce Laila qui, en rentrant, avait trouvé sa belle-mère K-O sur le canapé ? Ou était-ce Matthew ? Non, c'était peu probable. Il lui revint vaguement en mémoire que, consciente de son état, elle s'était préparée à aller au lit avant que ne survienne l'inévitable. Mais elle n'en était pas sûre.

Elle entendait toujours des voix au rez-de-chaussée. Un instant, elle craignit que Laila, ayant oublié sa présence, ne fût en train de préparer le petit déjeuner à l'individu de sexe masculin qui avait passé la nuit avec elle. Retenant son souffle, elle tendit l'oreille.

Deux voix. Des voix féminines. L'une était celle de Laila et l'autre… ?

Le téléphone d'Hester n'était plus chargé qu'à quatre pour cent. L'horloge à l'écran indiquait 6 h 11. Elle vit des notifications d'Oren. Il avait appelé à plusieurs reprises. Il y avait un message vocal. D'Oren également. Elle mit le haut-parleur.

« Allô, c'est moi. Je… Je suis vraiment navré. Je n'arrive pas à croire à quel point j'ai manqué de tact. J'ai eu cet appel et je suis parti en courant sans réfléchir, mais ce

333

n'est pas une excuse. Je vous demande pardon. Sachez juste que c'était un accident sans gravité, personne n'a été blessé. Je ne sais pas si ça change quelque chose. Rappelez-moi, OK ? Pour me dire que ça va. »

Mais ça n'allait pas.

Son inquiétude était palpable. Oren était un homme bon, seulement c'était comme dans un film où une sorcière vous jette un sort. Il avait été là la nuit de la mort de David. On l'avait appelé de la même façon sur le lieu de l'accident et, cela, elle n'était pas près de l'oublier. En admettant même qu'ils aient une toute petite chance d'être heureux ensemble, la malédiction aurait vite fait de l'étouffer dans l'œuf.

Hester ne voulait pas faire de peine à Oren. Ce n'était pas sa faute et il n'était plus tout jeune. Inutile de lui ajouter un fardeau sur les épaules. Elle lui envoya un texto :

Tout va bien. Super débordée. Je vous rappelle plus tard.

Sauf qu'elle n'appellerait pas. Ni ne répondrait à ses coups de fil. Il finirait par comprendre et tout le monde ne s'en porterait que mieux.

Les voix en bas résonnaient plus fort à présent. Elles s'étaient déplacées. C'est curieux, les souvenirs. Cette pièce que Laila et David avaient transformée en chambre d'amis avait autrefois été le bureau d'Hester. Elle pouvait encore deviner, d'après les échos et le volume sonore, que les deux femmes avaient au départ discuté dans la cuisine et qu'elles se tenaient maintenant devant la porte d'entrée. En train de se dire au revoir, sans doute. Hester regarda par la fenêtre. En effet, une jeune femme descendit le sentier pavé jusqu'à une voiture bleue garée devant la maison.

Hester enfila la robe de chambre que Laila gardait pour les invités et sortit dans le couloir. Sa belle-fille se tenait au pied de l'escalier.

— Bonjour, Hester, fit-elle.
— Bonjour.
— Vous étiez déjà couchée quand je suis rentrée hier soir. Tout va bien ?
— Oui, répondit-elle malgré le martèlement dans sa tête. Ça va.
— Désolée de vous avoir réveillée. C'est une cliente qui n'habite pas loin. Elle avait besoin de me parler.
— Oh, je connais.
— Il y a du café chaud dans la cuisine, si ça vous dit.
— Tu es une déesse, fit Hester.

Laila sourit et prit son sac.

— Je file avant qu'il n'y ait trop de bouchons. Vous n'avez besoin de rien ?
— Non, je te remercie.
— Matthew ne va pas tarder à se lever. Si vous êtes toujours là ce soir, on dîne ensemble ?
— On verra.
— Pas de problème.

Sur ce, Laila ouvrit la porte et sortit. Hester effaça son sourire et pressa les deux mains contre son crâne pour l'empêcher d'éclater. Puis elle descendit les marches car, aucun doute là-dessus, un bon café lui ferait du bien.

Par la fenêtre près de la porte, elle vit que la jeune femme à la voiture bleue n'était toujours pas partie. Laila s'approcha d'elle. Hester les regarda échanger quelques mots. Puis Laila posa une main réconfortante sur l'épaule de la femme. Revigorée par ce geste, la visiteuse hocha la tête et pressa la télécommande pour ouvrir les portières de sa voiture.

— Salut, mamita.

C'était Matthew en haut de l'escalier.
— Bonjour, toi.
Tout en regardant par la fenêtre, Hester demanda :
— Tu connais cette femme qui est avec ta mère ?
— Qui ça ?
— Celle qui est en train de monter dans la voiture bleue.
Matthew dévala les marches et jeta un coup d'œil dehors au moment où la jeune femme se glissait derrière le volant et démarrait.
— Ah, elle ! C'est Mme O'Brien. Maman doit l'aider pour une affaire.
Pourquoi ce nom-là ne lui était-il pas inconnu ?
— Mme O'Brien ?
— Ouais, dit Matthew. Elle est prof de dessin au lycée.

Le chauffeur Uber, qui, d'après l'appli, se prénommait Mike et était noté 4,78, ne cacha pas son mécontentement en voyant la foule massée devant le portail du manoir.
— C'est quoi, ce cirque ? demanda-t-il à Hester.
Une poignée de manifestants, une dizaine tout au plus, se tenaient dehors et brandissaient des pancartes où l'on pouvait lire FAKE NEWS ! et ESPIONS EN PRISON POUR TRAHISON tout en scandant ces mêmes slogans. Les policiers municipaux, en nombre égal, leur interdisaient l'accès au portail et, quand la Honda Accord grise de Mike 4,78 arriva, ce fut un Oren en personne et en uniforme qui se pencha vers la vitre côté passager :
— Vous êtes attendu ?
— Oui, répondit Hester depuis la banquette arrière.
Oren se tourna vers elle.
— Oh... bonjour.
Et, juste grâce à ces deux mots, le fantôme de David se matérialisa et s'assit à côté d'elle.

— Bonjour.

Pendant un moment, il ne se passa rien. Finalement, Mike 4,78 rompit le silence :

— On peut entrer ou quoi ?

— Vous déposerez Mme Crimstein au poste de surveillance, dit Oren. Bonne journée.

Oren s'écarta. Mike 4,78 franchit le portail et le fantôme de David s'évanouit. Wilde attendait Hester dans une voiturette de golf. Lorsqu'elle eut grimpé à côté de lui, il annonça :

— Naomi m'a appelé sur mon portable.

— Quoi ? Quand ?

— Hier soir.

— Pourquoi ne m'as-tu pas téléphoné ?

— Vous aviez un rencard.

— Tu aurais pu appeler après.

Wilde dissimula un sourire.

— Je ne savais pas jusqu'où ce rencard devait vous mener.

— Ne sois pas impertinent.

— Désolé.

— Alors, elle a dit quoi, Naomi ?

— Qu'on arrête de les chercher.

— *Les* chercher ? Comme si elle n'était pas seule ?

— C'est ça.

— Est-ce qu'elle t'a semblé en détresse ?

— En détresse comme quelqu'un qu'on retient contre son gré, non. En fait, elle avait l'air plutôt excitée.

— Comme si le garçon le plus populaire du lycée avait fugué avec elle ?

— Peut-être.

Ils longèrent l'allée. La libération de Crash Maynard était censée avoir lieu dans un peu plus de cinq heures, mais ils avaient passé une bonne partie de la nuit devant l'écran, en attente d'un nouveau mail.

— Moi aussi, j'ai du nouveau, dit Hester.

— Oui ?

— Ava O'Brien était chez Laila ce matin.

Cela le déconcerta.

— Pour quoi faire ?

— Laila m'a dit que c'était une de ses clientes.

— Dans quel sens ?

Hester esquissa une moue.

— On ne peut rien lui demander et elle ne peut rien nous dire. Secret professionnel.

Wilde regarda l'heure.

— Ava ira bientôt au lycée. Si je me dépêche, je pourrai l'intercepter en chemin.

— Pour lui demander quoi ? J'y ai réfléchi. Quel rapport une affaire judiciaire suivie par Laila aurait-elle avec tout ceci ?

Wilde n'en savait rien, mais il y avait encore cinq heures à attendre et il ne tenait pas en place.

— Je n'en ai pas pour longtemps, fit-il.

— Où sont les Maynard ?

— Dans leur bibliothèque. Je vous déposerai avant de repartir.

La nuit avait été longue. Wilde n'avait pas dormi : il avait préféré aller courir dans la forêt. Il aimait courir de nuit entre les arbres. Ses yeux s'habituaient vite à l'obscurité et ses cinq sens fusionnés formaient un tout plus efficace que la somme des parties. Il alla jeter un œil sur son Écocapsule. Il n'y était pas retourné depuis l'intrusion de Gavin Chambers et de ses hommes. Il voulait s'assurer que personne n'y avait touché depuis. Il ne s'était pas non plus douché ni changé depuis un moment ; il en profita donc pour le faire.

De retour dans sa capsule, Wilde repensa à l'idée du leurre : l'armée fantôme, la ruse tactique. L'objectif militaire était simple : semer le chaos et la confusion. À en juger par ce qu'il avait vu aux informations, Rusty Eggers et son équipe avaient choisi cette stratégie.

Et ça marchait. En un sens, quand on songeait au cours de l'histoire, ça marchait à tous les coups.

Il prit la Lexus des Maynard pour se rendre au lycée dans l'espoir de tomber sur Ava. Hester avait raison. Elle n'avait certainement rien à voir là-dedans. Mais Wilde aimait bien Ava. Même s'il ne voulait pas l'admettre, il avait envie de la revoir. Sa pensée ne le quittait pas depuis la veille au 7-Eleven quand, à sa propre surprise, il lui avait proposé de renouer avec elle. Rien de sérieux, bien sûr. S'il ne revenait pas, en général, c'était pour éviter à l'autre de s'attacher. Cela n'aurait pas été juste. Donc pas de *bis*.

Sauf, pour être tout à fait honnête, avec Ava.

Alors faire un saut au lycée, était-ce juste un prétexte pour la revoir ?

Wilde se gara en face du parking des profs, descendit et s'adossa à la portière. Quelques minutes plus tard, il vit arriver la voiture d'Ava. Il la regarda sortir. Ava O'Brien était belle, pensa-t-il. Forte. Passionnée. Indépendante. Sensible.

Il fit un pas dans sa direction quand une voiture s'arrêta à sa hauteur, lui barrant le passage.

Le conducteur sortit la tête par la vitre.

— Montez.

C'était Saul Strauss.

— Pourquoi tout le monde me court après soudain, Wilde ?

— À vous de me le dire.

— Je n'ai rien à voir avec la publication de cette vidéo.

— Je sais, dit Wilde.

— Alors pourquoi, bon sang, Gavin me cherche-t-il ? Pourquoi m'avez-vous appelé ?

— C'est une longue histoire.

— Montez dans la voiture, fit Strauss en regardant à droite et à gauche. J'ai quelque chose à vous montrer.

Wilde jeta un coup d'œil sur Ava qui franchissait l'entrée du lycée.

— C'est important, ajouta Strauss, mais je ne vais pas rester planté là, avec Gavin Chambers à mes trousses. Ou vous montez ou je m'en vais.

Le temps que Wilde hésite, Ava avait déjà disparu. Faute de mieux, il s'installa à côté de Strauss qui redémarra en trombe.

— Où va-t-on ?

— Serait-ce trop pompeux si je réponds « trouver la vérité » ?

— Et comment.

— Alors la réponse est la prison, dit Strauss. On va en prison.

33

— COMMENT ÇA, EN PRISON ?

Saul Strauss gardait les deux mains sur le volant.

— Pourquoi tout le monde tient-il tant à savoir où je suis ?

— J'ai une meilleure question : où étiez-vous passé ?

— J'ai des ennemis, Wilde. Ça ne vous étonne pas, je suppose. Alors quand un réac opportuniste comme Gavin Chambers, qui bosse pour un nihiliste shooté aux médocs tel que Rusty Eggers, vient frapper à ma porte, je préfère jouer les filles de l'air, si vous voyez ce que je veux dire.

— Ce que je vois surtout, c'est que vous ne répondez pas à ma question.

— En quoi ça vous regarde ? En quoi ça regarde Gavin ?

Wilde ne jugea pas nécessaire de lui cacher plus longtemps le dernier rebondissement de l'affaire.

— Crash Maynard a disparu.

— Que voulez-vous dire, « disparu » ? C'est pour ça que la vidéo a été rendue publique ?

Wilde garda le silence.

— Et vous croyez que je suis mêlé à ça ?

— À vous de me le dire.

— Mais oui, bien sûr, c'est moi qui séquestre Crash Maynard. Combien d'hommes armés Gavin a engagés pour protéger cette famille, hein ?

Là-dessus, il marquait un point.

— Comment m'avez-vous trouvé ? demanda Wilde.

— Un gars à moi surveille le domicile des Maynard. D'ailleurs, qui appelle ça le « manoir Maynard » ? Ça fait tellement clinquant et m'as-tu-vu que c'en devient indécent. Franchement, s'il fallait prouver que les riches sont trop riches, j'en ferais l'illustration par défaut. Enfin, bref... mon gars vous a pris en filature.

— Et vous étiez dans les parages ?

— Il fallait que je vous voie.

— Pour m'emmener en prison ?

— Oui.

— Je dois être rentré chez les Maynard vers onze heures trente.

— Ce ne sera pas long. J'ai entendu dire qu'Hester avait interrogé Arnie Poplin.

— Vous entendez dire beaucoup de choses, Saul.

— C'est vrai. J'imagine qu'elle le croit maintenant.

Wilde changea de sujet.

— L'autre soir, au bar de l'hôtel, pourquoi vous intéressiez-vous à Naomi Prine ?

— Ce n'est pas elle qui m'intéressait, mais Crash Maynard.

— Qui a disparu depuis.

— Je vous l'ai déjà dit, même si vous ne m'avez pas cru. Les Maynard détiennent des vidéos compromettantes.

— Que tout le monde a vues désormais, ajouta Wilde.

— Oui, j'ai regardé les infos et noté les réactions. Les gens se fichent pas mal qu'Eggers ait embrassé une adolescente, à part ceux qui, de toute façon, ne voteront jamais pour lui.

Ils traversèrent le pont Tappan Zee et longèrent l'Hudson en direction du nord. Si Strauss avait dit vrai en parlant de « prison », leur destination était facile à deviner.

— Sing Sing ? s'enquit Wilde.
— Oui.
— Pourquoi ?
— Pour que vous voyiez de vos propres yeux, Wilde. Pour que vous compreniez.

Situé à environ une demi-heure de Manhattan, le centre pénitentiaire de Sing Sing était l'une des prisons les plus célèbres du monde. Construit au début du XIXe siècle, Sing Sing se fondait dans le décor. Si, comme tant d'autres, vous preniez le train et le métro pour vous rendre à la gare Grand Central, votre trajet quotidien passait devant Sing Sing. Si vous remontiez l'Hudson en bateau, vous pouviez apercevoir la prison perchée sur un promontoire avec une vue imprenable sur le fleuve. La fameuse chaise électrique « Old Sparky » avait été fatale à plus de six cents condamnés derrière ces murs, dont les présumés espions soviétiques Ethel et Julius Rosenberg en 1953. On raconte que, attaché en premier au fauteuil, Julius mourut rapidement. Puis Ethel fut conduite à l'endroit même où son époux venait de rendre l'âme – on imagine ce qu'elle a pu ressentir à cet instant –, sauf que son exécution a mal tourné. D'après les témoins, il a fallu s'y reprendre à plusieurs fois avant qu'elle meure : son cœur continuait à battre malgré les décharges répétées, et une fumée s'était élevée au-dessus de sa tête.

Wilde n'avait aucune idée de ce qu'ils allaient faire là-bas.

Strauss gara la voiture sur le parking des visiteurs et coupa le contact.

— Venez. Il n'y en a pas pour longtemps.

Il avait manifestement pris ses dispositions car ils purent entrer sans faire la queue. Ils durent vider leurs poches et passer sous le portique de sécurité. Le parloir ressemblait à une cantine scolaire sous stéroïdes. Il y avait des tables et des chaises... et pas de cloisons vitrées comme on en voit à la télé pour séparer les prisonniers de leurs visiteurs. Les détenus étaient entourés de leurs proches. On se serait attendu à voir des adultes – parents, compagnes, frères et sœurs –, or il y avait surtout des familles avec de jeunes enfants. Beaucoup d'enfants. Certains tuaient le temps dans le « centre familial » coloré qui rappelait une crèche ou une salle de classe de maternelle. Il y avait des jeux de plateau, des livres d'images, des activités manuelles et des jouets. D'autres allaient s'amuser dehors, dans l'aire de jeux.

Les gardiens leur assignèrent une table dans la rangée numéro quatre, au marquage bien visible, juste à côté de la porte par laquelle allaient passer les détenus. On les pria de s'asseoir et de ne plus bouger jusqu'à l'arrivée de la personne qu'ils étaient venus voir. Wilde aurait aimé en savoir plus, mais, puisqu'il était là, il laissa Strauss prendre les choses en main. Un bourdonnement se fit entendre, et la porte du pénitencier proprement dit s'ouvrit. Les pensionnaires déferlèrent, se hâtant de rejoindre leurs familles. Wilde regarda Strauss.

— Le nôtre sera le dernier.

Wilde ignorait ce que cela signifiait, mais il n'allait pas tarder à le savoir. Quand tous les hommes (la population carcérale de Sing Sing était exclusivement masculine) eurent pénétré dans le parloir, il en apparut encore un...

en fauteuil roulant. Wilde comprit pourquoi on les avait installés à l'entrée.

C'était une zone accessible aux handicapés.

L'homme en fauteuil était noir. Avec des cheveux gris coupés à ras, une peau tannée, le blanc des yeux jaunâtre. Il devait avoir entre cinquante et soixante ans. On dit que la prison vieillit les individus. C'est peut-être un cliché, mais qui n'est pas dénué de fondement.

Saul Strauss se leva et plia sa grande carcasse pour serrer l'homme dans ses bras.

— Salut, Raymond.

— Bonjour, Saul.

— Je te présente Wilde. Wilde, Raymond Stark.

Wilde lui tendit la main. Stark avait une poigne ferme.

— Ravi de vous rencontrer, Wilde.

— Moi de même, répondit celui-ci faute de mieux.

Raymond Stark lui sourit. Ce sourire illumina son visage.

— Quand on vous a trouvé dans la forêt, j'étais détenu à Red Onion. Une prison de haute sécurité en Virginie. Je venais d'y être transféré et je gardais encore l'espoir, vous comprenez. Je pensais qu'ils allaient se rendre compte de leur erreur, et que j'allais être libéré d'une seconde à l'autre.

Cet homme, pensa Wilde, avait passé plus de trente ans en prison.

— J'ai lu tous les articles qu'on a écrits sur vous. Rien qu'à l'idée… Je veux dire, vous n'avez pas de proches, pas de famille. Pas de passé, c'est ça ?

— C'est ça.

— Je ne sais pas si c'est une chance ou une malédiction.

Saul se rassit et fit signe à Wilde de reprendre sa place.

— Merci d'être venu, dit Raymond à ce dernier.

Il les regarda l'un et l'autre avant de demander :

— Pourriez-vous me dire ce que je fais ici ?

— En 1986, Raymond a été arrêté pour le meurtre d'un jeune homme nommé Christopher Anson. Anson a été poignardé dans le quartier de Deanwood, à Washington. D'après la version officielle, il s'était aventuré dans un quartier malfamé pour acheter de la drogue, même si cette partie-là n'avait pas été révélée à la presse pour préserver la réputation de la victime. Bref, il a été poignardé en plein cœur, puis dépouillé. Vous étiez trop jeune pour vous en souvenir, mais l'affaire a fait beaucoup de bruit. Anson était un étudiant blanc et riche. Beaucoup ont réclamé la peine de mort.

Raymond posa la main sur le bras de Wilde. Tournant la tête, Wilde regarda ses yeux jaunis.

— Ce n'était pas moi.

— Vous imaginez le branle-bas de combat... les médias, le maire, la pression pour arrêter l'assassin. Les flics auraient reçu un tuyau anonyme selon lequel Anson achetait de la drogue à un jeune Noir de Deanwood. Du coup, ils ont cueilli un maximum de jeunes, les ont privés de sommeil, soumis à des interrogatoires musclés... pas besoin de vous faire un dessin.

— Non, répondit Wilde. En revanche, je veux bien qu'on m'explique ce que je fais ici.

Strauss poursuivit :

— Finalement, un gamin a déclaré que Raymond vendait de la drogue à des Blancs fortunés.

— De la marijuana, précisa Raymond. Ça, c'est vrai. Mais je m'occupais surtout des livraisons.

— Un juge a émis un mandat de perquisition, et un enquêteur de la police de Washington nommé Shawn Kindler a trouvé un couteau sous le matelas de Raymond. Les analyses ont montré que c'était l'arme du crime. Tout s'est enchaîné très vite ensuite.

— Ce couteau n'était pas à moi, dit Raymond.
Une fois de plus, il regarda Wilde dans les yeux.
— Je ne l'ai pas tué.
— Monsieur Stark ?
— Appelez-moi Raymond.
— Raymond, les sociopathes que j'ai rencontrés étaient capables de me mentir en me regardant droit dans les yeux.
— Je sais, acquiesça Raymond Stark. J'en croise tous les jours. Mais je ne vois pas quoi dire d'autre, Wilde. J'ai passé trente-quatre ans ici pour un crime que je n'ai pas commis. J'ai fait de mon mieux. J'ai travaillé dur pour décrocher mon diplôme de fin d'études secondaires, des équivalences universitaires et même un master en droit. J'ai rédigé des lettres et des dossiers pour moi et certains de mes codétenus. Mais il ne s'est rien passé. Il ne se passe *jamais* rien.

Il joignit les mains sur la table, et son regard se fit lointain.

— Imaginez que vous vivez jour après jour dans un endroit comme celui-ci, hurlant la vérité sur tous les tons, et personne ne vous entend. Vous voulez que je vous raconte un truc bizarre ?

Wilde resta muet.

— Je fais souvent le même rêve dans lequel je suis libéré, dit Raymond avec l'ombre d'un sourire. Je rêve que quelqu'un, finalement, me croit… et qu'on me laisse sortir. Puis je me réveille dans ma cellule. Pouvez-vous imaginer cet instant où je me rends compte que c'était juste un rêve : j'essaie de m'y accrocher, mais autant essayer d'agripper de la fumée. Ma mère venait me voir deux fois par semaine. Elle l'a fait pendant plus de vingt ans. Puis on lui a trouvé une grosseur au foie. Un cancer. Il l'a dévorée. Et je me demande chaque jour, chaque heure, si le stress de voir son fils enfermé pour quelque chose qu'il n'a pas commis n'a pas affaibli son système immunitaire et n'a pas fini par la tuer.

— Raymond, fit Strauss, raconte à Wilde comment tu as fini dans ce fauteuil.

Raymond secoua lentement la tête.

— Si ça ne t'ennuie pas, Saul, je préfère passer là-dessus. Une histoire aussi triste ne vous convaincra pas davantage de mon innocence, n'ai-je pas raison ?

Wilde ne réagissait toujours pas.

— Je ne vous demande donc pas de me plaindre ni de vous fier à ma bonne mine. Je vous demande juste quelques minutes de patience. C'est tout. Je ne plaiderai pas ma cause. Ni ne chercherai à vous émouvoir. Simplement, laissez Saul finir de vous dire ce qu'il veut que vous sachiez.

Wilde allait rétorquer qu'il ne les avait pas, ces quelques minutes, que lui-même avait une crise monumentale à gérer, et que, même s'il était persuadé que Raymond Stark avait été piégé, cela ne changerait rien. Il ne pourrait pas faire mieux que Saul Strauss et son organisation.

Ce qui l'arrêta, ce fut l'idée que Strauss avait eu une bonne raison de l'amener ici. Il connaissait la situation de Crash Maynard et Naomi Prine, et pourtant il avait insisté pour lui faire rencontrer ce Raymond Stark. Alors, plutôt que de perdre son temps à tergiverser, Wilde céda et décida de leur accorder quelques minutes supplémentaires de son temps précieux. Cela ne changerait rien là-bas au manoir Maynard, qui, plus que jamais, semblait se trouver à des années-lumière de Sing Sing.

Raymond Stark hocha la tête pour inviter Strauss à continuer.

— Il y a deux ans, reprit Strauss, nous, au programme Vérité, avons découvert que l'officier de police Kindler avait planqué des pièces à conviction au moins à trois

reprises pour atteindre son quota d'arrestations et se forger une réputation de superflic. Le bureau du procureur est obligé de réexaminer un certain nombre de dossiers gérés par ce policier. L'une des condamnations a déjà été levée. Mais ils n'avancent pas vite, et personne n'a envie de toucher au meurtre de Christopher Anson.
— Pourquoi ? demanda Wilde.
— Parce que cette affaire a été très médiatisée. Tout le monde était convaincu de la culpabilité de Raymond : les collègues de Kindler, le procureur, la presse, la famille et les amis d'Anson. Ce serait plus que gênant si on apprenait que le couteau a été placé là volontairement. Et même si on arrive à le prouver, beaucoup continueront à croire que Raymond est bien l'assassin d'Anson. C'est comme avec O. J. Des tas de gens pensent que le gant ensanglanté a été placé là où on l'a retrouvé par Mark Fuhrman... mais ils restent persuadés que c'est O. J. l'assassin.

Strauss lui tendit la photographie granuleuse d'un jeune homme avec un grand sourire et des cheveux ondulés. Il portait un blazer bleu et une cravate rouge.
— Voici Christopher Anson, la victime du meurtre. La photo a été prise deux semaines avant sa mort. Il avait vingt ans et était en troisième année de fac à Swarthmore College. Christopher était le stéréotype du jeune Américain : capitaine de l'équipe de basket, membre de l'équipe de débat de l'université, une moyenne de 3,8/5. Les Anson sont une grande famille aristocratique du Massachusetts. Ils passaient leurs étés dans leur immense propriété de Newport. Vous voyez le tableau.

Wilde ne dit rien.

— J'ai essayé de les approcher pour leur soumettre ce que nous avions découvert au sujet de Kindler. Ils n'ont rien voulu savoir. Pour eux, l'assassin a été arrêté et a eu ce qu'il méritait. C'est une réaction courante. Quand on croit une chose pendant plus de trente ans, cela devient un fait acquis.

— Saul ?

C'était Raymond.

— Wilde a été très patient avec nous. Montre-lui l'autre photo maintenant.

Strauss hésita.

— Je préfère la remettre dans son contexte d'abord.

— Il comprendra le contexte, fit Raymond. Montre-la-lui.

Strauss sortit une photo de sa chemise en carton.

— Au début, ça ne nous disait pas grand-chose. Jusqu'à cette histoire d'Arnie Poplin.

Il tendit à Wilde une photo de groupe : trente ou quarante jeunes gens, tous bien habillés, débordants de santé et de vitalité. La photo avait été prise en extérieur, sur des marches en béton blanc. Certains de ces jeunes gens étaient assis, d'autres, debout. Wilde reconnut aussitôt Christopher Anson, deuxième à gauche au dernier rang. Et il comprit que le portrait que Strauss lui avait montré avait été tiré à partir de cette photo, découpé et agrandi.

En arrière-plan, au-dessus des visages souriants, se dressait le dôme familier du Capitole.

Wilde ressentit un picotement dans sa nuque.

— Cet été-là, Christopher Anson effectuait un stage auprès du sénateur du Massachusetts.

Wilde balaya la photo du regard. Tout était clair à présent ; néanmoins, il laissa parler Strauss, qui désigna un garçon que deux personnes séparaient de Christopher Anson.

— Voici Dash Maynard.

Son doigt se déplaça vers une jeune femme qui n'avait pas beaucoup changé avec les années.

— Ça, c'est Delia Maynard, née Reese...
Le doigt glissa vers le visage à côté du sien.

— ... et ça, mon ami, c'est le sénateur actuel du grand État du New Jersey, Rusty Eggers.

34

DE RETOUR SUR LE PARKING DE LA PRISON, Wilde appela les Maynard pour leur demander s'il y avait du nouveau. Mais rien n'avait bougé. Il restait deux heures avant la libération promise par les ravisseurs.

Une fois dans la voiture de Saul Strauss, Wilde dit :
— Voyons si j'ai bien compris votre raisonnement.
— Allez-y.
— Arnie Poplin prétend avoir entendu Rusty avouer qu'il avait tué quelqu'un, et Dash aurait enregistré ses aveux. D'après vous, ils parlaient de Christopher Anson.
— Grosso modo, oui. Mais il y a autre chose.
— Quoi ?
— Ils étaient de sortie ce soir-là.
— Qui ?
— Christopher Anson et Rusty Eggers. Il nous a fallu du temps pour remonter jusque-là. Les stagiaires venaient pratiquement tous de familles aisées ; du coup, leurs noms n'ont pas été cités dans la presse.
— Dans une affaire aussi médiatisée ?
— Raison de plus. « Nous acceptons de coopérer à condition que le nom de notre précieux rejeton ne soit pas terni. » Ils ont tous négocié des clauses de confidentialité

avant de témoigner. Au final, l'accusation n'en a pas eu besoin. La découverte du couteau avait suffi. Mais il se trouve que le barman d'un troquet appelé Lockwood a vu tout un groupe de stagiaires hommes ce soir-là. On a mis nos meilleurs investigateurs sur le coup. La plupart des stagiaires n'ont pas voulu parler – à leur décharge, les faits se sont déroulés il y a plus de trente ans –, mais, d'après ce que nous avons pu apprendre, Rusty Eggers et Christopher Anson ne s'entendaient pas bien. Tous les deux se prenaient pour les mâles dominants du groupe. Il y avait une rivalité constante entre eux. Selon le barman, ils ont eu des mots ce fameux soir. Un de leurs copains a même dû les séparer.

— Rusty et la victime du meurtre ?
— Oui.
— Savez-vous qui les a séparés ?
— Ah, ça, ça va vous plaire. Nous avons montré au barman la photo prise sur les marches du Capitole. Devinez qui il a désigné ?

Wilde avait déjà compris.

— Dash Maynard.
— Intéressant, non ?
— Et après, une fois que Dash les a séparés ?
— D'après ce que nous avons pu reconstituer, Christopher Anson est parti en claquant la porte. Ensuite… une demi-heure ou une heure plus tard, Rusty Eggers est sorti seul du bar.
— La police était au courant ?

Strauss hocha la tête.

— Ils pensaient qu'Anson était parti de bonne heure pour acheter de la drogue. Cela n'aurait pas été la première fois. Anson était le… dealer est peut-être un terme trop fort. En tout cas, le fournisseur de la bande. La police a donc supposé qu'il avait trop bu. Et qu'il était allé s'approvisionner dans un quartier mal fréquenté. Comme il était toujours en costume-cravate, ça faisait de lui une cible privilégiée. Raymond Stark a dû le repérer ou peut-être qu'Anson l'a sollicité. Dans les deux cas, le jeune Blanc était une proie facile. Raymond a sorti un couteau pour le dépouiller. Anson a résisté, ou pas.

— Raymond Stark l'a poignardé.

— C'est ça. Mais cette théorie est truffée d'invraisemblances.

— Par exemple ?

— Le corps d'Anson a été découvert dans une ruelle. Notre expert du programme Vérité a examiné les photos de la scène de crime. Il est convaincu que le cadavre y a été transporté.

— Donc Christopher Anson a été tué ailleurs ?

— D'après notre expert, oui.

— L'avocat de Raymond l'a-t-il mentionné au procès ?

Strauss secoua la tête.

— Raymond a eu un avocat commis d'office. Il n'avait pas les moyens de se payer un spécialiste.

— Et j'imagine que l'accusation n'a pas divulgué cette info ?

— Il est possible que leur expert ne soit pas arrivé à la même conclusion mais, à mon avis, il s'agit plutôt de la manœuvre classique qui consiste à ne rien divulguer et à ne rien demander. De toute façon, ça n'aurait pas changé grand-chose pour le jury. Si on avait invoqué cet argument, l'accusation aurait répondu que Raymond avait poignardé Anson ailleurs et caché son cadavre dans cette ruelle.

Wilde s'enfonça dans son siège. Ils traversèrent à nouveau le pont Tappan Zee pour retourner dans le New Jersey. Il reçut un texto d'Hester :

Rola a peut-être une piste pour la mère de Naomi.

Wilde répondit :

Je serai là dans une demi-heure.

Puis il demanda :

— Vous pensez donc que Rusty Eggers a tué Christopher Anson ?

— Il était présent ce soir-là, commença Strauss. Ils se sont disputés.

— Ça ne prouve rien.

— En soi, non. Mais, des années plus tard, Arnie Poplin entend Rusty avouer qu'il a tué quelqu'un et s'inquiéter à propos d'un enregistrement.

Strauss ôta une main du volant et la tendit vers Wilde.

— Oui, je sais, Arnie Poplin mange à tous les râteliers, mais songez au comportement de Rusty Eggers. Il exige des Maynard qu'ils engagent Gavin Chambers, peut-être le meilleur spécialiste du pays dans le domaine de la sécurité, pour assurer leur protection. Pourquoi ?

— Pour récupérer les cassettes, répliqua Wilde. Comme celle qui vient d'être diffusée.

— Vous croyez qu'Eggers a recruté Chambers à cause de cette histoire entre lui et Kandi Pate ?

— Ça se pourrait.

— Ça se pourrait, répéta Strauss, mais ce n'est pas le cas. Parce qu'on oublie une chose.

— Laquelle ?

— Rusty Eggers est un sociopathe pur et dur. J'ignore s'il est né ainsi ou si la mort de ses parents dans un accident l'a fait disjoncter, mais c'est l'évidence même. S'il est charmant et supérieurement intelligent... il est surtout sacrément détraqué. Si on regarde son passé, on trouve trop de cadavres sur son chemin.

Wilde esquissa une moue. Strauss l'aperçut du coin de l'œil.

— Quoi ?

— Je ne suis pas un grand fan des théories conspirationnistes.

— Peu importe, fit Strauss. Ce qui compte, c'est que, si Rusty est élu, ça pourrait provoquer la mort de millions de gens. Il y a eu d'autres leaders charismatiques avant lui. On sait comment ça s'est terminé. Vous avez étudié l'Histoire. Ne faites pas comme si vous n'aviez aucune idée du danger que nous courons tous.

Ils roulèrent quelque temps en silence.

— Vous m'avez l'air d'un type drôlement motivé, lâcha Wilde.

— Suffisamment pour kidnapper deux adolescents ? sourit Strauss.

Wilde pivota vers lui.

— Je vous l'ai dit, j'ai mes sources.

— Je vois ça.

— Mais vous n'y êtes pas du tout, mon vieux. Quelqu'un tient *absolument* à récupérer cette vidéo. Et cette personne est prête à tout pour y parvenir, y compris à enlever des gamins. Or ses motivations ne sont pas forcément altruistes. C'est ce que j'essaie de vous expliquer. S'il y arrive avant nous, il risque de la détruire. Ou de la cacher. Auquel cas Raymond Stark restera en prison pour un crime qu'il n'a pas commis. Ça, c'est à l'échelle micro. À l'échelle macro, Rusty Eggers parviendra peut-être à se faire élire. Vous n'êtes pas aussi aveugle ni aussi blasé que vous voudriez le faire croire. Vous connaissez le type de catastrophes que Rusty Eggers est capable de déclencher.

Wilde pensa à la cassette. Il pensa à Rusty Eggers. Mais, surtout, il pensa à Raymond Stark qui rêvait qu'il était libre.

— Comment Raymond a-t-il fini dans ce fauteuil ? demanda-t-il.

Strauss était un colosse aux grandes mains noueuses. Ses doigts se crispèrent sur le volant.

— En un sens, c'est aussi la raison pour laquelle la famille Anson n'acceptera jamais que Raymond sorte de prison, même si nous réussissons à prouver que c'était un coup monté.

Wilde attendit.

— Les Anson réclamaient la peine de mort. Après le verdict, un reporter a demandé à Anson père s'il était satisfait de la décision de justice. Il a répondu qu'il ne l'était pas du tout. Et il a ajouté que Raymond Stark serait nourri, logé et blanchi à l'œil pendant que le corps de son fils serait mangé par les vers.

Écartant une main tremblante du volant, Strauss se frotta le menton. Ses paupières se mirent à cligner.

— Quatre mois après son incarcération à Sing Sing, plusieurs types ont chopé Raymond dans les douches. Ils l'ont allongé à plat ventre sur le carrelage. Puis deux gars ont tiré sur ses bras et deux autres sur ses jambes, comme pour le supplice de l'écartèlement au Moyen Âge. Et pendant qu'ils tiraient de toutes leurs forces, un mec énorme, qui, d'après Raymond, devait faire au moins cent cinquante kilos, est arrivé en disant : « De la part de la famille Anson. »

La poitrine de Strauss se souleva convulsivement. Assis à côté de lui, Wilde osait à peine bouger.

— Le grand bourrin s'est accroupi sur Raymond, puis a sauté en l'air comme ces catcheurs qui bondissent du poteau sur le ring. En tout cas, c'est ainsi que Raymond l'a décrit. Les autres brutes ont tiré de plus belle, et le gros malabar est retombé de tout son poids sur ses reins. Comme une masse. Raymond a entendu sa colonne craquer, on aurait dit une branche morte que le vent arrache à un vieux chêne.

Le silence était si dense, si profond qu'il semblait peser sur les vitres de la voiture. Un silence suffocant, à vous couper la respiration. Un silence pareil à un cri.

— Saul ?
— Oui ?
— Deux cents mètres plus loin sur votre droite. Il y a un endroit où vous pourrez vous arrêter. Je descendrai là.

Wilde avait besoin de passer du temps dans la forêt.

Pas beaucoup. Il fallait qu'il retourne chez les Maynard. Mais cette visite gris pluie à Sing Sing ajoutée à l'histoire noir nuit de Raymond lui donnaient l'impression que des murs – au sens propre comme au figuré – allaient se refermer sur lui. Il ne pensait pas souffrir de claustrophobie, pas d'un point de vue psychiatrique, mais il avait besoin de la forêt. Loin des arbres, il avait très vite la sensation d'étouffer.

« Imaginez que vous vivez jour après jour dans un endroit comme celui-ci, hurlant la vérité sur tous les tons, et personne ne vous entend »...

Fermant les yeux, Wilde aspira l'air à grandes goulées.

Lorsqu'il regagna le manoir, il se sentait déjà plus fort, plus lui-même. L'Escalade d'Hester était garé devant le portail. Tim, son chauffeur, ouvrit la portière arrière, et Hester en descendit.

Elle pointa le doigt sur Wilde.

— Qu'est-ce qui t'est arrivé ?
— Pourquoi ?

— Tu as l'air d'un chaton qu'on aurait oublié dans le sèche-linge.

Plus fort, hein, plus lui-même ?

— Ça va.

— Sûr ?

— Sûr.

— Rola a retrouvé la mère de Naomi. Elle accepte de me rencontrer.

— Quand ?

— Si je veux la voir aujourd'hui, il faut que je reparte maintenant. Elle vit à New York.

— Allez-y, dit Wilde. Je peux me débrouiller tout seul.

— Raconte-moi d'abord d'où tu viens. Que je sache le pourquoi de cette mine de papier mâché.

Il lui donna une version très soft de sa visite avec Saul Strauss à Sing Sing. Mais, pour Hester, ce fut largement suffisant. Son visage s'empourpra. Ses poings se crispèrent. Obnubilé par Crash et Naomi, Wilde en avait presque oublié qu'Hester Crimstein était une célèbre avocate pénaliste, connue pour sa pugnacité. Et qui voyait rouge quand elle jugeait que l'accusation outrepassait ses fonctions.

— Bande de salauds, siffla-t-elle.

— Qui ça ?

— Les flics, les procureurs, les juges… Toute la clique. Piéger un innocent de la sorte. Ils savent que ce type, Kindler, a inventé de faux coupables, et pourtant Raymond Stark est toujours derrière les barreaux. C'est honteux. Tu as le numéro de Saul ?

— Oui.

— Dis-lui que je vais défendre Raymond *pro bono*.

— Vous ne connaissez pas tous les détails.

— Tu vois ça ?

Hester tapota avec son doigt.

— Votre nez ?

— Oui. Le nez, il le sent. Cette affaire pue comme un tas d'ordures vieilles de trente ans... ce qu'elle est, du reste. Dis à Strauss que je vais passer quelques coups de fil et botter quelques fesses. Dis-le-lui.

— Encore une chose, fit Wilde. Vous connaissez quelqu'un à Sing Sing ?

— Genre ?

— Quelqu'un qui me laisserait consulter le registre des visiteurs.

Hester se tourna vers sa voiture.

— Envoie-moi les infos par texto, bichon. Je m'en occupe.

Tim avait déjà ouvert la portière. Hester remonta à l'arrière. Le chauffeur gratifia Wilde d'un petit signe de la tête, reprit sa place au volant et démarra.

Wilde gravit la colline. L'équipe de Rola était là au grand complet... Rien que des femmes au regard dur.

— Les Maynard savent que je suis revenu ? demanda-t-il.

Rola hocha la tête.

Il restait encore une demi-heure avant midi. Inutile de s'enfermer à l'intérieur. S'ils avaient besoin de lui, les Maynard sauraient où le trouver. Il reprit le sentier de la forêt jusqu'à la clairière où Matthew s'était éclipsé avec Naomi. Sans vraiment savoir ce qu'il venait chercher là. Peut-être le calme, la paix et un peu d'air. Surtout un peu d'air. Il ne tenait pas à être confiné dans cette fichue bibliothèque plus que de raison.

Il consulta son téléphone et fut surpris de trouver un message de la part du site généalogique. Le message provenait de P. B. considéré comme son parent le plus « proche ». Wilde hésita : l'effacer ou le lire plus tard ? Ce n'était probablement rien. La généalogie était devenue un passe-temps à la mode, permettant de créer des liens

« dans un cadre convivial et ludique » d'après le site ou alors de boucher des trous dans l'arbre généalogique. Wilde n'était nullement intéressé par tout cela. D'un autre côté, la muflerie et l'ignorance délibérée n'étaient pas trop son genre non plus. Ni la procrastination.

Il ouvrit donc le message.

> Bonjour. Je m'excuse de ne pas donner mon nom mais, pour certaines raisons, je ne tiens pas à dévoiler ma véritable identité. Trop de lacunes dans mes origines et beaucoup de tourmente aussi. Vous êtes le parent le plus proche que j'aie trouvé sur ce site, et je me demande s'il y a aussi des lacunes et de la tourmente chez vous. Si oui, j'ai peut-être quelques réponses.

Wilde lut le message une deuxième fois, puis une troisième.

Lacunes et tourmente. Il n'avait pas besoin de remuer tout ça en ce moment.

Il rangea son téléphone et contempla le bleu profond du ciel à travers les branches. Ses pensées revinrent à Raymond Stark. Quand Raymond avait-il mis les pieds dehors pour la dernière fois ? Quand avait-il été entouré de bleu et de vert au lieu de la grisaille pénitentiaire ? Tirant de sa poche la photo des stagiaires du Capitole que Saul Strauss lui avait donnée, il scruta à nouveau les visages... Rusty Eggers, Dash, Delia.

Qu'ils aillent tous au diable.

Il retourna au manoir, gravit les marches quatre à quatre et fit irruption dans la bibliothèque. Dash Maynard avait les yeux rivés sur l'écran de l'ordinateur comme s'il cherchait à lire l'avenir dans une boule de cristal. Delia faisait les cent pas.

— On est contents que vous soyez revenu, dit-elle.

Il traversa la pièce.

— Connaissez-vous cette photographie ?

Wilde la brandit pour qu'ils puissent la voir tous les deux. Il voulait observer leur réaction et celle-ci fut spectaculaire : ils reculèrent tels des vampires face à une croix.

— Où avez-vous trouvé ça ? grinça Dash.

Wilde désigna Christopher Anson.

— Le reconnaissez-vous ?

— C'est quoi, cette histoire ?

— Il s'appelait Christopher Anson.

— On le sait, rétorqua Delia. Mais enfin, voyons, Wilde. Nous attendons des nouvelles du ravisseur de notre fils. Vous n'avez pas oublié ?

Wilde ne prit pas la peine de répondre.

— Pourquoi remettre ça sur le tapis maintenant ?

— Parce que celui qui détient votre fils exige une vidéo réellement compromettante.

— Ils l'ont déjà, fit Dash.

— Arnie Poplin vous a entendus, vous et Rusty Eggers, évoquer un meurtre.

— Arnie Poplin est un fou, répliqua Dash, balayant cet argument d'un geste de la main.

— Vous ne pensez tout de même pas, ajouta Delia, que nous avons quelque chose à voir avec ce qui est arrivé à Christopher.

— Peut-être pas vous deux, dit Wilde.

— Rusty ?

Delia secoua la tête.

— Non.

— Arnie Poplin est tout sauf fiable, déclara Dash. Il nous en a voulu de l'avoir viré de l'émission. Ajoutez à son insanité la drogue et le ressentiment...

— Je ne comprends pas, interrompit Delia. Qui vous a donné cette photo ?
— Raymond Stark.
Il y eut un silence. Wilde voulait voir si l'un ou l'autre irait jusqu'à faire semblant de ne pas connaître ce nom. Ce ne fut pas le cas. Au bout d'un moment, Dash exhala :
— Oh, mon Dieu.
— Oui ?
— C'est comme ça qu'il espère sortir de prison ?
Delia regarda son mari.
— Se pourrait-il qu'il soit derrière tout ça ?
— Quoi ?
— Raymond Stark, fit Dash en se retournant vers Wilde. Si ça se trouve, un détenu qu'il a rencontré là-bas a accepté de lui rendre un service. Il a kidnappé notre fils et réclame une vidéo qui prouverait l'innocence de Stark.
— Peut-être, renchérit Delia, que Raymond Stark a raconté ça à quelqu'un qui a agi de son propre chef.
— Wilde, dit Dash, comment Raymond Stark a-t-il eu l'idée de vous contacter ?
À cet instant précis, l'ordinateur bipa.
Il était midi.
Delia rafraîchit la page, et un message apparut.

Vous trouverez Crash à 41°07'17,5" N 74°12'35" O.

Wilde avait la bouche sèche.
Delia pointa le doigt sur l'écran.
— Ce sont…
— Des coordonnées, acquiesça Wilde.
Mais pas n'importe lesquelles.
Quelqu'un était en train de le mener par le bout du nez.
— Je ne comprends pas, dit Delia. Où est-ce ?

Wilde n'avait pas besoin de consulter la carte sur son téléphone. Il connaissait l'endroit.

— C'est dans la forêt, à cinq kilomètres d'ici, du côté de chez les Ramapoughs. J'irai plus vite à pied. Transmettez les coordonnées à Rola. Dites-lui de me rejoindre en voiture là-bas.

Il ne leur fournit pas d'autres explications. Il dévala l'escalier et émergea dans l'atmosphère moite du dehors. La sueur perlait sur son visage. Crash était-il vraiment là-bas ? En soi c'était le lieu idéal, loin des routes et des caméras, profondément enfoui dans la forêt.

Mais pourquoi précisément ces coordonnées ?

Parce que quelqu'un cherchait sérieusement à l'embrouiller.

Sans ralentir l'allure, il planta un AirPod dans son oreille et appela Hester.

— Les ravisseurs ont envoyé les coordonnées 41°07'17,5" N 74°12'35" O.

— Tu veux bien parler normalement ?

— C'est un coin reculé dans la montagne. Près du vieux cimetière.

— Tu es en train de me dire… ?

— … que c'est l'endroit exact où la police m'a trouvé quand j'étais gamin.

— Sapristi, fit Hester. Qui pourrait savoir ça ?

— La police, la presse peut-être, je ne sais pas. Ce n'est pas un secret.

— Mais pas une coïncidence non plus.

— Non, certainement pas une coïncidence.

— Où es-tu ? demanda Hester. Tu as l'air essoufflé.

— Je cours. Je vous rappellerai quand j'arriverai là-bas.

Wilde connaissait le trajet, bien sûr. Il savait que Rola et son équipe mettraient plus longtemps que lui car il n'y avait pas d'accès direct par la route. Il fallait marcher presque deux kilomètres pour arriver sur place.

Pourquoi là-bas ?

Il bifurqua sur la gauche, se faufila sous les branches, essayant de garder le rythme. Quand les rangers du parc et la police municipale l'avaient encerclé, il y a plusieurs décennies, il avait une tente dôme et un sac de couchage qu'il avait dérobés dans une maison à Ringwood. Il ne se souvenait plus combien de temps il avait campé à cet endroit, à l'écart des chemins de randonnée, mais, à leur arrivée, le jeune Wilde – comment s'appelait-il à l'époque ? Bon sang, il ne connaissait même pas son propre nom – avait été tenté de prendre ses jambes à son cou. Il l'avait déjà fait à maintes reprises, dès que quelqu'un le repérait ou s'approchait trop près.

Pourquoi ?

Pourquoi avait-il toujours fui ? Était-ce un instinct primitif de survie ? Était-il dans la nature profonde de l'homme de craindre ses semblables plutôt que de chercher à entrer en relation avec eux ? Il s'était souvent posé cette question. Pourquoi, jeune enfant, avait-il systématiquement choisi la fuite ? Était-ce la conséquence d'un traumatisme psychologique ?

Pourtant, ce jour-là, dans la fraîcheur du petit matin, alors qu'il était toujours sous la tente, encerclé par quatre hommes, le jeune Wilde avait renoncé à fuir. Peut-être parce qu'il avait senti que ce serait inutile. Ou parce que, parmi eux, il y avait Oren Carmichael qui, déjà à l'époque, dégageait une aura de calme, de sécurité, et inspirait la confiance.

Il arriverait à destination dans trois ou quatre minutes.

La frontière entre le New Jersey et l'État de New York n'était plus très loin, à moins de deux kilomètres. En apparence, ce rendez-vous avait toutes les caractéristiques d'un guet-apens. Wilde hésita à ralentir le pas, histoire de prendre quelques précautions maintenant qu'il était près du but. Sauf s'ils étaient très forts, il pourrait les repérer rapidement. Si c'étaient des pros ou s'il y avait des snipers dans les arbres, une mission de reconnaissance ne servirait à rien. Il leur serait facile de l'abattre à n'importe quel moment.

Mais ne dramatisons pas.

Ceci n'était pas un guet-apens. C'était une diversion.

La forêt, plus dense à présent, l'empêchait d'y voir clair. Même enfant, il avait évité de camper trop à découvert. Souvent, le soir, il entourait sa tente de brindilles, voire de vieux journaux. Si quelqu'un (ou plus vraisemblablement un animal) s'approchait trop de lui, le craquement des brindilles ou le froissement du papier l'alertait. Depuis ce temps-là, Wilde avait le sommeil léger, sans doute parce qu'il avait passé bon nombre de nuits à guetter des prédateurs.

Plus qu'une centaine de mètres.

Il distingua quelque chose de rouge.

Ce n'était pas une personne. Quelques secondes plus tard, il vit que l'objet était petit, une trentaine de centimètres de haut.

C'était une glacière portative, de celles qui peuvent contenir six canettes de bière et deux ou trois sandwichs.

Wilde sentit les cheveux se dresser sur sa nuque.

Il n'aurait su dire pourquoi. Ce n'était qu'une glacière. Mais l'intuition est une drôle de chose.

Il s'approcha en courant, rabattit le couvercle, regarda à l'intérieur.

Il s'était préparé au pire. Mais pas à ça. Cependant, aucun son ne sortit de sa bouche.

Il se borna à contempler le doigt sectionné avec une bague en forme de crâne souriant.

35

PIA, LA MÈRE DE NAOMI, habitait un hôtel particulier néo-Renaissance à l'écart de Park Avenue dans Manhattan. Une femme de chambre en uniforme noir à la française ouvrit la porte et escorta Hester, qui nota le parquet à chevrons, les murs tapissés de chêne et l'escalier ouvragé, dans un jardin luxuriant derrière la maison.

Assise dans une chaise longue, Pia portait des lunettes de soleil, un chapeau de plage beige et un chemisier bleu-vert déboutonné en haut. Elle ne se leva pas, ne tourna même pas la tête vers Hester.

— Je ne comprends pas pourquoi vous persistez à me harceler.

Sa voix était tremblante et haut perchée. Sans attendre qu'on l'y invite, Hester prit un fauteuil et l'approcha de Pia. Histoire de pénétrer dans sa bulle.

— C'est joli chez vous.
— Merci. Que voulez-vous, madame Crimstein ?
— J'essaie de localiser votre fille.
— Votre assistante me l'a dit.
— Mais vous avez refusé de lui parler.
— Ça fait deux fois que vous appelez, dit Pia.

— Exact. La première fois, vous avez coopéré. Vous m'avez répondu que vous n'étiez au courant de rien. Alors pourquoi ce revirement ?

— Parce que j'en avais assez.

— Pas de ça avec moi, Pia.

Les lunettes de soleil empêchaient de suivre la direction de son regard, mais elle évitait de faire face à Hester. L'ex-Mme Prine était, à n'en pas douter, une femme superbe. Hester savait que, dans sa jeunesse, elle avait été mannequin pour maillots de bain, et cette époque ne semblait pas si éloignée que ça.

— Elle n'est pas ma fille, figurez-vous.

— Mm-mm.

— J'ai abandonné mes droits parentaux. Vous êtes avocate. Vous savez ce que ça signifie.

— Pourquoi ?

— Pourquoi quoi ?

— Pourquoi avez-vous abandonné vos droits parentaux ?

— Vous savez qu'elle a été adoptée.

— Naomi, fit Hester.

— Hein ?

— Vous n'arrêtez pas de dire « elle ». Votre fille a un prénom. C'est Naomi. Et le fait d'être une enfant adoptée n'y change rien.

— Je ne peux vraiment pas vous aider, madame Crimstein.

— Naomi a-t-elle cherché à vous joindre ?

— Je préfère ne pas répondre.

— Avez-vous volontairement renoncé à vos droits parentaux… ou vous les a-t-on retirés ?

Pia continuait à regarder ailleurs, mais un léger sourire se dessina sur ses lèvres.

— C'était ma décision.

— Parce que vous vous exposiez à des poursuites judiciaires ?

— Ah, dit Pia avec un petit hochement de tête, je vois que vous avez parlé à Bernard.

— On aurait dû vous inculper.

Une voix se fit entendre derrière elles :

— Madame Goldman ?

C'était une jeune femme avec une poussette.

— C'est l'heure de la promenade de Nathan au parc.

Pia se retourna, et son visage se fendit d'un large sourire.

— Allez-y, Angie. Je vous rattraperai à l'étang.

La jeune femme repartit en tirant la poussette.

Hester dut faire un effort pour cacher sa consternation.

— Vous avez un fils ?

— Nathan. Il a dix mois. Et, oui, c'est notre fils biologique, à moi et à mon mari.

— Je croyais que vous ne pouviez pas avoir d'enfants.

— C'est ce que je pensais. Évidemment, c'est Bernard qui me l'a dit. En fait, le problème venait de lui.

Elle inclina la tête.

— Madame Crimstein ?

Hester ne broncha pas.

— Je ne l'ai jamais maltraitée.

— Naomi, dit Hester. Elle s'appelle Naomi.

— Bernard a tout inventé. C'est un menteur et bien pire. J'aurais dû m'en apercevoir tout de suite. C'est ce qu'on dit toujours, hein ? Mais je n'ai rien vu venir. Ou peut-être que je suis faible. Bernard m'a brutalisée... verbalement, émotionnellement, physiquement.

— Vous en avez parlé à quelqu'un ?

— Vous avez l'air sceptique.

— Peu importe mon air, rétorqua Hester un peu plus sèchement qu'elle ne l'aurait voulu. Vous en avez parlé à quelqu'un ?

— Non.

— Pourquoi ?

— Vous souhaitez vraiment entendre une énième histoire de femme victime de violences conjugales ?

Pia sourit en penchant la tête, et Hester se demanda combien d'hommes étaient tombés sous le charme de ce simple geste.

— Bernard peut être très enjôleur, très persuasif. C'est un manipulateur. Il vous a raconté l'épisode de l'eau chaude ? C'est son préféré. Si cela avait été vrai, elle...

Cette fois, Pia se reprit.

— ... je veux dire Naomi, se serait retrouvée à l'hôpital, non ?

Pas faux, pensa Hester.

— Je ne vais pas vous faire le récit de ma vie. Je viens d'une petite ville. J'ai eu... disons la « chance » d'être dotée d'un physique qui ne passait pas inaperçu. Tout le monde me répétait que je pouvais devenir mannequin. Alors j'ai essayé. En fait, j'étais trop petite. Et pas franchement anorexique. Mais j'ai décroché quelques contrats, essentiellement dans la pub pour de la lingerie. Puis j'ai commis l'erreur de tomber amoureuse. Au début, Bernard était gentil avec moi, mais ses angoisses ont fini par le dévorer. Il était sûr que je devais le tromper. Je rentrais d'un shooting, et il me bombardait de questions : il y a des hommes qui t'ont parlé, personne ne t'a draguée, allez, il y avait forcément quelqu'un, tu leur as souri la première, tu les as fait marcher, pourquoi tu es en retard ?

Pia s'interrompit, ôta ses lunettes, s'essuya les yeux.

— Du coup, vous êtes partie ? interrogea Hester.

— Oui, je suis partie. Je n'avais pas le choix. J'ai consulté des tas de spécialistes. Et quand je suis retombée sur mes pieds, j'ai rencontré Harry, mon mari. Vous connaissez le reste.
Avec toute la douceur dont elle était capable, Hester demanda :
— Naomi a-t-elle repris contact avec vous ?
— En quoi cela vous regarde ?
— C'est une longue histoire, mais jamais je ne trahirai Naomi. Vous m'entendez ? Quoi que vous me disiez, croyez-moi, je ferai tout mon possible pour l'aider.
— Oui, mais si je vous le dis, répliqua Pia, c'est moi qui vais trahir la confiance de Naomi.
— Vous pouvez vous fier à moi.
— Est-ce que vous travaillez pour Bernard ?
— Non.
— Juré ?
— Je m'intéresse à votre fille, pas à votre ex-mari. Oui, je le jure.
Pia remit ses lunettes de soleil.
— Naomi m'a téléphoné.
— Quand ?
— Il y a quelques jours.
— Et que vous a-t-elle dit ?
— Que quelqu'un qui travaillait pour Bernard pourrait me relancer pour avoir de ses nouvelles. Comme vous la dernière fois. Elle m'a priée de ne rien dire.
— Pourquoi aurait-elle fait ça ?
— À mon avis... elle envisageait de partir de chez son père. Et elle a dû se dire que, si on la croyait chez moi, il n'irait pas la rechercher.
— Et le fait qu'elle parte ne vous a pas dérangée ?
— J'étais ravie. Il fallait qu'elle se débarrasse de lui.

— Je ne comprends pas, fit Hester. Vous dites que votre ex était violent.

— Vous n'avez pas idée à quel point.

— Et pourtant, reprit Hester en s'efforçant de parler posément, vous lui avez laissé la garde de votre fille ?

Pia retira à nouveau ses lunettes de soleil.

— J'ai été suivie en thérapie. Vous n'imaginez pas le nombre de séances, tellement j'étais faible et désemparée. Je n'aurais rien pu faire. Et je devais affronter la dure vérité, madame Crimstein... pour pouvoir m'en sortir et tourner la page.

— Quelle dure vérité ?

— Bernard avait raison sur un point. Je ne voulais pas l'adopter dès le départ. La dure vérité – et j'ai mis longtemps à me le pardonner – est que je n'ai pas réussi à nouer un lien avec Naomi. Peut-être parce qu'on n'était pas du même sang. Ou parce que, à l'époque, je n'étais pas faite pour être mère. C'était peut-être une réaction chimique vis-à-vis d'elle ou à cause de ma mauvaise relation avec son père. Je ne sais pas. Mais je n'ai jamais pu m'attacher à elle.

Hester ravala la bile qui lui montait dans la gorge.

— Vous avez donc laissé Naomi chez lui.

— Je n'avais pas le choix.

Hester repoussa son fauteuil et se leva.

— Si jamais Naomi vous rappelle, dites-lui de me contacter sur-le-champ.

— Madame Crimstein ?

Hester la regarda.

— Qui croyez-vous ?

— Vous ou Bernard ?

— Oui.

— Ça change quelque chose ?

— Je pense que oui.

— Pas moi, rétorqua Hester. Soit vous avez maltraité votre fille, soit vous avez égoïstement abandonné une enfant en bas âge à un homme que vous décrivez comme un monstre. Même après que vous vous en êtes « sortie » et que vous avez « tourné la page », même après votre remariage et votre emménagement dans ce palace, vous avez laissé cette pauvre gosse seule avec un déséquilibré. Vous ne l'avez pas protégée. Vous n'avez pas songé à elle. Vous vous êtes enfuie, Pia… en laissant Naomi derrière vous.

Pia gardait la tête baissée, les yeux rivés sur la table.

— Alors, au final, je me fiche de savoir qui de vous deux ment. D'une façon ou d'une autre, vous êtes quelqu'un d'abject, et j'espère bien que vous ne connaîtrez jamais la paix.

En voyant le doigt tranché de leur fils, Dash et Delia Maynard réagirent d'une manière très différente.

Dash se laissa tomber sur le sol, s'effondrant comme une marionnette dont on aurait coupé les fils d'un seul coup de ciseaux. Sa chute fut si brutale que Wilde bondit en arrière.

Delia se figea. Même la chute de son mari ne la tira pas de sa prostration. Elle regardait fixement le doigt. Lentement, presque imperceptiblement, les traits de son visage commencèrent à s'affaisser. Sa tête roula sur le côté. Ses lèvres frémirent, ses yeux cillèrent. Elle tendit la main vers le doigt en un geste maternel de réconfort. Wilde retira la glacière pour éviter qu'elle ne le touche et ne le contamine.

— L'ambulance ne va pas tarder, lui dit-il avec douceur.

Il jeta un coup d'œil sur le portail derrière lui.

— Ils feront tout pour le conserver.

Lorsqu'il referma la glacière, Delia laissa échapper un gémissement. Wilde tendit la glacière à Rola et hocha la tête. Elle franchit le portail pour aller attendre l'ambulance à l'extérieur de la propriété. Il était tout à fait possible, elle le savait, de recoudre le doigt si on respectait certains protocoles médicaux.
Dash s'agenouilla dans l'herbe.
Delia parla enfin.
— Mais qu'est-ce qu'ils veulent ? Qu'est-ce qu'ils veulent ?
Sa voix, d'abord monocorde, monta dans les aigus.
— On leur a envoyé les vidéos. Qu'est-ce qu'ils nous veulent ? Qu'est-ce qu'ils veulent ?
Un bip retentit juste à ce moment-là.
Il leur fallut une seconde pour réagir, puis Dash, l'air hagard, sortit son téléphone de sa poche. Sa main tremblait.
— Qu'est-ce que c'est ? demanda Delia.
Dash parcourut le message, se mit debout, tendit le téléphone à sa femme. Wilde se rapprocha pour lire par-dessus son épaule.

> Si vous ne nous faites pas parvenir la vidéo que nous réclamons d'ici trente minutes, nous vous enverrons de nouvelles coordonnées pour que vous puissiez récupérer un des bras de votre fils. Si vous alertez la police, il mourra dans d'atroces souffrances.

— Quelle vidéo ? cria Delia. Il n'y a pas de vidéo. Nous n'avons pas...
Dash remontait déjà en toute hâte vers la maison.
— Dash ? appela-t-elle.
Pas de réponse.
— Dash ?

Elle se précipita pour le rattraper, Wilde sur ses talons.
— Oh mon Dieu, qu'as-tu fait ?

Dash ne disait pas un mot. Son visage était baigné de larmes.

— Dash ?
— Je te demande pardon.
— Qu'as-tu fait ?
— Je ne pensais pas qu'il était réellement en danger. Je ne...

Il se mit à courir. Delia l'interpella, en vain. Elle s'élança à sa poursuite. Wilde se joignit à eux tandis qu'ils entraient par une porte latérale et montaient tout en haut de la tourelle dans la bibliothèque. Dash s'installa à son bureau et se mit à pianoter sur son ordinateur portable.

— Parle-moi, fit Delia.

Dash leva les yeux et, apercevant Wilde, ordonna :

— Sortez d'ici.
— Non.
— J'ai dit...
— Je vous ai entendu, répliqua Wilde. Mais il n'en est pas question.
— Vous êtes viré.
— Cool.

Wilde ne bougea pas.

— Vous n'avez rien à faire ici.
— Alors jetez-moi dehors.
— Dash, implora Delia, dis-moi. S'il te plaît.
— Pas devant lui.
— Oh si, Dash, déclara Wilde, devant moi. On a perdu assez de temps comme ça.

Se rapprochant de son mari, Delia prit son visage dans les mains.

— Chéri, regarde-moi.

Son geste était d'une tendresse infinie.

— Dis-moi, Dash. S'il te plaît. Dis-le-moi maintenant.
Dash déglutit. Les larmes se remirent à couler.
— C'est lui. Il l'a tué.
— Qu'est-ce que tu… ?
— C'est Rusty qui a tué Christopher.
Ses mains retombèrent tandis qu'elle secouait la tête.
— Je ne comprends pas.
— Ce soir-là, fit Dash, on était allés boire un verre au Lockwood. Tu sais comment c'était entre Rusty et Christopher. Ils en sont presque venus aux mains. Je les ai séparés. Christopher est parti en claquant la porte. Puis j'ai eu un coup de fil, je ne sais plus, vers une heure du matin. C'était Rusty, complètement paniqué. Il m'a supplié de le rejoindre. On sentait à sa voix que c'était grave. Alors j'y suis allé et… tu me connais.
La voix de Delia semblait venir de très loin.
— Tu as tout filmé.
— Comme d'habitude. Tu le sais bien.
— Quelle caméra ?
— Pourquoi tu…
— Quelle caméra, Dash ?
— Le stylo.
Elle ferma les yeux.
Wilde sortit son téléphone et consulta l'application. Tout se mettait en place à présent.
— Tu étais à Philadelphie à ce moment-là, reprit Dash, sur un projet pour cette sous-commission du Congrès. Quand je suis arrivé là-bas…
Il s'arrêta.
— Quoi ? dit Delia.
Mais il semblait incapable de proférer un son. Tournant l'ordinateur vers Delia et Wilde, il pressa une touche et s'enfonça dans son siège.

Pendant quelques secondes, l'écran demeura d'un noir granuleux. Puis une porte s'ouvrit à la volée sur le jeune Rusty Eggers. À en juger par la hauteur, la caméra-stylo devait être fichée dans la poche de poitrine de Dash. L'image était déformée comme à travers un objectif grand angle, ou un judas.

Plusieurs choses frappèrent Wilde d'emblée. La première et la plus flagrante : Rusty paraissait très jeune. Il devait avoir une vingtaine d'années, et même s'il avait plutôt bien vieilli, l'effet était étrange, l'âge d'« avant que les choses ne tournent mal ».

La deuxième chose : Rusty semblait remarquablement calme et maître de lui. Un instant, son regard se posa directement sur la caméra, presque comme s'il savait qu'elle était là.

La troisième chose : son sourire. Il souriait de toutes ses dents.

« Merci d'être venu, fit Rusty.

— Tu as dit que c'était urgent. »

La voix du jeune Dash.

« Oui, entre. »

Rusty s'écarta, se retrouvant hors champ. Dash fit deux pas en avant. Il y eut le bruit d'un verrou qu'on poussait. Rusty avait dû refermer la porte derrière son ami.

« Qu'est-ce qui se passe ? » demanda Dash.

Rusty reparut dans le cadre.

« C'est gentil d'être venu.

— Qu'est-ce qui... ? »

Dash semblait affolé.

« C'est du sang sur ta main ? »

Sans se départir de son sourire, Rusty tendit vers l'objectif sa main ouverte maculée de sang.

« Rusty ? »

La main se déplaça vers la droite, empoigna ce qui devait être l'épaule de Dash et le tira brusquement en avant.

« P'tain, Rusty ! Lâche-moi. »

Mais celui-ci resserra sa prise, au contraire. L'image vacilla. La prise de vue depuis la poche de poitrine combinée à la vision grand-angle empêchaient de suivre clairement l'action dès que ça bougeait. Pendant quelques secondes, tout se brouilla. Wilde distingua vaguement une étagère de livres. Un tapis. Quelques tentures murales.

Le mouvement ralentit légèrement. Ils virent un sol carrelé. Un frigo. Une gazinière.

C'était une cuisine.

Wilde risqua un coup d'œil en direction de Delia. Elle fixait l'ordinateur comme en transe.

À l'écran, Dash laissa échapper une exclamation.

Rusty se rapprocha de lui, obstruant momentanément le champ de la caméra. Il murmura, sans doute à son oreille :

« Ne hurle pas. »

Puis il le lâcha et recula d'un pas. La caméra se braqua sur le carrelage, obliqua à droite et s'arrêta net.

Là, couché sur le dos dans une mare de sang, les yeux grands ouverts, gisait Christopher Anson. L'espace de quelques instants, la caméra ne bougea pas, ne trembla pas, n'oscilla pas. Comme si Dash avait cessé de respirer.

La voix sourde, horrifiée, il chuchota :

« Oh, mon Dieu !

— Légitime défense, Dash.

— Oh, mon Dieu !

— Christopher est entré sans y être invité. »

Rusty parlait tout bas, et son ton tranquille était plus glaçant que n'importe quel cri.

« Je n'avais pas le choix, Dash. Dash ? Tu m'entends ? »

La caméra pivota vers lui. Son visage paraissait énorme. On devinait encore l'ombre d'un sourire, mais les yeux déformés de Rusty étaient noirs et froids.

« Christopher est entré sans y être invité », répéta-t-il comme s'il s'adressait à un enfant.

Aucune fébrilité dans sa voix. Pas d'émotion, pas de panique, pas de démence.

« Il était sacrément défoncé, Dash. C'est l'impression que j'ai eue. Il a dû acheter sa came en sortant du bar. Tu as bien vu à quel point il était remonté, hein ? »

Dash ne répondit pas. Il était probablement incapable de parler. Rusty se rapprocha. Toujours aussi calme et parfaitement maître de lui, mais son ton se fit plus mordant.

« Tu l'as vu, dis ?
— Euh... je crois, oui.
— Tu "crois" ?
— Oui, enfin, bien sûr que j'ai vu. »
Puis :
« Il faut appeler la police, Rusty.
— Surtout pas.
— Quoi ?
— Je l'ai tué.
— Mais tu... tu as dit que c'était...
— De la légitime défense, oui. Mais qui va me croire, Dash ? Moi contre la famille Anson et leurs relations ? »

Le visage de Rusty grossit tandis qu'il se penchait vers Dash. Et, dans un murmure :

« Personne.
— Mais... on doit appeler la police.
— Non.
— Je ne comprends pas. »
Rusty recula.
« Dash, écoute-moi. »

La caméra se déplaça légèrement vers la gauche. D'un geste nonchalant, décontracté presque, Rusty leva la main droite. Dash poussa un cri. Il fit un bond en arrière, et tout se brouilla à nouveau. Au bout de quelques secondes, l'image finit par se stabiliser.

Et Wilde vit ce qu'il y avait dans la main de Rusty.

Un couteau ensanglanté.

Dash :

« Rusty...

— J'ai besoin de ton aide, mon ami.

— Je... Je crois que je vais te laisser.

— Non, Dash, tu ne peux pas faire ça.

— S'il te plaît...

— Tu es mon ami. »

Rusty sourit à nouveau.

« Le seul en qui j'aie confiance. Mais si tu refuses de m'aider... »

Rusty regarda le couteau dans sa main, sans le menacer ouvertement, sans même le pointer sur Dash.

« ... je ne sais pas ce que je serai capable de faire. »

Il y eut un silence.

Rusty laissa retomber sa main avec le couteau.

« Dash ?

— Oui.

— Tu m'aideras ?

— Oui, je t'aiderai. »

La vidéo s'interrompait là.

Immobiles, Delia et Wilde contemplaient l'écran noir. Au loin, on entendit le carillon d'une horloge. Wilde regarda autour de lui. Cette fastueuse bibliothèque n'était qu'un trompe-l'œil. L'opulence n'est pas synonyme de protection. Elle crée une fausse impression de sécurité, c'est tout.

La tête dans les mains, Dash se frotta le visage.

— Alors ? demanda-t-il. Imagine si je lui avais dit non.
Delia porta une main tremblante à sa bouche comme pour étouffer un cri.
— Delia ?
Elle secoua la tête.
— Écoute-moi, s'il te plaît. Tu connais Rusty. Tu sais très bien ce qu'il m'aurait fait si j'avais refusé de l'aider.
Elle ferma les yeux pour se soustraire momentanément à ce cauchemar.
— Et donc, qu'avez-vous fait ? questionna Wilde.
Dash se tourna vers lui.
— J'avais une voiture. Pas Rusty. C'est pour ça qu'il m'a choisi, je pense. Nous avons chargé le corps de Christopher dans mon coffre et l'avons balancé dans une ruelle. Puis Rusty a effacé ses empreintes du couteau et l'a jeté dans un conteneur. Pour faire croire à une affaire de drogue ou un vol avec agression. J'espérais que, plus tard, quand je me sentirais en sécurité, je pourrais peut-être transmettre la vidéo à la police. D'un autre côté, il y avait aussi ma voix dessus. Et, si on regarde bien, Rusty ne m'a pas vraiment menacé.
Delia finit par recouvrer l'usage de la parole.
— Rusty t'a choisi, dit-elle, parce que tu es faible.
Dash cilla, les yeux humides.
Elle le toisa.
— Tu as donc gardé cet enregistrement ?
— Oui.
— Et à un moment donné, tu en as parlé à Rusty ?
Dash hocha la tête.
— À titre d'assurance vie. J'étais le seul témoin. Mais je lui ai clairement fait comprendre que s'il m'arrivait quelque chose...
— ... ces images seraient rendues publiques.
— Oui. Ça a créé un lien bizarre entre nous.

— Et tu ne m'as rien dit, fit Delia. Toutes ces années passées ensemble. Tout ce que nous avons partagé, et tu ne m'as rien dit.

— Ça faisait partie de notre accord.

— On a rompu juste après, dit Delia. Rusty et moi.

Dash garda le silence.

— Ça aussi, ça faisait partie du contrat, Dash ?

— C'est un type redoutable. Je ne voulais pas te mettre en danger.

Elle se contenta de le dévisager.

— Delia ?

La voix de sa femme se fit glaciale.

— Envoie-leur la vidéo, Dash. C'est la vie de mon fils qui est en jeu. Envoie cette fichue vidéo tout de suite.

Wilde attendit que Dash ait pressé le bouton, après quoi celui-ci se laissa aller en arrière, à bout de forces. Delia resta debout à côté de lui. Elle ne bougea pas. Ne posa pas sa main sur son épaule. Ne le regarda pas. Une bombe venait d'exploser entre ces quatre murs, laissant un tas de ruines et de gravats sans aucune possibilité de reconstruire ce qui venait d'être détruit.

Ils étaient dévastés tous les deux, et c'était irréparable.

Wilde n'avait pas envie d'en voir davantage.

Il tourna les talons et sortit. Personne ne lui demanda où il allait. De toute façon, il n'aurait pas répondu. Pas encore. Il avait appris tout ce qu'il avait besoin de savoir.

Et il pensait détenir enfin la solution.

36

ROLA L'EMMENA DANS SA HONDA ODYSSEY avec trois rehausseurs à l'arrière. Cinq tasses à bec roses pourvues de couvercles jonchaient le sol à ses pieds. Il y avait des Cheerios et des crackers éparpillés un peu partout. Les housses des sièges semblaient avoir été trempées dans du sirop d'érable.
Rola sourit.
— Ça t'angoisse, tout ce bazar, hein ?
— Ça va, répondit Wilde en se contrôlant.
— Mais oui, bien sûr. Je peux savoir où on va ?
— Continue vers le nord sur la 287.

Wilde avait pensé à y aller seul, mais il pouvait avoir besoin de renfort pour un tas de raisons, entre autres parce qu'il n'était pas très bon conducteur. Les petites routes, ça allait encore, mais les voies rapides avec tous ces camions et les voitures qui déboîtaient de partout, ce n'était vraiment pas sa tasse de thé. Il avait également son téléphone à la main pour suivre deux traceurs GPS, ajoutée à ça une circulation chargée, ça faisait beaucoup trop d'éléments à gérer.

Il fallait qu'il réfléchisse à ce qu'il allait faire.
— Prends la sortie 16, dit-il.

— Vers Harriman ?
— Oui.
— On va à Woodbury Common ? s'enquit Rola.
— Quoi ?
— C'est un immense centre commercial, juste après le péage. Nike, Ralph Lauren, Tory Burch... on y trouve de tout. Principalement des magasins d'usine. Les enfants adorent le Children's Place. Tu y es déjà allé ? Soi-disant, on y vend tout à prix cassés mais, comme dit mon amie Jane qui s'y connaît en commerce de détail, quand on ajoute le trajet et une moins bonne qualité...
— Non, on n'y va pas pour faire du shopping.
— Je sais, Wilde. C'était juste pour causer. Quand tu prends ton air de montagnard taciturne, ça me délie la langue.
— Le reste du temps aussi, commenta-t-il.
— Très drôle.
— Prends à droite. Route 32 nord.
— Ça fait combien de temps que tu n'as pas appelé papa et maman ?
Elle parlait des Brewer.
— Je ne les appelle pas comme ça.
— Et moi, tu m'appelles ta sœur ?
Il ne répondit pas.
— Les Brewer ont été gentils avec nous, Wilde.
— Très, opina-t-il.
— Tu leur manques, tu sais. À moi aussi, tu me manques. C'est vrai que là, tout de suite, j'ai du mal à me souvenir *pourquoi* tu me manques. Sûrement pas pour ton brillant sens de la repartie.
— Tu as ton arme sur toi ?
— Je te l'ai dit avant qu'on parte. Oui. Où est-ce qu'on va ?

— Je pense avoir une idée de l'endroit où ils détiennent ce garçon.
— Tu es sérieux ?
— Non, je plaisante, Rola. J'ai toujours été un comique.
Elle sourit.
— Je préfère ça, mon frère. C'est comme ça que je t'appelle, au fait. Mon frère.
— Il y a une station-service à trois kilomètres d'ici. J'aimerais que tu t'y gares de façon à tout voir sans être vue.
— Ça marche.
Wilde élabora mentalement leur plan d'action. Ils se gareraient. Et ils attendraient. Ce ne serait pas long. Vingt minutes tout au plus. Et après…
— Regarde, fit Rola.
Zut.
Sur un panneau bleu, on lisait :
STATION-SERVICE – 1,5 KM
… en caractères blancs familiers. Mais cette inscription était barrée d'un bandeau orange fluo avec des lettres noires :
FERMÉE.
Fermée ? Wilde n'avait pas prévu ça.
— On fait quoi ? demanda Rola.
— Continue tout droit. Essaie de ralentir un peu, mais discrètement.
La station-service était visiblement fermée depuis un bon moment. Elle était entourée d'un grillage avec un portail cadenassé donnant sur la bretelle d'accès. De mauvaises herbes poussaient dans les fissures du bitume. Les vitrines de la petite boutique étaient recouvertes de contreplaqué. Un auvent plat reliait le bureau de la station aux trois pompes hors service. Il y avait un atelier de mécanique

pour deux véhicules et un kiosque Dunkin' Donuts dont l'enseigne défraîchie s'était à moitié détachée de la façade.
Mais aucune voiture.
C'était à ne rien y comprendre.
— Et maintenant ?
Wilde ouvrit une appli de navigation et agrandit la carte en écartant deux doigts.
— Prends la prochaine sortie.
— Ça roule.
Tout au bout de la bretelle, Wilde lui dit de tourner à droite, puis encore à droite. Il regarda par la vitre et lui demanda de ralentir.
— Tu vois le Dairy Queen sur la droite ?
— On s'arrête pour prendre un Oreo Blizzard ? fit Rola.
— Côté timing, ton humour laisse à désirer.
— Alors, heureusement que je suis mignonne.
— C'est ça. Fais le tour. Leur parking devrait nous permettre d'avoir une vue dégagée sur la station-service.
Rola contourna la bâtisse. Il n'y avait aucune voiture derrière le Dairy Queen. Wilde baissa sa vitre et aperçut en hauteur l'arrière de la station-service fermée.
— Reste ici, lança-t-il, la main sur la poignée de la portière.
— Pas question.
— Très bien. Va te chercher un Oreo Blizzard alors.
Rola fronça les sourcils.
— C'est *mon* humour qui laisse à désirer ?
— Si je ne te fais pas signe toutes les dix minutes, appelle la police.
— Je viens avec toi.
— Je veux que tu...
— ... que j'appelle la police si tu ne me donnes pas signe de vie toutes les dix minutes, acquiesça Rola. J'ai

entendu. Je chargerai Zelda de garder le contact via son portable. Je ne sais pas ce qui se trame, mais je n'ai pas envie que tu y ailles sans arme.
— OK, file-moi la tienne.
— Sans vouloir te vexer, Wilde, tu es une vraie brêle avec un flingue.
Là-dessus, elle n'avait pas tort.
— Ça pourrait être dangereux.
— J'adore le danger.
— Tu as des g…
— Stop, riposta Rola en levant la main. Si tu me saoules avec mes gosses, ma famille ou autres âneries sexistes, je te buterai moi-même.
Il se tut.
— Je viens avec toi, Wilde. Ce n'est pas négociable, alors ne perdons pas de temps.

Rola descendit de voiture. Wilde la rejoignit et posa une main sur son épaule. Elle comprit aussitôt. Il n'était peut-être pas un bon tireur, mais l'approche discrète, c'était sa spécialité. Il passerait en premier. Elle suivrait.

Ils gravirent la pente en se baissant. Rola avait sorti son arme, juste au cas où. Une fois au sommet, ils étaient peut-être à trente ou quarante mètres de la station-service. Le mur du fond en parpaings était recouvert de graffitis, dont un gros tag en lettres bulles formant les mots « SPOON » et « ABEONA ».

Wilde se rapprocha sans bruit. Ses yeux ne cessaient de balayer les alentours. Aucun signe de vie. Aucun signe d'un véhicule. Il risqua un coup d'œil sur le traceur GPS de son téléphone. Pas de doute possible. La voiture était quelque part par ici.

Il traversa le terrain vague au pas de course en espérant que personne ne les avait repérés. Rola suivait toujours. Ils se plaquèrent contre le mur en parpaings.

Elle l'interrogea du regard.

Il articula silencieusement : « Attends-moi ici. » Puis il longea le mur sur le côté. L'herbe était suffisamment haute pour cacher un bambin de huit ans. Il y avait des pneus éparpillés un peu partout, des pieds-de-biche et tout un assortiment de pièces de moteur rouillées. Sur le mur en béton, quelqu'un avait peint il y a très longtemps les mots « SERVICE PNEUS » en rouge et bleu. Ses années d'exposition au soleil et aux intempéries avaient à moitié effacé les lettres.

Courbé en deux, Wilde gagna l'entrée principale. L'atelier était fermé. Il inspecta le bas des portes. L'une d'elles avait été rabattue par le vent. Mais l'autre laissait passer le jour.

On ne l'avait pas complètement refermée.

Des traces de pneus dans la poussière s'arrêtaient juste devant.

Wilde avait été désarçonné en découvrant que la station-service était fermée. Il avait cru que c'était un lieu de rendez-vous, que c'était là que les ravisseurs y avaient échafaudé leur plan sans attirer l'attention. Il avait pensé planquer ici avec Rola et suivre la voiture qui les conduirait jusqu'à Crash.

Mais cela était encore mieux.

Allongé à plat ventre, Wilde regarda par l'ouverture. Eh oui. Exactement comme il fallait s'y attendre.

La voiture.

Elle était là.

Wilde contourna l'atelier, jeta un coup d'œil alentour. Et s'arrêta net. Le vieux kiosque Dunkin' Donuts. À première vue, il n'avait rien de spécial. Les fenêtres étaient bouchées par du contreplaqué. L'enseigne ne tenait plus que par un clou. Le kiosque était délabré : un jour une boule de démolition mettrait miséricordieusement fin à son existence. Mais une chose était bizarre. Le bloc externe du climatiseur dans la fenêtre à l'arrière. Il avait l'air tout neuf.

Wilde sentit son cœur cogner dans sa poitrine. Il retourna auprès de Rola qui l'accueillit d'un haussement d'épaules comme pour dire : « Alors ? » Il lui fit signe de le suivre en rasant les murs. Quand le Dunkin' Donuts apparut dans leur champ de vision, il pointa le doigt sur le climatiseur. Rola mit une seconde à comprendre, puis elle leva les pouces.

Wilde consulta à nouveau le traceur GPS sur son portable. Ils avaient encore dix minutes devant eux. Tandis qu'il rangeait le téléphone, Rola lui lança un regard interrogateur, mais il fit non de la tête. Pas le temps.

Ils allaient devoir sortir à découvert. Il n'y avait pas d'autre solution. Rola avait dégainé son arme. Wilde lui indiqua qu'il passerait le premier. Si on lui tirait dessus, elle pourrait riposter. Elle acquiesça à contrecœur. Il piqua un sprint et il entendit un bruit qui lui redonna un regain d'énergie. Par-delà le vacarme de la circulation toute proche, il distinguait le ronronnement du climatiseur.

Il fonctionnait.

Il y avait donc quelqu'un à l'intérieur.

Wilde se colla au mur et jeta un coup d'œil à Rola par-dessus son épaule. Il fut tenté de lui faire signe de ne pas bouger, mais, en admettant qu'il y ait quelqu'un dans le Dunkin' Donuts – et qu'on n'ait pas juste laissé le climatiseur allumé –, ce quelqu'un pouvait être armé. Or c'est Rola qui avait le pistolet.

Il agita la main. Elle le rejoignit, agile et rapide comme toujours. Courbés en deux, ils attendirent un moment, au cas où on les aurait repérés.

Rien.

Wilde progressa jusqu'au climatiseur. D'un geste, il intima à Rola de rester sur place. Elle hocha la tête. Il se haussa sur la pointe des pieds. On voyait l'air s'échapper de l'appareil.

Le store de la fenêtre était baissé.

De façon à masquer l'intérieur.

Et maintenant ?

Le temps pressait. Il rejoignit Rola.

— Il y a quelqu'un là-dedans, chuchota-t-il, et peut-être aussi dans le bureau. Couvre-moi. Je vais entrouvrir la fenêtre et retirer le bloc de la clim. Discrètement, si j'y arrive. Tu es prête ?

— Plus, c'est pas possible, opina Rola.

Se redressant, il examina la fenêtre. Le bloc extérieur du climatiseur ne semblait pas être fixé par des vis. Il suffisait de soulever le châssis et de le tirer vers soi, le tout en un seul geste rapide. Wilde le répéta mentalement, les mains sur l'encadrement de la fenêtre.

Dos au mur, Rola avait levé son arme.

Il compta silencieusement : *Un, deux...*

À trois, il poussa sur le châssis et empoigna le bloc du climatiseur. Au même moment, Rola pivota vers l'ouverture, le pistolet à la main.

En voyant qui se trouvait à l'intérieur, elle abaissa son arme. Wilde lâcha le bloc et regarda à son tour.

Crash Maynard était enchaîné à un lit.

Sa main était bandée. Il les dévisagea, l'œil hagard. Sans perdre une seconde, Wilde posa un doigt sur ses lèvres et se faufila par la fenêtre.

— Reste tranquille, Crash, chuchota-t-il. On est là pour t'aider.

Crash ne put retenir ses larmes.

— Je veux rentrer chez moi.

On aurait dit un petit garçon.

— Tu vas rentrer chez toi, chuchota Wilde. Je te le promets. Combien sont-ils ?
Crash leva sa main bandée.
— Regardez ce qu'ils m'ont fait.
— Je sais. On va t'emmener à l'hôpital. Concentre-toi, Crash. Combien sont-ils ?
— Je n'en sais rien. Ils ne parlent pas. Ils portent des cagoules. S'il vous plaît. Je veux juste rentrer chez moi. S'il vous plaît.
Il éclata en sanglots. Wilde inspecta le dispositif qui l'entravait. Il était enchaîné par la cheville à une plaque dans le mur. Se retournant vers la fenêtre, Wilde fut surpris de ne pas voir Rola.
Elle reparut deux secondes plus tard et lui tendit un pied-de-biche.
Crash cria :
— S'il vous plaît...
— Tout va bien, Crash. Accroche-toi.
Wilde se servit du pied-de-biche pour arracher la plaque du mur.
À seize ans, Crash avait pratiquement la taille d'un adulte. Wilde aurait pu le porter, mais l'adolescent roula prestement du lit et se mit debout.
— Tu sais où ils sont ? demanda Wilde.
Crash secoua négativement la tête.
— Je veux rentrer chez moi. S'il vous plaît !
— Et Naomi ?
Il devinait déjà la réponse, la mine ahurie de Crash ne fit que confirmer ses soupçons.
— Naomi Prine ?
— Laisse tomber.
Ils s'approchèrent de la fenêtre. Crash passa de l'autre côté le premier avec l'aide de Rola. Wilde suivit. Une fois dehors, ils se baissèrent en restant au plus près du sol.

— Ramène-le à la voiture, dit Wilde.
— Tu viens avec nous, rétorqua Rola.
— Non. J'ai encore du boulot.
— Tu crois que Naomi pourrait...
— Allez, vas-y. Emmène-le.
Rola planta son regard dans le sien.
— On pourrait appeler la police, Wilde. Dix minutes après, on aurait une centaine de flics tout autour de ce bâtiment.
— Non.
— Je ne comprends pas...
— Je n'ai pas le temps de t'expliquer. Emmène-le. Ça va aller.
Rola scruta son visage. Wilde n'aimait pas ça, mais il ne laissa rien paraître. Fronçant les sourcils, elle lui tendit le pistolet.
— Au cas où tu en aurais besoin.
— Merci.
— Je te laisse un quart d'heure. Si je n'ai pas de nouvelles d'ici là, je préviens la police.
— Ne m'attends pas. Quand vous serez retournés à la voiture, conduis-le directement au Valley Hospital. Le doigt est là-bas. Chaque seconde compte.
— Ça ne me plaît pas, Wilde.
— Fais-moi confiance, ma sœur.
Les yeux de Rola s'emplirent de larmes. Elle regarda Crash.
— Tu es en état de courir ?
Crash avait cessé de pleurer.
— Oui.
Elle s'élança la première. Crash la suivit, tenant sa main mutilée au creux de celle valide. Wilde les regarda disparaître de sa vue, puis consulta le traceur.
Il était presque l'heure.

37

WLDE REGAGNA L'ARRIÈRE DE LA STATION, repassa devant l'inscription « SERVICE PNEUS » à demi effacée et rampa jusqu'à la porte basculante de l'atelier, celle qui n'était pas entièrement fermée. Il s'allongea à plat ventre sur le sol.

Il fallait faire vite.

Il jeta un coup d'œil par la fente. La porte coulissait sur des rails. Elle s'ouvrait manuellement. Tant mieux. Il se mit à genoux, l'attrapa par-dessous et la souleva d'un cran.

La porte grinça.

Assez fort pour qu'on l'entende ? Il n'aurait su le dire. Wilde doutait qu'il y ait quelqu'un dans l'atelier. Le seul endroit plausible – le seul qui restait, en fait – était le bureau adjacent.

Il s'immobilisa, dressa l'oreille. Personne. Le seul bruit était la cacophonie désormais familière du trafic routier. Il espérait qu'on ne pouvait pas le voir depuis la route. Il n'avait guère envie que quelqu'un appelle la police pour signaler cette étrange intrusion.

Du moins, pas tout de suite.

Il remonta encore un peu la porte. Et encore.

Elle couina les deux fois.

Assez. Il la hissa d'une quinzaine de centimètres et, à nouveau à plat ventre, se faufila en dessous. Il faisait sombre à l'intérieur. La poussière qu'il souleva s'infiltra dans ses narines, mais ça ne le gênait pas. L'atelier empestait l'essence renversée et le moisi. Wilde se redressa et se réfugia derrière la voiture, à l'opposé de la porte du bureau.

De l'autre côté de la porte, quelqu'un était en train de taper sur un clavier d'ordinateur.

Il n'avait pas menti à Rola, sinon par omission. Il ne lui avait pas dit qu'il avait localisé cette station-service le plus simplement du monde… grâce aux traceurs GPS qu'elle lui avait fournis. Il ne lui avait pas dit non plus que la voiture garée dans cet atelier – derrière laquelle il était caché à présent – était la Chevrolet Cruze que Gavin Chambers avait prise pour le retrouver au 7-Eleven.

Gavin avait fait une erreur.

Les soupçons de Wilde, qui avaient commencé à germer depuis un moment, avaient pleinement éclos quand Gavin était arrivé au 7-Eleven sans son chauffeur ni son SUV habituels. Pourquoi être venu seul ? Pourquoi quelqu'un qui avait de l'argent, qui possédait des Cadillac et des Audi, débarquait-il soudain au volant d'une Chevrolet Cruze, le modèle le plus couramment utilisé par les loueurs de voitures ?

En soi, cela ne signifiait rien. Mais c'était suffisant pour éveiller la suspicion.

Toujours planqué derrière la Chevy – et alors que quelqu'un continuait de taper sur le clavier à côté –, Wilde consulta son téléphone.

Plus que deux minutes avant l'arrivée de l'autre véhicule.

Il devait se préparer.

Il se glissa jusqu'au pare-chocs et risqua un coup d'œil sur la gauche, en direction du bureau.

La porte était ouverte.

À l'intérieur, on apercevait un homme de dos. Wilde s'avança silencieusement vers les étagères. Lorsqu'il fut à cinquante centimètres du mur du fond, il vit le profil de l'homme penché sur le clavier.

Gavin Chambers.

Sans crier gare, celui-ci tourna la tête dans sa direction.

Wilde s'aplatit sur le sol et attrapa le pistolet qu'il avait fourré derrière la ceinture de son pantalon. Gavin Chambers était certainement armé. Si jamais il l'avait repéré, s'il se levait pour…

Mais non.

L'autre voiture venait d'arriver. En passant devant le portail cadenassé, elle avait dû déclencher un capteur. C'est ce qui avait alerté Gavin. Ça expliquait pourquoi il s'était retourné.

Wilde recula de manière à se dissimuler entre la Chevrolet Cruze et le mur. Une minute plus tard, il entendit qu'on tripotait l'autre porte de l'atelier. Gavin Chambers était sorti du bureau. Wilde vit passer ses pieds par-dessous le châssis de la Chevy. Gavin releva la porte jusqu'en haut. La voiture entra. Puis il referma la porte aussitôt.

Le conducteur ouvrit la portière et descendit.

— Maynard a envoyé la vidéo ? Tu l'as visionnée ?

C'était Saul Strauss.

— J'étais en train, répondit Gavin.

— Alors ?

— C'est de l'or en barre. Rusty avoue avoir tué Anson, même s'il invoque la légitime défense.

— Mon Dieu.

— Oui.

— Il faut la diffuser tout de suite. Ne prenons pas de risques.

— Tout à fait d'accord, s'enquit Gavin.

Les deux hommes pénétrèrent dans le bureau. Wilde resta à sa place.

— Je le savais, déclara Strauss, une note triomphante dans la voix. Je savais que cette vidéo existait. Je ne voulais pas aller jusque-là, mais...

— Je comprends mieux pourquoi Dash ne tenait pas à la divulguer, fit Chambers. Elle signe la fin de Rusty, mais en l'égratignant au passage. J'ignore s'il sera inculpé pour complicité de meurtre. Le délai de prescription est certainement déjà écoulé. Mais tout le monde saura le rôle qu'il a joué dans ce crime.

— Et qu'il a laissé Raymond Stark porter le chapeau.

— Je sais.

— C'est une chose d'aider un copain, mais ne pas moufter alors qu'un innocent est condamné à la prison à vie...

— C'est un salopard, acquiesça Gavin. Allez, préparons la vidéo.

Wilde ne broncha pas. Il aurait pu se lever et braquer son arme sur eux pour les empêcher d'exécuter leur plan.

Mais il ne le fit pas.

Il attendit.

— J'ai saisi toutes les adresses, dit Gavin.

— Les grandes chaînes de télé ? demanda Strauss.

— Et aussi quelques blogueurs et comptes Twitter.

— C'est bon, mon ami. Envoie.

Si Wilde voulait intervenir, c'était maintenant ou jamais.

Il entendit un clic.

— Ça y est, fit Gavin.

Son soulagement était palpable.

— On va libérer le gamin, dit Strauss. Tu as les coordonnées à envoyer aux Maynard ?

— On ne devrait pas attendre un peu ? questionna Gavin.

— Pourquoi ?
— Je ne sais pas. Ils ont peut-être autre chose.
— Autre chose ?
— D'autres vidéos.
— Non, répondit Strauss. C'est… C'est déjà allé trop loin, Gavin. Ce garçon…
— Oui.
Une note de désarroi perça dans la voix de Gavin.
— Tu as raison.
— Passe-moi la cagoule. Finissons-en.
Émergeant de sa cachette, Wilde pointa son arme sur eux.
— Pas la peine.
Ils firent volte-face tous les deux.
— Respirez seulement de travers, et je vous descends tous les deux. Gavin, j'imagine que vous êtes armé ?
— Exact.
— Holster sous l'aisselle gauche ?
— Oui.
— Vous connaissez la chanson. Pouce et index. Envoyez-le par ici. Doucement. Saul ?
— Je n'ai pas d'arme.
Levant les mains, Saul pirouetta lentement sur lui-même.
— Posez les mains sur le bureau que je puisse les voir. Gavin, lancez-moi votre pistolet.
Gavin Chambers sortit le pistolet de son étui et le fit glisser sur le sol en direction de Wilde qui le ramassa et le mit derrière sa ceinture.
— Comment avez-vous su ? demanda Gavin.
— Il y a eu plein de choses. Mais la principale est aussi la plus basique. Je me suis demandé comment Crash avait pu être kidnappé si près de chez lui alors que quelqu'un d'aussi compétent que vous veillait à sa sécurité. La réponse la plus simple ? Ce n'était pas possible. Donc, vous étiez impliqué.

Wilde regarda Gavin, puis Saul.

— Je suppose que vous avez eu cette idée après la fugue de Naomi Prine ?

— En effet, répondit Gavin.

— Logique. Naomi a de nouveau disparu. Elle était vaguement en contact avec Crash. Donc, si jamais Crash disparaissait, tout le monde croirait qu'ils s'étaient enfuis ensemble. Ça vous laissait du temps. C'était la diversion idéale. Vous me l'avez même suggéré, Gavin.

— De quelle manière ?

— Notre conversation sur l'armée fantôme. Vous avez exploité à fond la stratégie du leurre.

— Et pourtant, vous voici.

— Me voici.

Gavin sourit.

— On a surjoué, hein ?

— C'est vrai.

— Je ne m'attendais pas à ce que les Maynard fassent appel à vous et à Hester.

— Effectivement, ça vous a déstabilisé. Du coup, vous avez insisté pour que je me concentre sur Naomi. Cette fausse piste m'éloignait de celle de Crash. Le problème, c'est que vous en avez trop fait. Saul, vous surgissez au bar de l'hôtel pour me questionner sur Naomi le soir même de la disparition de Crash. Pourquoi ? Je ne l'ai pas relevé sur le coup, mais, même si vous pensiez que Crash et Naomi étaient proches, pourquoi me solliciter, moi ? Vous vouliez juste planter la graine pour m'orienter sur la mauvaise piste. Et vous…

Wilde regarda Gavin.

— … vous débarquez au 7-Eleven avec un message secret exhumé on ne sait par quel miracle pour me faire croire que le sort de Crash est lié à celui de Naomi.

Gavin acquiesça comme s'il venait de comprendre.

— Vous m'avez demandé de vous ramener chez les Maynard. C'est là que vous avez posé le traceur GPS sur la voiture.

— Vous êtes un homme fortuné, un homme qui a réussi. Vous avez toujours un chauffeur ou du moins une voiture de luxe. Et soudain vous arrivez avec une Chevy Cruze ? J'ai tout de suite pensé que vous l'aviez louée.

— Mais vous n'en étiez pas sûr ?

— J'ai préféré assurer mes arrières. Et aujourd'hui, heureux hasard, je vous croise près du lycée, Saul. Vous me dites que quelqu'un me file, et que vous avez une source chez les Maynard. Qui cela pourrait-il bien être ? Hester ne parlerait pas. Ni mes coéquipiers. Les Maynard ? Jamais de la vie. Donc, c'est forcément le ravisseur. Vous, Gavin.

— « Lorsque vous avez éliminé l'impossible, dit Saul en citant Arthur Conan Doyle, ce qui reste, si improbable soit-il, est nécessairement la vérité. »

— Exactement. Alors quand vous, Saul, m'avez conduit à Sing Sing, j'ai mis un autre traceur sur votre voiture. Après m'avoir déposé, vous vous êtes rendu dans cette station-service. Vous n'êtes pas resté longtemps. Juste le temps nécessaire pour nourrir le garçon, j'imagine. Vérifier qu'il allait bien. Mais la veille, comme l'indique le traceur de votre Cruze, Gavin, vous aussi vous vous êtes arrêté ici. Que veniez-vous faire tous les deux dans cette station-service relativement éloignée des endroits que vous fréquentez habituellement ? Ah, et les coordonnées du lieu où avait été déposée la glacière contenant le doigt de Crash, exactement les mêmes que celles de l'endroit où j'ai été retrouvé enfant. Là encore, vous avez poussé le bouchon trop loin. La seule explication possible, c'est qu'on cherchait à m'embrouiller. Bien sûr, je me suis planté aussi. Je pensais, par exemple, que cette station n'était qu'un point de rendez-vous. Pour vous retrouver, discuter, que sais-je. Mais tout à l'heure, en arrivant, j'ai été surpris de constater qu'elle était fermée depuis un moment.

— Vous avez trouvé Crash dans le Dunkin' Donuts ?

— Oui.

— Où est-il maintenant ?

— À l'hôpital sans doute. Rola l'y a emmené.

— Vous comprenez pourquoi on a fait ça ? demanda Saul. Vous êtes conscient du danger, n'est-ce pas ?

— J'ai porté des œillères pendant très longtemps, ajouta Gavin. On est tellement fasciné par les leaders charismatiques, tellement séduit par toutes leurs promesses qu'on se laisse convaincre par leurs entourloupes. Mais Saul a entrepris de me dessiller les yeux.

— Je n'ai pas vraiment eu besoin de beaucoup insister pour te convaincre, fit observer Saul. Tu commençais déjà à y voir clair.

— Oui, peut-être... les cachets, le comportement incohérent, la facilité avec laquelle il manipule les gens. J'aimais bien son idée de démolir l'ordre social pour reconstruire mais, le temps passant, je me suis rendu compte que Rusty n'avait pas l'intention de reconstruire. Au contraire, il veut détruire ce pays. Il veut qu'il n'en reste qu'un tas de décombres.

— Nous n'avons pas beaucoup de points communs toi et moi, Gavin, déclara Saul. Politiquement, on est à l'opposé l'un de l'autre. Mais nous sommes américains tous les deux.

— Nos dissensions ne dépassent pas les limites de la courtoisie.

— Mais Rusty veut nous obliger à choisir notre camp, nous transformer en extrémistes.

— Visiblement, ça a marché, dit Wilde qui les tenait toujours en respect avec son arme.
— Comment ça ?
— Vous avez kidnappé un enfant. Vous lui avez coupé un doigt. Si ce n'est pas être extrémiste ça...
Leurs mines s'allongèrent.
— Vous croyez qu'on voulait en arriver là ? demanda Gavin.
— Peu importe ce que vous vouliez.
— Répondez-moi, fit Saul Strauss. Y avait-il un autre moyen d'obtenir cette vidéo ?
— Encore une fois, peu importe. Vous avez fait un choix.
Et Wilde ajouta lentement, avec emphase :
— Vous... avez... coupé... le doigt... d'un... adolescent.
Gavin Chambers baissa la tête. Saul Strauss s'efforçait de se donner une contenance, mais ses lèvres tremblaient.
— Crash était inconscient quand on a fait ça, dit-il. Nous avons réduit au maximum la douleur et le traumatisme.
— Vous l'avez mutilé. Et vous avez menacé de lui couper le bras. Si les Maynard ne vous avaient pas envoyé la vidéo, vous auriez été jusqu'au bout de vos intentions ? Vous leur auriez envoyé un bras de leur fils ?
Gavin Chambers finit par se redresser.
— Et vous, Wilde, jusqu'où iriez-vous pour sauver des millions de vies ?
— Il ne s'agit pas de moi.
— Nous sommes tous des soldats ici, donc vous aussi vous êtes concerné. Cette bataille ne dit peut-être pas son nom, mais des vies sont en jeu. Des millions de vies. Si mutiler ou tuer un individu, même un gosse innocent, pouvait sauver des millions de vies, ne le feriez-vous pas ?

— Vous êtes sur une pente savonneuse, colonel.
— Sur la ligne du front, les troupes sont exposées au risque de mourir. Vous le savez bien. Aurions-nous plutôt coupé nos propres doigts pour sauver ces vies-là ? Évidemment. Mais la question ne se posait pas. Le monde n'est pas blanc ou noir, Wilde, contrairement à ce que voudraient nous faire croire les tenants de la pensée unique qui prédomine aujourd'hui. Toutes ces polémiques sur les réseaux sociaux... on est forcément bon ou mauvais. Or chacun de nous est plus ou moins gris.

— En ce moment même, ajouta Saul, pendant que vous pointez votre arme sur nous, Gavin et moi sommes prêts à payer pour nos actes. Nous avons estimé que nous n'avions pas le choix. Mais nous avons sauvé Raymond...

— Réparer une telle injustice, renchérit Gavin, n'est pas insignifiant.

— ... et à une plus grande échelle, nous avons peut-être sauvé le pays. La vidéo que nous venons d'envoyer pourrait changer le cours de l'histoire.

Les deux hommes attendaient que Wilde réagisse.

Au bout de quelques secondes, Gavin posa sa main sur le bras de Saul Strauss.

— Nom d'un chien.
— Quoi ?
— Wilde a pigé.

Strauss fronça les sourcils.

— De quoi tu parles ?

Gavin croisa le regard de Wilde.

— Il était caché dans cet atelier avant ton arrivée.
— Et alors ?
— Il a *attendu*, Saul. Il a attendu que tu arrives. Et qu'on envoie la vidéo.

Il y eut un silence.

Strauss, qui avait enfin compris, regarda Wilde à son tour.

— Vous auriez pu nous en empêcher. Vous auriez pu surgir avec votre arme deux minutes plus tôt.

— Et la vidéo n'aurait jamais été diffusée, ajouta Gavin.

Les deux hommes hochaient la tête.

— Vous nous avez rejoints sur la pente savonneuse.

Wilde se taisait.

— Au final, dit Gavin, nous sommes vraiment des soldats, tous les trois.

— Notre dernière mission. Vous nous avez permis de la mener à bien.

— Dans mon cas, fit Gavin en se plaçant devant Saul, une mission-suicide.

Wilde finit par sortir de son silence :

— Qu'est-ce que vous dites ?

— En prison, je pourrai continuer à m'exprimer, expliqua Saul. Je pourrai être un porte-parole.

— Alors que, moi, je suis trop vieux pour supporter l'incarcération.

Gavin tendit la main.

— Rendez-moi mon arme, Wilde. De guerrier à guerrier. Laissez-moi en finir selon mes propres principes.

Le suicide.

— Non, dit Wilde.

— Eh bien, je foncerai sur vous pour vous obliger à tirer.

— Non plus, rétorqua Wilde. Écoutez-moi bien. Vous aviez votre mission, j'ai la mienne. On m'a engagé pour retrouver deux ados disparus. J'en ai récupéré un. Et je suis resté pour fouiller les lieux à la recherche de la seconde. C'est ce que je dirai à Rola. Naomi n'est pas ici, n'est-ce pas ?

— Non, fit Saul, décontenancé. Nous ne savons rien à son sujet.

— Dans ce cas, ma mission n'est pas terminée.

— Je ne comprends pas, dit Saul.

— Mais si, répliqua Wilde. Je pense que vous avez très bien compris.

Il baissa son arme et, sans ajouter un mot, gagna la sortie.

Troisième partie

38

Trois semaines plus tard

LE RENDEZ-VOUS D'HESTER avec Simon Greene, le riche conseiller en patrimoine qui avait été filmé en train de frapper un vagabond à Central Park, touchait à sa fin. La vidéo avait été vue par des millions d'internautes. Hester aimait bien Greene et déplorait le lynchage médiatique dont il faisait l'objet. Une bonne nouvelle cependant : le bureau du procureur avait abandonné les poursuites, entre autres parce que personne n'arrivait à mettre la main sur la supposée victime.
Hester raccompagna Greene à la porte de son bureau. Il la remercia. Elle lui fit la bise. Ce fut à ce moment-là qu'elle l'aperçut, assise dans la salle d'attente.
— Qu'est-ce qu'elle fait là, Delia Maynard ? reprocha Hester à son assistante, Sarah McLynn.
— Elle a demandé à vous voir un petit quart d'heure. Elle dit que c'est important.
— Vous auriez pu me prévenir.
— Je l'ai fait.
— Quand ?
— Vous ne regardez pas vos textos ?

— Un texto ne me prévient pas.
— On en a déjà parlé cent fois. Vous m'avez dit de ne pas vous déranger et de vous informer des changements de planning par texto.
— Moi ?
— Oui, vous. Vous avez un quart d'heure avant votre prochain rendez-vous. Un quart d'heure facturable. Delia Maynard est une cliente. Dois-je la renvoyer ou bien...
— Stop. Vous êtes encore plus pénible que moi. Faites-la entrer.

Hester n'avait pas revu Delia depuis trois semaines, depuis la découverte macabre du doigt de son fils. Sarah McLynn l'introduisit dans le bureau et ferma la porte. Les deux femmes se dévisagèrent longuement.
— Comment va votre fils ? demanda Hester.
— Mieux. Ils ont réussi à recoudre son doigt.
— Ah, parfait.
— Physiquement, il va bien.
— Et moralement ?
— Il fait encore des cauchemars. Apparemment, ses ravisseurs le traitaient bien, mais...
— Je comprends. Et vous avez décidé de ne pas faire appel à la police ?
— C'est ça.
— Personne n'a cherché à savoir comment il s'était sectionné le doigt ?
— Si, le médecin, bien sûr. Nous avons dit que c'était un accident de pêche. À mon avis, il ne nous a pas crus, surtout que plusieurs heures ont passé entre le moment où le doigt a été transporté à l'hôpital et l'arrivée de Crash, mais rien ne prouve que nous avons menti.
— Donc personne n'est au courant de l'enlèvement ?
— Personne.

Delia ne se doutait pas que les ravisseurs de son fils n'étaient autres que Gavin Chambers et Saul Strauss. Hester, en revanche, le savait. Trois semaines plus tôt, Wilde s'était confié à elle, et à elle seule. Elle n'approuvait pas vraiment son attitude. On n'agit pas en dehors du système. Celui-ci est peut-être défaillant, mais on ne coupe pas un doigt à un enfant, même pour sauver un homme injustement condamné, ni pour sauver – Dieu que c'était pompeux – le monde.

Elle n'avait pas revu Wilde depuis.

— Qu'est-ce qui vous amène, Delia ?

— Je suis venue vous dire au revoir.

— Ah bon ?

— On va partir quelque temps à l'étranger.

— Je vois.

— Depuis la diffusion de cette vidéo, vous n'imaginez pas l'enfer qu'est devenue notre vie.

— Détrompez-vous, je peux m'en faire une idée assez réaliste.

— On reçoit sans cesse des menaces de mort de la part des partisans de Rusty. Ils soupçonnent Dash d'avoir tout inventé ou d'avoir trafiqué la vidéo pour provoquer la chute de leur idole.

— *Fake news*, dit Hester.

— C'est ça. Et, puisque vous êtes avocate, vous savez que Dash ne peut faire aucun commentaire à son sujet ; il ne peut ni infirmer ni confirmer cette rumeur.

Hester déglutit avec effort.

— Ce serait de l'auto-incrimination.

Dash s'était involontairement rendu complice d'un homicide en aidant à transporter le cadavre. Hester avait proposé de défendre Raymond Stark, malheureusement, ce n'était pas possible car, puisqu'elle représentait déjà les Maynard, il y avait conflit d'intérêts. Du coup, elle se retrouvait pieds et poings liés. Son plus grand souhait était que Dash se dénonce, néanmoins, et puisqu'elle était son avocate, elle avait dû le lui déconseiller.

Le système était défaillant, mais c'était le système.

De toute façon, elle était persuadée que Dash n'avouerait jamais de quelle manière il avait été mêlé au meurtre de Christopher Anson. Elle savait aussi que cela ne servirait pas à grand-chose. C'était ça, le pire. Au début, la publication de cette vidéo avait semblé signer la fin des ambitions politiques de Rusty Eggers.

Au début.

Mais les bêtes mythiques ne meurent jamais, n'est-ce pas ? Vous essayez de les tuer, mais c'est impossible. Elles sont indestructibles. Par conséquent : la vidéo était un faux. Ou, si ce n'était pas un faux, elle était truquée. Si elle n'était pas truquée, les faits remontaient à trente ans, donc ça ne comptait plus. Si ça comptait, Rusty Eggers déclarait dans la vidéo avoir agi dans le cadre de la légitime défense, et ça, ce n'est pas un crime. Si c'était un crime, à l'époque, Rusty n'était qu'un jeune homme, et si quelqu'un avait voulu le tuer, il n'avait pas eu d'autre choix que de se défendre. Et si plus tard le meurtre avait été imputé à un innocent, c'était la faute de la police, pas celle de Rusty. La faute de ce flic ripou, Kindler. La faute du système raciste. Et si ce n'était pas du racisme, à dix-sept ans déjà, Raymond Stark avait un casier judiciaire : d'une manière ou d'une autre, il aurait probablement fini en prison. Il avait peut-être commis d'autres crimes cette nuit-là, allez savoir. Peut-être qu'il était impliqué dans le meurtre de Christopher Anson. Si c'était de la légitime défense, Raymond Stark s'était peut-être joint à Christopher Anson et ils s'en étaient pris tous les deux à Rusty Eggers. Après quoi, Raymond

Stark s'était enfui avec le couteau. C'est pour ça qu'on l'avait trouvé chez lui.

Et ainsi de suite.

La plupart des médias faisaient des gorges chaudes de ces théories, mais les partisans d'Eggers, à droite comme à gauche, n'en resserraient que davantage les rangs derrière leur homme providentiel.

— Vous avez dit que vous ne parleriez pas, reprit Delia.

— Pardon ?

— Quoi qu'il arrive. Même si c'était pour barrer la route à Hitler. Si on vous confiait quelque chose sous le sceau du secret professionnel, vous ne parleriez pas.

— C'est exact.

Hester n'aimait pas la tournure que prenait cette conversation.

— Et vous, vous m'avez dit qu'il n'y avait rien dans ces vidéos.

— J'ignorais l'existence de cette cassette, répondit Delia. Je ne savais pas que Dash avait aidé Rusty à déposer le corps de Christopher dans une ruelle.

— Soit.

— Parce que j'étais déjà partie.

Hester sentit un frisson glacé lui parcourir l'échine.

— Comment ça ?

— Ils se disputaient beaucoup, Rusty et Christopher. Souvent à cause de moi. Vous savez bien que, il y a trente ans, les filles étaient des objets. Des trophées. Ce soir-là, ils ont dû se bagarrer dans ce bar. À l'époque, je sortais avec Rusty. Ça commençait à devenir sérieux. Le sénateur pour lequel on travaillait lui avait offert un poste convoité. Christopher était resté sur le carreau. Bref, peu importe. Christopher a frappé à la porte. Je l'ai laissé entrer. Il avait bu. Il a tenté de m'embrasser. Je l'ai repoussé. Ça ne l'a pas arrêté. Une fille, ça ne dit pas non à Christopher

Anson, et surtout pas la copine de son rival. Vous devinez ce qui s'est passé ensuite. Je hais l'expression « viol par une connaissance ». Il y a trente ans, on disait encore qu'il fallait que « jeunesse se passe ». Quand je lui ai crié d'arrêter, il m'a frappée sur la bouche. J'ai couru dans la cuisine. Il m'a violée là, sur le carrelage. Il allait me violer à nouveau. Pour vous dire la vérité, je ne me souviens même pas d'avoir ouvert le tiroir et attrapé le couteau.

Hester la regardait, abasourdie.

— C'est vous qui l'avez tué ?

Delia s'approcha de la fenêtre.

— Je me suis assise par terre à côté de lui. Le couteau était toujours enfoncé dans sa poitrine. Je crois qu'il n'était pas encore mort. Mais j'étais incapable de bouger. Il a émis des gargouillis pendant un moment. Puis ça s'est arrêté. Je ne sais pas combien de temps j'ai passé ainsi, assise à côté de lui. Et Rusty est arrivé. C'est comme ça qu'il m'a trouvée, assise par terre dans la cuisine. Près du cadavre. Il m'a lavée. Il m'a habillée. Il m'a accompagnée à la gare. Il y avait un dernier train à destination de Philadelphie. Il m'a mise dedans et m'a dit de ne pas rentrer tant qu'il ne m'aurait pas appelée. J'ai pris une chambre au Marriott et je n'en suis pas sortie pendant trois jours. Je me suis fait monter les repas. Rusty m'a annoncé qu'il avait déplacé le corps. Je suis rentrée à Washington mais, entre nous, ce n'était plus pareil. Comme vous pouvez vous en douter.

Hester sentait son cœur cogner dans sa poitrine.

— Nous avons rompu. Et je suis sortie avec Dash.

Était-ce le résultat d'un accord passé entre les deux hommes ? Delia n'était-elle toujours qu'un objet, un trophée offert en échange d'un service rendu ? Ou bien

Rusty l'avait-il vraiment aimée ? Ce politicien qu'on accusait de vouloir ruiner le pays, l'avait-il aimée au point de sacrifier son propre bonheur pour la protéger ?

Ou était-ce encore plus complexe que ça ?

Les événements de cette nuit-là ajoutés à la perte de l'amour de sa vie, suivie de celle de ses parents, n'était-ce pas ce qui avait façonné le Rusty Eggers d'aujourd'hui ? Et avait fait du jeune étudiant l'homme irrémédiablement détraqué qu'il était devenu ?

Delia leva les mains. Son sourire était triste.

— Le reste, c'est la vie.

— Et après tout ce qui vient de se passer, vous êtes toujours avec lui ?

— Dash ? Nous avons notre vie. Une famille, des enfants… un garçon surtout, qui a subi un gros traumatisme et qui a besoin de stabilité. Chacun de nous a son secret. Au moins, maintenant, je connais le sien.

— Et vous ne lui révélerez pas le vôtre ?

Delia secoua la tête.

— Jamais de la vie.

— Ça doit être difficile de vivre avec, fit observer Hester.

— Je le fais depuis plus de trente ans.

D'un geste ostentatoire, Delia consulta sa montre.

— Il faut que j'y aille.

— On ne vous en voudra pas, fit Hester en s'efforçant d'étouffer la note implorante dans sa voix. Vous avez été violée. Vous pouvez encore vous en sortir en faisant ce qu'il faut.

— Mais je fais ce qu'il faut. Pour moi. Pour ma famille.

Elle était sur le point de partir.

— Il y a bien un secret que vous avez gardé tous les deux, Dash et vous, dit Hester.

— Lequel ?

— Quelle a été votre réaction quand vous avez appris que Raymond Stark avait été arrêté pour le meurtre de Christopher ?

Delia ne répondit pas.

— Vous saviez la vérité, l'un et l'autre. Vous n'en avez peut-être pas parlé entre vous, mais vous saviez tous les deux qu'on avait arrêté un innocent. Et pourtant, vous ne vous êtes jamais manifestés.

— Pour dire quoi ? demanda Delia.

— Que vous aviez agi en état de légitime défense face à votre violeur.

— Qui m'aurait crue ?

— Vous avez préféré laisser porter le chapeau à Raymond Stark.

— J'espérais qu'il s'en tirerait.

— Et quand ça n'a pas été le cas ?

Hester traversa la pièce et se planta face à elle.

— Quand il a été condamné à la perpétuité pour un crime qu'il n'avait pas commis ? Quand il a été tabassé et mutilé ?

— Ce n'est pas moi qui l'ai condamné. Je ne l'ai ni tabassé ni mutilé. La vidéo va permettre de réviser son procès, non ?

— Non, Delia. La vidéo ne suffira pas. Raymond Stark restera en prison.

Hester inspira profondément, essaya de prendre un ton posé :

— S'il vous plaît, écoutez-moi...

— Non. Je m'en vais.

— Vous avez contribué à le faire enfermer. Vous ne pouvez pas...

— Au revoir, Hester.

— Je pourrais parler.

Delia sourit et secoua la tête.

— Non, Hester, vous ne le ferez pas.

Tremblante, celle-ci serra les poings.

— Pour commencer, dit Delia, il n'y a pas de preuves. Je nierai tout. Et, par ailleurs, vous ne violerez pas le secret professionnel. Même pour sauver le monde d'Hitler. Même si un innocent doit rester en prison.

Le système est défaillant, mais c'est le système.

Hester ne retint pas Delia Maynard quand elle sortit de la pièce. Elle resta un moment immobile, puis elle retourna derrière son bureau, prit le téléphone et, d'une main tremblante, composa un numéro.

La voix, à l'autre bout, était hésitante :

— Allô ?

— Oren ?

Elle ne lui avait pas parlé depuis trois semaines, depuis leur rencard à la pizzeria. Elle n'avait pas répondu à ses coups de fil ni à ses textos.

— Ça va, Hester ?

— Il faut que vous m'emmeniez quelque part. Maintenant.

39

DEUX HEURES PLUS TARD, la voiture de patrouille s'arrêtait sur le bas-côté de Mountain Road. Oren coupa le moteur. Pendant quelques instants, personne ne parla.

— Vous êtes sûre de vouloir faire ça ?

Hester hocha la tête. Il descendit du véhicule et lui ouvrit la portière. Un peu plus haut, elle aperçut la croix usée par les intempéries. Vision incongrue – son fils avait été élevé à mi-chemin entre le judaïsme et l'agnosticisme – mais, bizarrement, cela ne la dérangeait pas. Quelqu'un avait essayé. Avait tenu à manifester sa compassion.

S'approchant du bord, Hester contempla la pente escarpée.

— C'est donc là que… ?

— Oui.

Elle n'avait jamais eu le courage – à supposer que le mot « courage » soit approprié – de venir ici. Ira l'avait fait. Souvent. Il disait qu'il allait faire un tour ou acheter du lait au 7-Eleven, mais elle savait qu'il se garait à cet endroit, descendait, regardait la croix improvisée et sanglotait.

Il se gardait bien de le lui dire. Et maintenant elle regrettait qu'il ne l'ait pas fait.

— Elle a atterri où, la voiture ?

— Par là, répondit Oren en désignant le fond du précipice.
— Vous avez été l'un des premiers à arriver sur place.
Il ne savait pas si c'était une question ou une affirmation.
— Oui.
— La voiture était en feu.
— Oui.
— Wilde avait déjà sorti David.
Cette fois, Oren se borna à hocher la tête.
— Wilde m'a dit que c'était lui qui conduisait, poursuivit Hester.
— Il nous a dit la même chose. Mais on ne l'a pas verbalisé. Il n'avait pas la moindre trace d'alcool dans le sang. Et les routes étaient détrempées.
— Et c'est lui qui conduisait ?
— C'est ce qui est écrit dans le procès-verbal.
Hester pivota vers lui.
— Je ne vous parle pas de ce qui est écrit dans le procès-verbal.
Oren continuait à regarder en bas.
— Quand le seul survivant d'un accident vous déclare qu'il conduisait, c'est difficile de prouver le contraire.
— Wilde a menti, n'est-ce pas ?
Oren ne répondit pas.
Ils se tenaient tous les deux épaule contre épaule.
— Vous savez que David était son meilleur ami ?
— Je sais, oui, acquiesça Oren.
— Ce soir-là, ils sont allés à la Miller's Tavern. Avec la voiture de David. Mon David ne buvait pas beaucoup et ne fréquentait pas les bars – c'était plutôt le rayon de Wilde –, mais il avait des problèmes avec Laila. Rien de grave. Ni d'insurmontable. Bref, les deux amis sont partis se changer les idées, entre hommes. David a trop bu. L'hôpital a fait des analyses toxicologiques quand

on l'a amené aux urgences... et qu'on pensait encore qu'il avait une chance de survivre. Wilde ne voulait pas que David ait des ennuis. Il s'est dénoncé à sa place.

Oren se taisait toujours.

— C'est bien ce qui est arrivé, Oren ?

— Vous avez demandé à Wilde ?

— Il ne veut pas en démordre.

— Mais vous ne le croyez pas.

— Non. Ai-je raison ?

Il baissa les yeux. Elle l'observait. Ses yeux étaient si limpides, si honnêtes, si beaux.

— Oren ?

Sa réponse la prit au dépourvu :

— En fait, ce n'est pas exactement ça.

L'espace d'un instant, Hester resta sans voix. Puis :

— Que voulez-vous dire ?

— Wilde n'aurait jamais laissé le volant à David après qu'il avait bu.

— Mais...

Hester ne trouvait pas ses mots.

— J'ai du mal à vous suivre.

— Nous avons fait un saut à la Miller's Tavern. Wilde était un habitué, comme vous l'avez dit. Pas David. Sauf que, ce soir-là, en effet, il était passablement imbibé. On n'a certes pas de preuves mais, d'après un client, Wilde est parti une bonne demi-heure avant David. Seul.

— Pourquoi ?

— Je n'en sais rien. Wilde nous a juste déclaré qu'il conduisait.

— David est resté seul là-bas ?

— Seul, oui, à boire. Ce n'est qu'une hypothèse, Hester, mais, à l'époque, Wilde logeait sous une tente pas très loin d'ici.

Il pointa le doigt vers la gauche.

— Peut-être à trois cents mètres dans cette direction. Encore une fois, je n'ai aucune preuve. Wilde nous a donné sa version des faits mais, franchement, je ne l'ai jamais cru. À mon avis, il devait être dans les parages. Il a entendu le bruit ou il a vu les flammes. Je pense qu'il a voulu protéger son ami. Et qu'il s'est senti... qu'il se sent coupable de n'être pas resté dans ce bar avec lui.

Le cœur d'Hester manqua un battement.

— Selon vous, David était donc seul dans la voiture ?

Quand Oren hocha la tête, elle se laissa tomber à genoux. Et fondit en larmes.

Il la laissa pleurer. Il se tenait à côté d'elle, suffisamment près au cas où elle aurait besoin de lui. Mais sans la toucher. Dieu soit loué. Dieu soit loué pour cet homme bon et généreux, qui n'avait pas cherché à la prendre dans ses bras ni à lui prodiguer des paroles de réconfort vides de sens.

Il se contenta de la laisser pleurer.

Il lui fallut du temps. Hester n'aurait su dire combien. Cinq minutes. Dix. Une demi-heure. Oren Carmichael était là, montant la garde telle une sentinelle silencieuse. À un moment, elle remonta dans la voiture. Ils reprirent la route, sans échanger un mot.

Puis, finalement :

— Oren ?

— Je suis là.

— Désolée de ne pas vous avoir rappelé.

Il ne répondit pas.

— Quand vous êtes parti en courant de la pizzeria pour vous rendre sur le lieu de l'accident, je me suis dit qu'on n'avait aucune chance... car je ferais forcément toujours le lien entre vous et cet endroit. Et je reverrais mon fils mort. Quoi qu'il arrive, vous me rappelleriez David. Ça ne pouvait pas marcher.

Il gardait les yeux sur la route.

— Sauf que vous m'avez terriblement manqué. Comme si j'avais un trou béant dans le cœur. Je sais, ça paraît bête. J'ai commencé à me dire que, malgré la douleur, je ne voulais pas vivre sans vous... comme je ne voulais pas cesser de penser à mon David car ce serait le pire des outrages. Jamais je ne cesserai de penser à lui. Vous comprenez ?

— Je comprends, acquiesça Oren.

Elle posa sa main sur la sienne.

— Accepteriez-vous de nous laisser une seconde chance, Oren ?

— Oui, répondit-il. Avec grand plaisir.

40

WILDE PRIT UN ALLER-RETOUR sur un vol Delta entre New York et Boston. Il n'avait pas de bagages.
Il ne comptait pas rester longtemps dans la capitale du Massachusetts... quelques heures à tout casser. Puis il rentrerait chez lui.
En fait, il n'avait même pas l'intention de sortir de l'aéroport.
Une fois que son avion eut atterri à Logan, il passa du terminal A au terminal B et se posta près de la porte B7 pour observer les passagers qui allaient embarquer sur le vol 374 d'American Airlines à destination du Costa Rica.
Il avait deux heures devant lui.
Pour tuer le temps, Wilde ouvrit la page du site généalogique, relut le message de P. B. et, après réflexion, écrivit :

J'aimerais en savoir plus, P. B. On peut se rencontrer ?

Il allait ranger son téléphone quand celui-ci sonna. C'était Matthew. Il répondit aussitôt :
— Tout va bien ?

— Tu n'es pas obligé de répondre comme ça au téléphone, déclara Matthew. Tu pourrais juste dire « allô ».
— Allô. Tout va bien ?
— Oui, Wilde. Sauf que je ne te vois plus.
— Désolé. Et au lycée, ça va ?
— Ça se calme. Crash est revenu. Il n'arrête pas d'exhiber la cicatrice sur son doigt qui aurait soi-disant été coupé par des criminels. Maman dit que c'était un accident de pêche. Wilde ?
— Oui ?
— Tout le monde croit que Naomi a fugué. Qu'elle est sur une île ou dans un trip cool et exotique... Ce qui est drôle, vu qu'ils l'ont toujours prise pour une tache.
— Je sais.
— Tu la cherches toujours ?
Faute de mieux, Wilde répondit :
— Oui.
— Cool.
Puis :
— Où es-tu ? J'entends beaucoup de bruit.
— À Boston.
— Pour quoi faire ?
— Voir un ami.
Matthew dut percevoir quelque chose dans sa voix.
— OK.
— Ta maman va bien ? demanda Wilde.
— Toujours avec Darryl.
Darryl. M. Chic Tendance avait un prénom à présent. Darryl.
— J'ai l'impression que c'est du sérieux, ajouta Matthew.
Wilde ferma brièvement les yeux.
— Tu l'aimes bien ?
— Ça va, fit Matthew.

Dans son langage, c'était un véritable compliment.
— Parfait. Sois gentil avec lui.
— Beurk.
— Ta maman l'a bien mérité.
— Si tu le dis.

L'embarquement pour le vol du Costa Rica avait commencé. L'hôtesse à la porte appela les passagers ayant besoin d'assistance, les personnes accompagnées d'enfants de moins de deux ans, les militaires en exercice.
— Et sinon ? s'enquit Wilde.
— Sinon tout baigne.
— Appelle-moi si tu as besoin de quelque chose.
— N'importe quoi ?
— Oui.
— Il y a un nouveau Grand Theft Auto, mais maman ne veut pas me l'acheter parce que c'est trop violent.
— Très drôle.
— Salut, Wilde.
— On se reparle bientôt.

Il raccrocha au moment où l'hôtesse invitait le premier groupe à embarquer. Wilde regarda les passagers se masser devant le poste de contrôle.

Personne.

L'hôtesse appela les groupes deux, trois et quatre.

Toujours rien.

Un instant, il crut s'être trompé ou avoir été à nouveau victime d'un leurre. Peut-être qu'elles avaient réservé plusieurs vols, histoire de brouiller les pistes. Peut-être même qu'elles n'avaient pas prévu de partir aujourd'hui.

Mais, lorsqu'on appela le dernier groupe, Wilde repéra une jeune fille qui rejoignait la file d'attente, affublée – eh oui – d'une casquette et d'une paire de lunettes noires.

Naomi Prine.

Devant elle, leurs deux billets à la main, se tenait Ava O'Brien.

Pendant quelques secondes, Wilde ne bougea pas. Il n'y avait rien à faire. Il n'avait pas besoin de les aborder. Il pouvait, comme avec Saul Strauss et Gavin Chambers, s'éclipser purement et simplement.

Mais il ne le fit pas.

Il avait assez perdu de temps comme ça. Il s'approcha et tapa sur l'épaule de Naomi.

Elle sursauta, surprise, et, se retournant, porta vivement la main à sa bouche.

— Oh, mon Dieu. Wilde ?

Ava se retourna aussi.

Tous les trois se dévisagèrent en silence.

Finalement, Ava hasarda :

— Comment as-tu… ?

— Tu te souviens, quand tu as quitté le 7-Eleven ? Je t'ai demandé de baisser ta vitre.

— Eh bien ?

Elle le regarda d'un air médusé.

— Quel rapport ?

— Je me suis penché pour mettre un traceur GPS sur ta voiture.

C'était la même histoire qu'avec Gavin et Strauss : Ava avait surjoué la tactique de diversion. Lorsqu'il lui avait parlé de la disparition de Crash, elle s'était soudain souvenue d'une supposée idylle entre Crash et Naomi, laissant entendre que les deux ados avaient fugué ensemble.

Ava aussi avait cherché à le mettre sur une fausse piste.

Restait à savoir pourquoi.

À l'évidence, elle n'avait rien à voir avec Crash Maynard.

— Tu viens du Maine, fit Wilde.

— Oui, je te l'ai déjà dit.

— Pourquoi aurais-tu déménagé dans le New Jersey pour prendre un emploi sous-qualifié ?

Ava haussa les épaules.

— J'avais envie de changer d'air.

— Non, répondit Wilde. Tu es retournée dans le Maine quatre fois ces trois dernières semaines.

— J'ai de la famille là-bas.

— Encore une fois, non. Tu es descendue dans un Howard Johnson à Portland, où tu avais caché Naomi. Et, par ailleurs, tu t'es rendue à deux reprises dans l'agence d'adoption Foi-Espoir à Windham.

Ava ferma les yeux.

— Tu n'as pas accepté ce poste de vacataire parce que tu voulais vivre dans le New Jersey. Tu l'as pris pour te rapprocher de ta fille que tu avais fait adopter.

Il crut qu'elle allait protester, mais non.

— Il faut que tu comprennes, dit-elle. Je n'ai jamais voulu abandonner Naomi.

Voilà, ils y étaient enfin.

— Je n'avais que dix-sept ans. Je n'avais pas réfléchi. Mais je ne sais pas si c'était un besoin, un pressentiment ou quoi… bref, je suis retournée à l'agence. Je les ai suppliés de me dire ce qu'il était advenu de ma fille. Au début, ils ont refusé. Alors j'ai filé de l'argent à quelqu'un. Il m'a donné le nouveau nom et l'adresse de Naomi et m'a expliqué que je n'avais aucun droit sur elle. Ce n'était pas grave. Je voulais juste la voir. Du coup, j'ai cherché…

— … une place de prof à Westville pour te rapprocher d'elle.

— Oui. Il n'y avait aucun mal à cela, si ?

— Wilde ?

C'était Naomi.

— Ne m'obligez pas à y retourner.

— Je voulais juste savoir comment elle allait, reprit Ava. C'est tout. Je n'avais pas l'intention de bouleverser son existence. Mais, très vite, j'ai découvert l'enfer qu'elle vivait jour après jour. Et moi, je devais rester là les bras ballants, pendant que mon enfant se faisait maltraiter sans aucun soutien de la part de sa famille.

— Tu es donc devenue son amie, dit Wilde. Sa confidente.

— Est-ce un crime ?

Wilde regarda Naomi.

— Quand Ava t'a-t-elle dit la vérité ?

— Qu'elle était ma mère biologique ?

— Oui.

— Quand je suis revenue après le défi, répondit Naomi. Au début, j'ai cru qu'elle me menait en bateau ou que c'était comme un rêve devenu réalité. Vous vous rappelez notre discussion dans le sous-sol ? Que je voulais tout changer ?

Il hocha la tête.

— Il n'y avait pas que le lycée. C'était tout. Mon père…

Elle ne termina pas sa phrase. Bernard Prine non plus n'allait pas s'en tirer à si bon compte. Rola était en train de chercher le moyen de lui faire payer les pots cassés.

— Alors vous avez décidé toutes les deux de prendre la tangente.

— Je ne voulais pas, dit Ava. Je préférais suivre les voies légales.

— Du coup, tu t'es adressée à Laila.

— Oui. Je lui ai raconté les horreurs que Naomi avait vécues chez ses parents adoptifs, sauf que je n'avais toujours aucun droit. Laila m'a dit qu'il faudrait des mois, voire des années, pour prouver la négligence ou la maltraitance, et encore, ce n'était pas gagné.

— C'est là que vous avez échafaudé ce plan. Toi, tu allais partir et te cacher. Toi…

Il se tourna vers Ava.

— ... tu lui obtiendrais de faux papiers, le temps de finir l'année scolaire. Car si tu avais filé ta démission, ça aurait éveillé les soupçons. Vous avez donc attendu. Et le moment est venu de quitter le pays toutes les deux.

Ava le regarda avec ses grands yeux bruns.

Il n'y avait plus personne dans la file d'attente. L'hôtesse à la porte d'embarquement fit une nouvelle annonce.

Naomi s'avança et posa la main sur son bras.

— S'il vous plaît, Wilde. Si on nous attrape, on me renverra chez lui. Ava risque d'aller en prison.

— Elle est ma fille, déclara Ava fermement. Je l'aime de tout mon cœur.

Elles lui faisaient face toutes les deux.

— Je sais, dit Wilde.

— Alors... ?

— Je suis juste venu m'assurer que vous allez bien. Et vous dire au revoir.

Naomi se jeta à son cou avec une telle force qu'elle faillit le faire tomber. D'habitude, Wilde esquivait ce genre d'effusion. Mais pas cette fois-ci. Il se laissa étreindre sans éprouver la moindre gêne.

— Merci, murmura Naomi.

Il hocha la tête.

— Si un jour tu as besoin de quoi que ce soit...

La voix de l'hôtesse résonna dans le haut-parleur :

— Dernier appel pour le vol 374 à destination de Liberia, Costa Rica.

— Allez, les filles, dit Wilde. Il est temps d'embarquer.

Naomi échangea un regard avec Ava. Cette dernière s'empara de la main de Wilde et dit quelque chose qui le prit totalement au dépourvu :

— Viens avec nous, Wilde.

— Quoi ?

Naomi joignit les mains.

— S'il vous plaît !

Il secoua la tête.

— Je ne peux pas.

Ava ne lâchait pas sa main.

— Viens avec nous, répéta-t-elle.

— Non.

— Pourquoi ? demanda Ava.

— C'est de la folie.

— Et alors ?

Elle lui adressa un sourire éblouissant.

— Tout est fou dans cette histoire.

Wilde secoua la tête de plus belle, même s'il avait ressenti comme un léger craquement dans sa poitrine.

— Allez, il faut embarquer.

— Viens avec nous, insista Ava. Naomi a besoin de toi. Moi aussi peut-être, je ne sais pas. Si ça ne marche pas, tu n'auras qu'à rentrer.

— Je ne peux pas.

L'hôtesse s'approcha, s'éclaircit la voix :

— Je ferme dans trente secondes.

— Elles arrivent, déclara Wilde d'un ton sans réplique.

Les larmes aux yeux, Naomi le serra une dernière fois dans ses bras. Ava tendit leurs billets à l'hôtesse. Wilde les regarda descendre la passerelle. Naomi se retourna, lui adressa un signe de la main. Il agita la main en retour.

Le regard d'Ava s'attarda sur le sien. Lorsqu'elle se détourna, Wilde sentit la fêlure dans sa poitrine s'élargir.

Il les vit disparaître.

L'hôtesse tendit la main vers la porte. Elle s'apprêtait à la refermer quand Wilde demanda :

— Il reste encore de la place sur ce vol ?

— Vous voulez acheter un billet ?
— Oui.
L'hôtesse scruta l'écran de son ordinateur.
— Il reste un siège disponible, dit-elle.

Imprimé en France par CPI
en janvier 2021

Composition et mise en page FACOMPO à Rouen

L'éditeur de cet ouvrage s'engage dans une démarche de certification FSC® qui contribue à la préservation des forêts pour les générations futures.

N° d'impression : 3042277